魅丽文化 花火工作室

一枚小软糖

三月棠墨——著

江苏凤凰文艺出版社
JIANGSU PHOENIX LITERATURE AND ART PUBLISHING

图书在版编目（CIP）数据

一枚小软糖 / 三月棠墨著. -- 南京 : 江苏凤凰文艺出版社, 2022.9
ISBN 978-7-5594-6367-8

Ⅰ. ①一… Ⅱ. ①三… Ⅲ. ①长篇小说－中国－当代 Ⅳ. ① I247.5

中国版本图书馆 CIP 数据核字 (2021) 第 229668 号

一枚小软糖

三月棠墨 著

出版统筹	曾英姿
责任编辑	张　倩
特约编辑	石　婷　王小明
装帧设计	白砚川　郝　卉
出版发行	江苏凤凰文艺出版社
	南京市中央路 165 号，邮编：210009
网　　址	http://www.jswenyi.com
印　　刷	湖南天闻新华印务有限公司
开　　本	880mm × 1230mm　1/32
印　　张	11
字　　数	372 千字
版　　次	2022 年 9 月第 1 版
印　　次	2022 年 9 月第 1 次印刷
书　　号	ISBN 978-7-5594-6367-8
定　　价	46.80 元

目录

Contents

第一章

一见钟情

历经一个多月地狱般的改论文的生活，简灵终于顺利答辩完，告别大学校园。

少女走出教室的脚步那样雀跃，仿佛每一步都踩在云朵上，轻飘飘的。如果她背后有双翅膀，早就飞起来了。

她走出教学楼，热浪扑面而来。树叶被太阳晒得打了卷儿，刺目的阳光透过枝丫洒下斑驳的光影。

简灵抱着文件袋走在树荫里，耳边的蝉鸣声十分聒噪。她忽然想起什么，从书包里拿出手机，果然有来自舅舅叶归舟的未接来电提醒。之前在答辩的教室，她把手机调成了静音，没听到铃声。

简灵舔了舔干燥的唇，回拨了一通电话过去，不到三秒就被接通了，电话里传来一个温润好听的男声："结束了？"

"嗯，答辩完了。"简灵自觉地加快脚步往寝室楼走，"你到哪儿了？"

叶归舟受人之托，来学校帮简灵搬行李，半个小时前就到了，给她打电话她没有接听，便猜到她还在答辩。

"我的大小姐，我还能在哪儿？当然是在你寝室楼下了。"叶归舟的话里透着几分无奈，"你知道我的时间有多宝贵吗？"

闻言，简灵小跑起来，喘着气说："这又不怪我，谁让我答辩排在后面。你再等等，我马上就到！"

"我跟你开玩笑的，你慢点走，不着急。"叶归舟表情松动，笑着说，"你爸妈都不在家，一会儿我带你去餐厅吃个午饭，然后再送你回去。"

简灵的脚步慢了下来，手叉在腰侧喘气，弯了弯嘴角。她就知道叶归舟在逗她，从小到大，舅舅最疼她了。

简灵的外公叶老先生老来得子，叶归舟仅仅比简灵大七岁，名义上是她的舅舅，实际上更像是她的哥哥。简灵父母工作忙，常常把她丢给叶归舟照顾。简灵高中时开家长会都是他去的。

寝室楼近在眼前，简灵四下看了看，很快发现了叶归舟的车。

他的车停在一棵枝繁叶茂的香樟树下。一阵风吹过，抖落几片树叶，掉在车顶上。

简灵正准备叫他，就见车门打开，男人从车里走出来，笔挺的黑色西裤裹住修长双腿，白衬衫的袖扣被解开，袖子被随意地翻折起来，手臂上套着银灰色的袖箍。他看起来是刚从办公室里出来。

叶归舟确实是抽空从办公室赶过来的，谁让他就这么一个外甥女，简家和叶家这一代加起来就出了这么一个女孩，他不疼她疼谁？

他单手插兜，等着简灵过来。

叶归舟相貌出众、气质卓绝，来来往往的女生都不禁驻足侧目，直到看见一个穿着嫩黄色连衣裙的女孩跑过去，抱住他的胳膊撒娇，那些女生才讪讪地收回视线。

“对不起，让你久等了！”简灵轻轻地摇晃叶归舟的手臂，声音一贯的清新酸甜，如夏日的柠檬汽水。

叶归舟揉了揉她的发顶：“别卖乖了，赶紧上去拿你的行李。”

叶归舟陪简灵进了寝室楼，他担心小丫头的东西太多，她一个人搬不动。

正值毕业季，这栋楼里住的又大部分是毕业生，楼道里回荡着拉杆箱滚轮摩擦地面的声音，伴随着嘈杂的说话声。

简灵的寝室在五楼，这栋楼没有电梯，不过她上上下下爬了四年，早就习惯了。

简灵推门进寝室的时候，两个室友正蹲在地上整理行李，狭窄的过道被堵得没有一点空隙。另一个室友不在寝室，估计还在答辩。

周星言听到动静抬头，一眼就看到了站在简灵身后的帅哥，顿时睁大了眼睛。她推了推正在往行李箱里塞衣服的顾萌：“快看，帅哥！”

“帅哥？在哪里，在哪里！”顾萌一双眼睛快速转动，很快就锁定门边的男人，打量片刻后看向简灵，讶异地问道，“灵灵，你什么时候交的男朋友？居然到毕业了才带过来给我们看，你是不是不想让男朋友请客吃饭？”

讨伐的声音在寝室里炸开，简灵扶额，及时打住室友们天马行空的猜想，说：“给大家介绍一下，这是我舅舅。”

上大学以后，简灵认为自己是个大人了，很少再因为生活上鸡毛蒜皮的小事麻烦叶归舟。偶尔他不忙，才会打电话约她出去吃顿饭。因此，简灵的大学同学都没见过他。

叶归舟面带微笑，朝两个女孩点头问好，瞬间俘获了她们的芳心。周星言一把拉过简灵的胳膊，附在她耳边小声说：“请问你缺舅妈吗？你看我怎么样？”

顾萌不甘示弱，也加入进来：“还有我！你别忘了，大学四年我帮你带饭的次数最多！”

简灵：“……”

周星言一脸认真："简灵同学，请回答我的问题。"

简灵递给两人一个"你们别做梦了"的眼神，耸了耸肩，说："不好意思哦，我舅舅他有未婚妻了，一年前就订婚了。我未来的舅妈目前在英国攻读博士学位，两人预计今年国庆节结婚。"

周星言做作地捂住胸口做痛苦状，感叹命运的不公，自己的恋爱种子还没发芽就被扼杀，实在是太残酷了！

简灵拍了拍她的肩膀以示安慰，余光注意到叶归舟在低头看腕表，赶紧把床铺上的几件小物品塞进包里。

昨晚她已经将大部分衣物装进行李箱了，现在只需要收拾几样东西。

简灵整理完毕后，四下检查了一下，确定没有遗漏的物品，就跟两位室友挥手告别。

她们同寝室的四个人昨天晚上吃了一顿散伙饭，把离别前该说的话都说了，即使以后大家去到天南地北，很难再聚在一起，此刻也没有特别感伤。

叶归舟接过简灵手里那个二十六寸的大行李箱，第一下没提起来，顿时感慨女孩子的行李怎么会这么重，里面是装了砖头吗？

他一手提着行李箱，另一只手拎了一个行李袋，只留了一个小包包给她自己背。简灵心安理得地享受来自长辈的关爱，开开心心地在前面蹦跶，想着待会儿吃什么。

两人下楼，叶归舟先把行李放进车后备厢，而后坐进驾驶座，拉过安全带系上："中午想吃什么？"

简灵早就想好了，就等着他开口问自己。

"我想吃城西那家私房菜馆的招牌菜，惦记好久了，最近忙着改论文都没有时间好好吃饭，我要大吃一顿。"

大小姐都开尊口了，叶归舟岂有拒绝的道理："你倒是会选地方。"

他知道简灵说的那家私房菜馆，那里不提前半个月预约是订不到位子的。不过他经常在那里跟人谈生意，一来二去就和老板熟悉了，可以免预约。

车子驶出学校大门，汇入道路上如织的车流。

简灵扭头透过车窗望着不断缩小的学校大门，直到它消失在视线里。

途中叶归舟接了一个电话，挂断后对简灵说："有个朋友要过来跟我们一起吃饭，我有点工作上的事要跟他谈。"

简灵正低头握着手机刷微博，浏览今日的娱乐八卦新闻，漫不经心地说：

“哦，没问题。”她只是想吃东西，不太在意有其他人在场。

私房菜馆离学校有点远，简灵看了一会儿手机就困了，主要是因为昨晚聚餐回去得太晚，又熬夜为答辩做准备，没有休息好，于是她往后一仰，靠着座椅靠背睡觉。

到了地方她还没醒，叶归舟停好车，伸手推她：“醒醒，还想不想吃大闸蟹了？”

“什么？大闸蟹！”

简灵打了一个激灵，瞬间从睡梦中惊醒，坐直了身体，茫然地望着前方，显然脑子还未彻底清醒，睡眼蒙眬，看起来有点呆。

叶归舟摇了摇头，似乎对她有些无语，耐着性子说：“我们到了，你不是说要大吃一顿吗，在梦里吃过了？”

简灵终于醒过神来，手指摸了一下嘴角，还好没有流口水。她在梦里真的吃了东西，不过不是大闸蟹，而是水煮鱼，鲜香麻辣，十分美味……

私房菜馆坐落在不甚繁华的街尾，整体是古色古香的酒楼设计，招待客人的大厅和包厢前有个院落。院中月季开得正盛，红的、粉的、白的，娇艳欲滴，院子里一派欣欣向荣的景象。

叶归舟和简灵刚到，私房菜馆的老板就亲自过来迎接了。

简灵来这里吃过几次饭，却是第一次见到老板。她怎么也没想到，把这里打理得这么漂亮的人，居然是个文着花臂的虬髯大汉，真是人不可貌相。

老板与叶归舟寒暄了两句，带着两人去楼上的包厢。

简灵大概是困劲还没过去，在他们两人说话的间隙，她跌跌撞撞地走上前，先一步推开了面前包厢的门，却一头撞上一堵温热的“墙”。

她猝不及防，没站稳，踉踉跄跄地往后退了一步，左脚踩在右脚上，把自己绊得往后倒去。

千钧一发之际，有人握住了她的手臂，避免了她与地板亲密接触。

简灵惊魂未定，拍着胸脯大喘一口气，抬起眼帘，看到一张英俊的面孔。

四目相对，男人似是松了口气：“你没事吧？”

刚才他在包厢里听到外面有人在说话，像是叶归舟的声音，于是出来看看，不承想一开门就被人撞个正着。

外面的阳光明晃晃的，包厢里有丝丝空调的凉气透出来，简灵的心怦怦乱跳，不知是因为受了惊吓还是别的，脸颊不自觉地发热，嗫嚅道：“没、没事。”

除了脸颊，还有一处也传来灼热的温度——简灵垂下眼眸，看着被男人握住的细白手腕。她的目光有些涣散，似乎刚才那一撞，把她的魂给撞没了。

下一秒，简灵的注意力就被那只手吸引了，手指修长白皙，指骨却不怎么凸出，很是匀称好看，像清瘦的竹枝。

男人察觉到她的视线，轻咳一声，神色自然地松开手，越过她看向后面的叶归舟："你来了。"

"嗯，我们进去吧。"老板已经离开了，叶归舟推了下简灵，示意她不要愣在这里，"刚才不是嚷嚷着肚子饿了吗？还不快点进去看菜单。"

简灵"哦"了一声，心不在焉地顺着叶归舟推的力道往里走，坐在椅子上，时不时地抬起眼帘偷觑那个男人。

他的个子好高，好像比舅舅还要高一点，穿着纯黑色的西服，剪裁得体，勾勒出清晰窄瘦的腰线。他身材好就算了，长得还那样好看，不输娱乐圈里任何一个星光熠熠的大明星。

两个男人一落座，自然而然地谈起了工作，生生把简灵这个大活人晾在一边，完全当她不存在。

公主殿下不满了，噘了噘红红的嘴唇，故意拿起茶杯又重重地放下。

果然，两人齐刷刷地看向她。叶归舟说："你怎么还不点菜？随便点，不用替我省钱，就当是庆祝你顺利毕业。"

简灵偷偷翻了个白眼，他这么说，好像她很能吃一样！

程知栩盯着简灵看了一会儿，这才想起来询问："这位是？"

他起初以为叶归舟身边的女孩是他的未婚妻，但是仔细一看，好像不是那个人。他只在很久之前见过叶归舟的未婚妻一次，记不太清长什么样子。

叶归舟像拍小狗一样拍了一下简灵的后脑勺，声音掺着笑意："我外甥女，简灵。"他转头给简灵介绍，"这是我生意上的合作伙伴，也是我的朋友，程知栩，你叫程叔叔就行了。"

"……"

程知栩闻言，在短短几秒钟里，表情变得特别快，先是意外，再是恼怒，最后化作一声冷笑。意外的是好友居然有个这么大的外甥女，恼怒自然是因为他让这姑娘叫自己"叔叔"。

简灵在听到叶归舟的介绍后愣了愣，好不容易知道他的名字，却发现根本不清楚具体是哪几个字。

“叶归舟，我比你还小一岁，你别想在年龄上攻击我。”程知栩端起茶杯呷了口茶，不紧不慢地反击。

“这不是年龄的问题，你是我朋友，我是简灵的舅舅，辈分摆在那里。还是说，你想让她叫你声‘哥哥’，你和她平辈？”

程知栩哑口无言。

这一局叶归舟胜了，得意扬扬地笑起来。他拿起菜单递给简灵，一副要犒赏她的架势。幸亏今天带她过来了，让他赢了程知栩一回，要知道，两人在生意场上较量时，他极少能从程知栩那里占到便宜。

简灵没有跟他客气，将私房菜馆的招牌菜点了个遍。

精美的菜肴摆了满满一桌子，可惜饭桌上只有简灵一个人在埋头认真吃东西，另外两个人又谈起了工作，当她是透明人。

简灵托腮听了一会儿，他们好像是在讨论一个并购案，其他的她就听不懂了，不过这并不妨碍她偷看程知栩。

她以前怎么不知道，小舅舅有这么好看又有气质的朋友，要是早知道……说不定她也不会大学四年都是单身！

程知栩捏着筷子，随手夹起一块荷香鸭，不经意间抬眸，发现简灵正看着自己，神色稍稍一怔：“怎么了？”

简灵偷看被抓了个正着，汗毛都竖起来了，好在她足够机灵，眼珠子一转就想出借口：“我想吃那个，够不着。”

程知栩觉得自己大概是被叶归舟的话暗示了，真的把自己当成这个小丫头的叔叔，于是从容地换上公筷，夹起一块荷香鸭，伸长手臂放进简灵面前的碟子里，担心她不够吃，又夹了一块。

因为这个举动，简灵的心脏再次扑通扑通，小鹿乱撞，摆在桌底下的那只手慢慢绞紧了裙摆，仿佛不这样做就克制不住激动的心情。

啊啊啊！他怎么这么贴心！

不知道他有没有女朋友……

简灵的脸颊红红的，眼睫毛跟小蝴蝶的翅膀似的颤啊颤。不过程知栩没注意，他夹完菜就继续跟叶归舟聊起来。

简灵吃着程知栩亲自夹给自己的食物，只觉得满口甜蜜。

怎么办，她好像对这个男人一见钟情了。

简灵希望这顿饭的时间可以长一点，再长一点，这样她就能多看程知栩一会儿。

但她注定是痴心妄想，饭局很快就结束了。程知栩跟叶归舟打了个招呼就先走了，甚至都没单独跟简灵说一声“再见”。

“你的脸怎么这么红？”叶归舟目送程知栩离开，收回视线，忽然凑到简灵面前，仔细打量她酡红的小脸，“你偷喝酒了？”

“没有！”简灵被他突然靠近吓了一跳，身子往后仰了仰，掩饰性地抬手在脸旁扇了扇风，“当然是热的了，你不觉得这里很热吗？”

叶归舟凝神，认真感知了一下，摇摇头，道：“不是开了空调吗？哪里热了？”

简灵恼羞成怒，大声吼道：“管你热不热，反正我很热！”

叶归舟耳朵都快被她震聋了，蹙了蹙眉毛，暗道一声“莫名其妙”。他扫了一眼桌上剩下很多的菜肴：“你嚷嚷着要吃大闸蟹，怎么一口都没动？”

简灵抿了抿唇，满腹心事地低下头。

她满脑子都想着怎么能给程知栩留下深刻的印象，哪还有心情享受美味佳肴。况且，大闸蟹吃起来很不好看，有损形象，她才不要在他面前吃。

浪费可耻，简灵找服务生要了几个打包盒，将没吃完的几道菜都装进去，准备带回家，毕竟这家私房菜馆的招牌菜是真的很合她胃口。

叶归舟这个大忙人，在服务生打包食物的间隙又接了一个工作电话。等简灵收拾好，抬头看向叶归舟的时候，他投给她一个略带歉意的眼神。

简灵暗道不妙，舅舅不会有急事要把她丢下吧！

果不其然，叶归舟犹豫片刻，歉然道：“临时有个重要会议，我现在要回公司一趟，你自己打车回去吧，我晚点帮你把行李送到家里。”

虽然很不情愿，但简灵知道他工作很忙，只能点头答应。叶归舟脚步匆忙地往外走，丢下一句：“乖啊，舅舅下次再请你吃好吃的。”

简灵拎着两个大塑料袋目送叶归舟。她向来心细，离开时习惯检查随身物品，包包和手机都拿好了，视线一转，却在桌上发现另一部黑色手机。

这个叶归舟，着急忙慌地把手机都落下了。

简灵抓起桌上的手机火速冲到楼下，一口气跑到大门口，门前的停车位上空空如也，不见叶归舟的车，连车尾气都没闻到。

她手撑着膝盖大喘了几口气，望着被太阳灼烤得快要冒烟的路面，发呆了几秒，转身走进私房菜馆旁边的一家咖啡厅。

等叶归舟发现自己的手机不见了，一定会折回来找她拿的，别指望她打车去给他送手机，她现在困得脑子都混沌了。

简灵找了个靠窗的位置坐下来，方便叶归舟过来时能看到她。她点了一杯冰美式，趴在桌上昏昏欲睡，面前摆着叶归舟的手机，她伸出手指，随意按了一下旁边的解锁键，手机竟然自动进入主页面。

她啧啧两声，心说叶归舟的心也太大了，连锁屏密码都不设置。简灵没有偷看别人隐私的习惯，她只点开了相机，对着自己姣好的脸蛋咔嚓咔嚓自拍了几张，自言自语臭美道："让你欣赏一下本公主的盛世美颜……"

可惜叶归舟的手机里没有修图类的 APP，不然她还可以更美一点。但她很会自我安慰：本公主天生丽质，不需要滤镜美颜也是天仙一枚！

程知栩在去公司的途中发现自己的手机忘了拿，让司机掉头折回去。

车子停在私房菜馆的门口，他还没进去就透过旁边咖啡厅的透明落地窗看到一张熟悉的面孔，是不久前才见过的简灵。

女孩高高举着手机自拍，一会儿冲着镜头嘟嘴，一会儿以手托腮弯着眼睛笑，还有标准的比剪刀手姿势，有点可爱。

如果他没有看错的话，她手里拿的是他的手机。

程知栩站在原地看了一会儿，简灵低头欣赏照片，自我陶醉，没有发现他的存在。她的嘴巴一张一合，不知道在碎碎念些什么。

程知栩借用司机的手机，给自己的手机打了一个电话，下一秒，他就清楚地看到咖啡厅里的女孩像是被吓到一般，一下子挺直了脊背，手里的手机差点丢出去。

程知栩握着手机附到耳边，忍俊不禁。

简灵看了眼来电显示，是个不认识的名字。她勾唇笑了笑，心道叶归舟总算发现自己的手机丢了。他一定是借了别人的手机打过来，想让她给他送过去。

"喂，亲爱的舅舅，本公主跟你说，我是不会给你送手机的，你要是没时间就派人过来拿。"简灵抬抬下巴，一副傲娇的小模样。

程知栩失笑："不敢劳烦公主殿下，我自己过来拿了。"

简灵愣住了。

电话里的声音温柔含笑，如轻缓的夜风拂过耳畔。

不对！这个声音不是叶归舟的，但是对简灵来说有点熟悉。

她刚想起来对方是谁，程知栩就推开咖啡厅的门走了进来。

简灵脑子嗡了一声，看了看手里的手机，又看了看款步走来的男人，不可置信："这、这、这……是你的手机？！"

程知栩点头："是。"

简灵绝望地闭了闭眼，听出程知栩的声音的时候，她就意识到是自己犯蠢了。程知栩的手机和叶归舟的是同款，她下意识地以为这是叶归舟的手机。

少女发呆的间隙，程知栩伸出一只手，掌心向上，摊在她面前："手机可以还给我吗？"顿了顿，他笑着补充，"你要是不相信这是我的手机，我可以提供相关证明。"

"不用。"简灵满面通红，连忙将手机双手奉上，不好意思地朝他笑了笑。

程知栩还有工作要忙，跟她道谢后就离开了。

简灵望着男人远去的背影，后知后觉地想到一件事，他的手机相册里还有几张她刚刚拍的自拍忘了删掉！

救命啊，谁来救救她！

怎么办、怎么办、怎么办……

简灵仿佛置身于冒着腾腾热气的蒸笼中，全身温度急速飙升，完全没有办法让自己冷静下来。

她双手掩面，额头轻磕桌面，路过的服务生有点被吓到，微微弯下腰，轻拍了一下她的肩膀，语含关切地问道："小姐，小姐，你没事吧？请问需要帮忙吗？"

简灵抬起头，脸上红晕未褪，满眼欲哭无泪，薄薄的空气刘海被揉得乱糟糟的，拖着腔调说："……我没事。"

服务生打量她片刻，确定她真的没事才离开，去为其他人服务。

服务生一走，简灵又软绵绵地、没骨头似的趴回桌上，捂着额头后悔万分，她就不该动那部手机，更不该自拍，要不然也不会落到这般田地！

程知栩如果看到那些照片会怎么想？简灵发现自己根本不敢设想，他可能会觉得她这个人有毛病吧……

在极度崩溃与纠结中，她咕噜咕噜一口气喝完了那杯冰美式，冰凉的液体滑过喉管，仍然没能将脸上的温度降下来。

简灵静静坐了一会儿，最终耷拉着肩膀走出咖啡厅，拦了辆出租车回家。

半个小时后，她顺利地到达别墅住宅区，家里空荡荡的，一个人都没有，就连保姆阿姨都不在。

听到动静，原本窝在阳台的拉布拉多兴冲冲地跑了过来，冲着简灵叫唤了两声，两只前爪高高抬起，扒在她身上不肯下来。

简灵蹲下来摸了摸它毛茸茸的大脑袋，长叹一口气："哆啦，妈妈今天干了一件特别蠢的事，我好郁闷。"

哆啦当然听不懂她在说什么，好久没见到铲屎官，它眼下正处在兴奋当中，在她怀里拱来拱去，像撒娇的小孩。

简灵撸了一把它背上油亮的皮毛，撇了撇嘴巴，道："跟你说了你也不懂，算了，我还是睡觉吧，困死了。"

她手撑着膝盖站起身，往楼上走，顺手扯下手腕上的皮筋将头发扎起来。进到卧室，她从衣柜里找出一套短袖短裤，进卫生间洗了个澡，然后就躺在床上补觉。

之前半个多月熬夜改论文带来的疲乏，让她睡得格外沉，即使没拉窗帘，她也像是在黑夜中安眠。

一觉醒来，夕阳西下，绚丽的云霞铺了半边天，巨大的落地窗犹如一个玻璃画框，将这样色彩浓烈的画面完完整整地装进去。

简灵伸了个懒腰，只觉得浑身的骨头都是酥软的，有种越睡越困的感觉。

她赖在床上不愿起来，眯着眼睛发了一会儿呆，脑子逐渐由混沌到清醒，翻了个身，趴在床上，从枕头边摸到手机，打开。

朋友圈被各式各样的毕业照刷屏了，半个小时前，室友周星言发了她们四个之前拍的 JK 制服照。

照片里的简灵穿着白色短袖衬衣，领口扎着嫩黄色的领结，下面则是同领结一样颜色的格子短裙，白色长袜裹到膝盖处，配上黑色小皮鞋。其他三个室友穿着不同颜色的 JK 制服，全都扎着高高的马尾，青春洋溢、活力四射，与背后的教学楼相呼应。

简灵看着漂亮的照片，心情大好，情不自禁地弯起了嘴角，伸出食指点了个赞。下一秒，她就不可避免地联想到下午的乌龙事件。

"我到底要怎样才能忘记这件事！"

简灵丢下手机，一把卷起身上的薄毯，在床上来回翻滚，把自己裹成白白胖胖的蚕蛹，直到折腾出一身汗，她才停下来，双眼空洞地望着天花板。

除了照片的事让她心情烦躁，她发现自己还对程知栩念念不忘，想要再次见到他，最好下一秒就能见到……

简灵觉得自己真是无可救药。

最后一丝霞光湮没在天边时，房门被人敲响了。

简灵猛然惊醒，这才反应过来自己发呆了那么久，而脑子里全是她想象出来的，自己与程知栩相处的画面。她对自己无语了，没办法，她是个爱做梦的少女，每天晚上眼睛一闭，就能脑补出一部连续剧哄自己入睡。

“灵灵，下来吃饭了，你舅舅帮你把行李送到了。”门外传来叶娴心的声音，她以为简灵没睡醒，提高音量喊道，“灵灵！”

“马上就来！”

简灵从床上翻身下来，随便拽出一条小裙子换上，又对着梳妆镜整理凌乱的长发，将自己恢复成精致的小仙女，这才舒口气，打开房门缓步下楼。

餐厅里灯光温暖、香气四溢，餐桌上大盘小碟摆了不少，除了阿姨烧的家常菜，还有简灵中午从私房菜馆打包回来的精美菜肴。

叶归舟前来送简灵的行李，被叶娴心留下来吃晚饭。他低头回复了一条工作上的短信后，抬眸扫了眼简灵：“这下睡饱了？”

简灵“嗯”了声，坐下来进攻中午没能吃上的大闸蟹。

简祖贸看着女儿：“答辩完应该就不用再去学校了吧？”

简灵专注地剔着蟹壳里的肉，含糊道：“两个星期后要去领毕业证，然后就再也不用回去，彻底毕业了。”

叶娴心问：“那你想好在哪儿工作了吗？”顿了一下，她给出建议，“我觉得还是来自家的公司比较好，在你爸的眼皮底下，我也能放心。”

简祖贸点头附和：“你妈妈说得对。”

“我不要。”简灵把蟹壳丢进碟子里，身子往后一仰，靠在椅背上，“我之前在公司里实习一点都不开心，再也不想去了。”

部门里的人都知道她是大老板的女儿，他们当着她的面不敢说什么，背地里都说她走后门。说的本来就是事实，简灵自然不会因为这种小事生气，真正让她气恼的是，主管居然也区别对待，只让她做一些简单的工作，比如打印文件、收集资料、填表，毫无技术含量可言，而同组的其他人都各自负责项目。

简祖贸倒没了解过这件事，略微吃惊：“还有这种事？”

简灵又抓起一只大闸蟹吃起来，用力点了点头：“是啊，他们根本就是拿我当花瓶，随便摆放在什么位置，也不管我。”她噘起嘴巴，相当不满，“反正我不要去，谁爱当花瓶谁去当，我是受不了了。”

叶归舟低头喝汤，随口一提："要不你来我公司？"

叶娴心眼睛一亮，刚想说"可行"，简灵就把脑袋摇得跟拨浪鼓一样，绑起来的头发都快散了，忙不迭道："不行、不行，去你公司还不是一样，被别人知道了，肯定又要被说，'哦，老板是她亲舅舅，她在公司想怎么样都可以。'然后他们就开始孤立我、疏远我，要么就是虚伪地巴结我。"

这也不行，那也不行，她是想当女强人自己开一家公司啊？叶归舟被气笑了。

她本来就是个小花瓶，还不许别人说？

叶归舟沉默片刻，拿出最大的耐心问："那你想怎么样？"

简灵咬着筷子尖，低垂着视线，不知道在思考些什么，半晌过后，她悄悄抬眸，瞄了眼叶归舟，又看看父母的脸色，鼓起勇气："我要自力更生，我要独立，我不要在熟人的公司里工作。"

叶归舟听出这丫头话里有话，不耐烦道："说具体点。"

简灵放下筷子端正地坐好，然而对上他审视的目光，好不容易聚起来的气势一下子矮了一截，心虚之下，小声说："我……我中午听你和你那位朋友谈工作，他不也是大老板吗？我想去他公司，可以吗？"

叶归舟一怔："你说真的？"

简灵别有用心，不敢跟他对视太久，怕被他察觉到什么，她飞快地垂下眼眸，小鸡啄米般点头，并且举起三根手指发誓，自己绝对没有开玩笑。

那句古话怎么说来着？"近水楼台先得月"！

没错！她不主动到程知栩的公司去，怎么跟他产生交集，继而发展出爱情故事。

简灵下午躺在床上的时候，脑子里已经列出了一百八十个追男人的计划，虽然她没有经验，但她……"初生牛犊不怕虎"！

孩子长大了，叶娴心也不想管得太严，稍做考虑后便松了口："既然是你舅舅的朋友，那应该还算靠谱，你有什么事就直接找你舅舅吧，我和你爸不管你了。"

她的眼睛看着简灵，话却是对叶归舟说的。

叶归舟岂能不明白她的意思，淡淡地牵起嘴角，皮笑肉不笑地说："不是我说，大姐、姐夫，敢情你们这是给我生了个女儿？简灵从小是我带大的就算了，现在她长大了，还得我照顾？"

简灵脑子机灵，当即体贴地给他夹了一块小排，眨了眨水灵灵的大眼睛，跟他撒娇："别这样，舅舅，等你老了我会好好孝敬你的。"

叶娴心微微一笑："听到了吗？灵灵对你多好，多孝顺。"

叶归舟："……"

我谢谢她。

现在是毕业季，各大公司都在招人，当然也包括程知栩的公司。

简灵从叶归舟那里得知了程氏集团具体的应聘时间和地点，然后就把自己关在房间里写简历。

之前进自家公司是走后门，简灵不曾经历过递送简历以及参加面试这个过程。这还是她第一次写简历，她在网上搜了很多模板出来，照葫芦画瓢，修修改改几个小时，看起来终于像那么回事了。

简灵这次想凭实力被录取，特别叮嘱过叶归舟，不许他动用关系。不过，必要的时候，她还是会利用一下他的。

她把写好的简历发给叶归舟，卖乖道："亲爱的舅舅，劳烦你拨冗帮我检查一下，看看哪里还需要补充。"

叶归舟很快回了消息，言简意赅："我不是 HR。"

简灵的公主脾气上来了："那你到底要不要帮我！（叉腰）"

叶归舟故意逗她："不帮你会怎么样？"

简灵气呼呼道："那我就向妈妈告状，说你欺负我，向外公告状，说你打我，还要向外婆告状，说你不给我饭吃！"

她搬出一大堆靠山，每一个靠山都让叶归舟惹不起。

识时务者为俊杰，叶归舟捏了捏眉骨，举白旗投降："我把公司 HR 的微信推给你，让她帮你改，顺便告诉你面试需要注意的问题。"

简灵瞬间消气，发给他一个小女孩乖乖等待的表情包。

稍后，叶归舟就给她推送了一张微信名片，正是他公司的资深HR赵女士，传说她能应对一切面试问题。

简灵本就善于交际，加上微信后，她先是甜甜地叫"姐姐"，又兴奋地表达自己对她的崇拜，还假装歉然地说，希望没有耽误她的工作时间，最后才切入主题。

而那位赵女士，早就被她一张吃了蜜的小嘴哄得心花怒放，开开心心地帮她改简历，传授她面试技巧。

为了追求梦想，哦，不，为了追男人，简灵非常认真地拿着笔在本子上做笔记，密密麻麻写了三页纸，堪比即将参加高考的考生。

简灵恶补了四天，可以说是万事俱备、只欠东风。

面试这天，她特意起了个大早，坐在数十平方米的衣帽间里，视线一一从礼服裙和常服上扫过，最后悲催地发现自己没有正装。

她只记得要注意面试官提出的各种问题，完全忘了赵女士提醒过，着装也是一项考察内容。

简灵扒拉着一排排衣服，万般无奈之下，选了一件泡泡袖的白衬衫，搭配黑色的背带西裤，相对来讲正式一点。

换好衣服后，她站在全身镜前转了一圈，又将头发扎成蓬松的马尾，看起来还算是中规中矩，应该不会出错，而后从鞋柜里拿出一双带跟的小皮鞋穿上。

面试定在上午九点，时间还算充裕，简灵在家吃了早餐，拒绝了家里司机相送，自己打了辆车前往程氏集团。

她坐在出租车后座，望着不断倒退的商铺、高楼，终于将视线定格在远处一栋矗立的大厦。

简灵抬头仰望着大厦顶端的银灰色商标，绽放出一个灿烂的笑容。

程知栩，我来啦！

简灵自认为来得够早了，谁知到了面试所在的楼层，走廊里已经排上了长队，年轻男女坐在办公室外的塑料椅上等待，手里拿着跟她一样的文件袋。

她深吸一口气，走过去坐在最后一个女孩旁边的椅子上，把文件袋放在膝盖上，有点紧张地捏了捏手指。

边上的女孩容貌清丽动人，脸上化了淡妆，发梢微微内扣，穿着米色小西装，里面是浅色的吊带，九分长西裤裹住匀称修长的双腿，脚上是一双裸色高跟鞋，七厘米左右的高度。她身上没有任何多余的装饰，整体看起来清爽又正式。

简灵觉得，自己要是面试官，冲着外在条件，也会留下这个女孩。

试问，谁不喜欢漂亮姐姐呢？

虽然她是女生，但是遇到长得好看的女生，也乐意多看几眼。

简灵看着看着，视线不经意地落在女孩怀里的文件袋上，隔着一层透明的封膜，她看到毕业院校那一栏——北京大学。

简灵暗暗咋舌，恨不得双手抱拳，感叹一句“佩服、佩服”，难怪这个女孩周身充满一股学霸气息。

女孩注意到简灵频频投过来的目光，抬手将脸侧的一缕发丝别到耳后，微笑着说："你好。"

简灵这个社交达人立马露出友好的笑容："你好，我叫简灵，很高兴认识你。"

女孩盯着她颊边的梨涡，唇畔的笑意深了几分："我叫戴望楚。"

简灵心直口快："你跟戴望舒是什么关系？"

第一次听到有人问这个问题，戴望楚歪了歪头，认真地思索了三秒，回答："我们唯一的关系大概是……都是浙江人？"

"哈哈，你好有趣。"简灵发觉自己的笑声有点大，连忙掩唇。

这样一来，那双眼睛便显得尤其灵动。

两个女孩在三言两语中熟悉起来，彼此加了微信好友，简灵还从戴望楚这里得到了最新的情报，今天上午来面试的一共有三十个人，应聘策划部的有十一个，但是策划部只招四个人。

正巧她们两个都想进策划部。

简灵顿感压力倍增，本来以为自己被资深HR赵女士开过小灶，被录取的可能性很大，没想到这小小一条走廊里居然卧虎藏龙。

她的信心就像被针扎破的气球，悄无声息地瘪了。

戴望楚说："你没来之前，我从他们的交流中得知有个人是国外名校毕业的呢！你说，遇到这种人才，公司不得直接开出年薪百万的条件留下？"

简灵耷拉着肩膀，嘀咕："你也很厉害的好吗。"

面试很快就开始了，三十个人抽签决定顺序，简灵非常"幸运"地抽到了第一位。她拿到签的时候，眼睛都瞪直了——要不要这么耍她？

戴望楚看了一眼，眼里流露出同情，还不忘握拳给她加油打气："去吧，先锋战士，我会为你祈祷的！"

简灵回以一笑，在整个走廊的人的注视下，光荣地走进办公室。

室内宽敞整洁，正对着门的那面玻璃墙拉了半扇百叶窗，将上午的阳光遮挡了一半，只余几点斑驳的光影投在地板上，桌子后面一字排开，坐着四位面试官，全都板着一张扑克脸，比教导主任还要可怕。

简灵吞了吞口水，感觉自己不是来面试的，而是来接受审判的。

号称天不怕、地不怕的她此刻不由得心里发怵，她暗暗给自己打气，很快冷静下来，深吸一口气，面带标准微笑，开始做自我介绍。

接下来是面试官的提问环节，简灵这时候就想起赵女士的好了，因为面试官问到的问题她都被提前辅导过。

这叫什么？押对题了啊！

最后一个问题，由其中一位女面试官提出："你为什么会选择我们公司？"

这个问题赵女士也辅导过，她的原话是："一旦面试官提出这个问题，你什么都不要想，闭着眼睛夸这家公司就对了，将你能想到的所有优点全部列出来，完全不要担心你的回答会让对方觉得虚伪和敷衍，恰恰相反，你能将这家公司的优点列出来，说明你提前做过功课，对他们公司非常了解。"

简灵有备而来，提前搜集过程氏集团的资料，小嘴巴不停地吹出各种"彩虹屁"，不知道的还以为程氏集团排名世界第一。

当然，还有一个优点她没有说——你们老板长得帅。

简灵说完就鞠了一躬，直起身时看到那名扑克脸的女面试官勾了下嘴角，似乎是笑了一下。

这是满意的意思吗？不等她细思，面试官就指了指门的方向："你可以出去了，待会儿等通知。"

简灵笑了笑，乖乖退出办公室。

作为打头阵的人，简灵一出去就被团团围住，大家小声问她面试的情况。她也没有藏私，老老实实地说了过程，包括问到的几个问题。人群中忽然响起一阵抽气声，目光一致看向简灵身后。

简灵不明所以，一脸疑惑地转过身去，一眼就看到从电梯里走出来的程知栩，他身边还跟着一名西装革履的男人，应该是他的助理。

这也太猝不及防了！

虽然她内心很想见他，但她还没有做好跟他再次见面的心理准备啊！

简灵灵机一动，举起文件袋挡住脸，掩耳盗铃一般假装没看到他，并在心里默念咒语：他看不到我，他看不到我……

大概是咒语生效了，程知栩面无表情地从她身边经过，走进不远处那间面试的办公室。

简灵像是跑了一场马拉松，浑身都脱了力，大口大口喘气。

警报解除后，她又忍不住躁动的小心思，用文件袋当盾牌，慢慢往下拉，眼睛从上面露出来，盯着那个人的背影。

呜呜呜，不行了，一个背影也那么好看！

简灵捂住胸口，心脏又在挑战极限，扑通扑通跳得厉害，怎么会有这么魅力四射的男人，她好心动。

“喂！”戴望楚碰了碰她的胳膊，“你在发什么呆？我叫你两声了你都没反应，吓傻了吗？”

你懂什么？这一刻，我只沉迷于程知栩的美色，其他任何事都无法占据我的思想。

简灵只敢在心里这么想，嘴上却说：“没什么，我在想刚刚面试官问的问题，我回答得够不够好。”

戴望楚：“我还以为你在看程总呢。你应该知道吧？刚才进去的那一位就是我们未来的老板，我在集团官网看过他的照片，没想到本人比照片还帅。”她还以为网图都是修图师精心修过的，不能当真，没想到这次不一样。

简灵心里有个小人疯狂点头：对呀、对呀，程知栩就是很帅。

刚才她还警告过自己要冷静，转眼间就再次沦陷，忍不住抱住戴望楚的胳膊幻想：“他要是我男朋友就好了。”她嘻嘻一笑，“我跟你说，要是程知栩哪天成了我男朋友，吵架我都恨不得扇自己……”

话音未落，戴望楚就一把捂住她的嘴巴，向她高频率地眨眼暗示。

简灵接收到她的暗示信号，眼角的余光瞥见程知栩从办公室里出来，那双眼扫过她所在的方向，没有过多的停留，径直走进了电梯。

简灵：“……”

直到程知栩的身影消失在视线里，戴望楚才放开手，大惊失色：“看不出来啊，简灵，你简直色胆包天！”

简灵没听清她说了什么，她现在只想知道一件事：“你说，他听到我说的话了吗？”

“应该……没有吧？”戴望楚觉得，如果程总听到了那样直白的“爱的宣言”，神色不会一点变化都没有。

经过三轮面试，终面结束时，面试官让简灵回去等电话通知。

简灵不担心面试结果，她觉得自己今天几轮面试都表现得挺好。她唯一不确定的就是程知栩是否听到了自己的告白。

下午，她拖着满身的疲惫回到家，第一时间爬进了狗窝，抱着狗狗的脖子唉声叹气：“哆啦，妈妈今天又干了一件蠢事。”她自言自语，“我怎么总是在他面前犯傻，唉……”

哆啦伸出舌头发出“哼哧哼哧”的声音，简灵摸了摸它的脑袋：“你就不能安慰一下妈妈吗？”

哆啦仰起头，“汪汪”叫了两声，简灵颇为无语，继续蹂躏狗狗，把它脑袋上的毛揉得乱糟糟的，说：“你这是安慰人的语气吗？我怎么觉得你还挺兴奋？”

她有一搭没一搭地跟狗对话，说到兴起，她忽然俯下身，凑到狗狗耳边说：“哆啦，妈妈给你找一个爸爸好不好？超级帅气的那一种。”

哆啦“汪”了一声。

简灵抓起它的爪子，跟自己的手心击了个掌，笃定道：“那就这么说定了！你等着妈妈的好消息！”

第二天下午，简灵收到了程氏集团人事部的电话通知。

对方告诉她被录取了，要她下周一到集团总部办理入职手续，成为一名策划部的实习生，最终会有一个考核，通过考核才会转正，详细的信息稍后会发到她的邮箱里。

简灵只知道自己离程知栩又近了一步，手指揪着抱枕的花边，笑得快要不能自已，没怎么听对方后面的话。

挂了电话后，她像是解除封印一般，扔掉手机，一下子跳到沙发上，对着空无一人的客厅鬼吼鬼叫，把阳台上的哆啦都吓到了。

心里有只小猫在挠痒痒，简灵一刻也坐不住，上蹿下跳了一会儿，盘腿坐在沙发上，还是忍不住快要漫出来的小雀跃，左右摇晃着身子，仿佛一只人形不倒翁。

沙发上的手机响起欢快的铃声，简灵拿起来接通：“喂，舅舅！”

“这么开心？”叶归舟稍微想了一下，便猜到原因，“面试通过了？”

“哼，也不看本公主是谁，我要做的事怎么可能失败。”简灵得意扬扬的，尾巴都要翘上天了，“你欠我一顿庆功宴，我先记下了，回头有时间你再请我。”

叶归舟：“……”

他就不该打来这个电话，莫名其妙就被敲诈了一顿饭。

简灵抿了抿唇，警告他：“还有哦，我知道你和程知栩是好朋友，你千万不要让他对我特别关照什么的，让我知道了，我就……”她没想好要怎么威胁叶归舟，支吾道，“反正……你不许那么做。”

她才不要让程知栩认为自己是个需要长辈照顾的小屁孩。

叶归舟有点欣慰：“行，我知道了。”

公主殿下对他的表现很满意，宣布他可以退下了，然后她就打车去为自己置办装备——买了一大堆漂亮的正装。

星期一，简灵穿着新买的白裙子，外面套着小西装，拎着包包，出门打车前往程氏集团。

奈何她出师不利，正值早高峰，路上堵得水泄不通，前面的车子排成一条长龙，出租车的行驶速度堪比蜗牛。简灵时不时看一眼手上的腕表，心急如焚，难道她上班第一天就要迟到吗？

不要啊……

本来她是想坐地铁的，可是看了导航以后，发现要中途换乘。一想到进出地铁时的拥挤，她果断放弃了。谁能想到，坐出租车也不顺利。

堵了将近半个小时，在简灵坚持不懈的祈祷下，车子终于得以通畅前进。她急得像热锅上的蚂蚁，不断催促司机：“大叔，麻烦开快一点，我赶时间。我第一天上班，迟到会被开除的！”

紧赶慢赶，简灵到达公司的时间还是有点晚，眼看着三米开外的电梯即将关闭，她伸出手，大喊：“等一下！”

她提起一口气，穿着高跟鞋全力冲刺，终于踏进了电梯。还好她今天穿的高跟鞋鞋跟不是很高，不然准会崴脚。

然而还没等简灵舒口气，她就看到程知栩低垂着眼帘，眼神平静无波地看着她。旁边的助理正一脸诧异，好像她做了大逆不道的事。

简灵环顾四周，意识到不对劲，这是……总裁专属电梯？

“对不起、对不起、对不起……”简灵闭上眼睛，对着程知栩的方向深鞠一躬，“我没有看到这是专属电梯。”

公主殿下该认㞞的时候就要认㞞，她现在可是一名刚入职的实习生，对上司要绝对尊敬，不能像在家里那样任性胡来。

程知栩身边的助理拧起眉毛，代替老板开口训斥：“还愣着干什么？知道走错了还不快出去？冒冒失失，你是哪个部门的？”

“策划部。”简灵为自己小小狡辩了一下，“我第一天来上班。”

“怪不得不懂规矩。”明朗的语气稍稍缓和了一些，挥手作驱赶状，“行了，赶紧走吧，下次注意一点，不要到处乱闯。”

简灵红着耳朵点点头，正准备去按开门键，电梯开始上行了，她伸出的手指顿在半空中，不知道该怎么办，回过头问助理：“我……还用出去吗？”

从简灵进电梯起就一直沉默的程知栩终于开了口，嗓音低沉，带着点磁性，问她：“你到哪层？”

简灵心尖颤了颤，没错，就是这个声音，最近常常入她梦乡，说着各种动听的情话，害得她茶饭不思，终于又听见了。

不得不承认，梦里的声音不能跟现实中的相比，现实中的声音好听到她想化身尖叫鸡。

明朗见惯了公司里的女职员对着老板的脸犯花痴，不耐烦地出声提醒：“程总问你话呢，到哪一层？”

简灵如梦初醒，忙不迭地回答：“二十六楼。”

“直接按二十六吧。”程知栩说了第二句话。

简灵往旁边看了一眼，所有的按键中只有四十八楼的亮起蓝光，她毫不犹豫地按下“26”，并在心里给程知栩发了一张好人卡。

不过，简灵很快发现一个问题，她居然站在了程知栩前面，搞得好像她才是老板，程知栩是下属。简灵很懂规矩地默默往后退，直到后背抵上电梯内壁。

这样也好，这样她就可以光明正大地看程知栩的背影，且不会被他发现。

男人宽肩窄腰，一双腿修长，身材比例完美得挑不出一丝瑕疵。简灵不禁感慨，上天造人的时候总是有偏爱，不仅给程知栩开了一扇门，还给他开了一扇窗。

程知栩侧目瞥向斜后方的简灵，眼中带着几分探究，似是想不明白她怎么会出现在自己的公司，还进了策划部。

简灵以为自己偷看被发现，连忙偏过头，假装在看贴在电梯内壁上的宣传海报。下一秒，程知栩的声音在她头顶响起：“叶归舟让你到我公司来做卧底的？”

什、什么？

简灵反应了两秒才明白他的意思，飞快地摇头，表明忠心：“我不是，我没有，我绝对不会出卖公司！”

程知栩不依不饶地追问：“那你过来是为了什么？”

还不是为了你。简灵心道。

简灵心里这么想，但绝不敢这么说，嘴上官方地回答：“贵公司的工作环境和员工福利让我非常满意，我是慕名前来的。”说完，她肯定地点了点头，郑重其事道，“没错，就是这样。”

一声低笑自程知栩的唇畔溢出，带着不明显的鼻音，动听得让人昏厥。

他当然能听出这是简灵的借口，且不说叶家公司的规模和福利，就算是简氏，那也是数一数二的存在，简家大小姐说这话有些好笑。

程知栩居然笑了！

而且，他是因为自己才笑的，简灵被这个认知砸到脑袋晕乎乎，要不是手指死死地抓住包包的提手，借此克制自己，她早就开心得蹦起来了。

电梯不合时宜地“叮”了一声，显示二十六楼到了，简灵收起心中失落，朝程知栩挥手告别：“程……老板，再见。”

她差一点就脱口叫了程知栩的名字，好险。

简灵走出电梯，忍不住回头看了里面的男人一眼，那一眼饱含依依不舍之情，就跟她每次离开家时哆啦看她的眼神一样。

程知栩抬眸，与她的眼神交会，薄唇轻启：“有事？”

明朗早在他们两人开始交流的那一刻就化作一座雕像，结结实实地呆住了，听到老板主动问她有没有事，他彻底震惊了。

这姑娘到底什么来头？

简灵其实没事，就是想多看他一眼，不过他既然问了，她当然要得寸进尺：“我有点事想跟你说，等下办完入职手续可以去找你吗？”

程知栩正在思考，电梯门自动关闭，明朗眼明手快地伸手按了一下开门键，关闭的电梯门重新朝两边打开。

程知栩盯着简灵装满期待的眼睛，一时竟不舍得拒绝：“可以。”

简灵眉开眼笑：“那你等等我，我很快就过去。”

电梯门再次关上，简灵双手背在身后，踮了踮脚尖，对着那扇关闭的门傻乐。毫不夸张地说，她现在嘴角翘起的弧度快要蔓延到耳根了。

她抬手拍了拍酸软的笑肌，又担心把腮红蹭掉，只得拼命压制自己上扬的嘴角。

她该庆幸今天早上在路上堵了三十分钟，并且阴差阳错地进了专属电梯，不然哪儿来的机会跟程知栩偶遇，还说上了话。

等等，她好像要迟到了！

一瞬间，简灵从美梦中抽离，飞奔到部门，果然其他的实习生都已经到了，就她一个人未到位。

她在新入职的人群中看到戴望楚，朝对方笑了笑。录取通知出来的那一天，她就给戴望楚发过微信，知道对方也被录取了。

戴望楚也看到了简灵，担忧的神色顷刻消散，一把将她拉到自己身侧，小声说："你怎么现在才到？"

简灵刚想解释，主管袁霄就过来了，好在他没有找简灵的麻烦，只让实习生分别向策划部的其他职员做自我介绍。

"郑琳，带他们到人事部办理入职手续。"主管说。

一个年轻的女职员站了起来，笑着带领大家离开策划部，向另一个方向走去。

片刻后，简灵和戴望楚办完手续，脖子上都挂着蓝色的工作牌，在主管的指示下，找了两个相邻的格子间坐下。

戴望楚这才有空对简灵竖起大拇指："入职第一天迟到。简灵同学，你还敢不敢再厉害一点？"

简灵单手扶额，露出一个劫后余生的庆幸笑容，狂奔了一个早晨，此刻停下来她才发现额头出了汗，她拿出纸巾擦了擦，又从包里掏出粉饼按压了两下，确定妆容没有花才满意一笑："都是意外，都是意外……"

其他实习生办完手续陆续回来，主管过来给大家讲了规则，还给他们派发了任务，要求周五之前完成，然后就进了办公室。

简灵想到自己还要去找程知栩，便对戴望楚编了个理由："我去上厕所，如果待会儿主管又有吩咐的话，你记得告诉我哦。"

戴望楚："……"

她严重怀疑，简灵是哪家的大小姐过来体验生活的，上班第一天迟到就算了，这才坐下来不到十分钟就要上厕所，一会儿是不是还要去茶水间喝个咖啡？

见她不回答，简灵可怜巴巴地作揖："楚楚。"

戴望楚无奈，比了个"OK"的手势："你去吧，我帮你盯着。"

简灵偷偷摸摸地躬着身离开工位，一头扎进电梯里，上到四十八层，在走廊里左顾右盼，终于找到了程知栩的办公室。

她抬起手刚准备敲门，门就被从里面打开，映入眼帘的是刚才在电梯里见过的人——程知栩的助理。

简灵礼貌地询问："程总在里面吗？我过来找他。"

明朗到现在都不知道这个女生姓甚名谁，只知道程总认识她，还对她有几分特殊，他不得不认真对待："他在里面，你进去吧。"他错开身子，给出空间让她过去，末了，贴心地关上门。

明朗站在门口反省了一下，幸好那会儿在电梯里，他对这个女孩的态度不算太恶劣。

简灵自觉地放慢脚步，轻轻地走进去，只见程知栩坐在办公桌后面，身上的西服外套脱了，单穿着白衬衫，修长白皙的手指捏着文件夹，正在垂眸细看。

这样静谧美好的画面，简灵都不忍出声打扰了。

等了半晌没人说话，程知栩抬起头，身子微微后仰，后背贴着椅子靠背，温声问："不是有事要跟我说？"

简灵不是扭扭捏捏的性子，清了清嗓子："我是来向你道歉的。上次的事对不起，我不知道那是你的手机，要不然我不会乱动。"她担心他听不明白，补充说明一点，"你的手机和我舅舅的一样，我以为是他的。"

原来就为了这件事，程知栩点点头，露出了然的神情："我知道了，不会介意。"他当时打电话过去，她接通后喊了声"舅舅"，他就知道她不是故意的。

"那个，我还用你的手机拍了几张照片。"简灵说到这儿就有点不好意思了，目光略有闪躲，"你可以删掉。"

程知栩顿了顿，拿起一旁的手机，打开相册，里面果然保存着她的照片。

简灵伸长脖子看了一眼，他还没删除，第一张照片就是她嘟着红唇扮可爱的样子，她自己一个人看倒是不觉得有什么，在爱慕者面前，她只觉得羞耻感爆棚，脸都红了："你删了吧，我瞎拍的。"

程知栩当着她的面，干脆利落地删除了照片，删完把手机屏幕举起来给她看："这样可以了吗？"

简灵飞快地瞄了一眼，弱弱道："……可以了。"

简灵解决了心头大患，长松一口气，终于不用日夜想着这件令人尴尬的事了。

天知道她每次临睡前想起来，都会把自己尴尬得睡不着，思来想去，还不如跟程知栩把话说开，然后诚恳道歉。

程知栩见她站着不动，于是问道："还有事？"

简灵摆了摆小手，她来此的目的就是向他解释之前的误会，现在该说的话都说完了，没有理由继续留在这里。

她面朝着他往后退了一步，又退了一小步，仿佛想让他挽留似的，故意很大声地说："那我走了啊。"

事实却不像她预想的那样，程知栩重新低下头，把注意力放在桌上摊开的文件上，淡淡地"嗯"了声，没有丝毫留恋。

简灵在心里握拳发誓，总有一天，我要让你对我"恋恋不舍"。

她潇洒转身，大步走出办公室，帅气地关上门。

帅气人设还没坚持三秒就原形毕露，她重新把门推开一条缝，探进去一个脑袋，笑得梨涡浅浅："老板，再次声明，我不是卧底哦。不过，你要是想知道叶归舟公司的机密，我可以帮你盗取！"

她出卖舅舅出卖得很欢快……

到底是女孩子，脸皮薄，简灵说完这句玩笑话就后知后觉地羞窘了，迅速关上门，逃之夭夭。

程知栩盯着那扇微微晃动的玻璃门，耳边似乎还回荡着女孩甜甜的嗓音，不知是不是受到蛊惑，他竟笑得肩膀耸动，好半晌停不下来。

这世上怎么会有这么鬼灵精怪的女孩？

还有，不知道叶归舟得知自己被外甥女出卖后有何感想。

想到这里，程知栩又忍不住扬起嘴角，一边觉得自己莫名其妙，一边笑得根本不像平时那个稳重的自己。

程知栩沉浸在自己的世界里，好一会儿才回过神，抬手捏了捏领带结，恢复成清清冷冷的模样，低头翻看文件。

桌上的手机响了，他拿起来，先瞄了一眼来电显示，然后滑动接听键，开门见山："关于并购案的细节……"

"我打来电话不是要跟你说这个。"叶归舟打断他，"有点私事跟你说。"

"嗯？"

"我那个外甥女你知道吧，就是你上次在私房菜馆见过的简灵。"叶归舟语气含笑，带着点无奈，"她跑去你公司实习了，那丫头是个麻烦精，给我惹出过不少乱子，现在人到了你眼皮子底下，你帮我盯着点，别让她受欺负了。"

虽然简灵再三要求，不许他让程知栩特别关照，但他毕竟是个长辈，不能真的什么都不做，回头让爸、妈、大姐、大姐夫以及那帮毫无原则地宠爱简灵的亲戚知道，他又得被念叨。

程知栩把手机放回桌上，按开免提，手上不停歇地翻阅文件，闲闲地说："你的外甥女，凭什么让我照顾，还真当我是她叔叔了？"

叶归舟细想片刻，也觉得有些强人所难，直言道："不用区别对待，你稍微留意一下就行。"

程知栩抽出一支笔，在文件右下角签上自己的名字，低笑一声："我一个老板，怎么留意一个策划部的实习生？叶归舟，你也太会给我出难题了。"

叶归舟习惯先礼后兵，这个时候就不跟他客气了："反正人我是交给你了，要是出了什么事，你得给我个交代。"

程知栩想都不想，果断挂了电话。

上班第一天，简灵只能用一个字来概括——累。

之前在自家公司上班，她无数次埋怨上司，把她当成一个花瓶摆在那里，总让她干一些不需要动脑子的工作。

现在的公司倒是没有把她当花瓶，可也没把她当人对待。

实习期的任务量就多到让她喘不过气来，整个下午她都在跟国外的客户交流对接，光是电话记录就写了四页纸，一点不像是策划部该有的活儿。

忙碌到下班时间，简灵今天的工作安排还是没完成，只能背回家继续。

饭桌上，简灵一边吃饭一边拿手机给戴望楚发语音："楚楚，我临走前问你的那个格式问题，你记得教我。"

餐桌对面，简祖贸和叶娴心对视一眼，叶娴心忍不住皱起眉毛，关切道："实习第一天就这么忙？"

简灵抱着碗大口扒饭，在饿肚子面前，名媛淑女的修养都被她丢在一边了。听到问话，她口齿不清地说："是啊，我都忙一整天了，上厕所的时间都没有。"

手机"叮咚"响了一声，她拿起来看，是戴望楚发了详细的格式转换教程，不仅有配图还有文字解说。

简灵大呼贴心，给她发了一连串的爱心。

叶娴心见状放下筷子，语重心长地说道："灵灵，妈妈同意你出去工作，是因为这是你要求的，妈妈没有指望你有多大的作为，只希望你能过得开心一些。”

“我很开心啊。”简灵的注意力从手机屏幕上移开，看向对面的二老，担心他们不信，她重重地点头，“真的，虽然有点累，但我真的挺开心、挺满足的。”

以后的每一天，她都能见到程知栩，能不开心吗？

她单手支着下巴，想起早上在电梯里与程知栩相遇的画面，他不仅认出了她，还主动跟她说了话……

简灵及时捂住嘴巴，免得痴笑又从嘴角跑出来，吓到父母。

叶娴心惊讶地张了张嘴，要不是亲耳听到，她根本不敢相信这是从简灵的嘴巴里说出来的。

她太了解这个小丫头的性子了，从小到大都是被两家长辈放在手心里疼着、宠着，吃不得半点苦头，还有些骄纵任性，做事总是三分钟热度。

“你没有骗妈妈？”叶娴心持怀疑态度。

简祖贸在桌底下碰了碰妻子的腿，示意她不要打击女儿的自信心。他轻咳一声，对简灵说：“宝贝想做的事尽管去做，遇到困难告诉爸爸，爸爸帮你解决。”

叶娴心接收到丈夫传递的信号，立马改了口：“嗯，爸爸和妈妈永远是你的后盾。”

简灵咽下嘴里的食物，竖起一根食指晃了晃，故作严肃道：“别的暂且不提，我现在就有一个困难需要爸爸帮忙。”

简祖贸：“你说。”

简灵耷拉着肩膀，苦兮兮地说：“家离公司太远了，我上班好不方便，今天早上差点就迟到了。”

“我给你配辆车？”简祖贸说。

简灵一噎，惊掉了下巴：“我不会开车。”

大学期间，室友都考了驾驶证，只有简灵例外。她觉得自己就是个潜在的马路杀手，她自己无所谓，出去祸害别人就是她的不对了。

简祖贸思考片刻，完善刚才的建议：“再给你配个司机接送？”

“老爸，你是认真的吗？”简灵彻底无语，双手抱臂凝视着老爸的眼睛，跟他对视良久，他老人家仍然没发现自己的提议有任何不妥，简灵只好点明，“我是去上班的，不是去逛街，又配车、又配司机也太夸张了，被同事们知道会怎么看我？”

简祖贸想想也是，便迟疑地问道："你的意思是？"

"我问了部门的其他同事，他们都在公司附近租了房子，方便上下班。"简灵鼓了鼓脸颊，"我觉得这样挺好的，要不然大部分时间浪费在通勤上，觉都睡不好。"

简祖贸这下明白了，给出最完美的方案："你公司地址在哪儿？我先看看，在你公司附近给你买套房子。"

简灵看了一眼叶娴心，把脸埋进碗里，瓮声瓮气地说："可以吗？"为了追程知栩，还得搭上一套房子，万一追不上岂不是亏死了。

"等会儿我就打电话让你舅舅帮你找找合适的房子，前提是你一个人要照顾好自己……"叶娴心说着，到底还是不放心她一个人，"以后我让阿姨定期过去给你打扫、做饭。"

半个小时后，叶归舟接到了大姐的指令，撑着额头，一声接一声地叹气，心里想着是时候给简灵找个男朋友了，让她以后有问题找男朋友，而不是找舅舅。

男朋友也不是说有就能有的，叶归舟眼下还是要帮简灵解决问题。他又叹了口气，拿起手机给简灵打了一个视频电话："我刚才跟你妈妈商量过了，她让我帮你看房子，但我觉得你不一定能坚持到实习期结束。"

简灵坐在书桌前，面前是开着的笔记本电脑，上面密密麻麻的文字，显示她刚才在工作。闻言，她抬眸看着手机屏幕里的舅舅："所以呢？"

叶归舟还真看不习惯简灵认真工作的样子，顿了一会儿才说："我有个朋友的房子离你公司比较近，他不常住那里，你先住着吧，等你过了实习期再说。"

总给别人添麻烦，简灵有些过意不去，于是乖乖地答应："那好吧，我明天就搬进去。"

搬家的事轮不到简灵操心，自然有人帮她办好一切。

她需要做的就是购买漂亮的新家具装进房子里，坚持奉行"房子是租的，但生活是自己的"原则。

隔天就是领毕业证的日子，简灵刚入职，请不了假，只能让同城的同学代领。

简灵照常上班，为了避免昨天的事再次发生，她比平时早起了半个小时，总算没有再迟到。她没有进错电梯，也没有遇到程知栩，早起的好心情大打折扣。

“早上好啊，楚楚。”简灵把包放在工位上，朝旁边正在工作的戴望楚一笑，“感谢你昨天帮我大忙，中午我请你吃饭。”

戴望楚昨天都没注意，今天才看出简灵的包是特别款，官网都没得卖。

她冲过去抱住简灵的胳膊：“姐，以后有什么忙尽管说，我能帮一定帮！我以后就跟你混了！”她果然没有看错，简灵就是体验生活的富家大小姐。

简灵：“姐妹，没必要，真的没必要。”

本来简灵计划好了中午和戴望楚去公司附近一家新开的日料店用餐，十二点一到，她刚关上电脑，叶归舟的电话就打了过来。

“我给你订了外卖，记得收。”

简灵已经拿好了包包，闻言停下脚步：“为什么？”

叶归舟轻描淡写地说明：“欠你一顿庆功宴。”

简灵翻了个白眼：“你也太小气了吧，想用外卖抵一顿大餐？你们公司最近资金周转得很困难吗？”

叶归舟强忍着把她揪出来打一顿的冲动，道：“你先看看是哪家的外卖再说。”

话音刚落，简灵的手机又进来一通电话，应该是外卖到了，她匆匆对叶归舟说了一句：“我不跟你说了，再见。”

她接起另一通电话，果然是外卖小哥打过来的：“您好，您的餐点到了。我现在在您公司楼下，麻烦过来取一下。”

简灵偏过头，对戴望楚投去一个无奈的眼神：“我舅舅为了庆祝我顺利入职，给我点了外卖。”

戴望楚扑哧一声笑出来：“那我们中午还约不约啦？不约我就点外卖了，正好今天天气热，我不太想出去吃。”

“你等一下，外卖应该有多的。”简灵觉得，把一顿大餐改成外卖已经够小气了，叶归舟不可能只点一人份。

她火速冲到楼下，却发现外卖员竟然没有穿着黄色工作服也没有穿着蓝色工作服，而是穿着T恤牛仔裤，手里提着一个深褐色的食盒，总共有四层。

“请问是简灵小姐吗？”男生问。

简灵点头，然后男生就把食盒双手递给她：“我们私房菜馆是不提供外卖服务的，叶先生特意给我们老板打电话，让厨子做好了立马送过来，请您慢用。”

简灵愣愣地说："麻烦了。"

她低头一看，食盒盖子上刻有私房菜馆的标志。四周还浮雕着繁复的花纹，正是她上次和舅舅一起去吃的那家私房菜馆。她很喜欢那家的招牌菜。

简灵上到二十六楼，部门有一些同事还没离开，瞧见她手里的食盒，惊讶道："哇，这是哪家的外卖，包装也太精致了。"

简灵还没来得及说，已经有人看到盖子上的标志，当即拿出手机在外卖软件上搜索，可是无论怎样都找不到这家的外卖，直到在大众点评里打出店名，看到上面显示的人均消费数额，才倒抽一口气。

戴望楚对此情况见怪不怪，两人找了个靠窗的宽敞位置。

简灵揭开食盒，第一层是两碟餐前点心，一碟做成荷花的形状，另一碟是堆在一起的五块桃酥，剩下几层都是精美的菜肴，色香味俱全，足有三五个人的分量，两个女孩子吃绰绰有余。

戴望楚吃着肥美的樱桃肉，实在按捺不住好奇心："简灵，你老实交代，你是谁家逃婚出来的小娇妻？"

简灵工作了一上午，脑子早就成糨糊了，脱口而出："程家。"

她不知道的是，程知栩恰好在这时候从她身后路过。

昨天叶归舟在电话里再三强调，让程知栩帮忙照看一下外甥女。他吃完午饭，趁着休息时间来策划部逛一圈，不早不晚，刚好听见两人的对话。

简灵说出口的下一秒就反应过来，自己怎么能把心里话堂而皇之地说出来呢！她连忙抬手捂住嘴巴，拼命摇头否认："不是、不是，我信口胡诌的。"

"嗯？你这么紧张干什么？"戴望楚似乎嗅到不寻常的气息，斜着眼睛，高深莫测地笑道，"啊，我差点忘了，我们老板就姓程，你不会是老板的小娇妻吧。"

简灵娇羞一笑，心说，我倒是想。

戴望楚眼看着她的脸蛋由白变粉，渐渐变成红彤彤的番茄色，于是朝她比了个开枪的手势，摆出严刑逼供的架势："我不会猜对了吧？简灵，劝你坦白从宽。"

"啊啊啊，你胡说八道什么！再说我挠你痒痒了！"简灵这回是真的恼羞成怒了，丢下筷子就去挠戴望楚的胳肢窝。

戴望楚吓得吱哇乱叫，缩着脖子左右闪躲。

"等等！有人、有人……外面有人。"戴望楚余光瞥见一个高大的身影，没等看清那个人是谁，他就消失在拐角处。

简灵回头看了一眼，空荡荡的走廊里没有半个人影，这个时间大家都去吃饭了，没有那么快回来：“哪里有人，你要诈！”

程知栩走过拐角，藏在一面磨砂玻璃墙后，回想简灵刚才说的话——程家的小娇妻，心里“咯噔”了一下……

不会是他想的那样吧？

第二章

开启追夫计划

事实证明，“近水楼台先得月”这句话纯属胡说八道，简灵已经不记得有多少天没见过程知栩。

但转念一想，似乎又合情合理，她一个小小的实习生，哪儿来的机会天天见顶头上司。

她撑着腮，发出今天的第五十六声叹息，早知道还不如去应聘四十八楼的保洁，失策了。

“你没事吧？脸色这么难看，身体不舒服吗？”戴望楚的脑袋从旁边探过来，凑近她小声说，“用不用请假？”

“不用。”简灵摆了摆手，有气无力道，“例假来了。”

她这个月例假推迟了一个星期，来势汹汹，痛经也格外强烈。大概是因为肚子太痛，难以集中精神才会胡思乱想，简灵抬了抬眼皮，手指软软地敲击着键盘。

戴望楚正好要去茶水间接水，顺便给她带了一杯，里面还放了一包姜糖，热气袅袅，夹杂着浓浓的姜味：“趁热喝，一会儿还要开会。”

“谢谢。”简灵无精打采地接过杯子，抿了一小口。

这时候，主管袁霄从办公室里走出来，简灵吓了一跳，连忙把杯子放下，免得给上司留下上班时间就知道吃吃喝喝的坏印象。

她端正地坐好，手指飞快地在键盘上敲击，假装自己非常忙碌。

脚步声由远及近，停在简灵身侧，她手指顿了顿，抬起头就看到主管把一个文件夹递到她面前：“待会儿的会议上要用，你去拿给程总签字。”

简灵喃喃道：“程总？”

“是的。”袁霄说完，见她脸色不太好，额头不仅有细密的汗珠，嘴唇也一点血色都没有，“生病了吗？那我让别人去……”

简灵一把接过文件抱在怀里，生怕再晚一步就被人抢走机会，小嘴巴跟机关枪一样说个不停：“我没事，我马上就去，我保证完成任务！”

她正愁见不到程知栩，没想到机会说来就来，她手指摩挲着文件夹，像是摸着一件宝贝。

袁霄确定她没问题后才走回办公室。下一秒，简灵就生龙活虎，从包里掏出小镜子补口红，嘴唇抿了抿，又拿出棉签擦掉唇边多余的部分，直到唇瓣看起来嫣红饱满，像熟透的樱桃，她才满意地挑了挑眉。

戴望楚看在眼里，露出一丝意味不明的笑。

两人目光相接，简灵此地无银三百两地解释：“你不要胡思乱想，我只是想让自己的气色看起来稍微好一点。”

戴望楚心照不宣，拉长声调：“哦——”

“我不跟你说了。”简灵一秒都不想耽搁，抱起文件，踩着细高跟鞋往外走。

电梯上行的间隙，她抓紧时间对着电梯内壁的金属镜面整理头发和衣服。因为每一天都有可能遇到程知栩，她在打扮上花了很多心思，今天穿了一件香槟色的衬衣，领口扎着同色的有垂坠感的蝴蝶结，下面配了一条到膝盖的米色铅笔裙，露出白皙纤细的小腿，细细的高跟将她整个腿部线条拉长了许多，身材比例也更为完美，脚踝处一串带流苏的脚链是唯一的装饰。

简灵吸了吸气，努力忽略小腹处不断传来的下坠般的痛感，站在办公室外，抬手敲了两下门。

听到里面传出一声“进”，她挺直脊背，弯了弯唇，推开门走进去，暗示自己要淡定一点，不要脸红心跳得那么厉害，容易被人看出端倪。

程知栩抬头，看见熟悉的面孔，微微愣了一下。

简灵弯腰把文件放在桌上，表现得十分公事公办：“这是袁主管让我送过来的，需要您签字。”

文件有十几页，翻阅需要一定的时间，程知栩略一点头，想到什么，微抬下巴示意那边的沙发：“坐。”

简灵转过身走了几步，坐在沙发上，小腿并拢微微向一侧倾斜，双手搭在膝盖上，坐姿优雅规矩。

真皮质感的沙发面被空调风吹了很久，透着丝丝缕缕的凉意，透过一层布料传到她下半身。

简灵蹙了蹙眉，不知是不是她的错觉，感觉小腹更痛了。

坐了一会儿，简灵感觉自己快要痛晕过去了，眼睛却还是一眨不眨地盯着办公桌后面的男人。

他今天戴了一副眼镜，细细的金丝边框，衬衫的袖子挽到小臂，透出几分慵懒随性。阳光从落地窗照进来，衬得他侧脸轮廓清晰、俊美如画。

简灵心跳加速，渐渐走神，忘记了肚子痛，满脑子想着程知栩要是她男朋友，这会儿她就直接坐他怀里撒娇了，哪儿至于坐冰凉凉的沙发。

她脑补小剧情太投入，连程知栩什么时候走到她面前她都没察觉，直到他出声提醒：“文件签好了。”

简灵“啊”了一声，话没经过脑子就说出来：“这么快？”

程知栩：“……”

她觉得他该花多长时间来阅读这样一份不需要费脑子的文件？

简灵慌忙站起来，双手接过文件：“那你忙，我先走了。”

程知栩清楚地看到，女孩在拿走文件那一瞬，眼里闪过一抹难以察觉的失落，随即垂下眼睫，掩盖了眼底的情绪。

他不由得心头一跳，想到几天前路过策划部偶然听到的话，难道真的是他想的那样？

简灵喜欢他？

简灵还不知道自己小心翼翼藏起来的心思被人一眼就看穿了，她掩饰好情绪以后，重新抬起眼眸，准备说点什么，谁知在毫无防备下，撞进了程知栩深邃的目光，到嘴边的话瞬间忘了，只剩下慌乱到极点的心跳声。

程知栩淡淡地收回目光，只一眼，他就确定了自己的猜测——简灵喜欢他，很有可能是因为他才来程氏集团工作。

有了这个认知前提，程知栩再回想她的种种行为，心情有点复杂，不知道该怎么形容这种感觉，意外、震惊、无奈，又有些……哭笑不得。

眼前这个女孩，直白又笨拙，心思昭然若揭，就差写在脸上了。

程知栩自己都没发觉，再开口说话，声音比平时办公柔和了许多：“没事的话就先回去吧。”

简灵将乱了的呼吸节奏调回来，“哦”了一声，慢慢地转过身，提步往外走，脚踝垂下来的流苏在莹白的脚背上晃啊晃。

程知栩也注意到了，盯着那儿看了几秒，视线不经意上移，忽然看到她裙子上面染了一块鲜红。他的视线凝住了，很快反应过来那是什么，清俊的面庞闪过一丝尴尬，可简灵似乎没有察觉到，拉开门正准备出去。

程知栩急道：“等等！”

简灵顿住，手还搭在门把手上，回头看向他，漆黑的眼睛亮晶晶的，因为他叫住她而格外开心。

她在等程知栩的下文，然而他目光直直地看着她，半晌没有说话。

程知栩不知该怎么开口提醒，斟酌片刻，最后决定稍微委婉一点：“你的裙子……弄脏了。”

简灵目露诧异，怎么可能，她过来时特意检查过，从衬衫到裙子，每一处都完美得挑不出错，哪里弄脏了？

程知栩抿紧了唇瓣，陷入沉默，难道她就没有感觉到吗？

“哪儿弄脏了？”简灵找不到弄脏的地方，抬起头茫然地看着他。

“后面。”程知栩提示。

简灵慢吞吞地扭过头垂眼寻找，然后猛然反应过来，手指捏着裙子扯向一边，终于看到了正对着臀部的那一块明显的痕迹。

“轰”的一声，脑子里有什么东西炸开了，她的脸颊变得滚烫，以肉眼可见的速度染红，一路红到耳根。

简灵发誓，成年以后，她就没有遇到过这种情况！

一定是刚才她坐在沙发上，下半身冷得一点知觉都没有，根本没发现侧漏了。

完蛋了，要这么走出去吗？简灵眉心拢起，一脸生无可恋。

这间办公室里就两个人，除了程知栩，她找不到其他的求救对象。

程知栩也是第一次遇到这种情况，尴尬的气息萦绕在周身，手指摁了摁眉心。当他看到简灵欲哭无泪的表情，一种微妙的感觉由心底滋生，驱使他开口问：“你带了备用的衣物吗？你可以让同事送上来，我这里有休息室。”

简灵崩溃地摇头，她都不知道自己的脸红成什么样子了。

程知栩与她面面相觑了片刻，无声地叹了口气，就当替叶归舟照顾晚辈了。他这么跟自己说。而后，他拿起桌上的座机，接通内线，对秘书办的一位女秘书说：“麻烦送一套女装过来，越快越好。”

简灵在旁边小声补充：“还有那个……”内裤和卫生巾都要换。

程知栩猜到她还需要什么，张了张嘴，一个字都吐不出来，于是把电话递给简灵，下意识地咳嗽了声：“自己说。”

简灵接过电话，跟那边的人交流了几句，顺便说了自己的衣服尺寸。

女秘书的办事效率很高，十几分钟后，送来一套职业女装，还有简灵需要的东西，全部装在白色的纸袋里。

女秘书把东西交给简灵的时候，忍不住多打量了她几眼。

简灵此刻也顾不上不好意思，扭头看向程知栩，再次露出求助的眼神。后者心领神会，指了指休息室的方向：“进去换吧。”

反正已经把脸丢尽了，简灵现在完全是“死猪不怕开水烫”，也没有扭捏，大大方方地抱着衣服闯进程知栩的私人领地。

随着女孩的身影消失在门后，程知栩抬手取下鼻梁上的眼镜，长长地吐出一口气，第一次这般不知所措。

简灵磨蹭了许久才从休息室里出来。她的裙子换成了西裤，脏衣服被装进纸袋里，被她藏在身后，哪怕早已被程知栩撞见窘迫，此刻仍不忘掩藏自己的狼狈。

“我没带手机，衣服的钱下次再给你。”简灵抿了抿唇，声音越来越弱，“还有，谢谢你。”

“不用客气，我和你舅舅是朋友。”程知栩说。

简灵不知道是该开心还是该难过，他对她有几分特殊，她本来是该欢喜的，但现在他的话，让她意识到这一切都归功于叶归舟，她本人对他没有半点吸引力。

唉，她在心底难过地叹口气。

简灵无精打采地垂着脑袋，真是出师不利。她满心欢喜地化了美美的妆，想要跟他愉快地单独相处，哪怕只有短短几分钟，没想到搞砸了。

她连声招呼都没打就低着头往外走，身后忽然响起程知栩的声音，语气透着无奈：“你的文件忘了拿。”

简灵脚步停顿了一下，闷着头走回去，拿起之前放在桌上的文件。

回到策划部，简灵把签好的文件送到主管办公室，为避免麻烦，她撒了个谎：“程总有点忙，所以耽误的时间久了点。”

主管说：“辛苦你了，程总肯定是紧着重要的工作处理，能在开会前拿回来就好了，你去忙吧。”

好说话的上司让简灵舒心不少，她走到自己的工位，坐在椅子上，动手整理桌面，不住地唉声叹气。

戴望楚停下敲键盘的动作，怔怔地看着她，目光从上而下打量。

女人的洞察力向来敏锐，来回扫视两圈后，戴望楚发现了问题所在。

“不对啊，我记得你今天穿的是裙子，怎么去了一趟总裁办公室就换成裤子了？”说着，她瞪大了眼睛，眼神充满不可置信。

简灵把脸埋在一堆文件里，郁闷极了：“别提了，如果时光可以倒流，我宁愿送文件的人不是我。”

戴望楚不明白她话中含义。

耳边再次传来简灵愁苦的叹息声，戴望楚沉默地抬头，望着天花板思索了几秒，要不是知道简灵来了例假，她可能会想到一些少儿不宜的画面。

自从在程知栩面前出了大糗，简灵的追男神计划就彻底搁置了。一想到她接二连三地在他面前闹出的笑话，她就没办法直视他，更别提跟他正常交流了。

简灵撑着下颌，对着亮起的电脑屏幕惆怅不已。她的视线不期然瞟到电脑右下角显示的日期，7 月 16 日，星期四。

十天，她已经整整十天没见到程知栩了。

他本来就对她不冷不热，估计现在已经把她忘了吧。

忘了也好，简灵现在倒希望程知栩能忘了自己，顺便清除掉那些关于她的尴尬事迹，然后再重新认识她……

“大姐，你已经发呆五分钟了。”戴望楚伸出五指在她面前晃了晃，小声说，“不怕被主管抓到当典型啊？”

“快下班了，大家都在闲聊，又不止我一个典型。”

戴望楚扑哧一笑：“这倒是。”

简灵瞥了眼自己白皙细瘦的手腕，表盘上的钻石折射出光芒，啊，还有五分钟下班。她思考着晚饭吃什么，倏然，手机和电脑同时响了一声。

是微信提示音，她的手机和电脑都登录了微信。

简灵对着手机屏幕怔了足足三十秒才敢相信这是真的——程知栩给她发来了好友验证申请。

她颤抖着指尖点了通过，画面跳转到两人的聊天界面，最上面是一行浅灰色小字：你已添加了程知栩 CZX，现在可以开始聊天了。

程知栩：“下班后别急着走，你舅舅让我载上你，晚上一起吃个饭。”

简灵：“好。”

时间一分一秒过去，到了下班时间，简灵伸长脖子，脑袋从电脑显示屏上探出去，偷觑主管办公室，袁大主管还没走。

办公区里没人行动，大家都老老实实地坐在工位上，简灵关了电脑，单手托腮，另一只手的食指和中指纷乱地敲击着桌面，有些急不可耐。

戴望楚处理完手头最后一点工作，拿起椅背上的防晒衣：“还不走？”

“走！马上就走！”简灵正愁没人起头，闻言噌的一下站起来，挽着戴望楚的胳膊，拖拽着她头也不回地往外走，生怕被主管抓包。

“欸，你等等，我鞋都快掉了。”戴望楚被她拽得踉踉跄跄，站在电梯前跺了跺脚，把快掉的高跟鞋穿回去，“你今天怎么这么急躁？”

简灵：“有点事。”

两人进了电梯，戴望楚理了理头发，按了一楼，简灵按了负二楼。

“嗯？”戴望楚盯着负二的数字，怔了怔，“你今天开车过来的？”

“不是。”简灵挠了挠头，不知道如何跟她解释，囫囵说了句，“有朋友过来接，晚上一起吃饭。”

电梯里陆陆续续进来不少人，都是下班的职员，三三两两地凑在一块闲聊。一楼到了，大家鱼贯而出，电梯里只剩下三两个人。简灵提着包包，对着金属镜面撩了撩空气刘海。

她有点紧张，在电梯门打开的瞬间，咬了下嘴唇，踩着高跟鞋“咔嗒咔嗒”走出去，看了看四周，看到有辆打着双闪的车。

简灵小跑过去，在车旁停下。车窗降下半扇，程知栩的侧脸缓缓露出来，白皙干净、棱角分明。因为不是在工作场合，他的穿着略显随意，单穿着白衬衣，领口的扣子散开两颗，露出两边精致的锁骨。

程知栩侧头看着车外的女孩，眉目舒展，笑着说：“上车吧。”一如在私房菜馆初见时那样温和沉敛。

他看向她的眼神没那么陌生，也不太热络，像是不记得上次在办公室的尴尬事件了。

简灵犹犹豫豫，眼神在程知栩旁边的空位和副驾驶座之间徘徊了一小会儿，纠结于坐在哪里合适。没等她思考出结果，司机就下了车，贴心地为她拉开后座的车门，手挡在车顶边缘。

简灵舒心了。

这下不用她选择了。

简灵躬着身坐进去，整理了下衣服，心里直打鼓，不知道要不要说点什么，该说什么好呢？

“我舅舅有没有说是什么事啊？”简灵强自镇定，语气尽量从容淡然，“他都没跟我联系过。”

“我和你舅舅有点工作上的事要谈，约了晚上吃饭面谈。”程知栩说，“他突然想到你，就让我叫上你，给你改善下伙食。”

简灵：“哦。”

两人又要谈公事，她又是去充当背景板，顺便蹭一顿饭。

程知栩偏过头，看着姑娘白里透粉的脸颊，一绺发丝垂在耳郭，小耳垂圆圆润润的，珍珠一样，一时忘了要说的话。短暂失神后，他找回思绪：“在公司还能适应吗？”

听叶归舟说，简灵是个特娇气的大小姐，过去二十几年不知道愁滋味，更没尝过苦。策划部忙起来，加班是常事，不知道她扛不扛得住。

简灵有点摸不着头脑，不明白他这是上司对下属的慰问，还是长辈对小辈的关心？语气怪正经的。

“还……还好吧。”简灵回答。

之后程知栩就没再开口说话，慵懒地靠着椅背，一路沉默到吃饭的地方。

叶归舟开了间小包厢，两人进来时，他起身迎了一下，顺手揉了揉简灵的脑袋：“最近工作太忙也没能顾得上你。怎么样，还能适应吗？”

他问了跟程知栩一样的问题，简灵暗叹，程知栩对她果然是长辈的关心。

在叶归舟面前，她就没那么多顾忌了，大大咧咧道：“除了加班有点累，其他的没什么不适应的，我都说我能行了，又不是小孩子。你是不是以为我就会闯祸？”

程知栩觑了她一眼，不知想到什么，嘴角浅浅地勾了一下。

三人落了座，跟上次一样，叶归舟把菜单递给简灵，让她负责点餐，他转头就和程知栩聊起了工作。

“我下周一要去见意大利的供货商，公司的翻译跟副总出差去了，周一回不来。我记得你公司有个翻译精通意大利语，借用一下。”聊完正事，程知栩手肘搭在桌边，抿了口酒，眼角带着三分笑意，漫不经心地说，“放心，翻译的工资单独结算，不会随便占用贵公司的资源。”

叶归舟笑骂了句，微抬起下巴，示意那个埋头剔鱼刺的姑娘：“她意大利语说得比谁都好，带她去就行了。”

简灵茫然地眨眼：“什么？”

两人谈的话题她听不太懂，也懒得费脑子去理解，专注眼前的美食，被叶归舟提到，她才将飘到九霄云外的神思拉回来。

程知栩有些意外：“你舅舅说你会意大利语。”

“啊，会。”简灵放下筷子，正襟危坐，“需要我做什么吗？”

“商务交流行吗？”程知栩审视她。他这边的要求更高一点，单单会说意大利语恐怕应付不来大场面。

叶归舟替简灵回答：“她可以的。”

程知栩十分惊讶，叶归舟笑了笑说：“她小时候有个朋友是意大利籍华人，和她关系特好，青梅竹马，两小无猜，后来男生在国内读完初中就回意大利了，他们两人到现在还保持联系。”

“你别乱说，什么青梅竹马，两小无猜……”简灵怕程知栩误会，红着脸拼命拉叶归舟的袖子，也没能阻止他。

“怎么还脸红了？”叶归舟乐不可支，“说起你的小竹马，你就不好意思了，前段时间我还听你说要去意大利玩。”

简灵从来没这么无语过，简直想捂住叶归舟的嘴。

程知栩端着高脚杯，看着简灵气鼓鼓的样子，跟只河豚似的，那副想发作又不好发作的模样特别逗。

简灵气得不行，一抬眸就对上了程知栩戏谑的眼神，她更懊悔了，她不该来的。

“简灵你……没问题吧？”程知栩看够了热闹，终于大发慈悲，把跑偏的话题扯回正轨，“陪我去见供货商，嗯？”

最后那个“嗯”字的尾音是无意识带出来的，带着略微上扬的调子，钻进简灵耳朵里，莫名其妙地就染上一股子蛊惑人心的魔力。

简灵发现，自己跟中了蛊一样，根本没办法开口拒绝他的任何要求。

她重重点头，在他的注视下莞尔一笑：“交给我吧，我没问题。”

总体来说，这顿饭吃得相当愉快，结束后，叶归舟负责送简灵回家。他喝了点酒，不方便开车，便找了个代驾，和简灵一起坐在后排。

简灵掐住他胳膊用力摇晃，开始跟他秋后算账，语气充满控诉：“你在饭桌上胡说什么？意大利那个怎么就是我的竹马了？我跟他是好朋友！好朋友懂不懂啊？！”

“停、停、停。我就是开个玩笑，你怎么这么大反应？”叶归舟快被她摇散架了，捉住她的手腕，哭笑不得，“生气了？”

简灵抽回自己的手，双手抱臂，离他远远的：“没有。”

她要是承认自己生气了，以叶归舟的智商，可能下一秒就会猜到她不为人知的小心思，她不敢冒险。

简灵生着闷气，接下来一句话都不肯说了。

车子驶进小区，简灵下了车连“再见”都没跟叶归舟说，独自一人上楼，洗了个澡就躺在床上敷面膜。

她现在住的是叶归舟朋友的房子，屋里原本的装修风格就很有品位，只不过对于简灵来说单调冷淡了些，她住进来后添置了不少增加幸福感的家具。先不说体验感，光是视觉上就温馨鲜活了许多。

唯一的缺陷是房子太大了，她一个小姑娘住难免有些冷清。

简灵想到下周一就要跟程知栩去见意大利的供货商，心里又期待又紧张，忍不住点开寝室群，找室友诉说心事。

简灵："喵喵喵，在吗，在吗？"

顾萌："有事？"

周星言："刚加完班，在吃外卖。"

林柏彤："同加班。"

简灵："我想请教一下，怎么追男生啊？"

她遇到程知栩的那一天，脑子里列出了一百八十个追男神的计划，可是现实是残酷的，过了这么久，他们之间仍然停留在原地，没有一丝进展。简灵不得不承认，自己没有追男生的经验，她的那些计划都是小儿科，骗骗自己还行。

俗话说，"三个臭皮匠——顶个诸葛亮"，她的室友们虽然不见得多有经验，但是多个人就多个主意。

周星言震惊："你喜欢上谁了？"

简灵没有隐瞒："我公司的老板，长得好帅，性格好温柔。而且，他跟我舅舅是朋友，我们私底下见过几面，我对他蛮有好感的，算是一见钟情吧。（羞涩）"

林柏彤："……追自己的老板，你厉害。"

顾萌："我们灵灵公主美貌无双，家世雄厚，顾虑那么多干什么，冲上去就是一顿表白！哪个男人能拒绝？我要是个男人我当场就娶你了！"

灵灵公主被夸了，表示很开心："谢谢，不过我只喜欢他。"

几个女孩子聊了一会儿闲话就开始进入正题，认真帮简灵出谋划策。

林柏彤对追男生这方面有经验，她现在的男友就是她主动追到手的，于是对简灵倾囊相授："首先，当然是制造小暧昧啦！你们不是会有什么晚会、宴会之类的吗？到时候你就穿着漂亮的礼服，假装后背的拉链拉不上，让他帮个忙，露出纤细的天鹅颈和美背，保准他看了心跳加速，难以自持！"

屏幕前的简灵露出长见识的眼神，脸上的面膜都被夸张的表情弄得掉下来："还、还能这样？"

周星言："彤彤说得对，展现个人魅力很重要！或者你和他一起下楼梯的时候故意崴到脚，向他那边倾倒，他那时一定会握住你的手，揽住你的肩，温香软玉在怀，他能无动于衷？机会这不就来了吗？"

顾萌："还有，假如你有机会和他同乘一辆车，你就装作睡着，脑袋靠在他肩上，看他是什么反应。"

简灵目瞪口呆。

她不知道这些方法有没有用，但听她们说得煞有介事，她心里已然是信了几分。

身随心动，她利落地翻身下床，拿出随身携带的巴掌大小的笔记本，将这些方法一一记录下来，准备抽空研究一下。

然而，简灵怎么也没料到，她的"追夫计划"还没来得及实施，这个笔记本就落入了程知栩本人的手中。

周末两天，简灵把程知栩的朋友圈翻烂了，可惜并没有得到任何有用信息。因为他的朋友圈不是转发的财经新闻就是转发公司官网的战略发展策略，唯一一条与众不同的动态是一张年夜饭照片，其中有三道菜是他做的。

由此简灵得出一条结论——程知栩会做饭。

会做饭的男人，她想想就觉得更迷人了呢！

忙碌的周一来临，几乎让人没有喘息的机会，快下班时，主管从办公室出来，敲了敲简灵工位的隔板。

"简灵啊，一会儿要陪程总去见供货商的事没忘吧？"袁霄刚接到总裁助理的电话，让他提醒简灵一声。

袁霄的声音不低，四周同事的目光如射线一般投过来，个个目露探究。

什么情况？

袁主管口中的"程总"指的是他们的老板程知栩吗？简灵一个入职没多久的实习生，居然有机会跟程总去见供货商？这也太让人匪夷所思了。

"啊，我知道，我没忘。"简灵从一堆资料中抬起头，朝袁霄笑了一下，"时间还没到，我先看会儿资料。"

"你没忘就好。"袁霄没管其他人或好奇或震惊的眼神，点了点头，态度温和，"行，你先忙。"

袁霄回办公室后，附近几个工位的同事就按捺不住八卦的心思凑过来。

"简灵，是主管安排你去陪程总见客户的吗？"

"要去见哪个大客户啊？我好奇死了。"

"整个部门的人都没听说过这件事，要我说，袁主管也太偏心了吧，我们策划部这么多人才，怎么让实习生去……"

问话的人当中不乏妒忌的，简灵心知肚明，一笑置之。因为不确定见意大利客户这种事能不能对外说，她就没详细解释，只说自己听从工作安排。

眼见她不愿多说，其他人也就没追问，各自回了工位。

简灵收拾了一下桌面的资料，放进抽屉里锁好，拿上纸袋去洗手间换衣服。她今天穿的是白衬衫和牛仔裤，另外备了一条裙子在公司，既然是陪老板见重要客户，着装自然要端方得体。

她换完衣服，从洗手间出来，刚好看到程知栩的特助明朗。男人身材颀长，穿着笔挺的烟灰色西服，站在电梯口："简小姐，程总让我过来接你，他在楼下等你。"

简灵："麻烦了。"

程知栩的车就停在公司门口，简灵握着包包链条的手指紧了紧，朝程知栩微微一笑，这次不等司机给她开车门，她就从容地坐进了后座。

正值下班时间，稀稀拉拉的职员从公司大门走出来，其中就有策划部的同事。

同是策划部实习生的范宜君看着那辆绝尘而去的豪车，嗤笑了声："简灵要是跟袁主管没关系我倒立行走，我就没见过这么明目张胆地走后门，你看她那娇气的样子像是来上班的吗？别是主管的相好吧……"

"如果我没记错，上周五的报告是简灵帮你写的吧？"戴望楚的声音从后面传来，不冷不热，"她的能力有目共睹，与其嫉妒别人，不如想办法提高自己。"

范宜君："你！"

戴望楚撑开遮阳伞走下台阶，连个多余的眼神都没给她。

招待客户的地方是一家正宗的意大利餐厅，包厢里安静清雅，二十六楼的高空，正对面是整块落地玻璃窗。

夕阳西下，天边的晚霞鳞状铺陈，如同打翻了的颜料桶，泼洒了半边天。

意大利客户还没到，简灵从包里翻出气垫和口红，跟程知栩打了声招呼，出了包厢，往洗手间的方向走。出发前她为了不让程知栩久等，只换了衣服，没顾得上补妆。

包厢门打开又关上，程知栩收回视线，余光注意到脚边有一个浅黄色的小本子，薄薄的，看着没几页纸。

这是什么？

程知栩视线上移，看到旁边空位上的白色链条包，猜想可能是简灵从包里拿东西时不小心带出来的。

他弯腰捡起小笔记本，准备放回桌上，本无意窥探他人的秘密，但他不经意瞟到微微打开的笔记本扉页写了熟悉得不能再熟悉的“程知栩”三个字。

与他有关的内容，他很难控制住不去翻看。

等程知栩反应过来时，他已经不由自主地翻开了笔记本，扉页赫然写着“追程知栩一百零八式”。

程知栩：“……”

他那天的感觉没错，简灵确实是喜欢他，看样子还打算追他。

有了个开始，他就情不自禁地翻开下一页，里面不出意外是详细的计划。

果然——

第一条：穿裙子的时候假装拉不上后背的拉链，让程知栩帮忙，让他心跳加速，难以自持！

第二条：下楼梯时故意崴到脚，倒在程知栩怀里，拉近彼此的距离！

第三条：与程知栩同乘一辆车时，装作睡着，靠在他肩上，悄悄观察他是什么反应！

第四条……第四条在下一页，程知栩刚要继续往下翻，耳边就响起由远及近的高跟鞋声，他连忙合上笔记本，顺便把本子塞进简灵敞开的包里。

下一秒，包厢的门打开，简灵走进来，正对上程知栩复杂难言的眼神。

她微微一愣，不明所以：“怎……怎么了？”

难道是客户那边出了状况？

程知栩看着简灵，脑子里塞满了刚刚在笔记本上看到的内容，无法想象她实施那些计划的样子。

半晌，他有些哭笑不得地说：“没什么。”

简灵满脸困惑地拿起椅子上的包，坐下来，低头把气垫和口红装进包里。因为垂头的动作，黑长发分开垂在胸前，露出白皙细嫩的后颈。她穿着无袖的珍珠白连衣裙，款式简洁大方，清新柔软，跟朵清晨的栀子花似的，后背拉链的顶端有一粒珍珠纽扣。

程知栩想到那句“让他心跳加速，难以自持”，无声地笑了，低咳一声及时克制住，轻声唤道：“简灵。”

简灵抬头：“嗯？”

“你裙子后面的扣子没扣好。”程知栩知道她是故意的，但他偷窥别人的隐私在先，这会儿也只能装作不知道她的计划，“拉链顶端那颗扣子。”

简灵顿了顿，全身的细胞都投入演戏中，佯装惊讶，手伸到后面摸了摸，嘀咕：“什么时候散开的，我都没注意。”

原计划是假装拉不上拉链，简灵临时改了主意，因为她觉得那样太羞耻了。好吧，虽然现在这样也挺不好意思的。

程知栩忍俊不禁，小姑娘演技挺好的。要不是早知事实，搞不好他就被她骗过去了。

“那个，你能帮个忙吗？”简灵皱了皱鼻尖，故作苦恼的样子，“我看不到后面，扣眼儿有点小，不好扣。”

程知栩挣扎两秒，眼神无奈：“转过身去。”

“哦，好。”

简灵抿了抿唇，拼命忍耐才没有让笑意从唇畔溢出。她转过身背对着程知栩，把长发拨到一边，在他看不到的地方，她再也忍不住，嘴角悄悄上扬。

眼前是一小片晃眼的莹白，程知栩不动声色，帮她扣好了纽扣。

意大利的客户在二十分钟后到达餐厅，简灵立马收敛起荡漾起来的春心，尽职尽责地帮两边翻译，几乎没吃什么东西。

实际上是她没机会动筷，因为双方一直在紧密交流，万一她嘴里塞了食物，别人刚好开口讲话，她就没办法清晰地传达。

饭局结束时，简灵腹内空空，听说他们接下来还要陪客户去娱乐会所放松一下，她不敢懈怠，抓住机会往嘴里塞了两口蔬菜沙拉，跟着出了包厢。

一行人乘电梯下楼，分乘两辆车到附近一家高档娱乐会所。

程知栩在饭桌上就喝了不少红酒，到会所后更是拿酒当白开水喝，所幸最后合作是拿下来了。

简灵暗暗舒了口气，身体里紧绷了一整晚的弦稍稍松弛。

“老板，你没事吧？”趁着客户去洗手间，简灵凑过去小声问。

包厢里灯光暗淡，室内装修采用的都是冷色调，墙壁上几幅色彩浓厚的油画是唯一的点缀，整体风格偏复古华丽。程知栩的脸半明半暗，手肘抵在沙发扶手上，手指支着额角，微微垂着头，“嗯”了一声。

简灵屏息侧耳，不知道他这声“嗯”是有事还是没事。

不过，他喝了那么多酒，胃里肯定不太舒服。

简灵起身倒了杯温水，贴心地递到他面前：“你喝点水吧。”

“谢谢。”程知栩没抬眼，伸手想接过杯子，不小心连同她的手一起握住，他愣了一下，酒醒了大半，旋即抬起眼帘看过去，“抱歉。”

他收回手，将杯口抵在唇边抿了几口水。

简灵的指尖微微发热，垂下来时蹭了下裙摆，呼吸有些不稳。

好在客户这时候回到包厢，没给她胡思乱想的机会，双方在交流，她定了定神，继续为他们翻译。

总之，客户对这次商谈很满意，临走时还夸了简灵聪明能干。

几人从会所离开，程知栩的司机突然疾步走来，在他身侧低声说：“负责接送查尔斯先生的商务车出了点问题，轮胎扎了枚钉子，可能是开过来的路上不小心扎的。”

程知栩当机立断：“用我的车先送查尔斯回酒店，然后再过来接我们。”

司机匆匆赶来，又匆匆离去，简灵没听清两人之间的低语：“出什么事了吗？”

“车坏了，我让司机先送查尔斯回去。”程知栩松了松领带结，折回身后的会所，“进来等吧，酒店离这边不远，司机要不了多久就回来了。”

“好。”简灵亦步亦趋地跟在他身后。

程知栩招手叫了侍应生过来，单独开了个休息间，坐在软沙发上小憩。

简灵坐在另一侧，从包里摸出手机看时间，已经十点了，正想刷刷微博打发时间，耳畔忽然传来一道男低音：“小姐，这是程先生给您点的餐。”

面前递过来一只淡金色托盘，上面放着鲜香四溢的蟹黄面和几碟小菜，还有一碗拌好的水果沙拉。

简灵愕然，正要转过头去对程知栩说声“谢谢”，却发现男人双眸紧闭，微微仰头，后颈枕在沙发靠背上，一副安然入睡的模样。

简灵瞬间噤声，从侍应生手里接过托盘，放在茶几上，蹲在边上小口小口地吃，没发出任何声音。

一碗蟹黄面下肚，又吃了几块水果，简灵彻底安抚了五脏庙。

她抬眸瞥了眼程知栩，他已经换了个姿势，斜靠在沙发扶手上，大半个身体躺下来，眉心轻轻拢着。

鬼使神差地，简灵悄声靠近他，蹲在他身边观察他的表情。

一双剪秋水的眼瞳阖上也没影响他的帅气，大概是喝了酒的缘故，眼尾染了点潮红，还挺魅惑。简灵撑着下颌，心中升起隐秘的欣喜，老实说，她只在小说里看过这种描写。

程知栩的眼睫毛真长，比她刷过睫毛膏的睫毛还长一些，在眼睑下方落下一小片淡淡的阴影，鼻子又高又挺，两片唇微抿，不是很薄，唇形却很漂亮，水润润的……

简灵发现自己的思想有点歪，及时悬崖勒马，打算远离程知栩，免得胡思乱想。

然而她保持一个姿势太久，加上穿着鞋跟很高的高跟鞋，撑着膝盖站起来时腿麻了，身子猝不及防地往下栽，不偏不倚，端端亲上程知栩的嘴角。

一声闷雷在简灵脑子里炸开。

她瞳孔放大，呼吸陡然急促，内心前所未有的慌乱无措致使她连连后退了几步。寂静的休息间里响起一阵杂乱无章的高跟鞋的声响，听起来鞋的主人无比仓皇。

直到她的小腿撞到冰凉的茶几一角，袭来一股尖锐的疼痛感，她才堪堪停住。过程中她的眼睛一瞬都不敢离开程知栩的脸，生怕他下一秒就睁开眼睛，谴责地看着自己。

还好，还好老天待她比较仁慈，程知栩仍旧安睡，没半点要醒来的迹象。

挺过最难熬的那几十秒，简灵稍稍放下警惕，大口呼吸，捂住差点跳死过去的心脏，但她仍心有余悸，不敢再轻举妄动，自动离程知栩远远的。

接下来的十几分钟，简灵的心始终没有真正平静下来，只要回想一下刚才的画面，她的大脑就开始炸烟花，无法平息。

她做了什么？

她！竟然亲了程知栩！虽然不是故意的……

那也很让人意外好不好？！

简灵把脸埋在臂弯里，浑身都烧着了一般，羞愤欲死。

好好的追人计划怎么实施起来变成这个样子，跟她想象中的一点都不一样！她不禁怀疑室友们的主意到底行不行，还是她脑子太笨，未能领悟其中真谛？

胡思乱想之际，耳边遽然响起清脆的手机铃声，简灵像只被踩到尾巴的小猫，倏地惊坐起来。

视线里，程知栩抬手捏了下鼻梁，眼睛没睁开，手指摸到手机捞过来，凭着直觉滑到接听键：“到了？好，我马上下来。”

简灵没胆子与程知栩对视，低下头竖起耳朵听他声音。她听见他挂了电话，听到窸窸窣窣的整理衣服的声音，而后，听到他对自己说：“简灵？简灵？睡着了吗？司机过来了，我送你回家。”

简灵埋着头，抓着包包的链条站起来，语速飞快：“我想了想，不用麻烦司机了，这边比较好打车，我自己回去就好！”

她之前是想跟程知栩多点相处时间，才想搭他的车回家。但是现在，她只想找个安静的地方放声尖叫发泄情绪。

“十点半了，有点晚，你一个女孩子打车不安全。”酒的后劲上来了，程知栩语调十分缓慢，有股醉人的温柔和诱惑在里面，“让你舅舅知道我放你这么晚一个人回去，他会骂我做人不厚道的。”

叶归舟前段时间还特地打来电话让他多多关照自己的外甥女。就算不为这个，他也无法放任她一个小姑娘这么离开。

简灵默默地叹了口气，她没办法拒绝这样的程知栩。

“那好吧。”她小声说。

程知栩先一步出了休息室。简灵跟上他，抬头看了眼他宽阔的背影，很快垂眸，暗暗调整呼吸。

暗恋中的人是不是都跟她一样，和喜欢的人待在一起的每一分、每一秒都很要命，想要靠近又不敢靠得太近，唯恐弄巧成拙。

事实上，她已经弄巧成拙了。

简灵心不在焉地下楼梯，程知栩想到了什么，忽然停下脚步，侧目看向落后一级台阶的简灵。她一时不察，差点撞到他。

程知栩盯着她看了几秒，似在纠结什么，最后妥协般地伸出手臂横在她面前：“扶着，你的鞋跟很高，下楼梯容易摔倒。”

他刚才脑子灵光一闪，想到在笔记本上看到的简灵的追人计划第二条——下楼梯时假装崴到脚。

楼梯这么高这么陡，她穿着高跟鞋，万一操作不当，真的摔倒了，那就得不偿失了。保险起见，他还是提前阻止她实施计划好了。

然而他不知道的是，现在的简灵满脑子放烟花，面对他，吓都要吓死了，早就把“追程知栩计划”抛到了九霄云外。

简灵望着面前男人的手臂，一时怔然。

尽管她忘了计划，仍然感动得一塌糊涂，呜呜呜，这世上怎么会有这么贴心又绅士的男人。

她好爱他。

“谢谢老板。”简灵勉强收拾心情，礼貌端庄地一笑，抬手搭上程知栩的手臂，借着他的力道慢慢走下一级级台阶。

轿车停在会所门口，司机下车为两人拉开车门。

简灵规规矩矩地坐在程知栩身边，两手搭在膝盖，一整晚都如同置身战场，各种兵荒马乱让她应接不暇，此刻也不敢放松下来。

程知栩瞄了她一眼，见她坐姿犹如被老师反复强调的一年级小学生，有点好笑。

按照她写的计划，第三条应该是与他同乘一辆车时，她要假装睡着，然后靠在他肩上，看他的反应如何。

可是看她精神抖擞的样子，不像接下来要装睡，难道他想错了？

程知栩百思不得其解，内心反而有点煎熬，就像提前知道考卷的答案，却迟迟等不来这场考试。

他也搞不懂自己了。

程知栩等了许久，也不见简灵有所行动，等到最后他都睡着了，连简灵什么时候下车的，他都不知道。

路边霓虹灯透过车窗照进来，一道道光线从脸上掠过。

快到家时，程知栩睡醒了，身子坐直了一点，看了眼身边已经空了的座位，手指摸了摸嘴角，哑然失笑。

“啊啊啊！”

简灵回到家，把手里的包一扔，就对着空荡荡的房子尖叫起来。这还不算，她踢掉高跟鞋，踩上沙发，两手抱着手机在群里轰炸。

“同志们，我出师未捷身先死！”

“求安慰，求抱抱，求抚摸！”

“现实与理想的差别太大了，我注定无法抱得美男归！”

“请问，亲了暗恋对象以后，我该怎么面对他。神啊，来个人拯救我吧！”

原本安静的群里一下子沸腾了。

周星言：“你亲了你老板？真的假的，你别吓我，我胆子小……”

顾萌：“我记得我们上次讨论的计划里还没到亲吻这一步，简灵你行啊，都一步登天了还说什么？”

林柏彤：“你搞快点，我想知道细节！”

能有什么细节，简灵倒苦水一般把这个意外说给她们听。结果她们听后大失所望，纷纷表示不够精彩。

顾萌："我还以为是什么香艳的画面，原来是他睡着了，你看他看得太入迷不小心亲到的。你也说了，他当时喝多了酒，睡得很沉，什么都不知道。你怕什么？装没事人就好了。"

简灵满眼纠结苦闷："就、就是没办法直视他啊，感觉自己亵渎了他，特心虚。哎呀，不知道该怎么跟你们形容那种感觉。我现在想死。"

周星言："我能理解。你接下来打算怎么办？"

简灵有点泄气，横躺在沙发上，拽过一个抱枕捂住脸，憋了好一会儿，她才重新拿起手机，发了条语音到群里，声音听起来丧气得很："不知道，不敢再在他面前刷存在感了，先躲一段时间让我平复一下吧。"

她心里这么想，但人算不如天算。

这周四快下班的时候，电脑屏幕弹出一条微信消息提示。

程知栩："下班后有时间吗？我想请你吃个饭，项目能顺利拿下来有你的功劳，算是对你的感谢。"

虽说简灵目前是公司的职员，但跟意大利供货商谈项目怎么也轮不到策划部，更轮不到一个刚入职的实习生。这是给她额外增加的工作，理应答谢。

简灵心脏怦怦跳，深吸一口气，敲着键盘回复："我舅舅也会来吗？"前几次一起吃饭都是这样的。

程知栩："我没有叫他，不知道他有没有空，你想让他一起来？"

简灵："……"

那也就是说，她和程知栩单独吃饭？

没得到准确答复，程知栩又发了个问号过来。

简灵连忙答："我有空、我有空。"

程知栩淡定地回："好，下班后我接你。"

简灵舒了口气，端起桌上的杯子灌了一大口水，盯着电脑屏幕上的聊天对话框发怔。边上，戴望楚拿文件敲了敲她脑袋，她才回魂，侧目看过去。

"你在发什么呆呀。"戴望楚说，"晚上要不要一起吃饭，我租的房子附近有家火锅店，好吃到爆炸，我请客。"

简灵呛了一下，放下杯子故作惋惜："不好意思哦，我今晚有约了。"

戴望楚眯着眼睛笑："我们灵灵最近桃花很旺哦。"

简灵托腮叹气："要真是桃花就好了。"

程知栩不是她的桃花，而是她要攻略的“大魔王”。她需要跨过艰难险阻、层层障碍才能得到他。

听她的口气，戴望楚就全明白了，是她在单恋别人。

“都说暗恋的人最容易卑微，我还不信，看你就知道了。”戴望楚滑动座椅的滚轮，靠近她，鼓励道，“你很优秀啊，不用刻意去迎合对方，做自己就好了。”

简灵：“做自己？”

戴望楚点头：“我们成年人都不玩暗恋那一套的，其实追人那一套也不爱玩，要靠自身的优势去吸引别人靠近你，实在不行，勾引也行。”

简灵迷惑了。

怎么每个人跟她讲的都不一样。

“简灵，你是不是没谈过恋爱？”戴望楚瞧她一副傻样儿，掩着唇笑，最后摇了摇头，边笑边说，“难怪一副不开窍的样子呢。”

“……”

简灵被嘲笑了，心里不服，又找不出话来反驳，气鼓鼓地拎着包走了。没谈过恋爱怎么了，谁还不是从恋爱白痴过来的。

有过几次坐程知栩的车的经历后，简灵轻车熟路地在停车场找到了程知栩的专属车位。她来早了，程知栩还没下来，只有司机在车里。

她点头打了个招呼，坐进车里等人的时候，顺便补了下妆。

简灵耳边回荡着戴望楚的话，仔细想一想，她说的话也有一定道理，自己每回在程知栩面前都扭扭捏捏，不像自己。

她不禁反思一下，这样不好，真的不好。

身侧的车门被拉开，简灵收起化妆品，抬头看到程知栩，抿嘴一笑：“程……老板，你来啦。”

程知栩被她的热情惊到，毕竟她前几次见他还蛮害羞的。他愣了几秒，才扬唇轻笑着应道：“嗯。”

简灵紧接着说：“其实你不用这么客气的，怎么说我也是公司的一员，能帮到公司我很荣幸。”

“你的意思是……”程知栩顿了一下，忍不住逗她，“不用请你吃饭？”

简灵“呃”了声，没想到绕来绕去把自己给坑了，遂笑了笑改口道：“你说了要请我吃饭的，我人都来了，你不会说话不算话吧？大不了……我请你！”

程知栩笑：“逗你的。”

简灵挠了挠眉毛：“哦。”

他怎么跟她舅舅一个样，有事没事就喜欢逗她玩，看她恼羞成怒、气急败坏，然后再笑话她一句：简灵你怎么这么幼稚。

程知栩带她去了一家自己常去的西餐厅，全程都非常有风度，而且很周到。经过不断的心理暗示，简灵也没有一开始那么拘谨了，放开了以后，整个人相较以前轻松了一些。

程知栩点了瓶红酒，侍应生准备给简灵倒的时候，他伸手拦了一下，先问她：“能喝酒吗？”

“一点点就好。”简灵平时喝果汁气泡酒比较多，极少碰红酒。

家里人耳提面命过多次，让她一个人在外的时候不许喝酒，跟程知栩在一起，她觉得很安心，便没有太多顾虑。

侍应生于是给她倒了一点，她举起来跟程知栩碰杯，笑眯眯道：“谢谢老板请客。”

小半杯酒下肚，简灵彻底放松了，脑子里的兴奋因子开始活泛。

“老板，我能问你个问题吗？”

程知栩细白修长的手指捏着银质刀叉，切牛排的动作微微一顿，礼貌地看着问话的人：“嗯，你问。”

“你……你喜欢什么样的女孩子啊？”简灵说完就撇清自己，“我是帮我舅舅问的，他要给你介绍对象。”

程知栩微不可察地弯了弯唇，似乎是笑了一下：“让你舅舅不用操心了。”

简灵心里咯噔一下：“怎么，你有喜欢的人了吗？”

她曾在叶归舟那里旁敲侧击地打听过，知道他目前没有女朋友，要不然她也不会放心大胆地追他。

至于有没有喜欢的人，她无从得知。

程知栩没绕圈子，坦白道：“没有。”

简灵长松一口气，语态自然：“老板，你还没回答我前面那个问题。你喜欢什么样的女孩，快说、快说、快说。”

一口一句老板，程知栩听着有点别扭：“私下就不用称呼老板了。”

简灵脑子蒙蒙的，撑着下巴，歪头看他：“那要叫什么，总不能叫程叔叔吧。”没等程知栩开口，她自己就坚决否定了，“……不行、不行。也不能叫程哥哥，你和我舅舅是好朋友，差了辈分。叫程先生？哎呀，听起来好奇怪啊。我不知道要叫什么。”

她皱起眉毛，苦恼地捂住耳朵：“叫程知栩可以吗？会不会显得有点不尊敬，直呼老板的大名欸。”

程知栩不动声色观察她一会儿，过了良久，有了自己的判断：“简灵，你是不是喝醉了？”

话突然变得好多。

简灵没有回应程知栩的话，眯着眼看了他几秒，他也没说到底要怎么称呼他。她等得没耐心了，脑袋一歪就趴在桌上，小小的脸贴着冰冰凉凉的桌面，呼了口气，看起来有点热的样子。

程知栩一愣之下，整个人都不好了，脸上难得出现类似于空茫的表情，坐姿都显出几分僵硬。

“简灵。”他轻唤了一声。

“嗯？”简灵努力撑开眼缝。

程知栩一怔，冷不防想起那天晚上在笔记本上看到的追人计划。当时太匆忙，他只看到前三条，第四条还没来得及看，简灵就回来了。

他忽然间恍然大悟，难道说，第四条写的是她装醉，然后借着醉意实施某些不可言说的行动？

简灵眼睛睁不开，不得不用手指撑着眼皮，表情看起来有点滑稽：“你怎么不说话？叫我做什么？”

程知栩放下刀叉，无奈又温和地问：“你吃饱了吗？”

简灵怔怔地瞅着他，半晌才回道：“吃饱了。”

程知栩挑了下眉：“那……我送你回家吧？”

简灵张了张嘴，隔了好一会儿，才缓慢吐出一个带着酒气的“好”字。

她左右各瞄了一眼，又在桌底下看了看，到处翻找自己的包包，可明明她的包就放在桌上。

程知栩笑着扶住额头，推翻了自己之前的猜测，她是真的喝醉了，不可能是装的。他叹息一声，帮简灵拿上包，绕到桌子另一边把人扶起来。

两人吃饭的工夫，司机也抽空去吃了个饭，重新回到车上。远远地，司机透过挡风玻璃看到两人以一种非常亲密的姿势从餐厅里出来。

司机没有太多的时间惊讶，职业素养使然，他很快收起八卦心思，下车拉开后座的车门。

程知栩一手提着女式包包，一手扶着简灵的胳膊，奈何喝醉酒的姑娘就像一只不倒翁，动一下就摇摇晃晃，高跟鞋一脚一崴，踉踉跄跄的，走不好路。

程知栩忍住头疼，干脆用手臂揽过她的肩膀，将人控制在自己怀里。

司机见状，想要上前去搭把手，看到程知栩面无表情的样子，伸出去的手顿在半空，转而接过他手里的包。

程知栩得以用两只手抱住简灵，把作乱的她一鼓作气塞进车里，过程中还得小心仔细地注意不碰到她的头，所以他直起身时出了一身汗。

司机适时把包递给他，程知栩接过来，躬身坐进后座。

上回把简灵从娱乐会所送回家，司机对她住的地方相当熟悉，不用程知栩吩咐，他就打方向盘将车子驶进主干道。

程知栩闭了闭眼，偏过头去看边上的简灵。

她不知是被弄醒了还是发酒疯发得更厉害了，睁大了眼睛跟他对视，目光茫然又新奇，像是不认识他这个人。

程知栩和简灵大眼瞪小眼瞪了半分钟，简灵突然惊呼："程知栩！"

程知栩一时不防，被她吓了一跳，就连前面的司机都忍不住瞄了一眼后视镜。

"怎么了？"

"程知栩。"简灵又喊了他一声。

程知栩好脾气地应道："嗯？"

"程知栩。"

"……"

这一声接一声喊得程知栩都快怀疑自己是不是叫这个名字了。他正要问她什么事，简灵就仰着酡红的小脸朝他咧嘴一笑，傻里傻气的样子："程知栩，是你啊？"

程知栩很无语，但还是应了声："嗯，是我，你要说什么？"

简灵直愣愣地看着他，伸手捏了捏他的脸："我是在做梦吗？手感怎么这么真实？"

程知栩忍耐了两秒，握住她的手腕拿开，没有生气。

司机透过后视镜看到他眼皮抽动了两下，可能他有点无奈。

然而这还不算完，简灵捏完人家的脸，又用没被捉住的那只手捏他的胳膊，似乎要全方位确认坐在身边的到底是真人还是她在做梦。

她喝得太醉，捏来捏去反倒越发迷糊——这个手感确实是真人没错，但是，如果是真的程知栩，有可能这样任由她胡来吗？

简灵最终选择相信自己的判断，嘀咕了句："我果然是在做梦。"说完她还拍了拍自己的脸颊，想让自己认清现实。

程知栩："……"

有了这个认知前提，简灵再看向他时，目光就直白大胆多了。

"程知栩，你知道我为什么非要来你的公司吗？"她知道"梦里的人"是不会给予她任何回应的，停顿了几秒就开始摇头晃脑，自顾自地回答，"不，你不知道，你什么都不知道。我从第一次在私房菜馆见到你就喜欢你了，我对你……一见钟情。"

程知栩怔住了。

前面开车的司机竖起两只耳朵，将后面人的话听得一清二楚。恰好前面是红灯，司机想要踩刹车，一惊之下，差点踩到油门上。

还好他及时反应过来了，将车子稳稳地停在斑马线前。

简灵秀气的眉毛拧紧，嘴巴喋喋不休地说："不然你以为我为什么要到你公司来当实习生？每天忙都要忙死了，还不是为了追你。可是……可是我又不会追人！每次都搞砸了，好郁闷。"

"不对，楚楚说什么来着？"简灵凑近程知栩，竖起一根食指晃了晃，似懂非懂地说，"她告诉我，暗恋那一套不行，追人那一套也不行，我得靠自身魅力吸引你。"

说着，她低头打量了一眼自己，想找找自己的"魅力"在哪里。

没找到。

简灵有点丧气，叹息一声，重新仰起头看着程知栩："她说勾引也行。"

程知栩讶然，顿了顿，刚想问她打算怎么勾引，就见她视线稍稍往下移了一点，从自己的眉眼落在嘴唇上。

简灵舔了舔唇，正要做什么的时候，车子猝不及防地发动了。

司机起步太急躁，车子往前冲了一截，简灵"咚"的一声往下栽去，脑袋磕在程知栩的腿上。

好在程知栩反应迅速，及时伸手揽住她，才不至于让她滚到座椅下面。

司机懊恼道："对不起，程总，我……"

程知栩懒洋洋地抬了下手，司机从后视镜里看到他的手势，便打住没往下说。

简灵这一头栽下去就再也没爬起来，就着这个别扭至极的姿势睡着了——歪着脑袋枕在程知栩的大腿上。

清晰均匀的呼吸声传来，程知栩才确信她陷入了沉睡，于是低垂着眸子看她，看了一会儿，抬起手将盖在她脸上的碎发拨到耳后。

等意识到这个行为不妥时，他已经完成了这个动作。

程知栩怔了怔，喉结轻微地动了一下，别过头去看向窗外。

简灵醒过来的时候，阳光从窗帘缝隙透进来，表明天已经大亮了。

她迷迷糊糊地刚睁开眼，就看到床边立了个高大挺拔的身影，吓得一下子大脑就清醒了，撑着手肘半坐起来。

“舅舅！”

闻声，叶归舟缓缓转过身，目光淡淡地扫过她苍白的脸以及鸡窝似的头发，冷着脸教训：“简灵，你胆子肥了，谁让你在外面喝酒的？长辈说的话你是忘了还是根本没记在心上，自己什么酒量不知道？学人家喝什么酒？”

叶归舟一贯是温润亲和的，可他一旦端起长辈的架子，简灵还是有点怕他。她爬起来跪坐在床上，垂着脑袋小声认错：“我知道错了，以后不会了。”

“幸亏你昨晚是和程知栩一起吃饭，换成别的男人，你有没有设想过后果？”叶归舟伸出食指一下下地戳她脑袋，让她长记性，“再有下次我让你好看。”

简灵点头如捣蒜：“知道了，知道了。”

“阿姨做了早餐，赶紧洗漱完，过来吃点，我送你上班。”

“哦。”

简灵收拾好自己，慢吞吞地走进饭厅，叶归舟已经坐在餐桌旁吃早餐了。她拉开叶归舟对面的椅子坐下，面前的餐盘里放了三明治和煎蛋，盘子边上还有一杯热豆浆。

她拿起三明治咬了一口：“你怎么会过来？”

“你以为呢？”叶归舟抬眼觑她，没好气道，“你醉成那样，程知栩担心你晚上会吐床上，他又不方便留下来照看，只能打电话让我过来看着你。”

简灵喝了口豆浆，彻底安静了，饭厅里只剩下两个人咀嚼的声音。

时间不早了，简灵匆匆吃完早餐，抓起包，坐在叶归舟的副驾驶位上。

两个人一路上都没说什么话，简灵摩挲着手里的手机，从早上起床到现在，她脑子里都像糨糊一样，眼下才有空回想昨晚的事。

她怎么就喝醉了？

喝醉之后发生了什么事情呢？

为什么她一点印象都没有？

这些问题她当然没胆子去问程知栩。

问叶归舟？估计他什么都不知道。

简灵垂着头，拧了拧身子，又默默地咬了咬舌尖，有点烦躁。

“副驾驶座上是有刺吗？”叶归舟瞟了她一眼，“你怎么坐不住？”

简灵索性不掩饰了，长长地出了口气，仰靠在椅背上，偏头看他：“舅舅，我喝醉酒以后会发酒疯吗？”

叶归舟嗤笑一声：“你现在想这个是不是晚了点？”他顿了下，还是如实回答她，“不知道，昨晚我从程知栩的车上把你抱下来的时候你已经睡着了，在此之前有没有发酒疯我不知道。以前也没见你喝醉过。”

简灵在家里时被保护得太好，只给她喝过酒精含量极低的果酒。而且，每次都只给她倒一小杯。

思来想去，简灵还是没忍住，按亮了手机屏幕。

她找到程知栩的微信，发了条消息过去。

简灵：“谢谢你昨晚送我回家，不好意思，给你添麻烦了。”

问问题之前，她得先表达谢意。

等了五六分钟，程知栩才给了个回应：“不客气。”

简灵：“那个……”

程知栩：“怎么？”

简灵闭了闭眼，虽然没有与程知栩面对面，她仍然感到尴尬的气氛围绕着自己，致使她打字的动作都慢了不少。

简灵手指一下一下缓慢地戳着屏幕，打出一行字发送出去：“我想问一下，我喝醉酒以后，没做什么奇怪的举动吧？”

其实她想问，她有没有发酒疯，但她不敢问。

程知栩盯着聊天对话框，轻轻扬了下眉梢，不确定她是真的断片了，还是想要掩饰自己昨晚醉酒后的行为，故意装失忆。

那边没有及时回复，简灵心中忐忑不已，顾不得那么多了，直接问他：“难道我发酒疯了？”

程知栩这次回得很快："你不记得了？"

简灵一顿，仔细品味了一番这个问句，觉得很不同寻常，仿佛她做了什么不好的事情，对方碍于面子难以启齿。

想到这里，简灵的心脏从胸口一下跳到了嗓子眼。

程知栩随后发来一条消息："不记得就算了。"

简灵还没回神，额头就被一只手敲了下，下一秒叶归舟的声音从旁边传来："下车，上班要迟到了。"

简灵收起手机说了声"再见"，恍恍惚惚地下了车，走进公司一楼大厅，被一阵紊乱的脚步声拉回了思绪。

她扭过头，只见一群西装革履的男人簇拥着程知栩，他长身鹤立、西服笔挺，偏着头正跟身边的助理说着什么。

话说到一半，程知栩似乎察觉到什么，朝简灵所在的方向看过来。

第三章

简灵要去相亲了

意识到程知栩的目光可能会落过来，简灵如临大敌，面前的电梯响起“叮”的一声时，她用尽全身的力量冲了进去，差点把迎面出来的人撞翻。

她匆匆道了声歉，挤开人群躲在电梯最里侧。

确定从程知栩的角度看不到电梯里面，简灵才如蒙大赦，靠着电梯内壁长长地出了口气。等到电梯门关闭，她往旁边挪动几步，伸手按了二十六楼。

一整天简灵都心不在焉，幸好没什么大事要做，不然以她现在的状态准会掉链子。

今天是周五，距离下班时间还剩两个小时，简灵揉揉酸痛的脖子，端起杯子去茶水间冲咖啡。

回来时，桌面上的手机亮起，简灵以为有什么重要消息，正准备拿起来看，旁边工位的戴望楚抛过来一个眼神：“别看了，是群里通知说今晚部门聚餐，让大家没事都去参加，欢迎我们这些新同事。”

简灵放下杯子，没再去看群消息。

下班后，群里商量出结果了，少数服从多数，聚餐的地点定在离公司不远的一家中档烤肉店。三四个人拼一辆车，六点过半，大家陆陆续续到了烤肉店，乘电梯到楼上提前订好的包厢。

一条数米长的长条桌摆在正中间，两边的椅子排列整齐，桌面除了烤肉的铁丝网还有鸳鸯火锅。

长条桌的尽头单独放了把椅子，是留给部门主管袁霄的位置。

简灵到场时大家已经聊开了，她挽着戴望楚的胳膊坐在其中两个相邻的空位上，兴冲冲地加入大家的讨论。现场气氛有片刻的凝滞，同事们扭过头看了她一眼，神色平静地移开视线，重新接上刚才的话题。

简灵垂下眼睑，摸了摸鼻子。

她不算敏感，甚至有点粗神经，但她还是能从细微的动作中感觉到同事对她的区别对待。她思考了会儿，想明白是因为上次主管通知她跟程知栩去见意大利客户，同事们私底下认为她有后台。

简灵默默地叹口气，还没来得及难过，手背就被覆上一抹温热。她抬起头，对上戴望楚的眼睛。

“别想那么多了。”戴望楚用只有两人能听到的声音说，“教你一个道理，在职场上没必要把所有同事都发展成朋友。同事就是同事。”

简灵皱了皱眉：“我们不是朋友吗？”

“我们当然是。”戴望楚轻轻眨眼，笑着说，“凡事都有例外呀。我知道你是什么样的人，不会想那些有的没的。”

简灵感动得眼眶一热，她还以为自己又要跟上次实习一样，从头到尾交不到一个能说得上话的朋友。

“他们只看到主管叫你去跟程总见意大利客户，却没想过即使主管把这个机会给别人，别人也接不住。”戴望楚很清醒地摊了摊手，“就像我，让我去就不行，英语和日语我 OK，意大利语我是一窍不通。”

简灵被安慰到了，决定原谅她昨天嘲笑自己没谈过恋爱的事。

包厢门被推开，袁霄臂弯挂着西服走进来。他三十出头的年纪，皮肤白净，脸上堆满了笑意：“人都到齐了吧？”

大家纷纷站起来打招呼。

袁霄抬起手，掌心向下压了压，示意大家不用太讲规矩：“都坐吧。不是工作时间，不用拘谨，怎么舒服怎么来。”

确定人都到齐了，服务生鱼贯而入，端上来一盘盘腌制好的牛肉、羊肉、五花肉，还有一些配菜和小食，餐桌上很快摆满了食物。一片片鲜红的肉铺在铁丝网上，吱吱作响，火锅的汤底也煮沸了，咕嘟咕嘟翻滚着泡泡。

大家吃了一会儿就开始玩游戏，什么“你有我没有”“真心话大冒险”之类的。简灵忘掉了之前的不开心，积极参与其中。

结果她第三局就不幸中招，范宜君把两摞卡牌推到她面前，红唇微勾：“前面两位都选了‘真心话’，你不会也要敷衍吧？”

简灵伸到半空准备去抽“真心话”的手一顿，被她一说就只能去抽“大冒险”。

她从“大冒险”那一摞纸牌里随便抽出一张，大家兴奋地围拢过来，只见纸牌上淡金色的小字写着：与现场一名异性深情对视一分钟并说出“我喜欢你”。

简灵脸色微微一变。

足足愣了好几秒，她才蹙起眉毛重新看了遍纸牌上的字，确定自己没有看错，脸都皱巴起来了。

她怎么这么倒霉！

范宜君掩唇，暧昧地笑了笑，“哇哦”了一声，理了理牌，看向一脸愁苦的简灵：“想好选我们在场的哪位男士了吗？”

简灵轻轻吸了口气，又缓缓吐出去，深知是祸躲不过，扬起脸问其他人：“我可以选择接受惩罚吗？”

没等其他人开口，范宜君就拿起手边的酒瓶晃了晃，笑得幸灾乐祸：“事先说好了，三杯白的。”

简灵听完脸都白了。

她今早才被叶归舟戳着额头教育了一通，要是还敢再犯，被叶归舟知道了，后果不敢想象。

简灵捂了捂额头，委屈道：“我不会喝酒，可以改成喝果汁吗？”

范宜君看看其他人，又看看她，笑着反问：“喝果汁还叫惩罚？”

主管见情况不对，站起来当和事佬打圆场：“既然简灵说不会喝酒那就喝别的吧，一个小姑娘大晚上喝得醉醺醺的，也不安全。”

范宜君不敢忤逆上司，又不想放过简灵，阴阳怪气道：“输不起就别玩啊，游戏规则就是这样的，有本事也别遵守公司规则。”

戴望楚正想说自己帮简灵喝，下一秒，简灵沉沉地出了口气，豁出去了：“好吧，我遵守游戏规则。”

她随手一指坐在自己正对面的段溪亭，对他发出邀请：“你可以配合我完成这个‘大冒险’任务吗？”

喝酒是不可能喝的，打死都不可能。

别说三杯白酒，按照昨晚的情况，她一杯白的就会被放倒，到时候撒酒疯更丢人。

段溪亭和她一样，也是新入职的实习生。经过这段时间的了解，她发现他是个老实敦厚的人。果然，段溪亭挠了挠后脑勺，与简灵对视几秒，站起身推开椅子：“可以。”

两人就隔着一张一米多宽的桌子对视，旁边有人拿出手机开始倒计时一分钟。说是深情对视，其实没人深究这一点，简灵用很正常的眼神看着段溪亭的眼睛，反倒是对方先不好意思，耳朵都红了。

最后几秒倒计时，段溪亭的眼神有点闪躲的意味。

“三、二、一。”戴望楚比了个停止的手势，小声说，“可以了，简灵。”

简灵的肩膀塌下来，她揩了揩眼角，想起还差一句话，遂重新提起一口气，对段溪亭说：“我、我喜欢你。”

段溪亭顿了顿，声音带着安慰：“好了，你完成任务了。”

简灵瘫坐在椅子上，端起面前的杯子喝了一大口果汁，胸脯一起一伏地喘着气，看得出她的心情有多么不平静。

范宜君用开玩笑的口吻说：“我拍了个小视频发到咱们群里了，大家可以去看看，简灵的表现还挺有趣的，好像演电视剧哦。”

简灵目光闪烁，从身后的包里翻出手机，点开策划部的微信群，往上翻了翻，并没有看到范宜君所说的视频。

其他人也没有看到。

“你已经发了？我这儿什么也没有，是不是店里的Wi-Fi网速太慢了？”

“我没连店里的Wi-Fi，开着流量呢，也没有看到。”

“我的也没有。”

范宜君慢悠悠地拿起桌上自己的手机一看，捂了捂脸，嘀咕了声：“完了，我没看清楚，发错群了。”

简灵瞪大了眼睛：“什么？”

她赶紧点开另一个群，果然看到群里的人正围绕着视频热烈讨论。

“这是哪个部门的聚会，咱们公司还有这么漂亮的小姐姐？”

“美女帅哥站在一起好养眼哦，这是表白了吗？”

“祝99。”

“祝99。”

“祝999999。”

“不是啊，看起来像是玩游戏输了。”

“我也觉得是玩‘大冒险’之类的游戏吧。既然这样，恕我失礼，谁有这个漂亮妹妹的联系方式，我想认识她一下。”

“我看小姑娘脸都红了，别是趁醉表白吧。”

简灵拧了下眉，强忍着不适抬起头看向范宜君：“视频是你发的，你能撤回吗？我不太喜欢被陌生人评头论足。”

范宜君手指点了两下屏幕，带着歉意的眼神瞟向简灵：“不好意思，已经超过两分钟，撤不回了。”

简灵不说话了。

这个群是公司内部的大群，里面包括各个部门的职员。不同于策划部的小群，里面就只有互相认识的同事。那样的视频发到大群里，让简灵觉得很不舒服，甚至是难堪。

范宜君见她脸色不好看，也露出委屈的神色，跟她解释：“我不是故意的，我是想着大家都在场看到了，发到群里也没什么，就当作玩笑，笑一笑就过了，没想到不小心发到另一个群里了。”

戴望楚冷哼了一声：“就算是发到我们部门的群里，也得经过简灵的同意吧？当事人觉得好笑才算是玩笑，否则就是不尊重人。”

眼看着她们要吵起来，其他人连忙过来打岔，换了个话题，将这个小插曲揭过去。

明朗陪程知栩参加完一个饭局，回程的路上坐在车上有点无聊，就点开了公司大群，刚好看到大家在讨论“漂亮女孩”“表白”什么的。在好奇心的驱使下，他翻看了上面的历史消息，找到了大家所说的那个小视频。

明朗想都没想就直接点开了，视频的画面占满整个屏幕，首先映入眼帘的是一张熟悉的面孔。

这不是……

跟老板关系匪浅的简小姐吗？

明朗惊讶地推了推鼻梁上的眼镜，看到简灵一眨不眨地与一个帅哥对视，足足有一分钟，而后，她对那个帅哥说“我喜欢你”。

明朗一下没拿稳，手机掉在腿上。

他没戴耳机，手机外放的声音很大，后座的程知栩被吵到了，抬手捏了捏眉心，动作做到一半倏地一顿，想起来这道声音有点耳熟，仿佛不久前才听过。

“你在看什么？”程知栩双手交叉，搭在腹部。

明朗坐在副驾驶，举着手机扭头看向后面：“是简小姐。”

还真是她，程知栩若有所思地点了点头，挑了下眉梢。明朗会意，重新点开那条视频，竖起手机屏幕给他看。

程知栩眼睁睁地看着视频里的简灵与一个陌生男人四目相对，良久，她抿了抿唇，一字一顿、清晰地说：“我、我喜欢你。”

视频到这里戛然而止，看不到后面是什么情况。

程知栩安静了一会儿，挥了下手。明朗锁了手机屏幕，拿着手机坐直了身体。

车子开出去一段路，快到家的时候，程知栩开口，语速极慢地问：“怎么回事？”

明朗一时没领会他的意思，呆滞了好几秒：“什么……怎么回事？”

程知栩：“视频。”

明朗：“……”

距离播放视频已经过去了半个多小时，程总的反射弧是不是有点长？

明朗了然地“啊”了一声，为他解惑：“我看到群里有人说是在玩‘大冒险’。”

程知栩：“哦。”

明朗想了想，补充一句：“也有人说是小姑娘喝多了，趁醉表白。”

程知栩沉默了，缓缓撇开眼，看着窗外深浓的夜色。

聚餐结束已经十点半，简灵最后还是没能幸免，喝了一杯米酒。因为主管提议大家拍一张大合照。他把手机递给服务生，大家站起来配合着举起各自的酒杯凑到中间。服务生按下拍摄键，画面就此定格。而后，大家碰了一下杯，各自喝完了杯中的酒。

众人三两成群地从烤肉店出去，戴望楚站在路边拢了拢耳侧的发丝，转头问简灵：“你怎么回去？”戴望楚晚上喝了不少酒，脸颊红彤彤的，路灯下，她的眼神有点迷离，简灵看她才是该被担心的那一个：“我打个车就好了。你呢，怎么回？”

戴望楚打了个嗝：“我坐地铁。”

简灵蹙眉道：“你一个人行不行啊？”

“没、没事。”戴望楚挥了挥手，大着舌头说，“我酒量好得很，区区几杯白酒怎么可能把我灌醉。”

今晚男同事们也都喝了酒，没办法搭他们的顺风车。简灵有点担心戴望楚，伸手拦了辆空车：“我送你回去吧，晚上在你家留宿一晚可以吗？”

戴望楚手臂箍着她的脖子，重重点头，笑呵呵地说：“乐意之至。”

出租车在路边停稳，简灵扶着戴望楚坐进后座。

二十分钟后，戴望楚住的小区就到了。她在车上已经睡着了，被简灵摇醒才迷迷糊糊地下车，从包里掏出门禁卡。

乘电梯到十楼，戴望楚摸出钥匙，试了几次都没对准锁孔。

简灵无奈，从她手里接过钥匙插进去，转动了两圈，手握住门把手，往下一压就打开了。简灵扶着她到客厅沙发坐下。

戴望楚坐了两秒就栽倒下去，躺在了沙发上。

简灵忙前忙后，先锁好门，然后找出杯子倒了杯温水放在茶几上。

戴望楚迷糊了一会儿，坐起来喝了半杯水，脑子清醒了一些：“时间不早了，我们回房吧，我给你找一套睡衣。”

简灵：“好，谢谢。”

戴望楚租的房子只有一间卧室，两个女孩子进了卧室，戴望楚从衣柜里拿出一套洗干净的睡衣给她，还有她买回来没穿过的内衣：“牙刷和毛巾在浴室柜子里，都有新的。”

“卸妆的东西我可以用你的吗？我包里没装。”简灵问。

“在洗漱台上，你随便用。”

简灵点点头，进到浴室里。

片刻之后，里面传来了淅淅沥沥的水声，响了很久，掩盖了外面猝然响起的手机铃声。

戴望楚眯着眼睛找了一圈才发现铃声是从简灵的包里传出来的，她趿着拖鞋走到浴室门外，抬手轻叩了两下玻璃门：“简灵，你手机响了。”

“啊？什么？”水声太大，简灵听不真切。

戴望楚高声重复了一遍，简灵这回听清楚了，“哦”了声：“你帮我接一下吧。我在洗头发，眼睛周围都是泡沫，睁不开眼。”她浑身上下包括头发丝都染上一股浓郁的烧烤味，不洗没办法睡。

戴望楚从她包里摸出手机：“我帮你接了啊。”

简灵猜想可能是家里人打过来的，不在意道：“接吧，接吧。”

戴望楚瞄了眼来电显示，稍稍一怔，整个人都精神了，然而她的手已经下意识地按了绿色的接听键，只能暂且压下震惊，硬着头皮，磕磕巴巴道：“程……程总？”

来电显示居然是“程知栩”三个字！

简灵她……当真是程家的小娇妻？

可是，按照她昨天的表现推断，她分明是在暗恋某个人，满是爱而不得的失意彷徨。

程知栩听出声音不对，愣了一下：“简灵不在？”

“啊，那个，我……我……”戴望楚紧张得差点咬到舌头，勉强找回自己的声音，“我是她的朋友，她现在在洗澡，不方便接电话。”

“她晚上喝多了？”

“没有。”戴望楚一板一眼，完全是跟上级汇报工作的态度，“我喝了酒，她负责送我回家，就在我家住下了。”

“哦——”

戴望楚从这个拖长音调的“哦”字中听出了欲言又止的意思，她静静地等了一会儿，奈何那边迟迟没有出声。

她拿下手机放在眼前看了一眼，确认电话没有被挂断。

“程总，您还有事？”戴望楚屏住呼吸，问得小心翼翼。

电话那边的人似乎是拿远了手机，轻轻咳嗽了一声，还是被听力极好的戴望楚捕捉到了，下一秒，她就听见程总问：“你们在聚餐上玩游戏了？”

戴望楚两眼望着天花板，如实回答：“啊，对，我们玩了‘真心话大冒险’，还有一些其他的小游戏。”

程知栩又是一阵沉默，淡淡地说：“没事了，我就随便问一下。”顿了顿，他多余地解释了一句，“我代替她舅舅问的。”

戴望楚没听懂，不知道怎么搭腔，还好那边说完就自己挂了电话，免去了她的尴尬。

正在这时，浴室的门被拉开，简灵探出头来，歪着头看坐在床沿的戴望楚：“擦头发的毛巾是哪个？”

戴望楚望着她张了张嘴，没发出声音。

简灵困惑地看着她，想起什么似的：“对了，刚刚是我舅舅打来的电话吗？你是怎么说的？”

“是程总打来的。”这话说出来，戴望楚自己都难以置信。

简灵一顿，怀疑自己耳朵进水了：“你说谁？！”

“程知栩。”戴望楚“大逆不道”地直呼其名，“你的来电备注就是这样的，听声音的确是程总没错，不存在同名同姓的可能性。老实交代吧，简灵，你到底和我们老板是什么关系？你有他的私人联系方式我就不好奇了，毕竟你们一起去见过意大利客户，可是老板他竟然大晚上打来电话关心你，这就很难让人不想歪了！”戴望楚一口气说完一长串话，差点把自己憋死，说完就大喘了好几口气。

而简灵只注意听第一句话——程知栩给她打电话了？

“啊啊啊，我居然错过了接他电话的机会！”简灵怪叫一声，“早知道是他，我就该不怕泡沫进到眼睛里，跑出来接电话！”

老实说，戴望楚刚从接到老板的电话的惊吓中缓过来，又被简灵的反应吓到再次呆滞。

简灵也顾不上擦头发了，一个箭步冲过去，两手按住戴望楚的肩膀：“他说了什么，麻烦一字不差地复述给我！”

戴望楚定了定神，咽了口唾沫，开始给简灵复原刚刚那一幕。

“我接到电话，结结巴巴地说‘程……程总’，然后程总淡定地问我，

'简灵不在？'"说到这儿，戴望楚还特地模仿了一下低沉的男声。虽然模仿得并不像。

就这样，她一会儿模仿程知栩的声音，一会儿换回自己的声音，一问一答，还原了整个对话过程。

见简灵还在慢慢消化对话内容，戴望楚就先去浴室洗了澡，出来时见简灵还在发呆，有点无语，把吹风机递给她吹头发。

等一切收拾妥当，两个女孩躺在床上，戴望楚关了顶灯，只留了一盏落地灯，悠悠说道："你要不要说一下你和程总的关系？"

她最好奇的还是这个。

简灵手抓着被子边缘，脸庞笼罩在昏黄温暖的光线里，卷翘的睫毛眨了眨："他和我一个亲戚是好朋友。"

戴望楚明白："你舅舅？"这一点程总在电话里提过。

简灵没有否认，轻轻"嗯"了声。

戴望楚翻个身侧躺，看着简灵的脸，试探性地问道："所以，你暗恋的人其实是我们老板程知栩？"

简灵闭了闭眼，她就知道经此一事，一切一定瞒不过聪明的戴望楚，顿了一会儿，她坦诚地点了点头。

"你可真是……让我怎么说呢。"戴望楚吸了口气，"勇气可嘉。"

"是吧。"简灵嘀咕，"我室友们也这么说。"

"那你现在有进展吗？"戴望楚八卦道。

提起这个，简灵就有点难过了。

她两只手摆在被子外面，摊了摊手："可以说是毫无进展。你不是听到了？他只是受我舅舅所托，从长辈的角度关心一下我，仅此而已，别的就没有了。"

戴望楚摇了摇头，高深莫测道："不像。"

"什么不像？"

"程总最后才提起一句他是代替你舅舅问的，不像是受人所托，更像是一句欲盖弥彰的借口。"戴望楚头头是道地分析，"他应该是真的关心你、在意你。简灵，我觉得你的暗恋可以转为明恋了。"

简灵看着床边那盏孤零零的落地灯，彻底傻眼了。

简灵整个七月份都在忙碌中度过。

进入八月酷暑，每天的天气都热得像待在蒸笼里，路面都要被烤得冒烟了，上下班成了最难熬的时刻。

简灵终于迎来了工作以来第一个休息日，她果断回到家里当起了娇贵的小公主，在床上瘫了大半天，享受久违的追剧、吃水果、撸狗的惬意时光。

可惜快乐的时光总是那么短暂。

傍晚时分，简灵带着家里阿姨做的小菜，迈着沉重的步伐走向在台阶下等待的司机，准备打道回租住的地方。明天要上班，她今晚不过去，明早肯定又是着急忙慌地从家里往公司赶。

她刚拉开车门，还没上去就看到一团白色的影子从眼前一晃而过，再定睛一看，哆啦已经蹿上了车后座，趴在座椅上“哼哧哼哧”地吐着舌头。

简灵扑哧一笑：“你要跟我一起吗？”

哆啦“汪汪”叫了两声，简灵点了点头，像是对它很无奈：“那好吧，你陪我住几天，我去给你拿狗窝和饭盆。”简灵把小菜放进车里，跟司机说了一声，折回去把哆啦的日常用品带上，装进后备厢里。

叶娴心不赞同她把哆啦带走，说简灵照顾自己都够呛，还要把狗狗带过去，岂不是一团乱，但又拗不过简灵，只能依了她。

司机开车把简灵送到目的地，帮她把东西都搬到屋子里。

晚上就只有一人一狗在偌大的房子里，简灵没人管就放飞了自我，打开了自从搬进来就没开过的挂壁式电视机，找到一个搞笑综艺看起来，又用手机点了份外卖。

半个小时后，外卖送达，她还没打开袋子就闻到一股特殊的气味。哆啦敏锐的鼻子闻到这股味道，跑得远远的，不敢靠近她。

简灵深深闻了闻螺蛳粉的味道，揭开盒盖就吃起来。

汤汁上漂浮着一层红油，里面配料齐全，除了必备的粉，还有青菜、花生米、酸笋、油炸腐竹、木耳丝等等。她担心不够吃，另外点了豆腐泡和鸭掌。

简灵吃下一口粉，鲜香麻辣的味道刺激着味蕾，好吃得让她眼睛都眯起来了。

简灵看着缩在角落里的哆啦，没忍住笑了一声，朝它招了招手：“哆啦过来，陪妈妈一起吃饭。”

她把狗狗的饭盆放在茶几上，倒了适量的狗粮进去，敲了敲饭盆的边缘。

程知栩打开指纹锁的大门，霎时愣在了门边。

只见，简灵坐在茶几边的地毯上，埋头吃着一碗不知名的东西。旁边是一只狗，跟它的主人一样蹲坐在地毯上，埋头嚼着茶几上的饭盆里的狗粮。

一人一狗的动作出奇地一致。

更滑稽的是，狗狗的鼻孔里塞着两团纸巾。

电视音量调得太大，简灵没有听到门打开的声音。她吃了一口粉，抬起头看综艺，不经意间一瞥，蓦地注意到站在玄关的男人，视线自下往上，从一双大长腿慢慢转移到那张英俊又熟悉的脸上。

“噗”一声，简灵嘴里的粉全数喷了出去。

简灵手忙脚乱地抽出纸巾擦干净嘴巴，然后清理被自己弄脏的茶几，在此过程中掐了掐自己的掌心，不敢相信眼前的一切是真的。

程知栩怎么会突然造访？

他怎么知道她住在这里？

他是特意过来找她的吗？

一瞬间，简灵的脑海里飘过几行五颜六色的弹幕。

哆啦反应过来，脸从饭盆里抬起来，前爪一蹬，离开了茶几，转头奔向门口的程知栩，绕着他转了两圈，“汪汪”叫了几声。哆啦是只性情温和的拉布拉多犬，即便是见到陌生人，它也不会有攻击性。

程知栩立在原地，看着这只热情地摇着尾巴的狗，弯腰摸了摸它的脑袋，从鞋柜里拿出一双拖鞋换上，转头对上了简灵的视线。

“你在吃饭？”

程知栩说话时不得不放弃憋气，随后就有一股难闻的刺激性气味钻入鼻子，于是他不动声色地再次屏住呼吸。

简灵后知后觉地从地毯上爬起来，站在沙发边看着他，眨了眨眼，仍是一副难以置信的样子：“嗯，在吃饭。你……你怎么过来了？”

“我路过这里，上来拿个东西。刚才敲了几次门没回应，我就刷指纹进来了。”程知栩挑了下眉，看她惊讶的神色像是突然明白了什么，继续极缓慢地说，“你舅舅没告诉你这是我的房子？”

简灵一愣，随后露出恍然大悟的表情。

叶归舟之前说什么来着？“我有个朋友的房子离你公司比较近，他不常住那里，你先住着吧……”

所以，舅舅口中的“朋友”指的就是程知栩。

这个世界真小。

简灵垂下头，懊恼地咬了下嘴唇。她刚才居然自作多情地以为程知栩是专门过来找自己的。还好她没有问出那句“你是来找我的吗”，不然还不得尴尬死。

程知栩望着那个用头顶对着自己的小姑娘，唇畔溢出一丝浅淡的笑意，咳嗽一声：“你先吃，我进去拿个东西就走。”

简灵抬起头看了他一眼：“哦。”

程知栩大步流星地往楼梯上走，从背影看去，有点像逃跑。与哆啦闻到螺蛳粉的味道的表现一模一样。哆啦的鼻孔里被塞了两团纸巾才稍微好一点。

简灵深深地嗅了一下空气里的味道——浓浓的螺蛳粉的“香气”。

但她不得不承认，这种东西跟臭豆腐和榴梿有着“异曲同工之妙”，爱吃的人觉得它们香气扑鼻，不爱吃的人稍微闻一闻就忍不住作呕。

程知栩大概是不爱吃的。

简灵盯着茶几上没吃完的螺蛳粉，蹙着眉纠结是要倒掉它还是放任它继续释放刺激性气味。没等她纠结出结果，程知栩就从楼上下来了。

男人穿着雪白的衬衫，纽扣一丝不苟地扣到领口，没系领带，衬衫下摆塞进笔挺的黑色西裤里，同色的皮带勾勒出清晰窄瘦的腰线。下楼梯时，一双修长的腿一直一曲交错。即便趿着拖鞋，也不显随性懒怠，有种别样的温柔帅气。

简灵看呆了，回过神时人已经走到了近前。

程知栩强忍着那股令人上头的味道，暗暗调整了下呼吸，跟简灵打了声招呼：“那我就先走了。”

简灵看到他手里拿了一个天蓝色的文件夹和一本类似于相册的东西，抓了抓头发，犹豫道：“我送送你吧。”

“你不是还没吃完？”程知栩抬了抬下巴，示意茶几上那碗不知名食物，“不用送，快去吃吧。”

简灵没听从他的话，坚持把人送到玄关。程知栩只好由着她，低头换鞋的间隙，他随口说：“这房子我不住，也不常过来，你安心住在这里，里面的东西也都能动。”

简灵呆呆地点了下头。

她太懒，目前只在客厅和卧室活动过，其他的地方她都没有进去过，包括厨房、客房、书房，里面的东西她更是碰都没碰。

程知栩换完鞋直起身，笑着问：“一个人住这么大的房子会害怕吗？”

简灵不好意思地抿了下唇，小声说：“有点，所以我把狗狗带过来了，有它陪着我就不会了。”

记得那次午夜一点多打雷下雨就还挺吓人的，尤其是闪电划破夜空时，乍然亮起的光线透过窗帘缝隙照进屋里，有种诡异又惊悚的感觉。

程知栩点了点头，又瞄了眼茶几上的饭盒：“你在家天天吃外卖？”

“没有。”简灵摇头，“阿姨每天都会过来给我做早晚饭，今天晚上是例外，我想吃外卖就没有让阿姨过来。”

程知栩抿唇一笑，有些好奇：“吃的什么？”

简灵以为他是好奇什么食物能发出这种气味，声音越发弱了：“螺蛳粉。”

程知栩没听清，侧了侧耳朵做出聆听状：“什么？”

“螺蛳粉。”简灵语气坚定道，“相信我，它只是闻起来味道有点怪怪的，吃起来很香的！”

程知栩似乎是没话说了，默默地点了下头。

两人挤在并不算宽敞的玄关，简灵忽然想到一个星期前，她的“恋爱军师”戴望楚说过，程知栩是关心她、在意她的，她也许可以将暗恋变成明恋。

既然他这么关心她，那么……简灵深吸一口气，遽然抬头，直直地看着程知栩，鼓起勇气想着要不趁今天这个千载难逢的机会直接表白吧。

程知栩被她灼灼的目光盯得有些莫名其妙，摸了摸鼻子：“有话要说？”

“对！程知栩，我有话对你说。”简灵视死如归般攥起拳头。

程知栩挑了挑眉，有点被她的气势唬住，要不是理智尚存，他可能会以为她要揍人，稳了稳心神，他应道：“你说。”

“我……”

近在咫尺的男人眸子黑如点漆，里面无波无澜、温和沉静得像湖水一般。简灵一对上他的目光就泄了气，倏地别开眼去：“我想说，你有机会可以尝试一下螺蛳粉，真的很好吃，我没有骗你！”

一口气说完胡诌的话，简灵又羞又恼。

她在心里狠狠地唾弃自己：你怎么这么没、出、息！

程知栩怔怔地阖了阖眼帘，似乎是没料到她鼓足了气势，说出来的却是无关紧要的话，他眼眸黯了黯，点头说“好”。

夫战，勇气也。一鼓作气，再而衰，三而竭。

简灵表白的勇气已经衰竭了，再也找不回刚刚的气势，只能颓丧地挥了挥手，把程知栩送进电梯。

等人走得没影了，她才关上大门，背靠在门板上唉声叹气。

自怨自艾了好一会儿，她趿拉着拖鞋走回去，重新瘫坐在茶几边，接着吃没吃完的螺蛳粉，而哆啦已经啃完了狗粮，乖乖地趴在沙发上陪她看电视。

简灵随手拿起旁边的手机，想要查看微信里有没有未读消息，视线一转，发现朋友圈那一栏出现程知栩的头像。

她迫不及待地点进去，看见他发了一张夜空图，漆黑的夜幕上挂着一弯清冷弦月。没有配任何文字。时间显示是“三分钟前”。

简灵刷新了几下页面，意识到自己与程知栩没有共同好友，看不到其他人的评论。不对，倒是有个叶归舟，但他什么也没评论，连点个赞都没有。

简灵最近加入了项目小组，忙着赶方案，几乎每天都是夜里一两点才睡觉，咖啡不要钱似的往肚子里灌。叶娴心给她打视频电话的时候，看到她眼睑下方浓重的黑眼圈以及憔悴的神色，心疼坏了，嘴上不停地埋怨，说阿姨是怎么照顾她的，人都瘦了一圈。

简灵摆摆手说“没事，就当是减肥了”。叶娴心却怎么也不肯放心，坚持让她下班后回家一趟，她要见到真人才能安心。

简灵没办法，当天下午下班后，把没做完的工作背回了家里。

她一进门就被叶娴心拉着左看右看，上下打量。叶娴心皱起眉毛：“你看看你，下巴上都长痘痘了。”

简灵摸了摸下巴上鼓起来的一个小包，有点疼，显示炎症还没消退。这颗痘痘一个星期都没瘪下去，害得她天天用遮瑕膏盖住，都不敢往程知栩面前凑！

想到这里，她悲伤地叹了口气：“岂止啊，我这个月例假都没来！”

她记得上上个月赶论文连续熬夜也是这样，例假推迟了半个月。还有上个月，她刚开始工作，不太适应，例假推迟了一个星期，来的时候太过汹涌，肚子绞痛不说，还把血弄到裙子上，让程知栩撞见了，那场面……

简灵摁了摁太阳穴，不想回忆那样尴尬的画面，光是想想，她头皮都开始发麻了。

简灵把手里的电脑包和链条包放下，给自己倒了杯温水，想起这段时间赶方案赶得心力交瘁，她终于明白“社畜”二字的深意。

叶娴心看了她一会儿，当机立断：“不行，你不能再这样下去了。”

简灵摊手：“没办法啊，又不是我一个人，小组里每个人都有分工，都很忙。楚楚是组长，她熬的夜比我还多，也没说什么。”

“别人我管不了，你是我女儿，我不能看着你把自己的身体搞垮。”叶娴心拉住她的手，语重心长，“你的体质本来就弱，跟一般人比不了。等你爸爸回来，让他知道了，态度只会比我更强硬。”

简灵在沙发上坐下，差点被水呛到，想说“没有这么严重吧”。

叶娴心却把她没说出口的话堵住了：“这件事听我的，我帮你预约一位中医，你这周六就给我腾出时间去看医生调理身体。女孩子经期不正常绝对不能忽视！”

简灵登时瞪大了眼睛，这怎么还要去看医生呢？等她没那么忙了，例假自然就正常了。

叶娴心被她盯了良久，终于扛不住压力，露出心虚之色，匆匆忙忙地别开了视线，撑着膝盖起身：“你先休息，我去厨房看看汤炖得怎么样了。”

这仿佛落荒而逃一般凌乱的步伐，越发让简灵感到不正常。

厨房里的汤有阿姨盯着，哪里轮得到对做菜一窍不通的母上大人过问，简灵靠着沙发靠背，思索半天无果。

等叶娴心从厨房出来，简灵双手抱臂，微微抬起下巴：“还是实话实说吧。妈妈，你为什么这么执着于让我去看医生？我的身体要真有什么问题，让家庭医生陈叔叔过来一趟就好了，何必麻烦别人。”

叶娴心带有掩饰性地微微一笑：“那不是因为你陈叔叔也不是这方面的专家吗？”

“胡说，陈叔叔既然当得了家庭医生，肯定是每个科都精通的。”简灵情绪莫辨地摇了摇头，“别说他不懂中医，我记得他以前给我把过脉。”

叶娴心摁了下额角，心说“孩子大了是真不好骗”。

“好吧，我就跟你直说了。”叶娴心坐直了身子，侧过身与简灵面对面，酝酿了片刻，笑眯眯地说，“我想介绍你陈叔叔的儿子给你认识，让你试着跟他谈朋友。他儿子你应该没见过，我倒是见过几次，那真是一表人才，年纪轻轻就坐上了主任的位置。而且，他家三代从医，祖上是……”

简灵有点头痛，双臂交叉，打断她对那位医生的夸赞：“妈妈，听你的意思，你是想让我去相亲？”

她明白了，她彻底明白了，看医生调理身体是顺便的，相亲才是正经的。

简灵花了足足半个小时都没能消化叶娴心的话，要不是亲耳听到，她都不敢相信妈妈能把相亲说得这么清新脱俗。

她才不要去相亲，说什么也不要。

“我没有让你现在就和你陈叔叔的儿子在一起。”叶娴心见她嘴巴噘得高高的，都能挂油瓶了，有些哭笑不得，“主要还是为你的身体考虑，我帮你预约了他的门诊，你去看看。专家号不好约的，我试了几次才成功，就是担心你私底下见他太尴尬，有了看病的由头就比较好接受了。”

简灵满脸抗拒：“我不要。”

她恨不得当场就说出自己有喜欢的人，不用给她安排乱七八糟的相亲。可是话没出口，她就转念想到，她和程知栩到目前八字都还没一撇，人家对她刚有了那么一点关切的意思，甚至这点关切可能还是因为他是叶归舟的朋友，她就说不出口了。

母女俩僵持了没多久，简祖贸就下班回来了。他身后跟了个人，是一身正装的叶归舟，过来蹭饭的。

叶娴心就此打住话题，起身招呼两人洗手入座。

阿姨把菜从厨房端上餐桌，特别说明那盅汤是炖给简灵的，有滋补功效，让她别忘了多喝一碗。

叶归舟有点好奇，一边吃菜一边扭头问自己的姐姐：“简灵怎么了？”

“你看看她的气色，再看看她一阵风就能吹跑的身量。”叶娴心抬了下筷子，指着坐在对面的简灵，“不补补怎么能行？”她没好意思提简灵紊乱的经期。

叶归舟转移视线，盯着简灵打量了片刻。她饭前卸了妆，素着一张小脸，眼圈的青黑尤其明显，除此之外，下巴处的痘痘失去遮瑕膏的掩盖，又红又肿，看着就很疼。

“看什么看？没见过刚下凡的绝世仙女吗？”简灵恶狠狠地瞪回去，语含警告，“劝你不要乱说话。”

叶归舟不把她的威胁放在眼里，挑了挑眉，实话实说：“你妈妈说得对，你看起来确实比前段时间憔悴，人也瘦了很多，最近没好好吃饭？”

简灵气得都没胃口了。

仙女最在意的就是脸蛋了！叶归舟居然用“憔悴”两个字来形容她，这一点她绝对不能忍。

“你这当老板的，怎么能理解我们打工人搬砖的辛苦？”简灵喝了一口滋补的汤，里面加了药材，味道倒也没有想象中那么难喝，她又喝了一口，摇摇头叹道，“我说了你也不能理解。”

叶归舟被逗得仰头大笑：“你是打工人？”

“我都工作一个多月了，好吗？！”简灵听出他的嘲笑，没忍住翻了个白眼，“我这个月领了五千块的工资呢！”

叶归舟笑不可遏，肩膀都抖动起来，差点握不住筷子，半晌才止住笑意，朝她竖起大拇指：“行，你了不起。”

简灵知道他在笑什么，五千块对他这种大老板来说不算什么。而且，她以前每个月的零花钱都不止这个数。但他不懂，这是她靠自己的劳动换来的，她想想都自豪得不得了。

简祖贸这时候开口说话了，语气充满关切和慈爱：“灵灵，身体重要，别把自己搞得那么辛苦，爸爸妈妈会心疼的。”

叶娴心就等着他这句话，闻言停下筷子，苦口婆心地说：“我正想让她抽个时间去看医生，调理一下身体。”

“什么看医生啊。”简灵眉心拢了拢，不满道，“明明是相亲好不好？”

简祖贸与妻子交换了一下眼神，他显然对这件事是知情的，一时没有说话。叶归舟不明真相，疑惑地看着简灵：“什么相亲？”

简灵：“陈叔叔的儿子呀，我都不知道对方长什么样子，你亲爱的姐姐就想让我和他谈恋爱，麻烦你帮我说说她。”

叶归舟亲爱的姐姐莞尔一笑：“你别乱传话，我说的是让你谈恋爱吗？相亲就是交个朋友，你们要是能互相喜欢，我们做长辈的当然开心。你要真是不喜欢他，我还能逼着你跟人谈恋爱？”

叶归舟听了一会儿，总算捋清楚了。

简灵期待地看着自己的舅舅，以为他这自由恋爱、从校服即将到婚纱的人一定也不喜欢相亲那一套。

然而她想错了，叶归舟缓缓绽放一个笑容：“相亲挺好的。你年纪也不小了，是时候找个男朋友了。”

有了男朋友，他就能把“照顾简灵”的任务打包丢给她男朋友。

简灵愕然，这怎么跟她想的不一样？

叶归舟还嫌不够，在她呆滞的目光下点了点头，以示肯定：“你陈叔叔祖上是书香世家，家风严谨，到了你陈叔叔的父辈开始从医，我接触过的几个陈家的旁支小辈，都是温和儒雅的性格，更别提那位自小被养在陈老先生身边的亲孙子了。听说，他人长得也很帅气，符合你们小姑娘的审美。”

“对！我见过他，俊俏得不得了。”叶娴心对弟弟的发言非常满意，挺直了腰板，笑容满面地看着简灵，“怎么样，灵灵，你有没有一点心动？”

还心动？简灵想死的心都有了。

眼下是什么情况？她的目光一一扫过父母和舅舅的脸，三人联合起来的气场不要太强大，她这是被孤立了啊。

简灵觉得，自己真是相当悲惨。

喜欢的人追不到就算了，还要应对这么多“拦路虎”。

果然，上帝是公平的，给了她良好的家世和不俗的美貌，她的情路注定就不会那么顺遂。她这么想。

过了一个星期，简灵的例假仍然没有造访。她下巴上那个顽固的痘痘消下去以后，痘印还没消失，旁边又长了一颗。

边上，戴望楚灌了一口黑咖啡，继续对着电脑屏幕敲打键盘，手边堆了一大摞资料。她打了个哈欠，余光注意到简灵颓丧的姿态，鼓舞道：“再坚持一下吧，还有几天就可以解放了。”

简灵点点头，双手抓住桌子边缘一扯，带动着椅子向前滑动。她扭了扭脖子，接着干没干完的工作。

手机振动声打断了她好不容易凝聚起来的干劲儿。她闭了闭眼，捞起手机看了一眼，猜到叶娴心女士打来这通电话的用意，她趴在了桌面上。

她磨蹭了良久，最终还是接通了。

“灵灵，宝贝女儿，别忘了去医院看医生哦，我让司机在你公司门口等你。”叶娴心温柔含笑的声音从听筒里传出来。

简灵在今天之前对相亲一事仍旧抱有抵触心理，可她想了想自己目前的身体状态，也确实需要去一趟医院，便没有再拒绝：“先跟你说好，我真的是去看病的。”

叶娴心意外之余，欣喜道：“对啊，妈妈的意思就是让你调理身体，其他的看你个人的意愿！”

简灵：“……”

简灵请了假，跟戴望楚打了个招呼就拿上包走人。

好在司机没有把车停在公司正门口，万一被人瞧见，简灵不好解释。出了大门，她就接到司机的电话，让她往左走一段路。

简灵找到了自家的车，拉开车门坐上去，还没开口报上地址，司机就看着后视镜对她说："太太让我送你去第一医院。"

"我知道。"

简灵卸下浑身的力气，懒洋洋地靠在椅背上，想到要去看医生，她就在车上把妆卸干净了，免得影响看病。

她对着腮红盘里自带的小镜子照了照，以前照镜子她都会被自己的盛世美颜惊艳一番，顺便再自我陶醉一番，现在真是不愿多看一眼。

就她这副样子去见相亲对象，人家能看得上她就怪了！

轿车开进医院大门，停在门诊部外面的主干道停车位上，司机扭头问简灵："需要我陪你上去吗？"

"不用，我自己去就好了。"简灵从包里摸出一顶渔夫帽戴上，将帽檐往下压了压，躬身下了车。

走进门诊大厅，简灵就闻到一股刺鼻的消毒水味，皱了皱鼻子，她拿出身份证在自助服务台取了号。

专家号是叶娴心提前帮她在网上预约的，她盯着上面的字看了看，注意到陈叔叔儿子的名字——陈绪林。

视线往下移，她就看到预约时间是下午四点到五点之间。简灵眼神闪烁了一下，抬起手腕看时间。

简灵过来的时候正值晚高峰，堵了好久，现在已经过了预约时间。她不确定那位陈医生还在不在。

她不自觉地加快脚步，穿过大厅里的人群走到电梯前，抬起头，看了眼电梯旁边的墙壁上贴的指示图，是在五楼。

医院的电梯向来慢，简灵跺了跺脚，几分钟后，电梯门终于在眼前打开，她舒了口气，提步走进去。

简灵又看了眼预约号，心里默默祈祷别真错过了，她倒不是对相亲对象感兴趣，而是因为她的确是正经来看病的。

病人当然不希望与医生错过。

简灵双手插兜，耳边传来叮的一声，她仰头看了眼，是五楼到了。她走出电梯，穿过一条长长的走廊，站定在一间诊室前。

她四下扫了一眼，走廊里没有别的病人等候。

简灵想着应该不用再到扫描器下刷预约号的条形码了，她深吸口气，手从口袋里拿出来，敲了敲门。

"请进。"

简灵握住门把手往下压，推开了诊室的门。

里面一站一坐两位医生，皆穿着白大褂，胸口别着工作牌，一致看向门口的简灵。站着的那个戴着一副细边眼镜，眉毛高高地挑起：“我们下班了，请问有什么事吗？”

坐着的那个意识到自己等的人到了，咳嗽一声，拨开了挡住自己一大半视线的同事：“是我的病人。你先下去吃饭，我等会儿……”本来想说等会儿就来，可是不太确定要用时多久，陈绪林便改了口，“不用管我。”

江少严看了眼腕表：“都下班半个小时了，你……”

看到简灵尴尬地站在门口进也不是退也不是，陈绪林搡了江少严一把，让他自觉一点先闭嘴。

江少严这时候才察觉到气氛不对劲，看了眼简灵，又看了眼自己的好哥们儿，决定另找机会再问。

他换上一副笑脸，对简灵说：“既然陈医生都发话了，那你进来吧。”

“谢谢。”简灵朝他点了点头，眼神带着点抱歉的意思，转头对陈绪林说，“不好意思，久等了，路上有点堵车。”

陈绪林笑了笑：“理解。”

等江少严出去，关上了诊室的门，陈绪林才摆正椅子，手握住鼠标点了几下，打开简灵的档案信息。

简灵端端正正地坐着，看着距离自己半臂的男人。

别的不说，至少叶娴心女士没有骗她，陈医生果真年纪轻轻、一表人才。

简灵是个“手控”，看着看着，目光就不知不觉地落在了那只握着鼠标的手上。皮肤偏冷白、手指修长、骨节微微凸起，手背能看到淡青色的筋脉，指甲修剪得整齐又圆润。

简灵看得正入神，陈绪林忽然松开鼠标，偏过头来看着她，如医生对待病人那样，手指点了点桌面，声音温和道：“手放上来，我给你把个脉。”

简灵“啊”了声，回过神来，连忙卷起袖子。因为公司里空调温度太低，她习惯在裙子外面穿件外套。袖子太长有些碍事，她一把拽上去，手心向上放在桌面上。

陈绪林的手指搭在她的手腕内侧，目光落在她脸上，片刻后，手指轻轻抬起：“换另一只手。”

简灵依言，把另一只袖子也挽上去，手放上桌面。

两只手腕都把完脉了，陈绪林让她伸出舌头给他看，她乖乖照做。他目光如水般平静，始终不动声色。

“最近睡眠情况怎么样？熬夜吗？”陈绪林问。

“没办法，工作原因，连着两个星期都在熬夜，基本都是过了半夜一点才睡。躺在床上入睡困难，即使睡着了也睡不安稳，总是做梦，睡眠质量很差。”简灵没有隐瞒，一五一十地说得非常详细。

陈绪林点点头，表示知道了，打量了眼她的脸色，又问：“最近精神压力大，情绪波动也大？”

简灵想了想，自己最近确实处在高度紧绷的状态中，情绪起伏也过于明显，于是“嗯”了声。

“经期也不正常？”

“对。”说起这个，简灵的表情就有点沉痛了，“我连着三个月例假都推迟了，而且来的时候肚子特别疼，死去活来的那种。”

“秋冬季节手脚冰凉？格外怕冷？”

简灵睁大了眼睛，感觉他问的每一条都对上了。她一向是怕冷不怕热，天气再热她也觉得还好，不是不能忍受，可是稍微冷一点她就觉得自己要冻死了。

她不住地点头，看向他的目光如同看着救命恩人。

陈绪林一副了然的表情，好似对她的情况并不意外，顿了顿，继续询问：“大便怎么样，通畅吗，粘不粘马桶？”

简灵一愣。

这是什么问题？她平时没有注意这个啊……

小姑娘脸红红的，陈绪林看出她的羞窘，弯唇笑了一下，霎时犹如和暖的春风拂过面庞：“不用不好意思，照实说就行。”

简灵抿了抿唇，从唇缝挤出来的话仿佛烫嘴：“不算通畅，至于粘不粘……应该是不粘吧。”

陈绪林又给她把了一次脉，看着她紧绷的神色，出声安慰道：“放轻松，别太紧张，你这都是小毛病，不严重。”

他心里有了底，双手在键盘上轻敲着，打出处方，顺便用能让她听懂的话解释她会有这些症状的原因，让她放宽心，保持心情舒畅。

处方笺很快被打印出来，陈绪林拿在手里看了眼，放在桌上。即使上面已经写清楚每种药该怎么吃，他还是耐心地给她说了一遍，并且写上服药期间忌口的食物。

陈绪林："调理身体是个缓慢的过程，这上面的药你先吃着，半个月后过来复诊，我再根据你的身体状况给你调整药。"

简灵认真听着，用心记着，等他说完，她才接过处方笺，客气又礼貌地说："谢谢，麻烦陈医生了。"

陈医生的表情有一瞬的愣神，不知道她是不是不清楚今天过来的另一层意思，只是单纯地过来就医。

陈绪林犹豫了一会儿，语气带着试探地问道："时间也不早了，不介意的话，我请你吃顿饭？"

他要是不说，简灵都快忘记他另一个身份了——她的相亲对象。

简灵一瞬间变得不自在起来，将处方笺折叠了几下握在手里，正想着怎么拒绝比较合适，陈绪林适时地给了她选择空间："不方便就算了，我这边也还有点事要……"

"方便。"简灵打断他的话，直视他的双眼，"你想吃什么？我请客吧。"

人家为了给她看病多等了半个多小时，不仅耽误了吃饭时间，可能也耽误了点工作，她要是再拒绝就说不过去了。

简灵站起来，拎起放在桌上的包包："正好我也饿了。"

陈绪林轻轻一笑："好，稍等一下。"

他起身脱下白大褂，挂在衣架上，里面是件纯白的衬衫，不同于商业精英的那种工整笔挺，更偏向休闲风。

大概是不想让她久等，陈绪林动作很快地按了两泵洗手液洗干净手，然后从柜子里拿出手机，转身对简灵说："走吧。"

两人出了门诊部大楼，简家的司机还等在那里。简灵小跑过去，从包里拿出处方笺递给司机，让他帮忙去药房取药，自己则坐上了陈绪林那辆SUV。

车子行驶在路上，陈绪林问简灵："你想吃什么？"

简灵捧着小脸思索许久，也不知道要吃什么。事实上她肚子很饿，想吃的东西数不胜数，但是她要开始吃药了，忌口的食物也很多，她想到这里就有些难过。

"不知道，你选吧。"简灵把皮球踢回给了陈绪林。

陈绪林没有再推来让去，直接开车带她去了一家环境清雅的私房菜馆。

简灵拿着菜单点餐的时候，都会先问一下陈绪林：陈医生，这个我可以吃吗？那个我可以吃吗？你说我不能吃橘子，那岂不是橙子之类的也不能吃了？橙汁也不能喝？

陈绪林被这个问题少女逗笑了，不过由此也可以看出来，她是个谨遵医嘱的病人，这一点让医生很放心。

过了一会儿，两人点的菜被端上来，一眼扫过去，大多是养生的清淡菜色。好在这里的大厨手艺高超，看着清汤寡水的，味道却十分鲜美。

陈绪林话不多，两人边享受美食边围绕稀松平常的话题聊了几句。总体来说，用餐体验是很轻松愉快的。

最后是陈绪林埋的单。

简灵看着他："说好了是我请客的，你怎么先把单埋了啊？"

"哪有病人请主治医生吃饭的道理，嗯，怎么说呢，有贿赂嫌疑。"陈绪林一本正经地说着玩笑话，"等你彻底痊愈，不是我的病人了，再请我吃饭吧。"

简灵扑哧一笑，点头说好。

从私房菜馆出来的时候，外面的天色已经暗了。天边淡淡的浮云飘动，如轻纱飘扬。街边的路灯已然亮起，与高楼大厦的灯光交相辉映。

简灵站在台阶下，手里拿着自己的外套和包："我给司机打过电话了，他马上过来，你要是医院还有事就先走吧。"

陈绪林有点意外，旋即接受了这个安排，道："那好吧，等你的车过来我就走。"

等了约莫五分钟，司机就把车停在了私房菜馆门口。

简灵坐上车，降下车窗，朝窗外的男人挥了挥手。

她还没到家，得到消息的叶娴心女士就心急如焚地打来了电话。简灵无奈，又不能选择无视，只好接起来："喂，妈妈，有事吗？"

"明知故问。"叶娴心嗔道，"你和小陈吃完晚饭了吧？相处得还愉快吗？"叶女士的语气里满满的都是喜悦，仿佛下一秒她就能拥有一个家世、品行皆优秀的女婿，听得简灵头皮都紧了。

"嗯，我们相处得很愉快。你和舅舅说得对，陈医生不仅长得好看，性格也很温柔。但是——"简灵来了个一百八十度大转折，"我对他没有男女之间的那种喜欢。"

叶娴心一点都不失望："见一面就能喜欢上那也不现实。等你们相处时间久了，感情自然就有了。”

“不是，我对程……”

我对程知栩就是见一面就喜欢上了！

叶娴心疑惑地“嗯”了声：“你刚刚说，你对什么？”

简灵眼神乱瞟，含糊道：“没什么，我觉得你说得不对。”

接下来，简灵就过上了痛苦的吃药生活。七八种药，有的饭前吃，有的饭后吃，有的是早、晚各吃一次，有的需要一日吃三次。她常常吃着吃着药就突然“咦”一声：“我刚刚吃过这个药吗？不记得了。”

简直要命。

简灵从小到大都是吃药困难户，总会遇到药丸卡在喉咙处，不管怎么灌水都吞不下去的情况。

这还不是最困难的，最困难的是她学不会一次性吞几颗药丸。所以，她一次只能吃一颗，这就导致每次吃完所有的药，她喝水都喝饱了，什么也吃不下了。

唯一让她感到安慰的是，项目终于忙完了，她可以放松心情，好好养身体了。空闲时间一多，简灵就容易胡思乱想，想到上次见到程知栩还是那天晚上，他来家里拿东西。

“唉——”

简灵百无聊赖地翻着朋友圈，突然发现叶归舟两个小时前发了条动态。她没仔细看他发的文字，第一眼就注意到配图里的那个人，虽然只是一个模糊的侧影，但她一下子就认出那是程知栩。

背景是绿茵茵的草坪，阳光洒在上面，像跳跃着星星点点的碎金，青草都像泛着金光。

简灵认出来了，这是在高尔夫球场。

可惜她这苦命的打工人还没有到下班时间，不然就可以跟过去凑热闹了。这么一想，她当初到底为什么要进程氏集团，还不如去给叶归舟当助理！

第四章

我好像有情敌了

简灵哀叹的时候，程知栩正在跟叶归舟在球场上较量。

中场休息时，两人站在白色的大遮阳伞下，手拄着高尔夫球杆，眺望远处正在挥杆的同伴。

程知栩摘下棒球帽放在桌上，接过工作人员递来的矿泉水，拧开瓶盖喝了一口，望向身旁的人："最近在忙什么？很少见着你人。"

叶归舟扔下球杆，在椅子上坐下："忙着筹备婚礼。"

程知栩恍然想起来，叶归舟定在国庆节结婚，距离婚礼只剩一个多月，确实应该忙碌起来。

话题聊到这上面，叶归舟掩不住春风得意，俊朗的面庞上堆满笑意，手越过中间的白色圆桌，搡了搡程知栩的胳膊："趁今天有机会我就先跟你说了，到时候别忘了给我当伴郎啊。"

程知栩拧上瓶盖，淡淡地瞥他一眼："未必有机会。"

叶归舟："什么意思？"

程知栩："字面意思。"

"不是……你把话说清楚，什么叫没机会？"叶归舟挑起眉毛，被他高深莫测的眼神弄得很是困惑，"难不成你还能比我先结婚？"

得了吧，他连个女朋友都没有！

无论叶归舟怎么逼问，程知栩都是但笑不语。叶归舟没辙，指着他笑骂了好几句"老狐狸"，就没见过比他心思深的人，从来都喜怒不形于色。

于是，叶归舟换了个话题："我那外甥女没惹出什么麻烦吧？"

"嗯？"程知栩从思绪中抽离，恍惚了一下，才反应过来他问的是谁，"你说简灵？她能惹出什么麻烦？"

从一开始，叶归舟就口口声声让他帮忙照顾自己的外甥女，导致他一度以为简灵真是什么骄纵任性的大小姐，后来发现她是个非常优秀且低调的实习生，听说前段时间参与了项目策划，一直在加班。

说起来，他好多天没见着她了。

叶归舟放下心来，颔首："没惹出麻烦就好。"

再坚持一下吧，等简灵和陈家那位小公子在一起后，他就不用再隔三岔五地操心她的事了。

程知栩不解："据我所知，她很懂事听话，你怎么总说她是麻烦精？"

"她？懂事听话？"叶归舟呵呵一笑，嘴角接连抽搐了几下，"你要是这么说，那就太不了解她了。"

程知栩发出疑问："怎么？"

"我家的情况你是知道的，简家那边的情况你可能不清楚。这么说吧，我们两家的亲戚加起来虽然不少，但是不知道怎么回事，到了简灵这一辈儿，其他的都是男孩子。简灵的表哥、表弟、堂哥、堂弟一大堆，就是没有姐姐、妹妹，她是我们两家孙辈里唯一的女孩。"叶归舟"啧"了声，"你是不知道我那一帮亲戚把她宠成什么样了。你敢相信，那个小笨蛋四岁的时候走路都不利索？人家说'捧在手心里怕摔了'，这本来就是个夸张句，放在简灵身上就是事实，她从小就被一众亲戚抱来抱去，托在掌心里，以至于学走路都比其他孩子晚。"

不知想到了什么，程知栩低头，轻轻地笑了一声。

叶归舟摇了摇头，似乎有点无语："简灵小时候体质弱，一到天冷就生病，头疼脑热都是小事，家里人最怕的就是她咳嗽，每次咳嗽没有一个月是绝对好不了的，还总是反反复复。"

程知栩挑了挑眉，听得兴趣盎然："嗯，还有呢？"

"你想想就知道了，她一哭就有一大群人围着她转，怎么可能不养成骄纵的性子？怎么可能不经常闯祸？！"想起简灵小时候干的那些事，叶归舟就好笑，"她刚会走就破坏性极强——今天打碎我父亲珍藏的古董花瓶；明天拿他的白玉镇纸砸核桃；后天用他的紫玉狼毫在墙上乱画。哦，还拿他的砚台养着不知从哪儿捉来的小鱼，不许所有人动它，最后鱼死了，她抱着砚台哭得惊天动地，脸上染满了墨汁……"

听着他的描述，程知栩脑海里自动生成一帧帧生动有趣的画面，笑得不能自已："真看不出来她这么调皮。"

"这算什么。"叶归舟说，"我大姐、大姐夫工作忙，简灵读高中时惹的麻烦都是我出面处理的。这几年她上了大学以后才稍微收敛一点，没给我找事儿，谁知道她这回跑出去工作，又没有人照顾，会惹出什么乱子。"

程知栩眯着眼睛，唇畔的笑意始终没消散。

简灵有这么多"前科"，也难怪叶归舟不放心。她前脚刚到他公司来实习，叶归舟后脚就给他打电话，让他多加照拂。

要不是亲耳听到，程知栩实在想象不到简灵平时在他面前端庄又恬静的样子，竟做出了这么多"壮举"。

远处有人在喊他们，叶归舟朝那边挥了下手，拎着球杆站起身，微微一怔："不对，怎么突然说起简灵了？"

程知栩状似无意地说："不是你先提起来的吗？"

叶归舟"哦"了声，并没有怀疑什么，提步走出遮阳伞的范围，跑去挥杆了。

简灵晚上吃的药里有一种带着助眠的功效，吃完以后没过多久就会哈欠连天，眼睛都睁不开。所以，她每次都是临睡前才吃那个药，吃完就躺进被窝里。

不得不说，她最近的睡眠质量确实好了不少，前两天例假也来了，虽然还是会痛经，但比起以前好了太多，没有那么难以忍受。

简灵将这些情况反馈给陈绪林，并对他吹了一波"彩虹屁"，夸他医术高明、妙手回春之类的，说得陈绪林都不好意思了。

简灵手里握着手机，哆啦就趴在床边，她一边撸狗一边单手打字："那我过几天就去找你复诊啦？"

陈绪林回道："你预约了哪天？"

预约？简灵眨了眨眼睛，神情有点蒙："……我没有预约。"

陈绪林："……"

上次一起吃晚饭，两人在饭桌上交换了联系方式。这几天简灵时不时就会打扰一下陈绪林，问他各种关于身体的问题。

因为她刚开始吃药时，不太适应，会有轻微的胃痛，偶尔还会干呕。陈绪林告诉她，她脾胃不好，本来不太明显的副作用到她这里就比较明显了，还特别叮嘱她，要是胃痛严重了就来医院找他。

还好她只是最初有轻微的不适，很快就没事了。

陈绪林回答问题一直很有耐心，从来没发过省略号，所以，简灵看到这串省略号，可以想象得出来手机那边的人有多无语。

简灵赶紧找补："我现在预约还来得及吗？"

陈绪林："来不及了。"

简灵无话可说。

第一医院采用的是提前一星期网上预约的模式，陈医生这种专家号向来被病患们抢破头，往往号一放出来就被一抢而空。之前叶娴心就是抢了好几次都没成功。

简灵抽空登上医院的APP看了一眼，果不其然，接下来七天，陈绪林坐诊时间内的所有号都被抢完了。

这可怎么办？她还要去复诊呢。

陈绪林替她想了个办法：“这样吧，你是上上个周六过来的，这周五你看看你有没有时间来医院一趟。”

简灵最近不太忙，想都没想就说：“有，到时候我去找你。”

陈绪林：“先说好，可能要等我下班后的时间。”

简灵心中明白：“我可以！”

她当然明白，陈医生坐诊时间内的号都排得满满的，只能抽出下班时间给她看病。

跟上次的情况一模一样。简灵也是蛮愧疚的。

吃了带有助眠功效的药，其中一个缺点就是早上要定好几个闹铃才能把简灵从睡梦中叫起来，醒来以后她还得迷瞪一会儿，脑子才能彻底清醒。

简灵今早是在第三个闹铃响起来时从床上爬起来的，坐下来慢慢吃早餐是不可能了，她梳洗完毕就拿着三明治冲出家门。

叶娴心不放心她的身体，这几天她都是住在家里，早上司机开车送她去公司，在距离公司最近的一个路口把她放下来，她再步行过去。

简灵风风火火地朝着公司大门跑时，就知道自己今天注定要迟到。

屋漏偏逢连夜雨，等的电梯迟迟不来，她正焦急地看腕表，旁边就响起一道再熟悉不过的男声：“过来。”

简灵转过头去就看到程知栩不知道什么时候走到了自己身边，一愣之下脱口而出：“你怎么也迟到了？”

程知栩：“……”

简灵呆了呆，暗骂自己怎么一见到他不是嘴笨就是胡言乱语。他是集团老板，想什么时候来公司就什么时候来，怎么会有“迟到”这一说法？

被她这么一说，程知栩抬起手腕看了一眼腕表，点了点头，表示了解了：“你不说我都没反应过来，你迟到了。”

简灵捂脸：“我不是故意的。”

“那还不赶紧过来？”程知栩偏了偏头。

简灵跟着他走进另一侧的总裁专属电梯。从头到尾，紧跟在程知栩右后方的明助理都没有出声，不过他心里的震惊不小。

电梯里封闭又明亮，简灵望着光滑得可以当镜子的金属内壁，从里面看到自己通红的小脸，暗叹一口气。这个场景与她第一天来公司上班时的场景一模一样，不同的是，那次她是因为快迟到了，慌慌张张地跑错电梯，这次却是程知栩主动开口让她进来。

怎么说这也是向前迈出了一大步，是值得欣慰的事情，简灵安慰自己。正想着，包里的手机突然响了，简灵拽过身侧的包，从里面翻找出手机。她早上走得太匆忙，把桌上的东西一股脑扫进包里，也没来得及整理，此刻手机一拿出来，不小心扯到了耳机线，几样东西稀里哗啦地从里面掉出来。

纸巾、笔记本、药瓶……

简灵顾不上接电话，首先蹲下身捡起地上的淡黄色笔记本，默默地舒口气。幸好掉下来的时候没有翻开，不然扉页上写的“追程知栩一百零八式”被当事人看到，她就可以扯着耳机线吊死在电梯里了。

然而她不知道的是，程知栩早就看过这个笔记本。

程知栩垂下视线，看到滚到自己脚边的小药瓶，弯身捡起来，拿到眼前一看，发现光凭药名无法判断是治疗什么病的，正要细看“适应症”，手里的药瓶就被简灵一把夺走了。

程知栩讶然：“你生病了？生的什么病？”他脑海里突然浮现出那天下午叶归舟说的那些话，说她体质弱。

简灵不好意思跟他说那方面的病，眼神闪躲了下，顾左右而言他：“没什么，我先接个电话。”

电话是戴望楚打来的，简灵迟到了十多分钟，戴望楚担心她路上出了什么状况，所以打来问问。

简灵简单地说了两句话，电梯刚好到了二十六楼。

她劫后余生般喘了口气，匆匆跟程知栩点了下头就跑出去了，地上的那包纸巾都忘了捡起来。

程知栩看了眼那包纸巾，蹙了蹙眉心。

简灵躲躲藏藏的，反倒让程知栩担心她的病情，他想去问叶归舟，又怕引起怀疑。他整了整领带结，盯着电梯上方跳动的红色数字键，默然不语。

第一个疗程为期半个月，陈医生开的药简灵快吃完了，她下班后就打了辆车直奔医院。

她在去医院的路上接到陈绪林的电话，被告知他那边没有忙完，可能要耽误一点时间，让她先找个吃饭的地方，他忙完直接过去给她看诊。

简灵表示理解，让司机在一家看起来十分高档的西餐厅门前停下。

侍应生远远看到她走过来，为她拉开两扇玻璃门，微笑着说“欢迎光临”。简灵扫视一圈，找了个显眼的靠窗位置坐下来等人。

大概过了半个小时，陈绪林循着她发来的定位开车过来。下了车，他一眼就透过剔透的落地玻璃窗看到了简灵，快步走进来，歉然道：“不好意思，医院里突然出了点状况。”

简灵捧着脸颊，善解人意地一笑：“你已经在电话里跟我说过了。医院就是会有各种突发状况嘛，我能理解的，反正我上次也让你多等了半个小时，我们扯平啦。”

陈绪林放松地牵了牵嘴角，在她对面落座：“先把脉。”

简灵背对着餐厅门口，没有注意到两个高大的身影一前一后地走进来，正是叶归舟和程知栩。

叶归舟的婚礼事宜已经筹备得差不多了，时间空闲出来，便应了程知栩的邀约，两人一起吃个饭，谈论一下工作上的事。

没承想，刚走进餐厅，程知栩的眼神就不对劲了。

叶归舟顺着他的视线看过去，即使是个背影，他也认出坐在那里的人是简灵。而简灵对面的男人正握着她搁在桌上的手腕，微微抿着唇。男人样貌清俊，气质温润亲和，沐浴在浅薄的夕阳余晖中，仿若画中人。

叶归舟眉梢轻轻一扬，弯唇笑了起来。

陈绪林醉心医学，叶归舟则是在商场上征战，他们此前没打过交道，但叶归舟在叶娴心那里看过他的照片，便轻易地认出了他。

程知栩微不可察地蹙了下眉，随即又平复下来，语气不咸不淡道：“那是简灵吧？没想到她也在这里，真巧，不如我们过去一起吃算了。”

他正准备过去，叶归舟恍然回过神，一边架住程知栩的胳膊往另一个方向拽，一边压低声音说：“我外甥女在相亲，我们过去捣什么乱啊！走、走、走，别打扰他们！”

陈绪林给简灵一只手把完脉，这次不用他开口提醒，简灵就连忙换另一只手放在桌上，方便他把脉。

简灵现在对他很信任，眨巴着亮如星辰的眼睛，期盼地看着他：“怎么样？我有没有好一点？”

“嗯，情况好了一些。等我回去再给你开处方笺，换几种药给你吃，疗程还是半个月。”陈绪林松开手，搭在桌沿，“你要是怕麻烦就让司机过来取药。”

简灵兴奋地扭了扭身子：“我自己都能感觉出来好多了。”

调理身体听着挺空泛的，但她切身体验过，吃了半个月的药，气色相比以前确实好了很多。连戴望楚都问她最近用的什么牌子的粉底和腮红，看起来好自然。她大声告诉戴望楚，她这段时间早上会睡懒觉，有时候连妆都懒得化，只涂了口红！

果然，用再多的贵妇级护肤品、化妆品都不如内调来得有效。

“短时间内还不能停药，下次复诊过后，我再考虑给你减药，之后复诊的间隔就可以拉长，一个月过来看一次就行。”陈绪林说。

“好。”简灵笑眯眯地点头。

看诊结束，两人就抛开了医生和病人的身份，开始愉快地用餐。

不过，他们谈论的话题还是离不开简灵的身体状况，陈绪林问她：“你吃了药精神会不好吗？”

简灵用叉子扎起一小截芦笋放进嘴里，嚼了嚼，“嗯”了声：“会有些提不起精神，老是昏昏欲睡。”

陈绪林知道这种情况，笑了笑说：“这次换了药以后就不会了。”

简灵眼睛晶亮：“那敢情好啊！你都不知道，我老是打瞌睡，这半个月来已经迟到好几次了，工资都要被扣没了！”其中一次还被程知栩抓到现行。

陈绪林笑不可遏。

他发现，跟她说话时心情就会莫名其妙地开朗，好似山花烂漫的春日，什么都不用做，只需要闭着眼享受，便会觉得怡人。

另一边，程知栩时不时朝窗边的两人望去，不知道他们在谈什么，简灵的笑容几乎没有收起过。还有，他刚进来就看到那个年轻男人抓完她的右手抓左手，完了简灵还对他吐舌头……就离谱。

程知栩和叶归舟所处的位置比较隐蔽，旁边有一个半人高的白瓷花盆，花盆外壁绘着粉白蔷薇花，以绿叶点缀，盆中种着一株繁茂的阔叶绿植，刚好挡住他们。

叶归舟自顾自地说了半天的公事，眼眸一抬，却发现对方根本没有认真在听，晃了下手：“你在想什么呢？”

叶归舟不知道的是，程知栩没有在想什么，他只是在看。

程知栩淡定地收回视线，与叶归舟谈起了正事。

饭快吃完了，事情也谈得差不多了，程知栩这才有工夫说起闲话："和简……和你外甥女相亲的那个男人是谁？"

"啊？"叶归舟一时没能跟上他话题转移的节奏，顿了一顿，"哦，那一位你可能没有见过，我之前也没见过本人……"

程知栩皱了皱眉，露出一言难尽的表情："你没见过本人就敢让你外甥女跟人家相亲？"

"这有什么问题吗？"叶归舟摊了摊手，一副没什么大不了的样子，"他是陈玉琼老先生的孙子，陈绪林。他继承了他爷爷的衣钵，学的是中医，也就比简灵大几岁，已经是一科主任了。而且，陈家和我姐夫一家一直都有交情，简灵是陈绪林的父亲看着长大的。"

陈玉琼老中医的名号程知栩当然听过，一时没有话说。

叶归舟喝了口红酒，姿态轻松地靠在椅背上，淡淡地笑了一下："你不知道，简灵小时候就说，长大以后要嫁给医生。"

程知栩闻言，眉心一跳："她说过这种话？"

"对。"叶归舟一边回忆一边缓慢道，"好像是七八岁的时候吧，生病了，陈绪林的父亲到家里来给她扎针，她大哭不止。按理说应该讨厌医生才对，她偏反其道而行，哭着说长大了要嫁给当医生的，这样以后生病了，让丈夫扎针他就会轻轻的。"

叶归舟说着，忍不住摇头笑起来，"我记得，当时陈绪林的父亲还说，自己的儿子就在学医，将来也许可以介绍给她。你别说，这还真应验了。"

如果不是跟程知栩刚好聊到这里，叶归舟都忘记有这一回事了。

缘分，真是妙不可言。

程知栩默默地喝了好几口酒，直到高脚杯空了，他喝了一口空气才回过神，将杯子放下，没有再表示好奇。

简灵这次过来复诊没有让家里的司机送，是自己打的车。用完餐，出于绅士礼仪，陈绪林提出开车送她回家。

简灵有些不好意思："你医院那边没事了吗？"

"我也不是每天都那么忙的。"

餐厅外的景色与那一晚几乎没有差别。暮色四合，华灯初上，到处都是璀璨的流光，在仲夏夜的街头如同点点星光。

陈绪林这么说就是不忙了，简灵没再客气，坐上了他的车。

回去的路上，两人聊了几句，简灵是个藏不住话的，磨蹭了一路，快到家的时候终于憋不住对他说了真心话。

“其实我不太想相亲。”简灵没有看陈绪林，低着头抠指甲，说话的声音小小的。

“看出来了。”陈绪林把着方向盘，仍然是那副温和带笑的样子，好似无论怎么惹他，他都不会发怒，是个没脾气的人。

简灵抬起头瞥他一眼，又低下头，语速飞快地说：“你是个特别、特别好的人，真的。”她点头肯定自己的话，“以后当人家的男朋友也一定是很好的男朋友。”

她说的是“人家的男朋友”，而不是“我的男朋友”，陈绪林就明白她的意思了，也猜到她接下来要说什么话，赶在她出口前说：“所以，这个‘很好的男朋友’你不想要？”

简灵正酝酿措辞，突然被他反问这么一句，登时愣住了：“你……”

陈绪林嘴角一勾：“我开玩笑的。”

简灵真是要被他吓死了，以为他是在跟自己表白。要是那样的话，她都不知道该给出什么反应了。还好，他只是在开玩笑。

“我的意思是，你很好，但是——”简灵眼睛一闭，决定不再隐瞒，“我已经有喜欢的人了，所以我们就……只能当朋友。”

陈绪林踩下刹车，惊讶地转过头看她，倒是没想到她真正要说的是最后这句。

简灵本来没想告诉别人的，室友们和楚楚知道也就算了，都是女孩子，能理解她的心情。她有点怕陈绪林会笑话她暗恋别人。再说了，她连家人都没告诉呢。

陈绪林在夜色中静静地看着她，半晌才弯起嘴角：“我懂了。”她说她有喜欢的人，而不是她有男朋友，那就说明是她在单恋别人。

简灵抓了抓垂在身前的头发，回想一下刚才说的话，觉得自己已经说得很清楚了，没有必要再多加解释。

她不知道陈叔叔是怎么跟他说的，但她隐瞒自己有喜欢的人来跟他相亲就是不对的，早点把话说明白比较好。这是她的原则。

“那我先下去了。”

简灵推开车门，脚刚准备伸出去，陈绪林就叫住了她。

"简灵。"

这是他第一次这么郑重地叫简灵的名字。她愣在原地，回过头看着他，讷讷地问："怎么了？"

陈绪林一只手搭在方向盘上，目光平静地注视着她："你喜欢的那个人，你是非他不可吗？"

简灵被问住了。

她还没有想得那么远，目前就是想着怎么把人追到手，至于其他的，以后再说。但是被他这么直白地问起，她也只能点点头，说"是的"。

非他不可。

陈绪林笑起来，白净的面庞被挡风玻璃外滤进来的灯光一照，尤其清俊。他温声说："好，我知道了。"顿了顿，他换上叮嘱的语气，"别忘了明天让人来医院取药。抛开别的，你还是我的病患。"

简灵扬眉一笑："当然。"

她挥了挥手，脚步轻快地往别墅大门走。走了几步，她转过身来，大门外空荡荡的，陈绪林的车已经开走了。

按陈绪林新开的处方笺换了药以后，简灵吃了果然没有再出现精神不济的情况，每天都神清气爽，充满干劲儿。

身体舒服了，脑子也跟着灵活了，她对着那本快被自己翻烂的淡黄色笔记本研究了一会儿，再结合戴望楚的说法，觉得自己可以对程知栩表现得再明显一点。

比如，送东西！

这天早上，程知栩一进办公室就看到办公桌上放着一个精致的盒子。他神情错愕，扭头看向身侧的助理："那是什么东西？"

总裁办公室这种地方，平时除了总裁本人，只有保洁阿姨和明助理能自由出入。程知栩当然得问他。

明助理摸了摸鼻子，忍笑说："早上过来的时候，简小姐托我给程总您的，我也不知道是什么东西。"

程知栩扬了扬眉，略显意外，走过去站在桌边，打开了盒子。他本以为是什么贵重的东西，打开才发现原来是一盒点心，是从一家有名的糕点铺子买来的。

明朗伸着脖子，瞄了一眼，看不懂："这是什么意思？"

“看不出来？”程知栩淡淡地笑了一声，随即想到什么，嘴角往下压了压，“追人的意思。”

前两天他还亲眼看见简灵开开心心地跟医生相亲，夕阳余晖中，她的笑容甜蜜又温暖。当时他心里就在想，果然是小丫头，喜欢他不过是三分钟热度，转眼就会被或好看或温柔的男人吸引目光。现在她却又给他送点心。

这算什么，撒网吗？

程知栩摸出手机，对着盒子拍了张照片，发给简灵。

他明知故问：“助理说这是你送来的，什么意思？”

另一边，简灵正在忙，突然看见手机屏幕亮了一下。她暂停手头的工作，有些诧异地看着程知栩发来的微信消息。

她只想着送礼物，却没想过送完礼物之后，程知栩要是问起来，她该怎么回答。她的目的是把自己对他的心思表现得明显一点，可不是完完全全向他坦白啊。

简灵对着聊天对话框发呆了半分钟，最终编造了一个不那么有说服力却能糊弄过去的理由：“上次我迟到了，你让我乘专属电梯，我很感谢你，这个是谢礼。”

程知栩回复：“这都过去多久了，现在才想起来送谢礼？”未免太没有诚意了。

简灵扶额，程总日理万机，怎么还有闲心追问这个啊。

本来就是胡编乱造的理由，怎么经得起审问，简灵只能继续含含糊糊地解释：“那是因为我最近很忙。对，我很忙。”

程知栩看着手机屏幕，没有再回复。脑海中浮现出她的样子，再联想她不断地强调自己“很忙”，程知栩就有点恼火，随手把手机扔在桌上，眼眸黑沉沉的。

忙什么，忙着相亲吗？

等了一会儿，简灵没收到对方的回信，讪讪地扬了下眉，专心做自己的工作去了。

中午十一点半，简灵捶了捶泛酸的肩颈，想到一会儿就要吃午饭了，便从包里拿出药瓶，把饭前该吃的几种药先吃了。

刚吞下一颗药丸，戴望楚就拿着两份文件从主管办公室出来，脚下生风地走过来，把文件放在简灵的桌上，意味深长地挑了挑眉。

简灵以为有新项目，太阳穴都在隐隐跳动："这是什么？"

戴望楚俯身，捂着嘴跟她说悄悄话："主管让我拿去给程总签字的文件，这种千载难逢的机会我当然想到你啦！"

简灵没被水呛到，倒被自己刚吞下去的药丸噎住，连灌了几口水下去，终于把粘在喉咙处的药丸给顺下去了。

"谢谢，你真是我的好姐妹！"简灵发自肺腑地表达了谢意。

为了节省时间，她把剩下所有的药都倒在掌心，一把塞进嘴里，然后就被那股混杂在一起的苦药味深深地恶心到了，赶在干呕前，她如壮士断腕一般把杯子里的水全部灌进嘴里，"咕咚咕咚"咽下去。

戴望楚被她的气势吓到了。

这段时间，戴望楚也见识过她吃药的过程，那真是艰难得不行。不管药有多么小，她都得一颗一颗地吃，而且吃一颗药得喝好几口水。哪怕是这样，有时候她也会吞不下去，有几回戴望楚都看到她把滑到喉咙口的药呕了出来，不得不重新再吃一次……

简灵擦了擦嘴角的水渍，打了个饱嗝，真是的，吃药都吃饱了。

她放下水杯，快速从抽屉里拿出一瓶常放在里面的香水，对着自己的手腕喷了喷，两只手腕摩挲几下，又抹到耳后。

简灵眨了眨眼，问戴望楚："能闻到我身上的药味吗？"

两个人凑在一起低低絮语，别的同事也不知道她们在搞什么。戴望楚作为军师十分尽职尽责，深深地吸了一口气，而后郑重地握住简灵的手，压低声音说："闻不到，全是香水清新又迷人的味道。"

"好了，我要走了，再不走就要到午饭时间了。"

简灵摸摸肚子，早上只吃了一点，忙了一上午，她饿得都快前胸贴后背了。刚才还感觉喝水喝饱了，谁知才过一小会儿饥饿感就又出现了。

简灵拿着两份文件，一溜小跑出去，乘电梯到四十八楼。

上次她被主管派来让程知栩签文件，结果因为来例假不小心染了裙子，在他面前出了大糗，这次说什么也不会了。

简灵站在总裁办门外，抿了抿唇瓣，调整出一个恰好到处的笑容，这才挺直脊背敲了敲门。

脑子里想象着待会儿见到程知栩的画面，她只觉得浑身的毛孔都舒张开了，那样雀跃，笑意也情不自禁地蔓延开来，嘴角上扬的弧度越来越大。

救命，冷静一点、冷静一点，你又不是没有见过他，不就是最近忙着工作、忙着调理身体，导致见他的次数少了一些……

思绪还没转完，简灵就听到一阵由远及近的高跟鞋声响从门内传来。她有点疑惑，还没来得及细想，面前的门就被拉开了。

简灵脸上明艳灿烂的笑容一点点收敛，注视着距离自己半米远的女人。

她穿着烟青色的缎面连衣裙，裙摆有细小精致的花朵刺绣，颜色比裙子本身的颜色浅一些，极衬她皎白的肤色，看起来仿佛亭亭玉立的白荷。她柳眉杏眼，笑起来温婉动人，好看极了。

“找程总吗？进来吧。”女人错开身子让她进来。

或许是女人的直觉，简灵与她对视时，心底深处莫名其妙地涌上来一股危机感，紧接着大脑响起警报声，对她充满了敌意。

女人等简灵进来就松开门把手，门自动关闭。她转过身盈盈一笑，唤了一声那个在办公桌后面埋头工作的男人：“程知栩。”

简灵呼吸滞了滞。

她就知道，自己的直觉不会没有道理。这亲昵的语气以及熟稔的程度，夹杂着一丝让人不易察觉的女主人的气息，这个女人绝对不可能是公司里的职员。

她就知道！

程知栩抬起头，猝不及防地看到简灵出现在这里，眉毛挑了一下。简灵一下没收住翻涌的情绪，狠狠地瞪了回去。

程知栩目光一凝，眼睛里写着莫名其妙。

简灵把文件拍在他面前的桌上，嘴巴抿得紧紧的，生怕自己控制不住脾气，一开口就是一句质问。

没立场，简灵，你没立场，你现在就是个普通得不能再普通的实习生，实习生能在总裁面前耍性子吗？你以为你还能跟在家里一样，想怎么闹就怎么闹吗？简灵默默地对自己进行了一番说教，终于冷静下来。

“程总，签字。”简灵从牙缝里挤出几个字。

站在门边的女人似乎察觉到气氛有点奇怪，微微蹙了下眉尖。不等程知栩说话，她就开口提醒：“到午饭时间了，文件紧急吗？不急的话，我们先去吃饭吧。”

简灵睁大了眼睛，他们还要一起去吃饭？

程知栩没应声，看着简灵几经变化的脸色，觉得很有意思，早上被她惹出来的那股不痛快的感觉也随之消失了。

沈清禾没得到程知栩的答复，心里生出一丝微妙的情绪，提步走过去。程知栩在她靠近办公桌前低咳了一声，微抬下巴，对简灵说："问你话呢，文件等着要吗？"

简灵没从戴望楚那里听说主管的要求，想必是不急着要的，等程总什么时候签完再来拿就行。但是现在，她不想让程知栩好过，于是面不改色地撒谎："急着要，程总现在就签吧。"

沈清禾面色不虞，再次提醒："这都到午饭时间了。"

"等等吧。"

程知栩丢下这句话就翻开桌上的文件，一眼扫下来，他就知道根本不是简灵说的那么回事——这是下个季度的项目。余光扫了眼笔直地站立在办公桌对面的女孩，程知栩暗笑一声——撒谎也不脸红。

他花了十几分钟看完了第一份文件，在最后一页签上名字，抬手准备去翻第二份文件时，安静的办公室里突然响起一个不合时宜的声音。

简灵遽然垂眸，不敢相信声音是从自己肚子里传出来的。

"咕噜噜——"

仿佛为了证实她的猜测，肚子又响了一声。

简灵刚才说谎脸没红，现在倒是红了个彻底。

她算是明白了，只要遇到程知栩，她就会状况百出，不得不再次在心里咆哮，人生在其他方面果然不能太一帆风顺，在其他方面太过顺利的结果就是情路坎坷。

简灵撇了撇嘴角，用一副"我已经习惯了"的表情看着程知栩，没有说话。

程知栩在她生无可恋的眼神下盖上了笔帽。简灵愣了愣，以为他忘记了，指着下面那本提醒他："还有一份也是要签字的。"

程知栩漫不经心地说："行了，我去吃饭了，你下午再来拿。"

简灵情绪低落得显而易见，"哦"了声，耷拉着脑袋出了办公室。走到空无一人的走廊，她忽然回过身，朝着关闭的玻璃门虚虚地踢了一脚。签一份文件能要多久，他就那么迫不及待地跟人家去吃饭？

简灵带着满肚子的气回到策划部，戴望楚已经收拾好了，就等着她回来。

“怎么样？有没有大进展？”

“没有大进展，有大惊喜。”简灵兴致不高，说话的语气也蔫巴巴的。

两人手挽手往电梯间走，一起进去的还有同部门的其他同事。

不忙的时候，大家中午都在公司附近的几个餐厅用餐。戴望楚和简灵找了一家之前没吃过的店，点了几道菜，面对面而坐。

戴望楚快要抑制不住喷薄而出的“八卦欲”了，坐下来就直接问道：“你刚刚说大惊喜，什么惊喜啊？”那会儿部门的同事很多，她不方便问细节。

简灵两手托着下巴，透过落地玻璃窗，望着外面被太阳暴晒的马路，眉头紧锁：“我好像有情敌了。”

“什么意思？”

“就是，我在程知栩办公室里看到了一个陌生女人，身材很好，长得很漂亮，跟他关系很亲密。我很确定，她不是我们公司的职员。”

简灵越说越烦躁，一时间都忘了陈医生叮嘱过她，不要情绪波动过大。情绪这种东西是她想控制就可以控制住的吗？

戴望楚听完，目瞪口呆。

“我这出师未捷，半路就杀出个程咬金，现在该怎么办？”简灵靠着椅背，双手抱臂，“军师有何高见？”

军师没有任何高见。菜端上来了，戴望楚抓起筷子夹了一块鸡肉放进嘴里：“饿死了，脑子转不动，等我吃饱了再给你想计策。”

简灵：“……”

她怎么会有这种军师，饿死鬼投胎一样。

下一秒，简灵就同样抓起筷子，给自己夹了块排骨，一口一口啃着，像是在咬程知栩的肉。

身处在CBD中心，周围的人要么是西装革履，要么是时尚靓丽，总归都是精英人士。午饭时间都能听到谁谁谁在打电话，几千万、上亿的项目说个不停。标配就是饭后手里端着一杯外带咖啡，风姿卓绝地走在光可鉴人的走廊上。

二人吃饱以后，在餐厅里聊了很久，午休时间都快过了才慢悠悠地从座位上起来，往公司走。

二人走在走廊上，戴望楚走在外侧，简灵走在里侧，正在低头看手机。戴望楚目光放远，突然注意到什么，倒抽一口气，瞳孔都放大了。

简灵听到抽气声，视线从手机上移开，缓缓抬起头，还没看清是什么情况就被戴望楚一把捂住了眼睛，随即，慌慌张张的声音在她耳边响起：“那个，宝贝，你刚刚不是说想喝奶茶吗？我们去买杯奶茶吧……”

戴望楚边说边用另一只手扯着简灵的胳膊转换方向。

“你在说什么啊？”简灵挣开她的手，奇怪道，“我什么时候说要喝奶茶了？我在吃药，不能喝奶茶的。”

她视线一转，便看到三米开外停着一辆熟悉的车，是程知栩的车。

她不会认错的，那辆车她坐过几次。

简灵怔怔地看着那里，透过侧面的车窗，她清楚地看到车后座上坐着程知栩和她在办公室里见过的那个女人，他们在……接吻？

一瞬间，简灵犹如五雷轰顶，呼吸都停滞了。

戴望楚知道这种情况下说什么安慰的话语都不好使，没有人能接受心上人与别的女人亲密。对于简灵这种从来没谈过恋爱的人，打击只会更大。她看不下去了，一把拽住简灵的胳膊，像拉着一个木偶一样强行拖走，远离那辆车，回到公司。

一楼大厅的冷气充足，一走进去，简灵就打了个哆嗦，细白的胳膊上汗毛倒立，冷得如同寒冬腊月。她感觉心口好似被剜了一个窟窿，寒风呼呼地往里灌。

“你也看到了吧？”简灵没办法掩饰自己的情绪，两只眼睛睁得大大的，眼眶微红，努力不让眼泪涌上来，“不存在我看错了吧？”

简灵那副明明很难受，还要强忍着不哭出来的样子，很让人揪心。戴望楚搓了搓她冰凉的胳膊，低声说：“简灵，你冷静一点。”

简灵点点头，机械地重复她的话：“冷静一点，对，我要冷静一点。”

她们快步走进电梯，这个时间，大家都已经回到了各自的岗位上，电梯里只有她们两个人。简灵闭上眼，声音哽咽，一字一顿，嗓子仿佛被什么东西拉扯着：“我错了。是我错了，楚楚。我只打听到他没有女朋友，却不知道他有喜欢的人了，是我太莽撞了。我总是这样，做什么事都很冲动，常常热血上头，不计后果，所以我才会总是闯祸，给身边的人带来麻烦。”

简灵后背靠着冰凉的电梯内壁，头低低地埋下去，眼泪倏地滑出眼眶。因为她低着头，泪珠没有经过脸颊，大颗大颗地砸在地上。

“你说什么呢！你没有错，这不是你的错！”戴望楚环着她的肩膀，轻轻地拍了一下，柔声道，“先别哭了，有什么事我们下班后再说，别让人看了笑话。”

“嗯。”

简灵吸了吸鼻子，仰起头，将眼角的泪拭掉，拼命地眨眼睛，把那股酸楚委屈的感觉死死地压住。

电梯到了二十六楼，戴望楚拉着简灵走出去，高跟鞋踩在瓷砖地上发出声声清脆，伴随着她洒脱的声音：“谁年轻的时候没失恋过，多失恋几次就能用平常心对待了。加油，简灵，你可以的。”

简灵刚哭过，声音带着点鼻音，软软糯糯的：“你不会安慰人还不如别开口，你这么说，我更难过了。”

戴望楚举手投降：“好、好、好，我的错，祝你下次喜欢的人刚好也喜欢你。”

虽然是个美好的祝福，但简灵一点都开心不起来。眼泪是止住了，可心脏仍旧像是被什么东西撕扯着，痛得无以复加。

“还没弄好吗？”程知栩的声音在车厢里响起，夹杂着浓浓的无奈和一丝烦躁。

沈清禾窘得脸色通红，偏着头趴在他胸前，手指一点点将缠上他衬衫纽扣的头发绕出来：“还差一点。”

程知栩蹙了蹙眉，不耐烦道：“不能剪了吗？”

沈清禾沉默不语。

两人在外面的餐厅吃完午饭，准备下午回公司接着开会，谁知道车子刚靠近程氏集团大厦，旁边突然蹿出一个小男孩，司机猛打方向盘，紧急踩死了刹车。

当时沈清禾正侧着身体跟程知栩讲话，车子一个拐弯加急刹将她甩倒，等车子停稳，她想要爬起来时，却感觉到头皮被扯得很痛，然后就发现自己的长发缠住了程知栩的衬衫纽扣，只能停住支起身子的动作。

司机没注意后座的动静，忙解开安全带，下车去查看小男孩，好在他只是被吓到，跌坐在地上，没有受伤。

小男孩的父母急急忙忙地追过来，司机简单与二位解释了一下。对方都是明事理的人，小男孩的父母向司机表达了歉意，不断地说着怪他们自己没有看住孩子。

解决完这个小意外，司机暗暗松口气，转身准备上车时才注意到后座的情况，一时间愣在了车旁。

程知栩仰着头，已经没有耐心等沈清禾慢慢扯开头发。他降下车窗，淡淡地吩咐车外的司机：“去找把剪刀。”

车里当然没有备剪刀、水果刀之类的东西，司机短暂地失神之后就疾步跑去附近的超市。沈清禾也就没再做无用功，保持着俯趴在他身前的姿势，等着人来解救。她微微偏过头，注视着近在咫尺的男人，他却一脸不耐烦地看向窗外。沈清禾眼眸一黯，心里泛起一股难言的涩意。

这是她第一次靠他这么近，心脏跳得极快，几欲撞破胸腔而出。

“程知栩。”沈清禾唤了他一声。

程知栩转回视线：“说。”

“你应该知道，我们的母校下周三就是百年校庆。”沈清禾声音轻缓，带着浅浅的笑意，“校长给你发邀请函了吧，你打算参加吗？”

程知栩不太想用这种姿势跟人聊些无关紧要的话题，沉吟片刻，本着基本的礼仪淡声回答：“我下周有事，已经谢绝了校长。”

沈清禾讪讪一笑：“这样啊，我还以为你会参加呢。”她顿了一下，到底还是没忍住，问出憋了快两个小时的问题，“中午来办公室找你签文件的那个女孩，你和她很熟吗？”

正如简灵能够在第一时间看出沈清禾和程知栩关系匪浅，沈清禾也能看出程知栩和简灵之间不同寻常的气氛。

沈清禾相信自己的感觉，他们的关系绝不是普通的上下级。

那个女孩在程知栩面前有种让人说不上来的放肆，嘴上称呼他“程总”，可那语气里分明没有半点对待顶头上司应有的尊重、敬畏。文件夹重重地拍在桌面发出的声响，她站在门边都清晰地听到了，女孩放文件的时候像是夹带着怒气。

程知栩对那个女孩的态度才是真正让她感到迷惑和不安。

一开始听说是紧急文件，他就决定先签完文件再用餐，可是他签完第一份文件就停了下来，说自己饿了。她很了解他，在他那里，吃饭绝对没有工作重要。现在想来，他之所以中途改变主意，就是因为他听到那个女孩的肚子叫了，不忍心让她继续饿着肚子等待。

哪怕看完一份文件只需要十几二十分钟。

意识到这一点，沈清禾心里不可能不慌乱。吃饭的时候她就想问他了，又担心自己贸然问这种问题会显得越界。

眼下机会正合适，她怕自己再不问出口就没有机会了。

程知栩没有回答她的问题，恰好司机回来了，从车窗递进来一把剪刀。他用手握住剪刀，剪断了牵绊住两人的那一缕发丝。

简灵一下午都不在状态，一副神游天外的样子。中午回来那会儿，要不是戴望楚提醒她吃药，她连饭后的药都忘了吃。

“下班了，不走留着加班吗？”戴望楚站起来绕到她身后，两只手搭在她肩膀上，“请你吃饭，去不去？”

简灵眨了眨有些酸涩的眼睛，关上电脑，无精打采地拎起桌上的包，被戴望楚拉着往外走。

“我好想喝酒，好想把自己灌醉，这样就什么都不用想了。”简灵垂着眼帘，像一个霜打的茄子，“要是能失忆就更好了。”

“你这孩子怎么没喝酒就开始说胡话了？”戴望楚摸了摸她的额头，想要验证她有没有发烧，事实证明没有，“你还在吃药，喝酒不要命啦？”

简灵叹口气，把脑袋靠在她肩头，将半个身子的重量压在她身上，拖着仿佛有千斤重的腿缓慢地往前挪动：“你失恋以后都做些什么？”

戴望楚回忆了一下，说：“逛街，买东西。”

简灵直起身子，深吸了口气，想起来自己似乎好久没有逛街了。自从开始上班她就没多少空闲时间，即使放假她也是回家躺着当“咸鱼”，不想到处跑。

“那我们就去逛街吧！”

简灵说一出是一出，偏偏戴望楚还不能拒绝，只好舍命陪君子，哦，不，舍命陪失恋少女。

晚上七点半，程知栩忙完公司的事回到住处。

阿姨做了晚餐，他去洗了个手就坐在空荡荡的饭厅里，一个人安静地用餐。阿姨打扫完卫生就离开了，随着大门关上的声音，整栋屋子彻底安静了下来。

程知栩名下有好几处房产，其中有两套房子离公司比较近，一套被叶归舟借过去给简灵住了，另一套他自己住。

晚餐还没吃完，他就听到“叮咚、叮咚”的门铃声。

程知栩想不到有谁会大晚上来自己家，顶着满脑袋问号走过去，按下可视门铃，屏幕里出现一个穿着黄色工作服的外送人员。

“请问是程知栩先生吗？您好，您的东西到了。”小哥面带职业微笑，礼貌地说。

程知栩愣了一下，迟疑道：“我没有订外卖。”

“不是外卖。”外送人员把怀里的东西往上移了一点，让里面的人能够看到，“是一束玫瑰花。”

程知栩眯了眯眼，难以置信地歪了下头：“你说是什么？”

外送人员再次强调：“是一束花，玫瑰花。”

程知栩带着满腹疑惑开了门，外送人员终于得以见到他本人，双手将一捧娇艳欲滴的红色玫瑰花送到他怀里。

大晚上，一个男人把一束红玫瑰送到另一个男人怀里，这个画面真是说不出的奇怪。

程知栩慢半拍地伸手，抱住怀里的玫瑰花，一阵独属于玫瑰的香气顷刻间扑鼻而来。花瓣柔软，上面缀着晶莹的水珠，包裹在深蓝色和黑色的纸里。

程知栩第一次收到玫瑰花，表情都碎裂了。

送走外送人员，他关上大门，低头看着怀里的花，陷入沉思。

视线一闪，程知栩在这束玫瑰花中间看到一张蓝色的卡片，忍着内心的怪异感，他用两根手指把卡片夹出来。

上面的字应该是商家代笔写的，字迹飘逸大气。

To 程知栩：

祝平安喜乐，万事顺意。

——JL

简灵和戴望楚在商场里逛了几圈，简灵如同被散财童子附了身，见到好看的东西统统买下来。逛某奢侈品专卖店时，她眼都不眨地买了三个包，还要送戴望楚一个，不过被戴望楚拒绝了。

简灵心中不满，转头就挑了几条裙子，连试穿都没有，手指“唰唰唰”扫过一排衣架，对一旁的导购员说：“这几条裙子我都要了。”

戴望楚亲眼看到，导购员望向简灵的眼神，犹如看到小肥羊的饿狼。

两人逛到走不动路才打算消停一会儿，在商场里找了一家餐厅进去解决晚餐。简灵闻到食物的香气顿时来了精神，化悲愤为食欲，点了一大堆东西，也不考虑她们两个能不能吃完。毕竟，浪费食物是不好的。

后来证明是戴望楚想多了，简灵一个人就干完了三大盘的食物，边吃边念叨："什么身材不身材，我统统不在乎了，胖死我好了，反正我喜欢的人也不喜欢我。"

戴望楚有点害怕："别、别、别这样。"

简灵把另外两大盘推给她："你别看着我，吃啊。我觉得这家店的东西都还蛮好吃的，要不要再点一盘这个煎鱼饼，一盘才四个，都不够吃。"

戴望楚摆摆手："不了，我吃得差不多了。"

简灵像是没听见她的话，自顾自地招来服务员，又点了一盘煎鱼饼，两口吃掉一个。

戴望楚看得咋舌："简灵，你别把自己撑坏了，你已经吃得够多了。"

简灵摇摇头："你对我的饭量一无所知，其实我可能吃了，只不过平时为了保持好身材才没有吃那么多。"

戴望楚没有再劝，陪着她吃了好些东西。

两人最后都吃撑了，瘫在椅子上不想动。简灵从包里拿出手机，想看看时间，却发现手机屏幕上方弹出外卖APP的消息。

显示一个小时前，她的订单顺利送达，已经被人签收。

订单？什么订单？

简灵感觉自己好像忘记了什么，点进消息框的内容一看，是她早上订的那束玫瑰花。

简灵人都傻了。

"楚楚，楚楚，我完了。"简灵缓缓抬起头，哭丧着脸。

戴望楚懒洋洋地抬起眼皮，腹部饱胀的感觉让她连开口说话的力气都没有，只用眼神表达了一下惊讶：还有比失恋更糟糕的事情吗？

时间拨回到今天早上八点——

简灵把那盒精致的糕点交给程知栩的助理后，回到自己的工位上，没忍住跟戴望楚分享了这件事。

戴望楚有点恨铁不成钢，直接说她送这礼物的用意不够明显，很难界定是表达喜欢还是表达别的，不过她既然已经送了，那就没什么好说的了。

简灵说："循序渐进嘛，太快总是不够稳妥。"

戴望楚摸了摸下巴，一副老成的样子：“你要是这么想的话，可以试一下‘欲擒故纵’这招，还是非常有用的。”

简灵来了兴趣，眼巴巴地凑过去虚心求教：“我不懂，麻烦你说得详细一点。”

“你送了糕点，程总大概率不太明白你的心思。”戴望楚沉吟了下，接着说，“也说不准，他是当老板的，脑子本来就很聪明，说不定会隐隐猜到一点什么，又不敢确定。这个时候，你再送一件明确表达心意的礼物，就够他无限遐想的了。一松一紧，张弛有度，就跟放风筝一样，这就是欲擒故纵的精髓，明白吗？”

老实说，简灵没听明白，但是不要紧，她会抓重点。重点就是她要再送一件表达心意的礼物，这件礼物要有暧昧的意思。

对女孩子而言，提起“暧昧”首先想到的就是红玫瑰。

简灵两手一合，果断拿出手机订了一束玫瑰花。当然，她不会傻到让人把花送到公司来，所以她设置了一个配送的时间段。

至于她是如何得知程知栩的住址，那就得感谢叶归舟了。

那一晚程知栩来她住的地方拿东西，后来她问了叶归舟。叶归舟以为她担心程知栩会再次搞突袭，便说那是程知栩以前住的房子，后来不怎么住了，空置了很长时间，里面只放了一些不重要的杂物，让她放心住，不要再想着换地方折腾。

她就差喊声“冤枉”了，她根本就没想过要换住处好不好？

简灵随口一问：“程知栩不住这里，那他住在哪里？”

叶归舟没经过思考就告诉了她程知栩的另一处住址，没想到这么快这个有用的信息就派上了用场。

简灵订完玫瑰花就把这件事抛到了脑后，加上中午发生了那样令她难过的事情，她就彻底忘记了自己做过什么，就连下午去总裁办拿文件，她都是拜托戴望楚去的。造成眼下这种局面，在她的意料之外。

戴望楚弄清楚了前因后果，差点惊掉下巴，问：“你说你听了我早上的建议，送了程总一束红玫瑰？”

简灵脑袋一栽，额头撞上自己的掌心，郁闷道：“是的，你没有听错。”

戴望楚头痛地摁了摁太阳穴，终于体会到了老师被学渣气到无语的感受：“你让我说你什么好，你送什么东西不好，偏偏送玫瑰花？”

简灵抬起头，愤愤地朝她大声喊道：“那不是你说要送一件明确表达我对他的想法的礼物吗？！”

戴望楚：“然后你就想到了送这个？”

简灵：“不然我还能送什么？”

戴望楚憋了半天才憋出一句：“你真是个人才。”

“先别说这个了，你先告诉我接下来该怎么办吧。”简灵一脸愁云惨淡，失恋的悲伤暂时被她抛开了，只剩下焦灼与急躁，“我送那束玫瑰花的时候，不知道他有喜欢的人了！现在这算怎么回事？我岂不是成了第三者？我才不要那样。”

“让我想想办法。”戴望楚对简灵比了个噤声的手势，表示自己现在需要一个安静的环境，让大脑快速运转。

简灵可怜兮兮地闭了嘴，悔恨不已。

沉默了足足三分钟，戴望楚脑中“叮”了声，闪过一道灵光：“我问你，那束花署名了吗？没署名的话，程总就不知道是谁送的了。”

简灵眼睛一亮：“是哦！”话音方落，她就想起来，“不是，我让花店老板代替我写了一张祝福卡片！”

戴望楚肩膀一歪：“我服了你。”

片刻后，简灵缓缓露出今晚第一个笑容：“嘻嘻，我没有让老板直接写我的名字，我让他写的是我名字拼音的首字母。”

戴望楚一拍桌子：“那就行，你咬死不承认花是你送的就行。”

简灵其实想说，“JL”两个字母很好猜的，只要程知栩不傻，稍微动动脑子就能猜出花是她送的。但她现在管不了那么多，就算他问起，她也要矢口否认。

简家的公主殿下绝不允许自己插足别人的感情。

逛完街回到家，夜色已深，简灵躺在床上翻来覆去、辗转难眠。

窗外月光皎洁，透过薄薄一层窗纱照进来，房间里即使关了灯也并不黑。简灵内心烦躁，再次翻身时，忍不住摸出枕边的手机，看了眼微信，里面并没有程知栩的消息。

按说他已经收到玫瑰花了，难道没有猜出来是她送的？在她看来，如果程知栩猜到花是她送的，不可能什么都不问。

简灵揉了揉头发，找到遥控器把遮光窗帘拉上，房间里一丝光亮也没有，一片黑暗中，她叹了一口气。

自从开始吃药调理身体，她就没有像今晚这样失眠过了。

到最后简灵也不知道自己是怎么睡着的，早上几个闹铃都没能把她吵醒，是阿姨亲自过来敲房门她才醒过来。

不用看时间她就知道今早又得迟到，索性破罐子破摔，不再像前几次那样急急忙忙往公司赶，而是坐下来，陪叶娴心用餐。

叶娴心抬起头看着墙壁上的挂钟，快九点了："你最近不忙？"

简灵撑着额头，用勺子舀起红豆粥吃进嘴里，慢悠悠道："不小心睡过头了，反正已经迟到了，随便吧。"

叶娴心盯着她的脸看了一会儿："你昨晚没休息好吗？脸色怎么这么难看？上次我问你，你不是说陈医生开的药很有效果吗？"

"他开的药确实很有效果，是我自己的问题。"

提起陈医生，叶娴心兴致勃勃地打听两人目前的进展："你和他相处得怎么样？最近有经常见面吗？"

简灵呛了一下："妈妈，你也太心急了。实话告诉你吧，我和他不来电，是擦不出爱情火花的，目前我们只是正常的主治医生和病人的关系。"

叶娴心愣了愣："那他是怎么想的？"

"大概跟我一样吧。"

简灵埋头吃粥，不愿意多说，只觉得浑身疲惫，甚至有点抗拒去公司上班。她知道自己的心态为什么会变成这样。当初她进程氏集团不是因为她想独立、想锻炼自己，单纯就是为了追程知栩。如今她没了动力，自然提不起斗志。

闹成这样，她想辞职都找不到理由。

简灵吃饱了，由家里的司机开车把她送到公司时，大半个上午都过去了。她踏进策划部的办公区时，同事们纷纷投来奇怪的目光。

同为实习生的范宜君本来就对她有诸多不满，眼下更是有理由对她进行讽刺："某些人真是奇葩，一个月迟到三五次，今天更嚣张，干脆一上午都不来了，有后台就是了不起咯。"

若是以前，简灵肯定会冲上去跟她理论，不管有理没理，都要跟她吵几句。而她现在就像只斗败的公鸡，懒得去反驳，况且范宜君说的是事实。

简灵刚坐下，主管就过来了，敲了敲桌角，让她跟他到办公室来一趟。

一向宽厚温和的上司难得露出严肃的表情："简灵，你最近怎么回事？

迟到好几次了，今天的早会都错过了！”

简灵低着头，两只手绞在一起：“对不起，主管，我身体不太舒服。”

袁霄皱眉，语气越发冷漠：“你身体不舒服可以请假，对待女性我向来宽容，知道你们有时候情况特殊。可是，像你这样一声不吭就不来公司，是不是太任性了？前段时间的小组项目，你不是做得挺好的吗？”

“我知道了。”简灵这一刻突然就坚定了想法，抬起头直视主管，语气认真又诚恳，“感谢袁主管这段时间的关照，我会做好交接工作再辞职。”

说完，她微微弯腰，朝他鞠了一躬。

“辞、辞职？”袁霄稍稍一怔，伸手做出阻拦状，“不是，怎么就要辞职了？我不是那个意思，你这要真是身体问题，我……”

袁主管的话没能说完，电话就响了，他用手指隔空点了点简灵，示意她先不要走，他等会儿要跟她细说。

袁霄转动椅子，背过身去接通了电话：“喂，明助，有事你说。简灵吗？哦，好、好、好，我马上让她过去。”

简灵听到他提自己的名字，目露困惑。

袁霄接完电话，转过身来眼神复杂地看着她：“明助理让你上去一趟。”

简灵没反应过来，呆呆道：“上哪儿去？”

袁霄摁了下眉心：“还能上哪儿去，四十八楼，总裁办啊。明朗你不知道？”他挥了挥手，“你赶紧上去吧，辞职的事稍后再说。”

简灵当然知道明朗是程知栩的特助，她只是想不通他这个时候找自己做什么，又没有工作上的事情需要沟通。

难道……

简灵捂住嘴，眼里慢慢露出惊恐，难道他是要问那束玫瑰花的事？

是了，一定是这样，程知栩昨晚没有在微信上询问，就是等着今天当面问她，让她无所遁形。

简灵轻车熟路地到了四十八楼，从电梯里出来就看到明朗站在总裁办门口，笔直挺拔得像个门神，正笑意盈盈地看着她。

“简小姐不用敲门了，直接进去吧，程总在里面。”明朗帮她推开门，眼底隐隐含着某种深意。

简灵没去想他眼睛里那抹深意到底是什么意思，不过想想也不难猜，他看自己三番五次来总裁办，大概在脑补她和程知栩之间有什么吧。

那他就想错了。

简灵没带情绪地说了声“谢谢”，抿了下唇，走进办公室。明朗十分周到地帮她把门关上。

与她前几次来这里时没区别，程知栩仍旧坐在那张办公桌后，眉眼清俊，身姿优雅矜贵，沐浴在一层淡薄的光线里，周身镀了层光，看起来暖意融融。她清楚，他仅仅是看着温暖，实际上并不好靠近。

就像此刻，哪怕他们身处在同一间办公室里，简灵也觉得自己和他之间隔着一条巨大的沟壑，难以跨越。

趁他没抬头看自己，简灵揉了下眼角，默默吐息，努力让自己的声音听起来没有异样：“程总，您找我？”

程知栩翻页的动作顿了顿，从一堆文件里抬起头，看着距离自己三米远的简灵：“过来。”

命令式的口吻，简灵不能不从，于是踟蹰着向前走了几步，在距离办公桌一米远的地方停下来。

简灵心说，自己又不是听力有问题，她站在这里，完全可以听清楚他说的话。可程知栩并不满足，手指骨节微屈，轻轻叩了叩桌面，发出清脆的声音。他直勾勾地盯着她：“靠近点。”

简灵跟乌龟一样慢慢地往前挪动，直到自己的身体离办公桌只有一只手掌的距离，她才停下来。

这样够近了吧？再近她都要踩在办公桌上了！

程知栩似乎是满意了，侧过身从抽屉里拿出个东西，放在桌上推过去给她看：“这是你的杰作？”

简灵飞快地瞄了一眼，像是瞬间被人捏住了后颈，鸡皮疙瘩成片地起来了。是一张蓝色的卡片，上面写着祝福语，落款是两个字母。如果她没有猜错，正是那束玫瑰花里夹的卡片。

下单时她只说让商家自己看着写点祝福的话语，至于具体写了什么她并不知道，幸好没写诸如“白头偕老”“相伴一生”“百年好合”之类的暧昧话语。

程知栩挑眉，眉间藏着似有若无的笑意：“你发什么呆？别告诉我，这不是你干的。”

我还真得告诉你，这不是我干的。

简灵吞了吞口水，戴望楚说什么来着，只要不是明明白白地写着“简灵”

两个字，那就咬死不承认。她下定决心，摇头如拨浪鼓："我不是，我没有，你别瞎说！"

她急着撇清自己，喊得声音太大，情绪太激烈，把程知栩吓愣了。

喊完了，简灵才后知后觉自己是不是太反常了，显得"此地无银三百两"。于是，她稍稍放缓了情绪，一脸平静地说："不是我，我不知道这是什么。"

为了显得自己无辜，她说完以后茫然地眨了眨眼，扮演起无辜的小白兔。

程知栩明显不相信，似笑非笑道："JL，难道不是'简灵'两个字的拼音首字母？"

他昨晚看到卡片就猜到花是简灵送的。今天把她叫过来，当然是想当面问清楚，想知道她这么做的理由。但凡她说了，他一定会给她一个让她满意的答案。可她现在唯恐避之不及，一口咬定不是她送的，他就不明白她想做什么了。

总不会是因为害羞吧？

简灵拿起那张卡片，沉默片刻，一本正经地给他分析："你看，JL 也可能是'经理'两个字的缩写，说不定是哪个部门的经理为您送上的美好祝愿。"

程知栩："……"

他倒是想知道，哪位经理敢给他送红玫瑰，不想在公司干了，是吗？

简灵见他神色莫辨，再接再厉道："你怎么会想到是我送的呢，我没理由啊。"

这次她没露出怯意，一脸的坦然与诚恳。

果然，谎话多说几次，连自己都要被骗过去了。

程知栩眼眸沉沉地凝视着她，过了好半晌，对于她的矢口否认毫无办法，点点头，别开眼去："行，是我会错意了。"

不知道为什么，简灵觉得他好像有点失望的样子。这个认知让她的心一阵狂跳，她不断在心里告诉自己，一定是她的错觉。程知栩怎么会流露出这种情绪呢？她想，失恋的女孩子总是擅长自欺欺人的，总是把对方的情绪变化解读成与自己有关。

"没什么事的话，我就先走了。"简灵指了指门外，一想到袁主管等会儿还要找她谈话，她心口就堵得慌。

程知栩没来得及说什么，桌上的手机先响了。

简灵听到手机铃声下意识地往屏幕上扫了一眼，得益于自己站得离办公桌比较近，略略一垂眼，她就能看到来电显示“沈清禾”三个字。

不用动脑子想就知道这是女孩子的名字。

是昨天她看到的那个女孩吧，是他……喜欢的人。

简灵花了一晚上平复的心情顿刻间再度剧烈起伏，也是这一刻，她才知道，原来人在极度难过的时候，会产生生理性的心脏疼。她很清楚自己并没有心脏方面的疾病，却实实在在地感觉到心口一阵阵的钝痛。

人真是奇怪的生物，难过的时候心会痛，头也会痛，浑身都难受。

“我先走了。”

这次不等程知栩应允，简灵就潇洒地转过身，离开了办公室。

这应该是她最后一次见程知栩了，他们的关系本就不算熟络，似乎也没有特地道别的必要。

回到策划部，简灵再次被袁霄叫到办公室，惹得同事们频频侧目，往办公室里看。靠近办公区的那一面玻璃墙是透明的，百叶窗没拉下，大家可以清楚看到办公室里袁霄和简灵一坐一站，两人正说着什么。简灵看起来情绪低落，低着头不吭声，袁霄自顾自地滔滔不绝。

同事们议论纷纷。

“什么情况啊？”

“估计是因为简灵今天缺席了早会，袁主管心里不满，训斥她吧。”

“简灵确实任性了点，这个月迟到好几次，恐怕过不了最终的考核了。还蛮可惜的，她脑子里想法多，很适合待在策划部。”

“只怕袁主管训斥她就是做做表面样子，我赌她走不了。”

“不要命啦，敢在背后议论主管……”

办公室里，不管袁霄说什么，简灵都铁了心要辞职，最后他摇了摇头无奈道：“你自己决定吧，该说的话我都说完了，其他的你看着办。”

简灵垂着头走出办公室，周身都萦绕着低气压。她刚坐回工位上，边上的戴望楚就急切地问她：“你怎么回事啊？”

“没什么，我想辞职了。”

“啊？”

“算了，先不说了。”

简灵没再开口，抓紧时间处理手上遗留的工作。她不想因为自己的突然离开而给其他人增加工作量，离开之前，她要完成自己的任务。可她目前的工作没个三两天做不完，她告诉自己，再坚持一下吧。

一下午都在忙碌中度过，晚上留下来加了两个小时的班，回到家已经九点了，简灵累得连眨眼都费劲。

阿姨在客厅里问她要不要吃点夜宵，她摇摇头，拒绝了。

起风了，窗外树枝摇曳，屋子里安安静静。

简灵拖着步子上楼，回房间泡了个澡，躺在床上，想到还有事情没干，便爬起来把笔记本电脑抱到床上。

她对着亮起的电脑屏幕，打开文档，恍惚间想起自己当初抱着笔记本写个人简历的场景，似乎没过去多久。她那时信心满满，怎么也没有想到，这么快就要写辞职信。

奈何简灵没写过辞职信，手指落在键盘上，不知该怎么起头。

她无奈地叹息，在网上搜辞职信的模板，照葫芦画瓢，写到辞职理由这一栏时，她仰头发起了呆。

辞职理由要怎么写？她总不可能照实写“因为追不到程知栩，所以不想干了”，她也不太想写自己身体出了毛病，说来说去还是得靠编造。

简灵脑子转得慢，想不出好理由，便拿起手机打算玩一会儿再想，不经意看到程知栩深夜发的朋友圈。

那不是……她送他的玫瑰花吗？

简灵咬着唇，点开图片放大，没错，图片里那一捧娇艳的红玫瑰就是她送的。即使过去一天一夜，它依旧盛开得那么艳丽，被供养在剔透的镶金边的玻璃瓶里，清水没过三分之二的花梗，隔着屏幕都好像能闻到沁人心脾的花香。

不知道程知栩看到花的时候想的是谁，但肯定不是她，她白天都当着他的面否认花是自己送的了。

不知触到了哪根神经，简灵突然崩溃大哭，捂着脸埋在被子里，难过的情绪来得突然又汹涌，她直哭得上气不接下气。夜深人静，她不敢弄出太大动静，只能咬着嘴唇发出小兽一般的呜咽声。

泪水如开了闸的洪水一般，哗哗地往下滚落，滑过眼角、沾湿头发，最终落在枕头上，洇湿一大片。

简灵不记得自己上次哭成这样是什么时候，或许从未有过，感觉才会这样陌生又强烈。

她肩膀一抽一抽，直到哭累了，再也流不出眼泪，崩溃的情绪才慢慢平复。她伸手一摸，大半个枕头都是湿的。

简灵泪眼模糊，缓缓坐起来，抽了抽鼻子，捞过纸巾擦干净眼泪，把被弄湿的枕头扔到一旁，换了个新的，重新抱起笔记本，一鼓作气写辞职信。

手机突兀地响了一声，在寂静的房间里，在简灵情绪刚刚平复的时候，在她敲完了辞职理由的那一刻，像乍然响起的惊雷，把她吓了一跳。

简灵按亮屏幕，才发现哭了太久，陡然看到亮度高的手机屏幕时，眼睛有些受不了。她捂了捂眼睛，缓了一会儿才去看消息。

程知栩："我让助理查了'惜缘花店'的订购电话，打电话过去询问，你猜我问出了什么？"

简灵心里咯噔一下。

惜缘花店就是她昨天订花的那家店，简介里还说店名的含义是"珍惜缘分"，她当时觉得寓意很好。

这下是真的无所遁形了。

程知栩既然查了花店，又发消息过来问她，很显然他已经知道花是她送的了！

简灵没了退路，只好硬着头皮往前。

她深深地吸一口气："好吧，我承认，玫瑰花是我送的，但我没有别的意思，只是单纯地想要向您表达感谢。"

程知栩哼了一声："表达感谢送红玫瑰？"

简灵就知道他不是那么好糊弄的，破釜沉舟一般豁出去道："我没有骗你，真的只是感谢的意思。"事情发展到这一步，她也不好再遮遮掩掩，"我不打算在你的公司继续工作了。虽然我一开始就跟我舅舅说过，叫他不要让你特别关照我，但我想以他的性子，肯定对你说了什么，你才会对我有那么一点特殊吧。我知道是这样。谢谢你的照顾，程知栩。"

程知栩皱了皱眉，她知不知道自己在说什么？

不是在聊玫瑰花吗，怎么突然就要辞职了？

程知栩摸不着头脑，内心深处却有些急切，一连串的问题丢过来："为什么想辞职？公司的待遇不好吗？同事关系不融洽吗？的确，你舅舅曾拜托我照顾你，所以你这样我没办法跟他交代。"

简灵扯了扯嘴角，淡然一笑。

她就知道是这样，他果然是看在舅舅的面子上才对她那么好。

可程知栩的态度还是让她有些惶恐，他这么着急地询问缘由，好像他不想让她辞职似的。

简灵慌乱地解释：“没什么，就是工作太忙，我没时间相亲。”

真实原因不能说，身体原因她不愿透露，那就只能胡扯一个理由了，反正都是为了辞职，理由是什么不重要。

相亲，好一个相亲。

程知栩点点头，本以为自己能保持冷静，就像上次在西餐厅亲眼看到她和别的男人在相亲，他面对叶归舟探究的眼神，能一脸平静地一语带过。事实上，他是真的有点慌了。

程知栩不想再跟她玩猫捉老鼠的游戏，直接挑明了。

程知栩：“你不就是想交男朋友吗？何必相亲，你看我怎么样？我做你男朋友，你能不能不辞职？”

第五章

你要是喜欢我
就别吊着我

程知栩到底是喝醉了脑子不清醒，还是自己日思夜想以至于走火入魔了？简灵的第一想法是这个。

她揉了揉眼睛，把那句话翻来覆去地看。

“我做你男朋友，你能不能不辞职？”

尤其是这句，她默念了好几遍。程知栩要做她男朋友？

他都有喜欢的人了，还要做她男朋友？他脑子指定是有点问题，看着不像是脚踩两条船的渣男啊，怎么会有这么没下限的想法？

简灵没有回复他。

尽管她脸颊滚烫、心跳如擂鼓，还是没有被他的甜言蜜语迷惑住。

时间不早了，她再不睡明天又要迟到了。这么一想，她果断丢下手机，两眼一闭，努力清空大脑里纷乱的思绪。

然而事与愿违，她总忍不住想程知栩的话。

他就是个祸害，害她自作多情不算，还害得她失眠、心烦、躁郁难耐。

而另一边，程知栩那般急切地剖开自己的心给她看，换来的却是良久的沉默，他等了半个小时，对方一点动静都没有。

是她亲口说喜欢他，想要追他，还为此放着好好的大小姐不当，来他公司当实习生，并且制订了详细的“追人计划”。眼下他主动向她表白了，她却无动于衷，他搞不明白到底是哪里出了差错。

难道她喜欢上那个相亲对象了？

叶归舟的话飘荡在耳边，他说简灵小时候就说长大以后要嫁给医生，联想到这个，她喜欢上那个陈医生也不是不可能。

程知栩手指骨节抵着眉心，心里升起一丝郁闷。

这一晚，表白的人和被表白的人都没能睡个好觉。

前一晚失眠到凌晨两点半，简灵第二天早上却破天荒地起了个大早。不为别的，她考虑到昨天才迟到过，今天没脸继续迟到了。

早晨的空气很清新，金灿灿的阳光穿过枝叶的缝隙洒落，笼罩着主干道边郁郁葱葱的低矮绿植。

简灵吃了早餐去上班，从树下经过，听见鸟儿的啁啾声，抬头望了一眼，又低下头，踢着脚下的石子继续往前走。

她没让家里的司机送，出了别墅大门，打了辆车去公司。

来得太早，公司一楼大厅的保洁都还在做清扫工作，地板擦得跟镜子一样光滑明亮，高跟鞋都有些不忍落下去。

简灵有过几次和程知栩在楼下大厅撞见的经历，心中一动，下意识地往总裁专属电梯那一侧望去，却见电梯门前竖了个明黄色的塑料牌子，上面写着“正在维修”。

简灵收回视线，按了普通员工乘坐的电梯。

没等一会儿，电梯就下来了，门打开，她提步走进去，高跟鞋咔嗒咔嗒地响。身后传来两道错落的脚步声，有人跟了进来，简灵一回头就发现后面的人是程知栩和他的助理。

不期然间，她和程知栩的视线在空中撞了个正着。

简灵心下慌乱，匆匆忙忙别开眼去，按了二十六楼，想了想，出于礼貌，帮程知栩按了四十八楼。

明朗注意到她，笑着打了声招呼：“简小姐早。”

按说他是总裁特助，简灵是小小的策划部实习生，在公司里他不该称呼她“简小姐”。他会这么叫，百分之百是看在程知栩的面子上。

简灵躲在电梯角落里，避开他的视线，轻启红唇：“早。”

电梯就这么大，就算简灵身形纤瘦，躲得远远的，也还是在程知栩的视线范围里。他微微垂眸，就能看到她的发顶。

简灵身体僵硬，脑海里浮现困扰了她整个晚上的那句表白的话，她张了张口，想要问点什么，碍于明朗在这里，没好意思说。

程知栩眼神复杂地看了她一会儿，见她毫无反应，便撇开了视线。

电梯安静地上行，到了二十六楼，简灵如释重负地喘口气，走了出去，没有回头看，但她知道有人正看着自己。

她后脑勺没长眼睛，却能感知到目光所在。

这应该是人类的一个神奇之处。

策划部办公区里没人，简灵坐下来，脑袋仰靠在椅背上，浓浓的困意席卷而来。她想泡杯咖啡解解困，一想到自己还在吃药，只能打消这个念头。约莫二十分钟过去，办公区里渐渐热闹起来，大家坐在各自的格子间里，聊着一些没营养的话题。

“昨晚那谁的直播看了吗？我抢了不少护肤品，比店里卖得便宜。”是邱爽的声音。

“靠不靠谱啊？别买到假的了。”是邱爽隔壁工位的林笑染的声音。

“应该是真的吧。”

“哎，说起昨晚，我和我对象难得破费一次，去旋转餐厅用餐，你们猜我碰到谁了？”林笑染神神秘秘地一笑，特意卖了个关子。

围在一起喝咖啡的几个女同事摇头，都说自己猜不到。

林笑染胯骨抵着桌沿，手挡在嘴旁压低声音说：“顶层那位。”

“你说……程总？”邱爽惊呼一声。

简灵本来都快睡着了，听到“程总”两个字陡然醒神，眯着眼睛看那边一群人，竖起两只耳朵听。

林笑染说：“对！程总跟人约在那里谈工作，坐在靠窗的位置，距离我们的位置比较远，他应该没看到我，就算看到了估计也认不出。我看他好像喝了不少酒，散场的时候是被明特助搀着出去的。”

“嗐，大老板应酬也逃不过被灌酒。”有人感叹。

话题很快扯到别的地方，有人问起旋转餐厅的地址，里面环境怎么样，菜式怎么样，划不划算。

简灵没听清她们后面说的那些，满脑子都是那句程知栩喝醉了，走出餐厅时全靠明特助搀扶。

他喝醉了，难怪……难怪会说出那样的话。

幸好她昨晚没有一时冲动答应他，不然真不知道该怎么收场。

刚刚他们在电梯里碰见，程知栩连句话都没说，可能是后悔不已，觉得无法面对她。毕竟，那条微信消息过了时间就无法撤回，每次点进去都明晃晃地跃入眼里，尴尬死了。

简灵拍了拍脸颊，让自己清醒一点。

得知简灵即将辞职，戴望楚心里有些不舍，想尽办法劝说她留下来，简灵始终不为所动。

“楚楚，我知道你舍不得我，但我已经想好了。”简灵吞着一颗颗药丸，抽空跟她说话，“以后不忙的时候我们还可以约着一起逛街呀。”

戴望楚叹了口气，劝不动她了。

简灵把饭前的药吃完，一看时间，可以吃午饭了。她昨晚没休息好，一上午都没什么精神，也不太想出去吃：“点外卖吧，你想吃什么？”

戴望楚：“我随便。”

简灵把水杯推到一旁，摸到手机打开外卖 APP，对着一堆让人眼花缭乱的食物挑挑拣拣，自言自语：“我想吃冒菜，不知道能不能要不放辣的。”

戴望楚滑着转椅过来跟她一起看："不放辣没有灵魂。"

"对哦，我还是吃红烧排骨饭好了。"简灵点点头，看向她，"你要吃哪个？别跟我说随便，店里没这道菜。"

戴望楚被逗笑："我要照烧鸡腿饭，加一份番茄蛋汤。"

"那我也要加一份汤。"简灵嘀咕了句，添加了两份番茄蛋汤。

她刚下完单，听到戴望楚问她多少钱，要给她转钱，然后手机上方就有两条消息跳出来。

一条是下单成功的提醒，另一条是微信消息。

程知栩："上来。"

言简意赅的两个字，让简灵的心跳陡然漏掉半拍，动作僵滞住，差点握不住手机。

戴望楚滑动着转椅到自己的工位，伸手够到手机，再次问了一遍照烧鸡腿饭加番茄蛋汤一共是多少钱。

没人回答她。

戴望楚疑惑地抬眸，却见简灵一副魂不守舍的样子。戴望楚伸手在她眼前晃了一下，本来以为这样就能让她回神，谁知她仍然没反应。

戴望楚于是推了推她的胳膊："你在想什么？我问你多少钱，转给你。问好几遍了你都没听见。"

"等会儿。"简灵站起来，"我有点事先出去一趟。"

没等戴望楚询问是什么事，简灵就跑了。

又是四十八楼，简灵想，她再多来几次，连走廊有多少块瓷砖都能数清楚。她就这么一路走神，埋着头走到总裁办门口。

只敲了一下门，她就听到里面传来程知栩的声音："进来。"

简灵推开门，扫视了一圈，办公室里除了他没有旁人，让她松了一口气。

"程总，您找我。"

程知栩没坐在办公桌旁，而是在另一边的一张白色长条桌旁坐着，桌上摆了几个餐盒，热气袅袅，空气里弥漫着香味，想来是刚送过来的午餐。

让简灵感到奇怪的是，程知栩对面的桌子上摆了一副碗筷，旁边还有一杯黄澄澄的橘子汁。

程知栩靠着椅背，隔着不远不近的距离看她："过来坐。"

简灵没忍住，声调上扬地"啊"了一声，极度不相信那个位子是留给自己的。

程知栩重复一遍："过来坐我对面。"

简灵有点蒙，步子一下比一下迈得慢，终于走到餐桌旁，整理了下裙摆，在对面的空位坐下来，不解地看着他。

程知栩拿起筷子，夹了一块鸡肉放进她碗里："吃吧。"

简灵一边看他，一边握着筷子吃他夹的鸡块，因为心中有疑问，吃进嘴里的菜她都尝不出是什么滋味。

程知栩垂着眼眸，知道她在看自己，出声提醒："吃饭的时候不要胡思乱想，容易消化不良。"

简灵脸一红，埋着头吃，不小心呛了一下。

程知栩抬起头："呛到了？喝点水。"

简灵看着那杯橘子汁，她吃的药里有一种忌与橘子同食，陈绪林叮嘱过她不许吃橘子，橘子汁当然也不能喝，她就没动。

程知栩没在意，又给她夹了一筷子菜。

简灵越发困惑："程总，我……"

"程总？"程知栩的筷子顿在半空，眸光深沉，本打算吃完再跟她好好说，现在看来，不先说清楚她是没办法专心吃饭了，"你不知道我昨晚给你发的信息是什么意思？还是说，你不喜欢我？"

啪的一声，简灵手里的筷子掉在桌上，目光闪烁，不知所措。

程知栩看着她，嘴角带着点勉强的笑意，一字一顿地问她："你收到消息了对吧。那么昨晚为什么不回我的消息？"停了一下，他收敛笑意，认真地问道，"不回消息是拒绝我的意思吗？"

简灵反复把程知栩的话在脑子里过了几遍，甚至连他说话的语气都认真揣度了一番，想要借此判断他是什么情绪。

最后她确信，他的语气绝不是在开玩笑，那样一番表白也不像是喝酒醉后的"杰作"。

手机铃声响了，打断了简灵的思绪。

她瞄了一眼手机，又看了眼程知栩的表情，确定他应该没有生气，便拿起手机接通，是外卖小哥打来的。

她这才想起来，外卖是用她的手机订的，戴望楚那边收不到来电。简灵对电话里的小哥说了声"知道了"，然后给戴望楚发消息，让后者下楼去取外卖。

戴望楚问她去哪儿了，怎么还不回来。简灵没有回。

她放下手机，抓起掉在桌上的筷子，捏得手指骨节泛白，才闷闷地出声：“你不是有喜欢的人了吗？”

“嗯，我是有喜欢的人了。”

简灵的心倏地往下一坠，强自冷静道：“那你怎么还……”

“我喜欢的人难道不是你？”程知栩觉得自己可能忽略了什么，好像永远跟她聊不到一个频道，细想之后，试探着询问，“你是认为我另外有喜欢的人？”

除了这个，他想不出别的原因。

这不是“认为不认为”的问题，难道不是事实吗？简灵心说。

程知栩见她不吭声，只得尽最大的耐心解释：“我不知道你是从哪儿来的错觉，但我真的没有其他喜欢的人。在你眼里，我是那种心里装了人还向你表白的衣冠禽兽？”

简灵放下被自己紧紧攥在手心的筷子，手指上一层黏腻的汗渍，是紧张也是窘迫。她轻吸口气，努力压下不甘的情绪以及微末的酸楚，很平静地跟他说：“不是我从哪儿来的错觉，我是亲眼看到的。”

程知栩也放下筷子，好整以暇地看着她：“看到什么？”他不记得自己有过跟其他女人暧昧的行为。

“你别想否认，就前天中午，我在你办公室里看到的那个女人，就是你喜欢的人。”简灵不给他任何狡辩的机会，长出口气，接着说道，“我都看到了，你们在车里……在车里接吻。如果你喜欢她，还跟我表白，那你就是脚踏两条船。如果你不喜欢她，还吻她，那你就是个……不折不扣的渣男！”

这一口黑锅扣下来，直接把程知栩砸蒙了。

半晌，他像是无话可说，气笑了。

简灵终于找回了气势，挺直脊背怒瞪着他，摆出质问的口气：“你笑什么？说不出话来了？”

“你说的那个女人是沈清禾？”程知栩总算找到了方向，顿时有种“拨开云雾见月明”的豁然开朗。

简灵在他手机上的来电显示见过这个名字，一点头，愤怒道：“对，就是她！”

程知栩歪着头，手指揉了揉额角，不可思议到极点，甚至觉得有点荒唐：“你说我和她在车里干什么，接吻？你确定？”

简灵只要回想到那个画面，心就一阵抽痛，倏地别过头去，不再看他。

“简灵，你看着我。”程知栩不容置喙的声音在对面响起。

简灵打定主意不管他说什么，自己都不要原谅他，更不想接受他。

程知栩被她这副倔强的样子气得直咬牙，须臾，站起来绕过桌子走到她旁边，躬下身手撑着桌沿，与她的视线齐平：“简灵，你听着，你要是提起前天中午，那我可以很肯定地告诉你，你看到的应该是司机为避免撞到小孩引发车祸，紧急踩了刹车，沈清禾没有坐稳栽了下去，扑到我怀里，头发恰好钩上了我的纽扣。”

简灵愣神：“怎么可能？”

怎么可能是她看错了，怎么可能是她误会了？

自己都解释得这么清楚了，看她的样子还是不相信，程知栩又咬紧了后槽牙，恼得不行。他身体前倾，手指捏住她的下颌抬起来，稍稍偏了下头，皮笑肉不笑地说：“你试想一下，如果这时候有人推门进来，会不会怀疑我们在接吻？”

简灵整个人僵住了，鼻尖萦绕着他身上低调的男士香水味。他手指灼热的温度贴着她的皮肤，烫得她只想往后缩。

他偏着头，距离她的嘴唇很近，彼此呼吸交缠，从旁人的角度来看，确实很像在接吻。

借位的把戏，拍影视剧时常用到。

想通了这一点，简灵耳根红得像被人掐了一下似的，开始躲避他的目光：“好吧，算我冤枉你了。”

程知栩轻哼一声：“什么叫算你冤枉我了，你本来就冤枉我了。”

简灵有些无措，低垂着头道歉：“对不起。”

程知栩松开了指尖，没再逗她，怕把人得罪狠了，更难办。他在她身旁的椅子上坐下，偏头看她没脸见自己的样子，有些好笑：“还有什么疑问，干脆一起问了，免得你回去再胡思乱想，乱给我扣黑锅。”

他要是再憋一两天不问她，她就打包东西走人了。

也是他的问题。从一开始他就知道她的心意，以为主动权在自己手里，乐得看她在自己眼皮子底下蹦来蹦去，闹出许多笑话。哪怕他明了自己对她的想法，也没有采取行动，差一点就失去她了。

可笑他做任何事都游刃有余、稳操胜券，唯独在和她有关的事情上，没能看清现实——只要喜欢上她，从那一刻起，天秤就自然地倾斜了，他再也不是掌控主动权的那一个，所有的情绪不受自己控制地都被她调动。

简灵揉了揉自己发烫的耳朵："还有一个问题。"

程知栩不知道她又要给自己扣什么黑锅，要笑不笑地说："问。"

"你昨晚跟我……跟我表白之前，喝醉了吗？"简灵问。

他刚才解释了很多，这个问题和最主要的问题相比显得微不足道，不过她还是想要弄清楚。

程知栩抱臂："这又是从哪儿听说的？"

"你别管，你就说你有没有喝醉！"

程知栩拿起筷子塞进她手里，手指敲了敲桌子，恢复成老板做派："快吃饭吧，菜都要凉了。你不饿，我都饿了。"

简灵没等到他的准确回答，也不是太着急，握紧筷子专心吃饭，心里的挂碍放下了，胃口就好了，吃起每道菜都觉得很有滋味。

那盒油焖鸡块大半进了她的肚子。

程知栩坐回了对面，边吃边瞧她，回忆起什么，弯唇一笑："饭量不小。怎么之前几次跟你吃饭，你吃得跟猫儿一样少。"

简灵无力吐槽，说女孩子饭量大真是找死。

她以前不是得在喜欢的人面前端着点嘛，现在知道喜欢的人也喜欢自己，她哪儿还管得了那么多，敞开肚皮吃就是了。

程知栩惯会察言观色，猜到她心里想什么，只笑笑，没说话。

他比她先吃完，靠着椅背盯着她，她嘴巴鼓鼓的，一动一动，嘴唇不知是沾了菜汁还是油汁，水润柔软。

程知栩摸了摸口袋，没摸到想要的东西，起身往办公桌那边走。简灵的视线不受控制地跟过去，只见他拉开办公桌一侧的抽屉，从里面拿出一个绿色小铁盒，抠开盖子，倒出一粒薄荷糖片，丢进嘴里，嚼了嚼。

简灵吃好了，站起来收拾略有些狼藉的餐桌，程知栩在她身后说："别动了，就放在那里，助理一会儿会过来收拾。"

简灵就没再动，扭头看着他："那我下去了。"

"下哪儿去？"

程知栩不知何时扯开了领带，靠近领口的两颗扣子散着，依稀看得见锁骨，白皙晃眼、弧度漂亮。

简灵慌忙移开目光，他明知故问，她还能下哪儿去，当然是回策划部。

程知栩后背抵着办公桌沿，两条大长腿交叠，微微向前伸，一只手搭在桌边，漆黑的眼眸瞅着她，又打起了直球：“说来说去，你还是没回应我的表白。”

简灵眼眸微闪，声音细若蚊鸣：“我就不能考虑考虑吗？”

“能。”程知栩挑眉，理所当然道，“所以，我不是给了你一顿饭的时间吗？还不够你考虑的？”

他这赶鸭子上架的语气好讨厌，更讨厌的是简灵发现自己对着他没有半分厌烦。心跳的速度轻易地出卖了她——她嘴上找碴，其实心里是欢喜的。

“简灵，你要是喜欢我就别吊着我。”程知栩垂眼，空着的那只手把玩着装薄荷糖片的小铁盒，悠悠叹息一声，“年纪大了，心脏受不了刺激。”

简灵：“……”

当初不知道是谁，不愿意让她叫叔叔，非说自己比叶归舟小一岁！简灵在心里翻起了旧账。

转念一想，也幸好当初没听叶归舟的话喊他“程叔叔”，不然称呼就很难转变过来了。

简灵在神游，全然没发现程知栩已经走到了近前，距离她不到半米，正居高临下地看着她。

简灵仰头看他，他似乎是有点无可奈何，抓住她的手臂，把人往自个儿怀里一带，偏了下头，在她耳边低语：“我昨晚是喝了酒，没喝醉，给你表白的时候脑子很清醒，知道自己在做什么。”

是在回答她吃饭时提的问题。

简灵的心像被小石子砸了一下，一点不疼，痒痒的。

她贪婪地吸着他身上的味道，像小猫对猫薄荷的渴求。她慢慢地，带着点小心翼翼地试探，伸手环住他的腰，眼里蒙上水雾，埋在他怀里说：“我好早就喜欢你了。”

程知栩心中动容，手臂收紧，揽着她的后背。

“我知道。”

她过去有多笨拙，他全看在眼里，分毫不差。那样明晃晃的爱意，哪怕她再小心掩藏，还是会被他窥见。

他早该将她妥善安放的。是他不好。

时间慢慢流逝，程知栩感觉贴着身体的薄衬衫温温热热的，心里也跟着酸酸胀胀，轻声问：“简灵，你是不是哭了？”

“我才没有。”简灵唰地抬起头，眼睛是润润的，却没有流泪。

程知栩笑了，趁着空当低下头吻住她的唇，温柔、极尽缠绵。

简灵大脑空白了好几秒，等她有正常思维的时候，就尝到了薄荷的清凉味道，透过唇舌，直往脑门上蹿。

简灵恍惚地想着，他刚刚吃薄荷糖，是不是就为了这个。

程知栩额头抵着她的，喘息声有些急促：“怎么样？”

简灵嗫嚅：“什么……怎么样？”

“比起你自己偷亲，我主动吻你的感觉，怎么样？”程知栩稍稍退开一点，把人拉到茶几旁的沙发上坐下，慵懒地笑着。

简灵的回忆迅速倒转回那一晚，脑子里也如那一晚一般，噼里啪啦地炸起了烟花。

“你那天晚上没有睡着？！”

简灵话一出口，意识到自己喊破音了，同样意识到自己间接承认了偷亲程知栩的事情，顿时懊恼地咬住嘴唇。

程知栩见她后悔不已，眼里闪过一抹促狭的笑意：“我那晚喝了酒，又精神疲惫，倒在沙发上确实睡着了，后来被你亲醒了。”

什么叫作被她亲醒了？！

简灵极力反驳：“你胡说八道！”

“真的，没骗你。”程知栩似笑非笑，举起一只手掌，做出发誓的姿势。

简灵陷入回忆里，她那时候是看他看得太入迷，起身时腿麻了，整个人栽下去，嘴巴亲到他唇上。那个力度……好像确实能把人砸醒。

程知栩探知到她的心思，眉毛一扬：“想起来了？”

“好吧，我承认是亲了你，但我那不是偷亲！”简灵语无伦次地证明自己绝不是宵小之辈，“我、我是没站稳栽倒了，不小心碰到你了。”

程知栩不轻不重“噢”了声，眼里的笑意未散，也不知道相信没有。

“还说我，你呢。”简灵直勾勾地盯着他。

程知栩手撑着沙发坐垫，坐起来一点，手搭在腿上，露出疑问的眼神：“我？我怎么了？”

“你明明什么都知道，为什么那个时候你醒来以后一句话都没有问。”简灵吐槽，“装得真像。”

“你确定那种情况下你想让我问点什么？或者用震惊的眼神看着你？”程知栩哼笑了一声，“我睁开眼睛看着你的时候，你尴尬得头都快埋到地下去了。为了照顾你的面子，我只能装作什么都不知道。”

不理解他的良苦用心就算了，现在怎么还怪起他装模作样了？

简灵说不过他，又羞恼得不行，一刻都不想在办公室待下去了，噌地站起来：“我不跟你说了。”像极了小时候，吵架吵不过同伴，扭头就走，并丢下一句云淡风轻的话。

简灵抬腿欲逃跑，却被程知栩逮住机会，一把攥住她的手腕，稍微一使力，她就重心不稳，顺着他拉扯的力道倒在他怀里，坐在他腿上。

程知栩没让她挣扎，手臂揽住她的腰：“我又没怪你，你跑什么？”

简灵：“我没有要跑，我下去工作。”

提起工作，程知栩眼睛微微一眯，垂下视线盯着她涨得通红的小脸，声音低而缓慢：“你还要辞职吗？”

简灵还没回答，他就自顾自地说：“辞职也行，也不是养不起你。”

简灵噎了噎，搡了他一把：“我不辞职了。”

“想好了？”

“想好了。”简灵说。

她到哪里工作都是工作，还不如离他近一点。别的不提，策划部的工作内容她差不多都熟悉了，也上手了。虽说工作很辛苦，加班熬夜是常事，但每一天都过得很充实。

人类的本质就是“双标”。

追不到程知栩的时候，她无数次抱怨策划部的工作太忙，让她身体吃不消。追到他以后，她心里对这份工作的形容就变成“充实”二字。

程知栩没说话，简灵抬起眼帘瞅他，手指挠了挠他的掌心：“你怎么这样看着我？”

“我在等你自己坦白。”程知栩攥紧她的手，没让她的指尖在自己掌心作乱——挠得他心痒痒的，影响他接下来的审问。

简灵被他冷肃的眼神盯着，心里发怵，有点惶惑地问：“坦白什么？”

程知栩屈指弹了下她的脑门，故意板着脸：“自己说过的话，这么快就忘了？我想想啊，你说辞职是因为没时间相亲？”

原来他说的是这个，简灵提起的心落下来，小声说：“我瞎说的……”

“瞎说的？我不信。”

简灵话音方落就被程知栩接了话，他看起来不太高兴，嘴角绷着。

虽然程知栩和叶归舟都是久居上位，表面同样严肃端正，但叶归舟一看就知道是好说话的温暾性子。当然，也可能是因为叶归舟是她的舅舅，她从小就和他一起相处，太过熟悉。程知栩则是让人捉摸不透的，光看他的表情，她很难判断他是真的生气还是在逗她玩。

程知栩用手指碰了碰她的脸："我都看到了。"

"嗯？"简灵回过神看他。

程知栩本来没打算跟她提的，人都是他的了，计较那些没意思，是话题刚好聊到这儿了，他憋不住就问出口了，想来内心还是在意的。

程知栩的黑眸潭水一样深，语气却很平静，平铺直叙："我看到你跟那个人相亲了。陈医生对吧？他握着你的手腕，你们聊得很开心。"

闻言，简灵瞳孔微微一缩："你……你什么时候看到的？"

"你管我什么时候看到的。"程知栩捏她下巴，带着些微不满。

简灵抿嘴一笑，她听出来他的语气酸酸的，有那么点吃醋的意思，觉得很新奇。

她舔了舔唇瓣，忍住笑意说："那我告诉你，你也误会了。我家和陈医生家是世交，但我以前没见过他，那次是——"她顿了一下，打量了眼程知栩的表情，才接着说下去，"我妈和他爸爸确实想让我和他相亲来着，我去见他却不是为这个。"

程知栩一眨不眨地凝视着她的嘴唇，看她说话时嘴巴一动一动，心里那股不是滋味的感觉也淡下去了。

他抖了下腿，颠了她一下，示意她继续说。

简灵知道瞒不住了："我身体不舒服，生病了，找陈医生的主要原因是看病。你看到陈医生抓我的手腕，应该是他在给我把脉，还包括看舌苔什么的。中医看病就那样，你知道的。"

"你生病了，什么病？"

程知栩再没有心思想其他的，拧着眉，眼里的关切和担忧明晃晃地流露出来。他想起来那次在电梯里，她包里的东西掉出来，其中就有药瓶。

简灵不好意思说，眼神左顾右盼，最后程知栩捧住了她的脸，不让她动来动去。她才说了实话："经期不正常啦。"

程知栩不说话了。

简灵从他腿上爬起来，一脚支着地，膝盖跪在沙发边缘，说道："我真要走了。"

程知栩看了眼腕表，时间尚早，不想她那么早下去，于是又把人拉过来，抱着、搂着，圈进怀里。

简灵还是害羞，大概是因为她一看到他的脸，就总是不由自主地想到他们刚刚接吻的样子，心口发烫，没法跟他对视。

程知栩下巴碰了下她的额头，垂下眼眸看她："眼睛都有红血丝了，昨晚没休息好？"他自言自语道，"我昨晚也没休息好，一起睡会儿觉吧。"

简灵一激灵，一下从他怀里弹起来。这次不给他再开口说话的机会，拔腿就跑，边跑边丢下一句："我想起来，我饭后的药还没吃！我去吃药了！"

那扇玻璃门打开又合上，人不见了。

程知栩双手交叠搁在两腿间，望着轻微颤动的玻璃门，无声地笑了一下，这就把人吓跑了？他懒洋洋地站起身，把手机捞过来，滑开，找到她的微信发了条消息过去。

简灵手心里的手机响了一声，一条微信消息横在屏幕中间。她手指连点两下，进入聊天界面。

程知栩："别误会，我没那个意思。"

简灵出了电梯，捂着自己滚烫的脸颊走进策划部办公区。

戴望楚坐在工位上，手里端着白瓷杯，丢了一个茶包进去，白线连着小吊牌垂在杯外，随着动作晃来荡去。

她看到简灵缓缓走来，眼角眉梢都藏着春情，一时看愣了。

简灵在位子上坐下，将椅子往前挪了挪，看见桌面放着自己那份红烧排骨饭和一份番茄蛋汤，伸手一摸，已经凉透了。

戴望楚："你吃过饭了吗？"

"吃过了。"后来跟程知栩说开了，她的胃口跟着好起来，吃了不少，还被程知栩说饭量大。

想到这儿，简灵捂着嘴笑了笑。

戴望楚捧着杯子喝了一口桂圆红枣茶，一抬眼就见她这一会儿笑一会儿害羞的样子，怀疑道："你吃错药了？"

"哦，对，吃药。"

不提醒简灵差点忘了，连忙从包里拿出大大小小的药瓶整齐地摆在桌上，去茶水间接了大半杯开水，又兑了点凉水进去，慢吞吞地吃药。

"你到底去哪儿了？"戴望楚问。

简灵含了一大口水，咕咚吞下去，含糊道："等会儿说。"

等她把那一堆药一颗一颗吞咽下去，满满一大杯水也见了底。她收拾了下桌面，从桌上拿起一个文件夹，翻开，立起来挡住脸，笑出声来。

戴望楚不知道发生了什么事，看她笑成这样也忍不住弯唇笑起来，笑够了便推一下她的肩膀："别卖关子了，快说。"

简灵眼睛从文件夹上方探出来，往四周看了一眼，有些去外面吃饭的同事还没回来，办公区里还算安静。

她朝戴望楚钩了钩手指，后者非常有听秘密的经验，放下杯子把脑袋凑过来。下一秒，简灵的声音在戴望楚耳边响起："我和程知栩在一起了。"

戴望楚倒吸一口凉气："可是他……"

"没有可是。"简灵知道她要说什么，忙不迭地截住了她的话，"那天中午的事是个误会，我们都误会他了。"

简灵详细说了那天中午的情况，戴望楚听完唏嘘一声："原来是角度问题，我说呢。"她跟程总的接触虽然不多，可他看着就不像是会在大庭广众之下跟人接吻的。

简灵摆手："不想提了，是我太蠢了。"

"看不出来啊，程总居然对你也有意思。"戴望楚摇了摇头，以前她只是觉得程总对简灵有些特殊，没想到他也是喜欢简灵的。

她突然意识到什么，摇头的动作一顿，眼睛一点一点睁大："那你岂不是总裁夫人了？还在策划部当什么打工人啊。"

简灵："……"

策划部的这份工作简灵还是要继续做的，下午等袁霄过来，她就敲开了他办公室的门，进去以后诚恳地道歉，为自己的出尔反尔感到内疚不已。

袁霄倒也好说话，见她态度端正就没说什么，只让她专心工作，过段时间可能会开始给他们分派个人项目，不再是小组作业。

简灵连连点头，向他保证自己一定会做好。

从办公室出来，她浑身轻松地舒口气。桌上的手机振动起来，她接起电话，对方说是外送人员，让她赶紧下来。

简灵下意识地以为是叶归舟给她送了什么东西，拿着手机下楼去取。

回来的时候，她怀里抱着一大捧鲜艳的红玫瑰。花团锦簇，一团耀眼的红，被包裹在粉色和白色相间的包装纸里，更显得粉嫩娇艳，惹得策划部的同事都看过来，几个女同事更是控制不住起身凑近来看。

“简灵，谁送你的花啊？好漂亮。”

“红色玫瑰花，应该是爱慕者送的吧？”

“哎，上面有张卡片，看看写的什么？”

简灵这才发现，一张粉色的心形卡片被藏在花朵的边缘，与包装纸的颜色相近，难怪她刚刚没有看到。

心里冒出一个猜测，简灵压制不住过快的心跳，刚想抬手去拿卡片，没想到被人抢先一步——范宜君手伸过来拿走了卡片。

她用两根手指捏着卡片在众人眼前一晃：“我看看写的什么。”

简灵心里暗叫一声“不好”，伸手去抢：“你还我——”

然而，范宜君已经当着大家的面翻开了卡片，似乎还要将上面的内容读出来。

场面一片混乱，简灵到底没能抢回卡片。范宜君背过身去，挤开了围观的几个女同事，站在离简灵三步远的地方大声念出来：“To 简灵——祝平安喜乐，万事顺意！PS：送玫瑰花是男人该做的事。落款：CZX。”

简灵趁大家在发愣，一把夺过卡片，看了一眼后，小心地合上，插回玫瑰花里，心怀忐忑地看着其他人。

结果出乎意料，大家并未猜出送花的人是谁。

“CZX？谁啊？不是我们部门的吧？”邱爽把策划部几个未婚的男同事的名字一一代入，发现首字母都对不上。

范宜君的表情有点意外，余光往一旁的主管办公室瞟了眼，简灵这两天频繁地进出主管办公室，再联想到之前主管对她的偏爱，她还以为……这花是主管送的。

戴望楚是知道内情的，卡片翻开的那一刻，她的心和简灵的一样提了起来。据她所知，简灵暂时并不想公开与程总的恋情。且不说对方是集团老板，哪怕是个普通人，也不想恋爱不到一天就闹得尽人皆知。

幸好，幸好程总的身份足够敏感。

即使“程知栩”三个字公司里没人不知道，此时此刻也没人往他身上想，因为太过离谱。

简灵松了一口气的同时，脸色变得难看起来。

她的目光穿过身前的几个人，直直地看向范宜君。

“你是不是永远不知道尊重别人的隐私！”简灵冷声冷气，这次是真的被惹恼了，不顾同事情谊，不留一点情面，“上次没经过我的允许拍了视频发到公司大群，这么久了，我一到别的部门办事就会被人问视频里是怎么回事，我挺受困扰的。刚才也是，那是别人写给我的卡片，是我的私人物品，你问过我了吗，就拿去看？看就算了，还当众读出来，你怎么那么讨厌？！”

范宜君脸色一变，红白交加。

她正要辩驳，简灵就再次抨击：“以后是不是别人的快递送进来，你也要先拆开看一下？你上学的时候，老师没教过你不要动别人的私人物品吗？”

范宜君嘴唇颤抖，气得脸红脖子粗，走上前一步：“你也太小题大做了吧！谁稀罕动你……”

“不稀罕？”简灵冷哼一声，“那刚才动我东西的是小狗吗！”

眼见主管的目光扫过来，众人作鸟兽散。

范宜君瞪了简灵一眼，没再跟她争辩什么，回了自己的工位。

忙到晚上七点钟才下班，简灵关了电脑，站起来伸了个懒腰，目光落在桌面一角放着的玫瑰花上，伸出食指戳了戳花瓣，心里美滋滋的。

她捧起玫瑰花，想起来还没跟程知栩说一声自己收到了，便从包里拿出手机，边走边按亮屏幕。

蓦地，简灵脚步顿住，看到半个小时前，程知栩给她发了一条微信，大概是她忙工作上的事太投入，没有听到提示音。

程知栩：“几点下班？”

简灵连忙回复：“之前在忙，没注意，才看到消息。我刚下班，正准备回家。”

紧接着，简灵又发了一条：“……我收到你送的玫瑰花了。”

程知栩：“到地下停车场，我送你回去。”

简灵：“你还没走？”

程知栩：“这不是等着你吗？”

简灵收起手机，把脸藏在玫瑰花后面，低着头抿嘴笑，眉目间都是温柔缱绻，真是人比花娇。

地下停车场里，那辆熟悉的车打了双闪，简灵踩着高跟鞋小跑过去，拉开后座的车门，把怀里的玫瑰花放进去，而后绕到副驾驶座坐下。

“你不用打双闪，我认识你的车，也知道你的停车位。”简灵偏了下头，拉出安全带扣上，端正坐好，“你这样太显眼了，会被人发现的。”

程知栩一只手撑着方向盘，侧目看她，了然地点了点头，揶揄道：“难怪你能看到我和别的女人在车里‘接吻’，原来对我的车这么熟悉。”

简灵羞窘：“你不要再提了，我知道是我误会你了。”

程知栩低低地哼一声，启动了车子，单手转着方向盘，三两下将车子从停车位上倒出来，平稳又快速地驶出地下停车场。

“你什么想法？”程知栩降下半扇车窗，微凉的风往里灌，“不想公开我们的关系？”

简灵转头看着他：“可以吗？”

路边霓虹灯渐次亮起，夜景繁华，迷了眼。程知栩目不斜视：“取决于你的想法，我无所谓。”

刚才在停车场里，他坐在驾驶座，看到她从电梯里出来，先探出个脑袋，鬼鬼祟祟地扫视一圈，确定附近没人才大大方方走出来。结果看到他的车打着双闪，大惊失色，抱着包小跑过来，做贼一样，看得他又好气又好笑。他就这么见不得人？

简灵支吾片刻，手扒着车窗吹风，声音也随着风飘进他耳朵里：“公司里有禁止员工内部恋爱的规定吗？”

“没有。”程知栩瞄了她一眼，提醒道，“脑袋给我缩回来，别趴车窗。”

简灵吓一跳，赶紧缩回脑袋坐好，偷偷觑了他一眼，他说话的语气跟她爸爸教训她的时候一模一样。

程知栩：“就算有这个规定也不要紧，老板不在员工行列。”

简灵噎了噎，他说得好理直气壮啊！她垂着脑袋，把玩着搁在腿上的包，将链条缠绕在指尖，一圈又一圈，想了许久，她抬起头对他说：“我们暂时不公开可以吗？顶着老板女朋友的身份没办法做事，太奇怪了。”

同事关系本来就相处得一塌糊涂，若再加上“程总女朋友”的头衔，只怕更不好相与。

程知栩尊重她的决定：“那好，既然你这么想，不公开就不公开。有事记得和我说，随时可以打我电话。”

简灵郑重点头：“好！”

二人有一搭没一搭地聊着天，简灵在某个瞬间抬眸，看到前路上方巨大的绿色路标，发现了问题：“这不是我回家的路啊！”

“怎么不是？”程知栩被她的一惊一乍吓到了，立刻看向导航地图，确定自己没有开错路，“还有六百多米就到了。”

简灵跟着看向导航，很快就明白两人的交流不在一个频道，她抚一抚额头：“我这段时间都是回家住的，没住你公寓里。”

程知栩一愣：“这……”

简灵：“算了吧，我给我妈打个电话，今晚不回去了。”

程知栩再没开口，一路开过去，把车停在距离小区三百米处的一家大型超市门口的露天停车位上，解开安全带，提醒简灵：“下车。”

简灵隔着车窗朝外面望去，超市门口灯火璀璨，到了夜晚依旧人流如织。旁边小广场上播放着土嗨土嗨的广场舞曲，五颜六色的灯光闪烁不停，有遛狗的老人绕过围着石墩的小路，朝广场走去。

“你要买东西？”

程知栩敲了下她的额头：“你吃晚饭了吗？”

“没。”

“会做饭吗？”

“不会。”

“我会。”程知栩欺身上前，按开了她的安全带，“还不赶紧下去，你打算晚上吃外卖？”

简灵跟在程知栩身侧逛超市，后知后觉地明白他的言下之意，手里拿起一根茄子，惊讶地看着他：“你要给我做饭？”

程知栩把她手里的茄子拿走，随手丢了一棵莴笋进购物车：“你给我的朋友圈点赞难道不是这个意思？”

简灵步子慢了下来，边走边想，他说的应该是……她给他发的年夜饭的照片点赞？

“我没有让你给我做饭的意思。”她弱弱地解释。

“哦，是我又会错意了。”程知栩见她越走越慢，干脆停下来等她，旁边有小孩子跑来跑去，容易撞到人，他拉着她的手臂，让她走在购物车另一侧。

程知栩负责念食材，简灵负责从货架上拿。

“程总，你觉不觉得你有点冷幽默？”简灵手里拎了一袋香菇，在他眼前晃了晃，他确认没问题，点了下头，她再放进购物车里。

不过，程知栩对她的评价不置可否。

简灵怕他不理解，更为详细地说：“就是一本正经地说玩笑话。你刚说的那句‘是我又会错意了’还蛮好笑的。”

“是你的笑点低。”程知栩牵起她的手，放在购物车扶手上，让她推着购物车，他转身去挑选土鸡。

简灵伸着脖子看他在一堆处理好的鸡里挑挑拣拣，最后选了一只不大不小的放进购物车。

“挑这个有讲究吗？”她这四体不勤、五谷不分的人表示好奇。

“品种不一样，有的适合爆炒，有的适合白切，有的适合炖汤。”程知栩说。

“哦。”简灵看着堆成小山的购物车，想了想这些能做几道菜，“够了吧，我们两个吃不了那么多菜。”

程知栩看一眼，也觉得差不多了，带着她去结账，带着大包小包开车回公寓。

房子本来就是程知栩的，他自然是轻车熟路。不需要简灵指示，他自顾自地弯腰从鞋柜里拿出拖鞋换上，没耽误时间，脱了西装、解了袖扣，将袖子挽起来，露出一截紧实流畅的小臂。腕表也摘了，被他随手扔在木柜上。

“你自己在客厅玩，我去做饭。”

丢下一句话，程知栩就从容地走进厨房，找到围裙系上，开始料理那只鸡，然后洗菜、切菜。

简灵上楼换了套舒适的家居服，将一头长发绾成丸子头，顺着楼梯下去，手里握着手机给叶娴心打电话。

“加班结束时间有点晚了，我就不回家住了，住公寓里。”她小声地说着话，心虚地摸了摸鼻子。

“怎么又加班啊？身体刚好了一些就搬出去住，你真是……让人不省心。”叶娴心絮絮叨叨，“那你晚饭怎么解决？我让阿姨现在过去给你做饭？”

“不、不、不用了。”简灵往厨房里看了一眼，闭了闭眼，继续扯谎，“我在外面吃完了再回去，你放心，我不会饿着自己的。就这样吧，拜拜。”

听到厨房里乒乒乓乓的声响，简灵在客厅坐不住，念头一起，便悄悄起身走过去，扒着门框往里看。

买回来的鸡已经在白砂锅里炖上了，程知栩正在切莴笋。

高高大大的男人立在料理台前，微垂着头，一刀一刀下去，一长溜的莴笋片整齐地码在砧板上，不是一般的赏心悦目。

简灵顿时化身小迷妹，直勾勾地盯着他。见惯了他在办公室里运筹帷幄的样子，这样的他对她来说是全然陌生的，更具吸引力。

程知栩跟背后长了眼睛似的，头也没回地说："过来。"

简灵挺直脊背，趿拉着拖鞋进了厨房，挽起宽松的卫衣袖子，歪着脑袋看砧板上切好的莴笋片，再看看旁边的几朵香菇，问道："有什么需要我帮忙的吗？让你一个人付出劳动力，怪不好意思的。我会洗菜……"

洗菜倒是不必了，程知栩掐着她的腰把人捞过来，控制在自己的双臂与料理台之间，手掌撑在料理台边。

他的动作太突然，简灵一下没跟上，拖鞋都掉了一只。

身体被迫拔高，她赤着的那只脚无力地点在地上，白晃晃的脚背都绷直了，承受着他急迫又有点强势的吻。

跟中午在办公室里的浅尝辄止、温柔试探的吻不一样，此时此刻，简灵脑子里仿佛刮起了一阵风，眨眼间，什么也不留。

又像惊涛拍上岸边的礁石、春日的骤雨落在林间、仲夏的闷雷在深夜乍响，她的心房一阵阵紧缩。

渐渐地，简灵不太站得住，身子软软地往下滑。程知栩察觉到了，眼皮颤了颤，手臂穿过她腋下，将人往上提了一点，紧紧抱住，偏过头，更深地吻了下去。

"算你付出劳动力了。"过了许久，程知栩说。

简灵不敢再在厨房待了，穿上掉在半路的拖鞋往客厅跑，被人从后面提醒了句"跑慢点"。她脚步顿了一下，以更快的速度跑出去，躺在沙发上，打开电视，故意调大音量，像是在掩盖什么。

四十分钟后，程知栩从厨房出来，手里端着菜往饭厅的餐桌上放。

"洗个手过来吃饭。"他扬声道。

简灵在洗碗池边洗了手，往餐桌上看，莴笋片炒肉、肉末豆腐、青豆虾仁蒸蛋，厨房里飘散着鸡汤的香味，轻易就能勾起她的食欲。

程知栩递给她一张纸巾擦手："汤还要再炖一会儿，先吃饭。"

简灵坐下来，等程知栩在对面坐下，她才挽起袖子开动，将一勺豆腐送进口中，她的眼睛霎时亮了起来。

跟她平时吃的麻婆豆腐不太一样，里面香菇和瘦肉被剁得碎碎的，炒得很香，勾芡过的缘故，汤汁浓稠，裹着鲜嫩的豆腐，可以称之为"下饭神器"。

简灵竖起大拇指："好吃。"

程知栩弯唇一笑，拿起筷子夹菜。如果不是考虑到她还在吃药，饮食要以清淡为主，他可能会做几个大菜让她开开眼。

“我可以辞退阿姨，让你过来给我做饭吗？”简灵天真地眨着眼。

“你那点工资够付我的薪水？”程知栩无情地嘲笑她，“哦，这个月迟到好几回，工资也扣得差不多了。”

简灵一噎，不说话了，埋头吃饭。

过了半晌，她气不过，嘀嘀咕咕道：“怪不得我舅舅说，平时跟你说话，十次有九次会被撑，根本说不过你。”

程知栩嗯哼一声，心安理得地收下了“称赞”。然而当他猛然间意识到自己和简灵在一起意味着什么，脸色顿时变得有点耐人寻味。

叶归舟，不提也罢……

简灵用勺子挖了一勺蛋羹送进嘴里，被烫得皱眉，轻轻地“嘶”了声。

蛋羹蒸得时间刚刚好，特别滑嫩，上面铺了一层青豆和虾仁，没加别的作料，只淋上一点香油和酱油，又鲜又美味。

程知栩看她一眼，笑了笑，说：“怎么噘着嘴吃饭？”

简灵含糊道：“嘴巴疼。”

“我亲的？”程知栩挑了下眉，有点意外的样子。

“……刚才不小心烫的。”简灵头埋得更低，快钻进碗里了。

真是的，她好不容易忘了厨房里那一幕，他这么一提，她就想到那会儿被他抵在料理台边亲到腿软的没出息的样子，眼皮都在打战。

程知栩低咳一声，将那一小碗蛋羹推到她那边，让她一个人吃。

两个人吃饭都很慢，一边吃一边闲聊着，时间很快过去。

程知栩起身去厨房，把砂锅端过来，给简灵盛了一碗鸡汤，让她慢慢喝。她尝了一口，不太油腻，很好喝，免不了又是对他一番夸赞。

“你不喝吗？”她停下来看他。

程知栩摇头，表示已经吃好了。他坐在一旁拿出手机翻阅邮件，余光扫过去，见简灵低着头，小口小口地喝汤，一时心动，趁她没发现，将手机调成静音，对着她偷拍了一张照片。

简灵似有所觉，抬起头看他，却见他垂着眼眸，一脸的严肃淡漠，看起来像是在处理工作上的事，她便没有出声打扰。

程知栩回复完几封要紧的邮件，退出去，转到微信，给简灵改了个备注。

“我吃好了。”

简灵放下碗勺，擦干净嘴巴。

两人合力收拾了餐桌，把盘碟碗筷都丢进洗碗机里。整理完，一看时间不早了，程知栩扣好袖扣，拎起西服展开，穿在身上。

“我走了，你自己一个人注意安全，晚上锁好门。”程知栩转头看着她。

简灵站在茶几旁的地毯上，朝他挥了挥手：“路上小心。”

程知栩站在玄关换完鞋，手搭在门把手上，眼神瞟过去，瞧她站在那里一动不动，像根木头，面露不满：“你不来送送我？”

简灵“噢”了声，连忙跑过去。

程知栩松开了门把手，侧身倚靠着玄关壁柜，皮笑肉不笑地说：“你真行。那天晚上我过来拿东西，你还知道主动提出送我，现在我成你男朋友了，你就这态度，得到了就不珍惜，是吗？”

简灵百口莫辩：“哪有？”

人走到近前，程知栩握着她的手腕轻轻一拉，她往前挪了一小步，撞进他怀里，衣服上是熟悉的味道，闻到就会让她心跳加速。

程知栩垂着眼眸睐她，等了一会儿，见她半点不上道，叹息一声，声音低下去：“吻别你不会？”

“啊？”

“啊什么啊？笨蛋。”程知栩又想弹她脑门了，忍住了没动手，本来就够笨的，弹几下怕是会更笨。

简灵反应过来他说的是什么意思，仰起脑袋，短暂地思考了一下是闭眼还是不闭眼，最后闭上了眼睛，踮起脚尖，凑上去，在他的嘴唇上亲了一记，没来得及缩回去，腰就被他揽上了。他低下头吻住她的唇。

心神摇荡之际，简灵感觉腰上的力道松了松，脚跟落回实地。下一秒，她的额头就被温软的嘴唇碰了碰，低沉的男声随即飘下来：“下次别等我提醒了。”

简灵手指揪住他西服的前襟，轻喘着气说：“你……要不，干脆别走了。”反正有多余的房间，不怕他没地方睡觉。

程知栩微微一顿，眼底浮现出惊讶，片刻后，开口说话，声音里掺了一丝笑意：“舍不得我走？”

简灵没回答，程知栩抚了抚她垂在耳畔的发丝：“第一天就留宿，不像话，让你舅舅知道了，他得削我。”

简灵扑哧一笑，脸有点热，还有点后悔，她不该提出那个建议的，显得太不矜持了。

两人站在玄关腻了一会儿，程知栩最后叮嘱一遍，他人一走，她就要把门锁好，别想着等会儿再锁，说不定就会忘了。

简灵的心里涌动着汩汩热流，目送他进了电梯，她就回身锁上门，上二楼洗澡，吃了睡前的药，躺进被窝里，摸过床头柜上的手机看消息。

十分钟前，程知栩发了一条微信："我到家了。晚安。"

简灵回了同样的两个字——"晚安"。

第二天清晨，简灵在第一个闹铃响起的时候就迅速从床上爬起来了，从衣柜里拿出漂亮的新衣服穿上，洗漱完走下楼梯。

厨房里传来动静，很快，阿姨端出来一碗香喷喷的鸡汤挂面，上面放了两棵小青菜，还有一个煎蛋。

阿姨说："简小姐今天起得好早啊。"

"我昨晚睡得比较好，所以就醒得早啦。"简灵在餐桌旁坐下，拿起筷子吃面。

"我早上过来，看砂锅里剩了鸡汤，还很新鲜，就拿它煮了碗面。"阿姨不解地问，"这鸡汤是谁炖的啊？"

简灵从不做饭，这一点阿姨是知道的，鸡汤看上去又不像是外卖。

简灵呛了一下，想到阿姨和叶娴心是"一伙"的，她要是说出程知栩，叶娴心立马就会知道她有男朋友了。她还不想那么快让家里人知道。

"是我朋友炖的。"简灵摸着耳朵笑了笑。

"哦，那她手艺蛮好的呀。"阿姨感慨了句，"我还以为你找了新的阿姨，不让我继续干了呢。"

简灵："……"

这就是天大的误会了，那位"煮饭的"，她可付不起薪水。

简灵吃完了鸡汤面，对着镜子补了下妆，视线随意一瞟，就看到木柜上躺着一只名贵的男款腕表，她认出是程知栩的，顿了一下——他昨晚忘了拿走？趁阿姨还没开始打扫卫生，简灵赶紧把表拿起来，塞进包里，出门坐地铁去上班。

到公司时间还早，简灵给程知栩发了微信，告诉他，他的表在她这里。

程知栩正在去公司的路上，手机振动了两声，他拿出来看，一看到昨晚吃饭的时候他给简灵改的备注，他就忍不住笑。

猪圆玉润："我到公司啦。"

猪圆玉润："对了，你的腕表在我这里，找时间拿给你。"

程知栩笑得不能自已，肩膀都颤抖起来，引得前面开车的司机望了好几眼后视镜，很想知道他在笑什么。

程知栩："不错，上班挺积极。"

程知栩："中午忙完，上来吃饭，我让助理多订一份餐。"

猪圆玉润："哦，好。"

简灵打算中午上去吃饭的时候再把腕表拿给程知栩，却不想在大厅里遇到了明朗。她心念一动，担心自己忙起来会忘了这回事，当即朝那边喊了一声："明特助。"

明朗闻声抬眸，提步走过来，微笑着打招呼："简小姐早。"

四周没什么人，简灵快速从包里掏出腕表递给他："程知……程总的，麻烦你一会儿拿给他。"

明朗一愣，慢腾腾地接了过来，仔细一看，确实是程总平常戴得比较多的那只表，他眨了下眼，看向简灵的眼神变得意味不明。

简灵顿时明白过来自己此举会给人造成怎样的误会，然而后悔已经来不及了，只能欲盖弥彰地解释："事情不是你想的那样……"

明朗重重点头，一副"我懂，我都懂，你不用多说"的样子："你放心，我嘴巴很严的，不会到处乱说。"

简灵："……"

简灵懒得多费口舌解释，一扭头走进电梯，紧跟着进来的除了明朗，还有同部门的范宜君。也不知道她是什么时候过来的，不过看她的表情，不像是听到了简灵和明朗的对话内容。

昨天当着整个策划部同事的面，简灵和她撕破了脸，此刻见面也没什么好说的，连个招呼都没打。

范宜君倒像是没事人似的，目光在简灵和明朗之间扫视，不知又在脑补些什么。

两人同在二十六楼出电梯，范宜君冷冷地嗤了一声，踩着细细的恨天高先简灵一步走向办公区。

简灵不甘示弱，对着她的背影翻了个大大的白眼，默默地骂了一句："神经病啊，阴阳怪气的。"

午饭时间到了，戴望楚停下工作，往眼睛里滴了滴眼液，闭着眼，缓解疲劳。过了一会儿，她扭过头“泪眼模糊”地看着简灵，后者还在专心工作。

“中午吃什么，点外卖还是去外面吃？”戴望楚问。

简灵手指上下翻飞，敲完最后一行字，抬手将脖子上圈着的颈枕取下来，道：“你去吃吧，我中午和……”她及时住嘴，压低声音说，“我午饭有着落了。”简灵指了指上面，戴望楚立马心领神会，一脸颓丧：“你以后是不是都不和我一起吃午饭了？”

“不知道，应该吧。”

“有异性，没人性。”戴望楚放完话，宽容地拍了拍她的脑袋，“第一次谈恋爱，能够理解。”

等部门的同事都走得差不多，简灵吃完饭前的药，才走出策划部。乘坐电梯到四十八楼，她探头探脑地出去，敲总裁办公室的门，得到允许才进去。

程知栩已经坐在餐桌前等她了，手里拿着本英文原版书在看，见她过来，他夹进一枚书签，合上书，随手一放。

简灵在他对面坐下来：“你要是忙完了就先吃，不用等我。”

程知栩抬起手腕看腕表显示的时间，眼睫一抬，看向简灵，淡淡地笑了一声：“你行，比我这个当总裁的还公务繁忙。”

又被他撑了，简灵自认不占理，没出言反驳，默默地把装在保温盒里的菜一道道摆出来，一人一份米饭。

她嘴角一弯，讨好地夹了一块小酥肉给他。

程知栩很受用，礼尚往来地给她夹了一个藕夹。

两人正吃着饭，外面响起敲门声。

下一瞬，一道熟悉的男声在门外响起：“程总，您在里面吗？”

这道声音是……简灵眼睛一瞪，听出来门外的人是主管袁霄，吓得手忙脚乱地站起来，无头苍蝇一样原地转了半圈，不知道该躲在哪儿，想往办公桌底下钻。

程知栩蹙着眉，看得额角青筋直跳——笨死她得了。

他三步并作两步走过去，一把捏住简灵的后领，把人从办公桌下拎起来。

“你往哪儿躲呢？！”

程知栩真想掰开简灵的脑子看看，里面装的到底是什么。她怎么想的？本来他们是正常的情侣关系，她这样东躲西藏，想没想过万一被人发现，别人会怀疑他潜规则女职员！

“你躲什么？”程知栩咬牙切齿地问。

简灵用手指了指办公室的门，压着声音，生怕被门外的人听到："外面的人是我的主管，袁霄！"

程知栩忍耐着脾气，扯了下嘴角："所以呢？"

简灵双手胡乱地比画着，说话的逻辑都乱了："万一被我，不是，被他看到我在你办公室，我岂不是……"

她的话还没说完，程知栩就像故意跟她作对似的，他的本意是想让外面的人离开，话到嘴边转了个弯："进来。"

简灵大脑里的神经一紧，整个人都要跳起来了，扭着身子挣扎了几下，没能挣脱那只扼住她后颈的大掌。

正在这时，办公室的门被人推开，袁霄的声音随之传来："程总，实在不好意思，占用您的用餐时间，这是更正过后的下周需要用的……"

袁霄的余音卡在了喉咙里，变成惊吓之下的一声抽气声。他手里拿着文件，目光怔怔地望着办公室里的两个人。

一个人是程总，他认识，另一个人是简灵，他也认识，可是两个人以这样一种亲昵的姿势站在一起，他就不太认识了。

简灵慢半拍地转了个方向，背对着袁霄，就像上学时期不愿被老师点到名字回答问题一样，她在心里默念"看不到我、看不到我"。

程知栩揪住她的领子将人带到一旁，淡淡道："看都看到了，别躲了。"

袁霄没能消化眼前这一幕，呆站在原地许久，程知栩扭头看他："文件给我，我签完让简灵带回去。"

袁霄愣了数秒，这才想起来自己没回应，忙不迭地说："哦，好、好、好……"人不在状态，说了好多遍"好"字连他自己都没发觉，满脑子都是疑问，简灵是程知栩女朋友？还是别的什么亲戚？潜伏在策划部的目的是什么？自己有没有在简灵面前做过失职的行为？

程知栩微抬了下下颌，示意他可以走了。

袁霄牵起嘴角，露出个比哭还难看的微笑，边走边思索，走到门边又被程知栩叫住，他毕恭毕敬地看过去："程总，您说。"

"麻烦保密。"程知栩言简意赅。

袁霄连连点头，笑着说："我懂，您放心。"

简灵在主管的脸上看到了与早上的明朗一模一样的表情，心里有点憋闷，门关上以后，她皱巴着一张脸看向程知栩，问道："你这样让我以后怎么面对主管？"

程知栩拉着她在餐桌旁坐下，毫无心理负担地说："该怎么面对就怎么面对。"

见她嘴巴还噘着，他夹了块排骨放进她碗里，认真地想了一番，说出了勉强算是安慰的话语："说实话，该操心这个问题的人是袁霄，他才是不知道该怎么面对你。"

不出意外，简灵又被他的话噎了一下："……我以后不来你办公室吃午饭了。"谁知道还会不会发生方才那样的状况，光今天一上午，已经有两个人知道他们的"奸情"了。曝光的概率太大了。

"你说什么？"程知栩锁着眉头反问。

"我说，我不和你一起吃饭了。"简灵提高了点音量，愤愤不平地把他刚夹给她的排骨扔进嘴里啃。

"你的伙食有我这儿的好？"程知栩举起筷子隔空点了点她，用教育的口吻说，"别'身在福中不知福'。"

简灵啃着秘制小排，说不出一句反驳的话来。

程知栩吃了几口饭，见她不吭声，眉毛一挑，漫不经心地说："我还打算让明朗按照你的口味列个菜单，保证让你一个月吃不到重样的菜，你要是不乐意，那就算了吧，我让他不用准备了。"

简灵把骨头吐在餐巾纸里，压下心底的窃喜，表面淡定地说："是你说的哦，我就勉为其难地陪你吃午饭好了。"

程知栩闷笑一声，及时敛住，装模作样地清了清喉咙，正色道："你可千万别勉强。"

"程知栩，你让我一下会死吗？"简灵气鼓鼓地说，"我看你才是那个得到了就不珍惜的人！白比我大了好几岁，程叔叔。"

程知栩犹如被戳到了肺管，"啧"了声，扬手拍了下她的脑袋："你叫我什么呢？"

"你和我舅舅是好哥们儿，可不就是叔叔辈吗？"简灵摸了摸脑袋，果断还击，"我有哪里说错了吗？"

程知栩面无表情："……没有。"

叫什么"猪圆玉润"，叫"牙尖嘴利"好了。

简灵吃了一会儿，发现对面的人一直沉默不语，抬眸瞥了他一眼。他已经吃好了，在看袁霄送过来的更改过后的文件。

"你生气啦？"她趴在桌面上，问得很小心。

"我没那么小气。"程知栩头也没抬，眼睛盯着白纸黑字，情绪难辨，"你说得对，我长了你几岁不是白长的，不跟你一般见识。"

简灵默默吃完剩下的小半碗米饭，眨巴了几下眼睛，对面的男人仍旧岿然不动，脸色沉静如水。从她的角度看来，他脸部的轮廓线条凌厉分明，没有表情时显得严肃冷漠，她托着腮盯了他半晌，他聚精会神地看文件，对她的注视毫无反应。

"程知栩。"

"嗯？"

"你真生气了？"

"我说了，没有。"程知栩抬手一指，"签字笔拿过来，在办公桌上。"

简灵见他终于肯理自己了，殷勤地去给他拿签字笔，递到他手里。

程知栩接过，将文件夹摊在腿上，按着文件夹的一角，龙飞凤舞地签上三个字，而后，把文件夹一合，扔在餐桌上，盖上笔帽的签字笔随后也落在餐桌上，滚了两圈。

简灵正看着那支骨碌碌滚远的笔，手就被他一只手握住，扯着她坐在他腿上，手顺势搂着她的腰。很熟悉的姿势，他昨天也是这么抱她的，像抱小孩一样。

"叶归舟说你从小就调皮捣蛋，天不怕、地不怕，连叶老先生的砚台都拿来养鱼。"程知栩边说边笑，"还怕我生气吗？"

简灵越听脸色越古怪："你们聊到我了？我舅舅还跟你说了什么？"

程知栩回想叶归舟说的那些事，云淡风轻道："没什么。"

"那都是我小时候不懂事闯的祸，我现在不那样了。"简灵一听人提起小时候的荒唐事就臊得慌，逢年过节她这些事都得被亲戚们拿出来打趣，再厚的脸皮也遭不住喜欢的人打趣啊，"打个商量，你能不能忘掉？"

程知栩从善如流地"嗯"了一声，手机恰好振动了一下，他拿过来瞄了眼，是郁织锦女士发来的微信，问他什么时候能回去一趟。

他没避开简灵，单手滑开锁屏，进入微信界面，用拇指在对话框里输入了一个字："忙。"

郁织锦："忙、忙、忙，天天就知道忙，不知道什么时候才能忙到终身大事。"

简灵没想看人隐私，可是程知栩一手揽着她，另一只手半举着手机，屏幕就竖在她眼前。她视力好，稍稍垂一下眼就能看得一清二楚。

“这是你妈妈？”她有点不确定，因为备注就是名字。她是根据对方的语气猜的，简直跟叶娴心女士有一拼。

“嗯。”程知栩展开简灵的手掌，把自己的手机放在她手里。

简灵握着烫手山芋一般的手机，侧过脑袋看着他：“什么意思？”

程知栩身子往后一仰，闲适地靠着椅背，手搭在桌边，有一下没一下地轻敲着，显出几分散漫慵懒：“你帮我回。”

“我……怎么帮你回？”简灵指着自己的鼻子，觉得不能堪此大任。

程知栩点了点手机屏幕上郁织锦刚发来的那行字：“我妈问我什么时候忙终身大事，这是我说了算的吗？”

听完他的话，简灵感觉手里的手机更烫了，几乎要握不住，一把塞给程知栩：“你自己回，我才不要。”脸撇到另一边去，她挠了挠眉心，不太好意思。

哪有人谈恋爱不到三天就考虑终身大事的！程知栩就是个大奇葩！

这时候，郁织锦又发来了不满的声音。

郁织锦：“你人呢，怎么不回我消息？”

郁织锦：“一提起终身大事就给我装聋作哑，你是我儿子还是我仇家？”

郁织锦：“不是我说你，你爸像你这么大的时候，你都会做数学题了！”

程知栩抽空回了一条：“我还挺聪明。”

简灵视线转回来，一不小心就看到他的回复，没忍住笑了一声，嘟囔了句：“你怎么这么会自夸？”

程知栩不打算就这个话题再跟郁织锦聊下去，以一句万能的结束语打住：“我有事，先去忙了，有时间再回去看您和爸。”

程知栩退出了与郁织锦的聊天界面，刚准备把手机放回桌上，简灵打了个激灵，倏然抓住他的胳膊：“等等！你给我备注的什么？”

上一秒，手机从眼前一晃而过，简灵看到了熟悉的头像，可备注上写的分明不是“简灵”两个字，看着仿佛有四个字。

程知栩没留神，手机就被她一把抢了过去，他没那个幼稚的心理跟她抢来抢去，索性由着她看了。

简灵双手握着手机，漂亮的杏眼瞪圆了，指着手机怪叫了一声：“你说，‘猪圆玉润’是什么意思？”

程知栩忍着没笑，一脸给人解惑的认真劲儿，说道：“就是你理解的字面意思。”

简灵丢下手机，从他腿上起来，气得头发都要竖起来了：“你自己待着吧，我走了，别想让我原谅你。”

简灵转身就走，程知栩也没急着追，只在她快要走出门的时候悠悠地喊了一声：“简灵，文件不要了？”

简灵果然停下了脚步。

她拳头都硬了，暗暗吐息，默念一遍“打工人要坚强”，再念一遍“打工人不能忤逆老板”，猛地回过身冲过去，抓起桌上的文件。

简灵第一下没能抽动文件，因为文件的另一端被程知栩的手按住了。他抬眼看着她，清俊的面庞盈满笑意：“这是对你的爱称。”

简灵抓开他的手：“我才不想要这样的爱称！”

程知栩没再纠结爱称的问题，话锋一转：“为了避免你以后再挖掘出我的秘密，我决定全部告诉你。”

简灵平静的表面下隐藏着一颗波澜起伏的心，她立在坐在椅子上的程知栩面前，比他高出一截，只好低头俯视他。

听他的口气，她实在是好奇，他究竟还隐藏了哪些关于她的秘密。

第六章

程老板和简秘书

程知栩的话成功让简灵留了下来。但她不想让自己处在劣势，双手抱臂，微抬着下巴，摆出兴师问罪的模样。

“说吧，你还有什么秘密是我不知道的？”

程知栩目光上移，落在她的脸上。她表情傲娇，隐隐透着好奇，分明很想知道，却要装作不在意，演技够差的。

“我说了的话，你不许生气。”程知栩微微侧身，手支着下颌，唇边带了点不太明显的笑意，像是在逗猫。

简灵才不上他的当：“你先说，我再决定我要不要生气。”

程知栩眯着眼思考半晌，觉得自己作为男人，确实应该让着她点，遂点头答应：“行吧。”

等了半天，简灵却没听到他吐出一个字，忍不住伸手搡了他一把：“你倒是说话啊。”

程知栩指尖挠了挠眉心，状似苦恼：“我不知道从哪儿开始说起。”

简灵：“……”

所以说，你到底隐藏了多少秘密，居然不知道从何说起？

简灵现在不仅仅是好奇了，还伴随着一点心慌，心中有种强烈的预感——他说的不会是什么好事。

程知栩挑了个要紧的先说：“你知道你是什么时候给我表白的吗？”

“我给你表白？”简灵感觉思想受到严重的冲击，瞠目结舌，“你搞错了吧，不是你先向我表白的吗？那天晚上……”

“在这之前，我请你吃饭那晚，你喝醉了。”程知栩打断她的话，“隔天你问我，你喝醉酒以后有没有发酒疯，我说你不记得就算了。其实那一晚，你跟我说了你喜欢我，对我一见钟情。”

他点点头，表示自己没有骗她，并且补充了一句：“还说，你之所以会来程氏集团上班是为了追我。”

简灵：“……”

如果时光可以倒流，简灵一定不会因为好奇而留下来听他说什么秘密。这是秘密吗？这是“公开处刑”！

简灵捂住耳朵，表情崩溃，语气很弱：“你撒谎，我肯定没有。”

程知栩笑了起来：“你醉酒表白时，我的司机也在，你要不要把他叫上来问一问。我不说话，你自己‘审问’他。”

不用“审问”司机，简灵已经确定他说的是真的。因为，喝醉的第二天早上，她就怀疑过自己说了什么，不然程知栩的回应不会那么奇怪。还有，如果不是她自己酒后吐真言，程知栩不会知道她对他是一见钟情。

程知栩换了个姿势，手撑在额角，偏头看她：“还想知道吗？”

简灵内心觉得羞耻，但又控制不住内心的窥探欲，顶着一张涨红的脸觑着他。程知栩握住她两只手腕，把她捂着耳朵的手拿下来。

“还有一个秘密，我不知道该不该告诉你。”程知栩小心地观察她的神色，压低了声说，“你写的那个‘追人计划’我看过了。”

在她的瞳孔地震前，程知栩万分诚恳地表示：“我是不小心看到的，没有故意翻你的东西。”

这才是真正令简灵感到惊恐的，她好半晌都没能缓过来，嘴巴一张一合地问：“什么……时候？”

“我带你去见意大利客户那次，你中途去洗手间，笔记本从包里掉出来，我帮你捡起来时不小心看了一眼。”

简灵大脑缺氧，呼吸停滞，彻底丢了魂。

那也就是说，之前她做的那些，比如让他帮忙扣裙子后面的扣子的行为，他全都知晓是她演的戏，却没有拆穿，还乐意陪她演下去。

这一刻，简灵没有品味到其中的甜蜜，她只觉得无比尴尬、羞窘，脸上的温度急剧上升，鸡蛋落在上面都能被烫熟。

“你别说了，我不想听了。”

够了，真的够了，她不想再回顾自己干过的那些蠢事，再倒放一遍，她的脸就不能要了。

程知栩紧紧攥着她的胳膊，将人拉到自己跟前来，低声说：“其实我还挺好奇的，因为当时情况特殊，我只看完了第一页，后面都有哪些追我的计划……”他的嘴巴被简灵捂住了，她那股气势，看着不像是让人闭嘴，倒像是要把人捂死：“都说了，不许再提了。”

程知栩露出来的眼睛眨了眨，漆黑的瞳孔里映着她恼羞成怒的面孔，让她不忍与他对视。良久，她松开了手，警告他：“不许说了啊。”

程知栩挑了挑眉毛，只好闭了嘴。

然而，安静了没两分钟，程知栩还是没控制住内心的好奇：“我想知道，那些计划都是谁教你的？”

简灵：“……”

这个话题是不能揭过去了吗？！

程知栩眼看她头都快抬不起来了，这才打住，站起来，捧住她软乎乎的脸颊，让她看着自己，缓慢地说道："我是想告诉你，如果不是我喜欢你，就你的那些蠢办法，想追上我基本上是不可能的。"

说完，他弹了下她的脑门。

简灵头靠在他的胸膛，小声地抱怨："我还以为你是我努力追到手的呢。你知道吗？你的话打破了我的幻想。"

程知栩弯眉一笑，摸了摸她的后脑勺："你还走不走了？"

简灵推开他，抱紧怀里的文件，机械地微笑："程总您忙，我先走了。"话音一落她就跑出办公室，没开玩笑。

程知栩讶然一瞬，而后低头轻轻笑一声，心情很好地坐回办公桌后面，继续处理事务。

简灵到了二十六楼，使劲捏了捏自己的脸颊，确信那句话出自程知栩之口，他明明白白地说了"我喜欢你"四个字，让她切实感受到，过去自己那些酸楚、笨拙的小心思都被他收藏起来了。哪怕她有些懊恼、害羞，也没办法狠下心真正生他的气。

深吸一口气，她调整了下心情，敲了敲主管办公室的门。

袁霄吃过饭了，正对着电脑敲字，神情很严肃，听到敲门声才从工作中暂时抽离，说了声"进"，而后门被推开，简灵走了进来。

袁霄看着简灵，不可避免地想到在总裁办里目睹的那一幕，神色顿时变得不太自然，低咳一声。

或许他不知道，简灵见到他也同样不自在，文件被她轻放在桌上，例行汇报一句："程总已经签过字了。"

袁霄"啊"了一声，翻开确认了一遍，没什么问题后就沉默了。简灵没话说，抓了抓头发，憋出来一句："那，如果主管您没什么事的话，我就先出去了。"

袁霄点头："行。"

简灵两根食指绞在一起，慢吞吞地往外走，倏忽，袁霄在她身后出声："你和程总的关系是？"

终于问出来了！

袁霄还是没能装作什么事都没发生，也无法坦然接受顶头上司的女朋友在他手底下当一个小职员。他根本不知道该怎么面对她。

简灵摸了摸额头，心知躲不过去，慢慢转过身来，别扭地冲他一笑，想说的话都到嘴边了，她灵机一动，转变成另一种说法：“是这样的，程总和我家一个亲戚是朋友，对我就稍微关照一下。您不用有心理负担，该怎么样对待我还是怎么样，千万别搞特殊，要不然我也没办法好好工作。”

程知栩和她舅舅的确是好朋友，她这么说虽然有避重就轻的嫌疑，但也没错，希望程知栩不要怪她隐瞒他们的关系。

袁霄恍然大悟：“原来如此。”

简灵讪讪一笑，退出了办公室。

第二个疗程的药快吃完了，简灵抽空去医院复诊。

半个多月没见陈绪林，他似乎一点没变，穿着白大褂，坐在铺满夕阳余晖的诊室里，面容清俊干净，笑容温暖，跟她第一次见他时一样。陈绪林先温和地打了声招呼，然后给她把脉，之后问了一下她近来的身体状况。

陈绪林在电脑里调出简灵前两次的处方笺，认真地看了一会儿，下了诊断：“情况很好，可以减药了，下次过来复诊是一个月后。”

简灵心情大好：“谢谢陈医生。”

陈绪林手肘撑在桌上，朝她浅浅一笑：“不用谢，这是我的职责。”说着，他就开始对着电脑敲打新的处方笺，随口说，“过几天要降温，记得保暖。”

“嗯。”

处方笺很快被打印出来，陈绪林照旧给她详细说了用药方法以及忌口食物，简灵跟他道了别就去药房取药。

她刚走出医院，程知栩的消息就过来了。

橙汁：“情况怎么样？”

礼尚往来，简灵也给程知栩取了个昵称——他名字前两个字的谐音。

即使是这样，她仍然觉得不够，这跟“猪圆玉润”四个字不能对抗，但她也没有更好的想法了。

猪圆玉润：“医生说我的情况好了很多，所以给我减了药，终于不用每顿吃一大把药啦。”

橙汁：“忌口的食物呢？”

简灵举着手机对着处方笺拍了张照，发给他：“就这些。”

橙汁：“行，我回头让明朗订餐的时候注意避开。”

简灵没能控制住雀跃的心情，走路的时候蹦跶了一下，一下又一下，甩着手里一袋子药愉快地蹦跶出医院，手里的手机又响了一声。

橙汁："你晚上回公寓吗？我不忙，可以给你做饭。"

猪圆玉润："好可惜哦，我妈叫我回家吃饭。"叶娴心知道她今天来医院复诊，特别叮嘱她看完医生回家一趟。

橙汁："下次。"

简灵打车回家，正赶上吃晚饭。叶娴心帮阿姨把菜端上桌，在饭桌上问了一下简灵的身体情况，她一一回答了，叶娴心放心不少，闲聊起别的话题。

"我最近在那个插花的会所哦，遇到一个很聊得来的女士，她人长得好看，性格也合我的脾气，我们相见恨晚，约好过几天一起喝下午茶……"

一听她说些不相关的话，简灵立刻进入"一级战备状态"："你千万别说这位阿姨有个很优秀的儿子，让我相亲什么的，我想好好吃个饭。"

叶娴心拿筷子的尾端戳了下简灵的脑门，戳得简灵脑袋往旁边一偏。

"谁跟你说我要说这个？"

简灵舒口气："不是就好。"

叶娴心被她岔开了话题，不死心地追问她和陈绪林的后续："你和小陈真没发展的可能啊？我还蛮喜欢他的，长得那叫一个周正俊朗，秉性品行也好。唉——"

"没有。"简灵夹了一箸莴笋片，吃到嘴里，满脑子想的都是程知栩也给她炒过这道菜，本来她今晚有机会再次尝到程大厨的手艺，可惜错过了。

叶娴心怅惘地摇了摇头，嘴里念叨着也不知道简灵喜欢什么类型的男人，那么优秀的陈医生她都不满意。

简灵几次欲言又止，最终闭紧了嘴巴。

过段时间吧，等她和程知栩的感情稳定一点再跟家人说。

几天前，陈绪林提醒过简灵要降温了，注意保暖，可她这人一向没有提前看天气预报的习惯，早上穿着半袖针织裙，套着薄款风衣去公司。

到公司没多久，天空就阴云密布，风卷着残云呼啸而过，眨眼间，玻璃窗外的天色变得黑沉沉的，一点一点吞噬掉最后一缕阳光。

随着一场秋雨落下，气温骤然降了好几摄氏度，温度低至个位数。

简灵在公司里就感觉浑身冷飕飕的，当时没太在意，晚上下班回到公寓，睡一觉，第二天早上醒来，她就哪儿哪儿都不舒服，脑袋昏昏沉沉的，头重脚轻，抬起手背一摸，额头滚烫，不用拿体温计测量，她都知道自己发烧了。

她爬起来上了个厕所，从卫生间的镜子里看到自己憔悴的样子，身上时不时打冷战，眼眶又涩又酸，睁不开，拖着病体去上班是不可能的。

简灵没敢耽误，拿出手机给袁霄打了个电话请假。她声音嘶哑，一说话嗓子就发干、发痒，接连咳嗽了好几声，停不下来。

袁霄准了她的假，让她找个人替她办理一下请假手续，他要签字盖章以后才能生效。不然，她没手续就得按旷工算。

简灵说了声“谢谢”，又给戴望楚打了个电话，让她帮个忙。戴望楚没有犹豫，一口答应：“我刚到公司，等行政人事部那边来人了我就去帮你办手续。简灵，你好好照顾自己，注意休息，有什么事，我帮你盯着。”

戴望楚挂了电话，进到电梯里，身后忽然传来一道陌生的男声：“你好，简小姐她怎么了？”

戴望楚扭头一看，是程总身边的特助，明朗，此前她没跟他打过交道，只是因为他身份特殊才认识他。

想到他可能是替程知栩问的，戴望楚便没有隐瞒：“简灵生病了，发烧、咳嗽，要我帮她办理请假手续。”

明朗若有所思地朝她点点头：“这样啊。”

电梯里除了他们没有旁人，戴望楚问：“你要给程总说？”

明朗以为公司里只有自己知道上司和简灵的关系，用一副吃惊的表情看着她：“你知道程总和简小姐……”

“知道啊。”戴望楚说，“我和简灵是好朋友。”

“哦。”明朗笑了笑，坦言相告，“简小姐生病这事，我要是不知道也就算了，既然刚好听到了，肯定是要给程总说一声的，毕竟那是他女朋友。”

戴望楚笑了一声，腹诽：明特助真是个人精。

明朗到总裁办时，程知栩还没过来，他整理了一下今日的日程安排放在办公桌上。今天就两项重要的事务——上午有个会议要召开，下午约了君澜的负责人谈合同细节，其余的都是琐碎的事。

他刚整理完，办公室的门就被人推开了。

明朗扭头一看，正是风尘仆仆的程知栩，他捏着领带结正了正，阔步走来。明朗先打了个招呼：“程总早。”

“早。”

“那个，程总，我有件事跟您说一下。”明朗走上前，用不太严肃的语气说，“刚才在电梯里，我碰到简小姐的同事了，她告诉我，简小姐生病请假了。”

程知栩站在办公桌边，整理文件的手一顿，抬起头看着他：“生病了？”

明朗“嗯”了一声。

程知栩坐下来，摸出口袋里的手机给简灵打电话，响了许久，那边无人接听。程知栩担心她出什么意外，眉心皱了起来，又拨了一通电话过去。

响了十几声，终于被人接起了，那边传来简灵略微沙哑的声音：“喂？”

“你现在在哪儿？刚刚怎么没接我的电话？”程知栩焦急地问道。

“我听到手机响了，护士正在给我扎针，腾不出手来接电话。”简灵的嗓子不舒服，咳嗽了两声，“我在医院里。”

“一个人？”

“嗯。”

“哪家医院，你把地址发给我。”程知栩坐下来还没两分钟就站了起来，一副准备外出的架势，让明朗愣了一下。

简灵意识到他要做什么，急急忙忙地说：“你要来找我？不用了，我这么大个人了，有什么应付不过来的，输完液我就回去了，阿姨会照顾我。”话说得太急，嗓子被羽毛挠了一样，特别痒，又是一阵咳嗽。

程知栩记得叶归舟说过，一到天冷，简灵就容易头疼脑热，咳嗽最难痊愈。他眉心紧锁，没再跟她客气，语声冷硬：“老板说的话你都不听了？简灵，你还想不想干了？”

偷听墙角的明朗无言以对——这种时候用老板的身份施压，亏程总做得出来。

简灵犹豫了片刻，挂了电话，用微信发了自己的定位。

程知栩看了眼地图上的小圆点，她去的是离公寓最近的医院。

“上午的会议先取消，尽快将消息通知下去，什么时候再召开等我另行通知。至于下午的事，你也不用管了，到时候我会解决。”

程知栩撂下话，也不管明朗是何反应，大步走出办公室，只余明朗一个人对着空荡荡的办公室发呆。

天气预报显示，今天仍然是雨天，只不过目前雨滴尚未落下，天色昏暗，如同灰蒙蒙的幕布罩下来，天空中翻滚着团团乌云，雨随时可能落下来。

程知栩驱车赶到医院，问了走廊里的一位护士，找到输液室，里面大大小小的病号几十人，坐在一排排蓝色塑料椅上输液。

他的目光四下逡巡，最终在一个角落的位置发现了简灵。

她穿着灰粉色的羊羔毛外套，衣领是白色的，被她竖起来，衬得一张脸巴掌大小，脸色很不好看，正歪着脑袋靠在椅背上昏昏欲睡。右手的手背扎着输液针，搭在椅子扶手上，一旁立着一个输液架，上面挂了一大一小两瓶药液，先输的是大的那一瓶。程知栩注视她很久了，她也没发现，睡得迷迷糊糊，估计是睡得不舒服，偶尔动一动脖子，很快又歪下去，枕着自己的衣领睡，可怜兮兮的。

程知栩没叫醒她，在她左手边的空位上坐下来。

一排塑料椅的底座是连在一起的，他往下一坐，这一排的椅子都跟着颤动了一下，简灵被惊醒了，乌黑的眼睫毛眨了眨，睁开眼睛。

外面的风吹得侧边的窗户发出轻微的声响，头顶的灯洒下淡淡的光线，如霜雪一般落在人的肩头。输液室里弥漫着消毒水的味道，还没到供暖的时候，冷飕飕的。

简灵瑟缩了一下，一转头就看到了坐在身旁的程知栩。

他一身深蓝色西服，熨得笔挺、没有一丝褶皱，领带贴着衬衫，用一枚金属制的领带夹固定。眼眸漆黑幽深，正定定地凝视着她。

被亮白色的灯光笼罩，他周身熠熠生辉，越发显得与这里格格不入。

简灵左手撑着椅子扶手坐起来一点，揉了揉眼睛，声音很小，沙沙的：“你什么时候过来的？我都睡着了。”

她去看头顶的输液瓶，还剩下大半瓶，显示她睡得并不久，她以为自己睡了很久。

“刚过来，见你睡了就没叫你。”程知栩握住她的手，发现她的手跟冰坨坨一样，他看着她的脸，眉心又拢了起来，“手怎么这么凉？”

简灵提不起精神，耷拉着眼皮，没说话。

程知栩问：“你吃早饭了吗？”

简灵摇了摇头，程知栩叹息一声，让她坐好，自己站起来走了出去。十几分钟后他去而复返，将一个充好电的暖手宝放在她怀里，另一只手拎着热气腾腾的早饭。

“先吃点东西。”程知栩说。

简灵扎针的是右手，抬了抬左手，不方便行动，只好眼巴巴地看着他。

程知栩闷笑一声，揭开粥碗的盖子，用勺子舀起一勺，送到她嘴边。粥是熬得糯糯的鸡丝粥，不似白粥一点味道都没有，也并不油腻。

一碗热粥喂下去，简灵胃里暖融融的，再加上暖手宝揣在怀里，四肢百骸渐渐回暖，人也精神了点。

程知栩收拾了一下垃圾，扔进垃圾桶里，坐回来教育她："你是怎么照顾自己的？一降温就被冻感冒了。"

昨天中午他有事，陪客户在外面吃的饭，让明朗给她单独订了一份餐，不知道她是怎么把自己折腾病了的。

简灵一歪头，脑袋靠在他肩膀上，心里甜甜蜜蜜的，打翻了糖罐子一样："穿得太少了就着凉了。"

程知栩探手摸了摸她的额头，热度没退下去，仍然有些烫手，顿时恼火起来："你还有脸承认，你是小孩吗？非得等着大人叮嘱，冷了不知道自己加衣服？"

"好了、好了，我知道了，我错了，下次不会了。"简灵连忙软着声音告饶，想起什么，唰地抬起脑袋看着他，"现在几点了，你陪我待在这里没事吗？我一个人可以的，你要不回公司去吧？"

他能在得知她生病的消息后，第一时间赶来医院陪她待这么一会儿已经足够了，她不像小时候那么不懂事，生病了要一群人围着她转，他的工作更重要。

程知栩眼神没什么温度地觑她一眼："我过来之前就安排好了，你别瞎操心了。嗓子哑成什么样了还不能让你闭嘴，别说话了。"

简灵："……"

非常好，我生病了都没能阻止你怼我。

输完两瓶液，简灵去了走廊尽头的洗手间，程知栩去帮她拿药。等她过来，他开车载她回家。

在路上，简灵给阿姨打了个电话，让她今天中午不用过来了。

有程知栩照顾她，她不需要别人。

简灵抱着已经不太暖的暖手宝，坐在副驾驶座，神色恹恹地看着身旁的男人。外面下起了雨，秋雨被风吹斜，噼里啪啦地落在挡风玻璃上，很快将剔透的玻璃淋得一片朦胧，雨刮器机械地扫来扫去。他开得很慢，侧颜安静美好，仿佛一方天地间只剩他们两个人。

等红灯时，程知栩侧过头来，问："还冷吗？"

他打开了暖风，车里的温度升上来，他穿西服都觉得有点热，也不知道她这个病人是什么感觉。

简灵摇头："不冷。"

程知栩便打消了再调高温度的打算，将车开进小区。

进到公寓里，他从茶几上拿起遥控器，打开了中央空调，关了用来通风的那扇窗，转过身对简灵说："你去楼上休息，午饭时间我叫你。"

简灵听话地回了二楼卧室，换上一套柔软的家居服，倒头就睡。

醒来的时候，简灵整个人都是迷糊的。窗外是淅淅沥沥的雨声，不甚清晰。房子里空空的，能感受到冰凉的气息。

她摸了一下额头，没有早上那么烫了，在床上磨蹭了半晌，她披了条毛毯走下楼梯，一眼看见坐在沙发上看手机的男人。他脱了西服外套，穿着雪白的衬衫，脚上是一双浅灰色的布拖鞋，跷着长腿，神情专注，脸部线条实在优越。

简灵的脚步顿在倒数第三级台阶上，手扶着栏杆，怔怔地看着他。

听到动静，程知栩抬起头朝声源处望过来，放下手机起身。

"醒了？感觉怎么样？"

"好多了。"

简灵一看墙上的钟，已经下午一点多了，他说午饭时间叫自己，结果让她睡到了自然醒，她心里很是过意不去，问道："你中午吃过饭了吗？"

"吃过了。"

程知栩去厨房，把单独留给她的菜热了一下，端过来给她吃。

简灵喝着热汤，额头上陡然被贴了一物，她有些不知所措地抬眸，发现是程知栩举着体温枪在她额头上测了一下："37.6℃，低烧，吃完饭记得吃药。"

简灵"嗯"了声，默默地吃完了午饭。

程知栩端来一杯开水放在她手边，让她过半个小时再吃药。

他处处细致体贴，简灵舔了舔干燥的唇，心里都有些飘飘然了。她挪到沙发上坐着，怀里抱着一个大抱枕，脸色还没恢复，仍不太好看，嘴唇有点白："你一上午不去公司真的没事吗？"

程知栩拨了拨她有些乱的头发："忘了跟你说，我下午约了一个负责人谈工作，让人直接过来，你没问题吧？"

简灵惊讶地抬眸，细长的手指揪住抱枕边缘，紧张中带着一丝丝不确定，问：“来家里吗？”

程知栩反问：“你有问题？”

简灵顿了一下，斩钉截铁道：“没有。”

且不说房子是程知栩的，他想约什么人就约什么人，他还是为了她才没有去公司工作，退而求其次把人约在这里。她能有什么怨言？顶多等负责人过来的时候，她去楼上躲避一下就好了。

简灵想明白了，再次说道自己没有问题，坐着玩了半个小时，在程知栩的催促下，吃了感冒药。感谢这段时间经常吃药，让她的吞药技能有所增长，没出现呕出来的情况。

一想到还有调理身体的药要吃，简灵就有些犹疑了。她从沙发缝里抽出手机，斟酌再三，给陈绪林发了消息。

简灵：“陈医生，打扰你了，我在吃感冒药，不知道和你开的药有没有冲突，能一起吃吗？”

陈绪林很快给了答复：“你感冒了？”

简灵：“嗯。”

陈绪林：“我前几天才叮嘱过你，天凉要注意保暖，怎么就着凉了？”

简灵不知道回什么，找了个“小兔子捂脸”的表情包发了过去。

程知栩收拾干净餐桌，洗完手，看到她跪坐在沙发上，正全神贯注地与人聊天。他神色狐疑地走过去，弯腰拎起从她肩头滑到沙发上的毛毯，扬手一扔，盖在她脑袋上：“跟谁聊天呢，这么开心？”

简灵正在跟陈医生交流，忽然，一道阴影袭来，她眼前就陷入一片黑暗。她手忙脚乱地扯开毯子，露出一颗头发蓬乱的脑袋。

她瞪了程知栩一眼：“医生。”

程知栩敏锐地察觉出不对，眯了眯眼：“哪个医生？”

简灵把手机屏幕给程知栩看，上面陈绪林刚好回了消息：“拍一张你吃的感冒药的照片给我，我看看。”

程知栩目露审视，简灵调整好坐姿，规规矩矩地坐在沙发上：“我担心调理身体的药和感冒药相冲，稳妥起见得问一下医生。”

程知栩看着她，一言不发。

简灵拍了张照片发给陈绪林，他看了看，都是些常见的感冒药，随后回道："没什么影响，可以正常吃。不过鉴于你肠胃不怎么好，调理身体的药暂停几天，等感冒好了再吃吧，停几天药问题不大。"

简灵："好的，谢谢陈医生，麻烦你了。"

陈绪林："不客气，有问题再联系。"

程知栩起身，到饮水机前接了杯水，一回头，看见简灵没骨头似的，从沙发上蹭下来，坐在地毯上，在茶几上打开笔记本电脑，找了部电影看，身上披着毛毯。

真不让人省心，不知道坐地上容易凉气入体？程知栩端着杯水，皱眉提醒她："地上凉，坐沙发上。"

"哦。"

简灵于是抱起电脑重新爬上沙发，裹紧了身上的毯子。这时候，门铃响了，程知栩放下水杯，趿拉着拖鞋走过去开门。

简灵好奇地看过去，她怎么也没想到，程知栩口中的"负责人"竟然是她在他办公室里见过的那个女人，好像是叫……沈清禾？

沈清禾手里拎着一把收起来的透明雨伞，站在门外，没急着进来，在走廊抖落了伞面的水珠，笑着说："雨下得好大，我出门前还没这么大。"

程知栩见状，从玄关壁柜里拿了条干净的白毛巾递给她，让她擦擦袖子上不小心滴落的雨水，声音里夹杂着一丝歉意："麻烦你冒雨跑来一趟。"

沈清禾将雨伞立在门边，接过毛巾擦了擦肩膀和袖子。对上他的眼神，她清丽的面容霎时如桃花盛开，眉目温柔至极："本来也是要跑一趟你公司的，来你家的话，比直接去公司还近一点。"

程知栩方才说的是客套话，倒也没想那么多，侧过身让她进屋。

沈清禾进来，站在门内的地垫上，低头看了眼鞋柜，正犹豫要不要换鞋时，听到一阵电影音效，纯正的英式发音从客厅里飘过来。她以为是客厅的电视机打开了，目光越过程知栩，往里一看，不偏不倚地与沙发上的简灵对上视线。

四目相对，两个人都愣住了。

沈清禾的震惊远超简灵，略施粉黛的脸上表情都有些破裂，睫毛轻颤，嘴角的笑意以肉眼可见的速度收敛，最终消失殆尽，换上冷漠审视的表情。

接到程知栩的消息时，她欣喜于他将谈合同的地点定在他家，虽然他没说具体原因，但她满心以为自己与他关系亲密，甚至到了可以进入他私人领地的程度。她一面雀跃，一面拼命压制，不想让自己表现得过于激动，以免透露心思。

可原来……这些都是她的独角戏吗？

程知栩关了门，冷淡的声音拉回了沈清禾的思绪：“家里没有多余的拖鞋，不用换鞋了。”

这间房子没招待过客人，自然没有多余的准备。鞋柜里倒是另有一双女式拖鞋，看样子穿过了，应该是负责打扫、做饭的阿姨的。

沈清禾抿了抿唇，眼珠子转了一圈，眼眶微湿，别过脸去，一瞬就恢复自然，重新露出得体的微笑：“好。”

简灵捂住额头，视线从她身上撤离，转而看向一旁的程知栩，饱含嗔怒地睨了他一眼。

搞什么，怎么不早说是情敌来了？她这副病容就让气势落下一大截啊！

沈清禾穿着质地柔软的香芋紫刺绣衬衫，搭配浅色高腰裙，外面套着米色长风衣，纤细匀称的小腿露出来，脚踝瘦削白皙，一双香槟色的细高跟鞋衬得她身材修长。她的妆容不浓，整体给人的感觉素雅又清秀。关键是她的打扮从上至下完美得挑不出一丝瑕疵，既不失职场女性的利落干练，同样保持了一般小女人的知性迷人。

同为女人，简灵岂能看不出她的“心机”——看似随性的打扮，实则每一处都花了心思。

反观简灵自己，头发被程知栩一毛毯盖下去给弄乱了，她病恹恹的，浑身犯懒就没去梳理，只用手指当梳子随便抓了几下理顺，身上套着宽松得看不出前胸后背的家居服，外面裹着老花色的毛毯，牌子倒是名贵，可是不衬人。

最可恶的是她现在是纯素颜！

两相对比之下，高下立见。

简灵恨不能一头栽进抱枕里。多看沈清禾一眼，她对程知栩的怨念就多一分。程知栩接触到她的目光，有些莫名其妙地眨了眨眼。

他提前说了下午会约见负责人，她没道理表现得这么惊讶、纠结以及怨念深重。

程知栩转身对沈清禾指了下书房的方位，让她先过去稍等一下。沈清禾颔首，提着包、踩着高跟鞋走进书房。

客厅里只剩下两个人的时候，程知栩出口询问：“不舒服？”

他说着就要去摸她额头，担心她高烧反复，简灵靠着沙发背，电脑被她踢到一边："嗯，不舒服，心里不舒服。"

程知栩伸出去的手一顿："什么？"他怀疑自己听错了。

"你没告诉我负责人是她。"简灵不太习惯拐弯抹角地说话，直截了当地表示自己的不满，加上本就在病中，她的情绪格外敏感脆弱，"你怎么可以让别的女人和你女朋友同处一室，而且还是在家里这么私密的地方。"

程知栩定了两秒，忽然灵光一闪地想到前段时间发生的那个"乌龙"，抿嘴一笑："讲点道理，我和她只是单纯的合作关系。"

简灵凝视他片刻，摇了摇头："不要跟恋爱中的女人讲道理。上次她叫你名字的语气那么亲密，绝对不是普通的合作关系。"

程知栩想了许久，想到他与沈清禾的另一层关系，露出个无奈的笑容："除此之外，她还是我的同班同学。"

简灵双手抱臂，仰着头追问："大学还是高中？"

程知栩如实说："高中同班，大学在同一所学校、同一个专业，不同班。"

简灵一副了然于心的模样，她就知道不会那么简单，她就知道女人的直觉错不了。

就算程知栩对沈清禾没有合作之外的情谊，难以保证沈清禾也没有。

"好了，没事了，你去忙吧，我要看电影了。"简灵问清楚了，心里也有了底，不会再胡思乱想，猜忌一些有的没的。

程知栩端起自己刚倒的那杯水往书房走去，背对着她说："有事叫我。"

听到简灵的回应，他才进了书房，将门半掩上。

程知栩见沈清禾背对着门口立在书架前，目光扫着上面的书籍，他出声说道："久等了。"

沈清禾微微偏头，笑容清浅，找了个话题："你这里还有我们高中的毕业照吗？我的那张搬家时被弄丢了。你这里要是有，我拍一张留作纪念。"

"不在这里。"程知栩翻阅着桌面的资料，漫不经心地说，"上次我妈要看从前的照片，我拿回老宅了。"

"这样啊。"沈清禾拢了下耳边的发丝，目光落在半掩的房门上，若有所思片刻，垂在身侧的手慢慢攥起来，大拇指在食指边缘掐了几道月牙印，面上仍不动声色，"上次我就问过你，你没回答我，外面那个女生和你是什么关系……"

她声音停了停，故作轻松地耸耸肩，开了个玩笑似的："我们多少年的老同学了，有好消息不用瞒得这么紧吧？"

程知栩抬起头看了她一眼，沈清禾目光清澈透亮，神色平静坦荡，看起来无懈可击。他拿着整理好的资料竖起来，磕了磕对整齐，指了下一旁的沙发，示意她坐："女朋友，她是我女朋友。"

沈清禾侧过身，在他看不见的地方眼睛一闭，睫毛剧烈地抖动着，如同受了惊吓的蝴蝶竭力扇动着蝶翼。

果然是这样。

上次她在办公室里就看出那个女孩对程知栩来说不同寻常，即使她有了警惕也没太放在心上，私心里不愿意承认他会喜欢那样的女孩。谁知道她真的是程知栩的女朋友，居然还住到了他家里。

玄关壁柜上摆放的一排盲盒，茶几上的发圈、发卡、零食，沙发上的棕熊抱枕，楼梯栏杆上绑的一长串捕梦网……这个女孩子在程知栩家里留下的每一处痕迹，都明晃晃地提醒她，她住在这里的时间并不短。

怎么会？程知栩怎么会喜欢手底下的职员？

他这样耀眼夺目的天之骄子，合该配一个与他比肩的女人，成为他事业上的助力，而不是拖累。

沈清禾想不通，心不在焉地坐下来。程知栩想起自己忽略了什么，起身出去，给她倒了杯水。

沈清禾捧着杯子，直视着对面那张棱角清晰的脸，状似无意道："你什么时候谈的恋爱，都没听说。"

程知栩开了笔记本电脑，放在茶几上，连接了法务部的人，随口道："没多久。"

"难怪没听说。"沈清禾轻不可闻地笑一笑，"你今天约我在这儿见面，多半也是因为她吧？"

恰好书房外响起女孩的咳嗽声，程知栩的视线从电脑上抬起来，点了下头，又低下头去看电脑："她生病了，没人照顾。"

沈清禾手指抖了一下，握紧了水杯，送到嘴边抿了一口水，声音没带感情："你以前不会这样没原则。"

程知栩没说话，沈清禾以为自己猜中了，是那个女孩要求他陪在家里。她眼帘低垂，将杯子放在茶几上，故作淡然道："总不能以后每次女朋友跟你撒娇，你都抛开工作，她都是成人了，也不存在不会照顾自己。"

程知栩抬起眼皮，淡淡地扫了她一眼，一贯清冷的目光没什么情绪起伏，话音平静：“你今天是过来做采访的？”

沈清禾一滞，旋即从包里掏出资料与程知栩对接，笔记本电脑在一旁开着，程氏集团的法务部很快根据两人的商榷细节草拟了合同。

客厅里，简灵嚼着地瓜干，缩在毯子里，一会儿看电脑屏幕，一会儿看书房门口，里面隐隐有说话声传来，听不真切。

一部电影看得七零八碎，她连剧情都没捋清楚。

播放演员表的时候，书房门内传来响动，简灵立刻丢下零食袋子，正襟危坐，装作认真看电影的样子。

沈清禾路过客厅，余光在简灵身上流连，没停留太久。她走到玄关站定，朝程知栩伸出一只手，公事公办的态度：“我回去拿给徐总过目，没问题的话过两天就能签合同，事成之后，请你吃饭。”

程知栩与她的手虚虚地握了一下：“好说。”

沈清禾拿起立在门边的雨伞，头也不回地进了电梯，全程没有与这个家里的另一个人打招呼，将简灵忽视得彻彻底底。

简灵倒是有想过说点什么，奈何人家一副不愿搭理她的样子，她只好收起自己说话的欲望。

人走了，门关上，程知栩折回来，眼神充满打量，最后落在她面前的电脑上：“看的什么电影？”

简灵把笔记本盖子一合：“没什么。”国外的，名字没记住。

程知栩笑了一声，走过去站在沙发旁，俯视着她头顶的发旋，总算品出一点异样，捏着她的脸颊：“你这是……吃醋了？”

“没有、没有。”简灵拍了下他的手背。

程知栩哪儿能听不出她在说反话，没再掩饰笑意，一瞬过后，唇畔的笑肆意蔓延，笑容晃眼。

简灵都被弄得不好意思了，想要像以前那样伸手捂住他的嘴。她刚从沙发上跳起来，程知栩就像是知道到她要做什么一样，迅速钳制住她的手。

“干什么？”程知栩低着眼睫瞧她，大概是情绪起伏的缘故，她的脸颊浮上两团薄薄的红，细小的茸毛在灯光下清晰可见。

外面的雨不停地下，仿佛将他们困在这栋房子里，密闭安静的空间总是能催生某些情绪。他心神摇曳，受了蛊惑一般，慢慢低下头。

温热的呼吸离自己越来越近，简灵心跳加速，趁他不注意三两下挣开了他的手，这次却不是捂住他的嘴，而是捂住自己的嘴，含糊不清的几个字从指缝中流淌出来："不能亲，我感冒了……"

程知栩眸色黯了黯，眉梢一挑："谁说我要亲你？"

简灵："……"

很好，又被耍了。

简灵只让戴望楚帮自己请了一天假，第二天就去上班了，到公司的第一件事就是拿着假条去行政人事部销假。

天气放晴，温度有所回升。正所谓"一场秋雨一场寒"，即使出了太阳也暖和不到哪里去。戴望楚见她病恹恹地趴在桌上，就差打瞌睡了，起身给她倒了杯热水："怎么不在家多休息两天再来？"

"在家里办公效率太低，昨天一整天开着电脑什么也没干。"简灵道了声谢，捧着杯子小口小口地喝着热水。

程知栩的意思也是让她在家多休息几天，养好病再来上班。她今天早上量了体温，退烧了，便没有赖在家里，只是流鼻涕、咳嗽的症状还没好。

这一上午过去，桌上的半盒纸巾都被她用完了，垃圾桶里全是她擤鼻涕的"杰作"。

戴望楚同情地拍了拍她的脑袋，让她注意保暖，过两天可能还要降温。

午饭时间到了，简灵照旧抛下戴望楚，上四十八楼蹭饭。

短短数日，程知栩办公室里就添置了不少属于她的东西——她喝水的专用水杯，她饭后用来检查妆容的小镜子以及用来补妆的几样化妆品，还有她的抱枕和小毛毯——有时候会在这里午睡一小会儿。

简灵一进去，程知栩就拉过她的手问："好点了吗？"

"还行，就是流鼻涕挺烦人的，办公区的垃圾桶都成我的专属物品了。"简灵坐下来，眼前的菜色香俱全，她却没什么胃口。

程知栩先给她盛了一小碗汤，放在她手边："不行就回家去。"

简灵舀了一勺汤，放在嘴边吹了吹，闻言停顿了一下，抬起眼皮看着他，懒洋洋地一笑："三番两次请假，我还想不想干了？"

程知栩没料到她会拿昨天自己对她说的话反驳，一时语塞，半晌过后笑起来："行啊，我都说不过你了。"

简灵笑嘻嘻地比了个"耶"，语气颇为自豪："近墨者黑嘛。"她跟厉害的人打嘴炮的次数多了，嘴皮子也变厉害了。

两人愉快地吃完午饭，简灵倒了杯热水，服了感冒药，然后抱起自己的小毛毯和抱枕，准备在沙发上小憩片刻再回去工作。

程知栩伸手拉住她的胳膊，低下头去轻声说：“别在沙发上睡了，容易病情反复，你去休息室睡。”

简灵错愕地看了他一眼。

程知栩摸了摸鼻子，揽着她的肩膀走到办公室北面，推开一扇门。里面就是布置简单的休息室，雪白的大床，一个原木色的床头柜和一个同色的衣柜，角落放着一张琥珀色的玻璃茶几，上面用清水养着几枝翠绿富贵竹。

那次简灵来例假弄脏了裙子，在这里匆匆忙忙地换衣服，都没好好打量里面的陈设。

转瞬她就想起来，上回袁霄突然过来，她要是能想到躲进休息室里，何至于慌里慌张地往办公桌底下钻。

显然，程知栩也意识到了这一点。

“才想起来的，我不习惯午睡，一直没用过。”程知栩把她手里的小毛毯和抱枕扔在沙发上，推着她的肩膀进去，“明朗应该定期派了保洁进来打扫，里面的用品都是干净的，你放心使用。我定个闹铃，到时候你要是起不来，我就叫你。”

简灵还在病中，头晕目眩的，困得不行，吃饭的时候就有些撑不住，上下眼皮直打架，眼下她看见床就跟看见珍宝一样两眼放光。只不过她心里还有点顾虑，思忖着睡在这里是不是不太好。

还没纠结出结果，程知栩就一把将她打横抱起来，大步往床边走。

简灵没反应过来，身体就腾空而起，禁不住小小地惊呼了一声，双手下意识地抱住了近在咫尺的男人的脖颈。他后颈的皮肤温热细腻，手指扫到边缘的短发，略微有些刺痒，她蜷了蜷手指，别开了脸。

程知栩弯腰，将怀里的人放到床上，保持着俯身的姿势没动，眼睫微垂，盯着她白嫩的小脸。

简灵不明所以地望着他：“怎么？”

程知栩歪了下头，脸颊碰到她的手腕：“你的手不松开，我怎么起来？”

简灵脸一热，连忙把环在他脖子上的手放下来，有些局促地揣在自己怀里，自己蹬掉了脚上的鞋，翻个身滚进柔软的被子里。

程知栩把被子给她盖好，坐在床边没走，低头看着她。

简灵闭上眼，过了两秒又睁开，对上程知栩漆黑的眼眸。她揉了揉鼻尖，声音温软：“你不去工作吗？”

程知栩手撑在她脑袋一侧，手掌压得枕头往下一陷，简灵的身体一瞬僵住，只见他缓缓低下头，在她额头亲了一下，这才转身出了休息室，去工作。

门没关，简灵怔了几秒，用手背碰了碰额头，被亲过的那一块像烙了一枚印。她掩藏不住满心的欢喜，咯咯地笑出声来，担心被外面的人听到，她拉高被子把脸埋在里面，闭上眼睛，嘴角翘起好看的弧度。

一觉睡了大概四十分钟，简灵没听到闹铃声，是被热烘烘的物体给热醒的。她睁开眼皮，迷茫地看着紧贴着自己的“物体”，而后，猛地睁大眼睛，程知栩……他是什么时候睡到床上来的？

身边的男人双眸微闭，棱角分明的面庞褪去凌厉感，只剩下柔和温润。他鼻子高挺，嘴唇弧线好看，下颌线条流畅。简灵看着看着，因为紧张而竖起的汗毛平息下去，她静静地端详着他的脸，想摸摸他的鼻子，又怕把人吵醒，只好忍住了。

休息室里阒静无声，简灵喉咙痒，憋了好久，还是没憋住，压抑着声音咳嗽了几声。果然下一秒，她就看到原本闭着眼的程知栩动了动眼皮，睁开眼睛。

简灵眼神闪躲，露出个歉意的笑容：“吵醒你了？”

程知栩搂着她的腰，收紧了手臂，本就贴他极近的简灵瞬间感觉到彼此的肋骨都要契合到一起，呼吸缠绵。

她往后仰了仰头，有些喘不过气地咳嗽一声。

“你不是说你不睡午觉吗？怎么躺床上来了？”

也不知道他是什么时候睡上来的，她一点知觉都没有，更不知道自己有没有打呼噜。她感冒鼻塞，呼吸不太顺畅，喘气声可能会变大，听起来像打呼噜。

程知栩挺翘的鼻尖在她耳郭蹭了蹭，声音含糊低沉：“我看完了两份文件，过来看看你踢被子没有，结果看你睡得这么香，没忍住也跟着睡了。”

简灵吐槽：“你耍流氓。”

“嗯？”程知栩哼了一声。

“你趁我睡着了，爬到我床上，难道不是耍流氓吗？”

“嗯。”程知栩没反驳，大大方方承认了，就是耍流氓。

简灵无言以对，目光看到床头柜上的手机，想拿起来看时间，动作还未来得及施行，程知栩的手掌就扣住了她的后颈，将她的脑袋扳过来，正对着他。他刚睡醒，眼神没那么锐利，有些惺忪：“我什么都没做，你怎么就说我耍流氓了？”

简灵梗着脖子与他理论：“你自己也承认了。”

程知栩没再跟她斗嘴，直接用行动告诉她，他要真想耍流氓不是这样的。

简灵眼看着他的唇离自己越来越近，动作迅猛地捂住他的嘴唇，拧着眉毛说：“我的感冒还没好，别传染给你了。”

昨天一整天，她用这个理由拒绝了他好几次的亲密接触。程知栩忍无可忍，拿开她的手，不容置喙：“我抵抗力好。”

“可是……嗯……”

没“可是”了，简灵的唇舌转瞬就被攫取了，余下的话全部被程知栩堵住，她只能发出几道细弱的呻吟。

没过多久，简灵就用力推搡着他的肩膀，得到解脱的那一刻，她的头偏向一边喘气。她憋得难受死了，眼眶和鼻尖都是红红的。

程知栩指腹摩挲了两下她的嘴角：“怎么了？”

“你说呢？”简灵说话时带着浓浓的鼻音，“我鼻子不通气，嘴巴又被你堵住了，快要窒息了。”

程知栩明白过来，埋着头低笑：“行，我的错。那，我换个方式……耍流氓？”

简灵大脑缺氧，还没缓过来就感觉腰间的毛衣下摆被蹭上去，有什么东西切实地贴上她的肌肤。她呼吸频率比刚才还乱，全部注意力都集中在腰上，陌生的，战栗的，激烈的……如藤蔓一般向上攀爬，紧紧地缠着她。口鼻分明没被捂住，她仍觉得呼吸困难，仿佛置身于灌满热水的封闭空间。

不知过了多久，一切都如潮水般退去，归于平静。

“简灵。”程知栩嗓音低哑，嘴唇凑过来，拱了拱她的下颌，“傻了吗？”

“你……”

简灵一开口才发现自己的嗓音也哑得不像样子，于是闭了嘴巴，只用眼睛瞪他。她的眼神没什么杀伤力，脸颊满是红晕，反倒多了几分娇憨。

程知栩在她耳边说了什么，简灵倏地转头，不去看他：“你起来，我自己来……”

程知栩掀开被子起了身，背过去没看她。简灵警惕地瞄了眼他的后脑勺，手飞快地探到背后去整理，指尖都在抖。没见过这样的程知栩，她除了害羞，倒没有退却、害怕之类的情绪，因为她知晓他是有分寸的人。

“我好了。”简灵拽着毛衣下摆整理好，话说得很小声。

程知栩盯着自己的手看了半晌，嘴角勾了勾，转过身来看她。

简灵没跟他对视，低着头一溜烟爬下床，穿好自己的鞋，抓起床头柜上的手机一看，午休时间已经过了，着急忙慌地跑了。

两天后的下午，程氏集团与君澜正式签了合同，达成友好合作关系。

君澜的徐总晚上要赶时间飞一趟华盛顿，那边的一个项目出了岔子，便让沈清禾代替自己招待程知栩。

此前沈清禾就曾客套地提过，事成之后请程知栩吃饭，如今有了徐总的说辞，饭局显得名正言顺了许多，想必程知栩也不会推辞。

办公室里，沈清禾抱着文件起身，送别了徐总之后，朝程知栩莞尔一笑：“那就定在那天中午我们谈事情的餐厅？正好借这个机会，跟你商讨一下后续的合作细节。”

程知栩不挑剔，直接说了“没问题”。

沈清禾先离开了，饭局开始之前，她得回一趟公司，处理一项紧急工作。

程知栩接下来没什么事，拿出手机给备注为“猪圆玉润”的简灵发消息：“我晚上有个饭局，不送你回公寓了。”

简灵还没下班，抽空回复了一个简短的“好”字。

程知栩刚准备放下手机，陡然想到这姑娘上次拐弯抹角吃醋的事情，决定跟她提前报备一下：“和沈清禾一起。”

那边估计在忙，等了几分钟，简灵才回复他：“你认真的？”

要在饭桌上谈正事，没办法避开，程知栩尽可能用自己的方式给她安全感：“要不你也过来？”

简灵不清楚他口中的“饭局”是什么情况，万一有很多高层在，她以什么身份跟他去是个问题。

简灵咬着下唇纠结了数十秒，打算先问清楚：“除了她还有别人吗？”

程知栩回得很快：“还有君澜一个副总。”

对方公司的人也不认识简灵，影响应该不大。她琢磨了一会儿，拿不定主意，继续问程知栩：“我要是去，怎么对外说啊，毕竟是正式的饭局，怪不好意思的。”

程知栩猜到了她的心思，既想跟着去，又不想暴露他们的关系。她真会给他出难题。

程知栩哼笑一声：“秘书？”

简灵嘻嘻一笑：“那就这么说定了！程老板，我现在是简秘书，不是你的女朋友，你不要搞错了哦。”

程老板揉了下眉心：“你入戏挺快。”

简灵没来得及往下演，紧接着发来一条消息：“先不和你说了，我主管来了，我要认真工作了！”

程知栩：“……”

简灵结束手头的工作，刚好到了下班时间，不敢让程知栩久等，她连妆都没补就拎着包匆匆跑出去，乘电梯到地下停车场。

程知栩的车果然停在那里等她，这回没有打双闪，她快步走过去，拉开后座的车门坐在程知栩旁边。

车门关上，程知栩对前面的司机说了餐厅的地址。

简灵出了电梯是跑着来的，额前的碎发有些乱，她从包里拿出镜子，用手拨了拨刘海，发现鼻翼两侧有点出油，于是掏出粉饼按压了两下，又补了下口红。

补完妆，她拿远了镜子，左右各偏了一下脸，仔细检查一遍，确定完美无缺，没有丁点瑕疵，这才露出满意的笑容。

简灵把镜子塞回包里，手指碰到一个圆柱形的小瓶子，拿出来一看，是上个星期买来的小众品牌的香水。她拆完包装就随手丢进包里，一次都没用过。简灵心血来潮，往空气里喷了一下，耸着鼻子深吸一口气，前调是玫瑰花香，带着一点树莓的味道，还挺好闻的。

程知栩安静地坐在一旁，看着姑娘家变魔法一样从包里掏出各种瓶瓶罐罐，或往脸上抹，或往身上喷，终于按捺不住，出声询问：“你这是？”

“我这个叫‘输人不输阵’。”简灵递给他一个眼神，而后继续鼓捣自己的瓶瓶罐罐，找了个珍珠发夹把披散在背后的长发半绾起来，抓出两绺垂在脸侧，显得温婉动人，“当然，我也不会‘输人’。”

简灵上次在家里以一副病猫的邋遢形象对上精致靓丽的沈清禾，她每每回想起来都郁闷不已，总想着找回场子，没想到机会说来就来。

程知栩不是很懂她的意思。

简灵整理完妆容、头发，这才把全部注意力放在身边的男人身上。女孩杏眼清澈，唇红齿白，一张脸上满是自信张扬，说话时红唇一张一合，明艳动人：“虽然我很信任你，但是吃醋和信任是两码事，在情敌面前我不得表现得优越一点吗？”

反正上次他都说她吃醋了，她不介意承认得更直接一点。虽然她上次否认了，但那是自尊心在作祟。

程知栩被她这番振振有词的理论打败，愣了数秒后，挑出重点：“情敌？你说的是沈清禾？”

“对啊，她一定对你有意。”简灵万分笃定地点头，“你知道吗？我以前看过一个说法就是，当一个男人搞不清别的女人是否对他有意思时，问他的女朋友就对了，他女朋友说‘有’那就一定有。有些事情你要相信女人的直觉。”

程知栩失笑，抬手揉了揉她的脑袋，没问她这说法是哪儿来的科学依据，顺从地点了点头：“嗯，相信你的直觉。”

其实要说他对沈清禾的心思毫无所觉那是假的。

沈清禾和他是高中同学、大学校友，始终与他保持着不远不近的距离，她太会拿捏分寸，进退有度，从无逾矩的言辞，也没有超过朋友范围的行为。

就连当初毕业，程氏集团向她抛出橄榄枝，她都一口拒绝，转身踏进与程氏匹敌的君澜集团。

哪怕他偶尔对她的心意有所察觉，也会很快打消怀疑，只因她的分寸感太强，让人挑不出一丝错处。

沈清禾唯一一次失态就是上次来他家里，撞见简灵以后，她在谈正事之前说了些暗含讽刺的话。

他当时之所以没有拆穿，是因为后期的合作全程都是由她负责对接，撕破面具的后果就是让彼此陷入尴尬的局面，是以那天他并未把话说得太明白。

半个小时后，高档的西餐厅跃入视线，一楼大堂灯火璀璨，莹莹亮光如水一般透过巨大的落地玻璃窗倾洒出来，被门外的台阶切割成几块，与洒在地上的月辉两相皎洁。

简灵下了车，程知栩从另一边绕过去，牵起她的手进去，刚踏上一级台阶，简灵冷不丁想到两人目前的关系，果断挣开了程知栩的手，低声提醒一句："我现在是简秘书，你不要动手动脚。"

程知栩的手心一空，顿了两秒，对"简秘书"三个字表示无语。

他就不该配合她的任性胡来，扮演这种角色，真是让人头痛的体验。

两人到了预订的包厢，过来开门的是沈清禾，她手握着门把手，首先映入眼帘的是程知栩那张俊美的面庞，她嘴角扬起一抹笑，注意到他身后矮了一截的简灵，脸色微妙地一变，一秒钟恢复正常，笑语盈盈："我和何副总刚还提到你，快进来吧。"

简灵亦步亦趋地跟着程知栩进了包厢，看着他与何副总打招呼，非常懂规矩地跟着打了声招呼。

何延平的目光转移到简灵身上，略带疑惑地问："这位是？"

程知栩嘴角动了动，"秘书"两个字他说不出口。简灵倒是很从容，主动自我介绍："我是程总的新秘书，简灵。"

何延平笑一笑："还是程总想得周到，要是带明特助过来，那就只有我们沈经理一个女士在，怕是会不自在。"

沈清禾眼神微微闪烁，没接话，引领着几人入座。

各自点完餐以后，他们就双方的合作项目的细节聊了起来。简灵没参与这个项目，听得有点吃力，很多地方不懂，又不好意思在这当口提出来，只能不懂装懂，时不时地跟着点一点头，总归是没怯场。

沈清禾偶尔朝简灵投过去一个眼神，见她某一刻露出茫然的表情，眼里闪过一丝嘲讽，一眼就能看出她几斤几两重。

她"秘书"的身份是假的，不放过任何一个机会缠着男朋友才是真的。

沈清禾平时最讨厌依附男人的女人，更讨厌分不清轻重、场合的女人。恰好，对面的女人两样都占了。

须臾，几个服务生端着餐点鱼贯而入，沈清禾拿起水杯，喝了口白开水，参与另外两位的交谈，没再把注意力放在简灵身上。

菜上来以后，几人边吃边聊，气氛没有方才那么严肃，间或说些玩笑话，夹杂着几人的笑声。

简灵低头吃第三根蟹腿的时候，手背突然被人捏了一下，她惊得差点打翻碗，猝然看过去，程知栩一脸平静，淡淡地抛过来一个眼神，眼里的意思很明显。

简灵会意，默默地把碗里的蟹腿夹到碟子里。她咳嗽没好透，确实不宜吃太多寒性的食物。大概是因为她前段时间调理身体，要忌口的食物有点多，很多她爱吃的东西没吃到，最近停了药，嘴馋得不行。

沈清禾不经意地转头就看到两人的眼神交流，指尖的温度下降，一片冰凉。她缩了缩手指，放下筷子，起身打了声招呼，走出包厢，去了走廊尽头的洗手间。

距离得知程知栩有女朋友已经过了好几天，她以为自己能冷静的。

然而，只是她以为。

但凡程知栩的女朋友是个实力能与其匹配的女人，她也不会这么不甘心。

沈清禾上完厕所出来，站在盥洗台前伸出手，感应水龙头立刻流出温热的水，淋上她的手心，又哗啦啦地顺着指缝流到底下的水池，怎么也握不住。

正失神，一阵急促的脚步声在耳边响起，简灵走过来，用餐巾纸用力地蹭着衣摆，发现弄不掉，接了点水继续擦拭。

她不小心把菜汁弄到了衣服上，这是她今天才第一次穿的新毛衣，她很喜欢，不及时处理的话，这件毛衣就要报废了。

简灵摁了一泵洗手液，搓出泡沫再用湿纸巾一点点揉着弄脏的地方，眼看着污渍的颜色变淡，最后看不出来，只剩下一小块浅淡的痕迹，终于松了口气。

“你觉得你配得上程知栩吗？”

蓦地，一道熟悉又冰冷的女声从一旁传来。

简灵一心专注于抢救被自己弄脏的毛衣，没注意到旁边的人是谁，她震惊之下抬起头，从面前的镜子里看到沈清禾的脸。那张一贯清淡如荷的面容上是不加掩饰的讽刺和倨傲，是明晃晃的轻视。

大概是没想到她会如此直白，简灵着实愣怔了，过了好一会儿，不确定地问道：“你说我什么？配不上程知栩？”

“我有说错吗？”沈清禾抽出几张纸巾，擦干手上的水珠，眼神犀利，语气冷飕飕的，如同裹着冰碴，“你不是他的秘书，只是程氏集团一个可有可无的职员，我不知道你用了什么方法和他在一起，但你和自己的老板谈恋爱，有想过后果是什么吗？”

简灵没心思拧干弄湿的衣服了，直起腰看着她，明白过来她这是不打算隐藏，而是提起剑，诛自己的心。

“那么，沈经理又是以什么立场来说这些话的呢？”简灵扯了下嘴角，语气天真地问道。

沈清禾在职场上什么类型的人没遇到过，根本不会被简灵轻飘飘一句话难住：“我与他是多年至交，他的事我有……”

“沈清禾，如果你直说你喜欢程知栩，一心为他考虑，我还会高看你一分。”简灵笑着说，“你何必打着朋友的幌子？我是没经过大风大浪，可我不是傻子。”

沈清禾狠狠地一怔，没料到简灵有这样气势逼人的一面。

她小看这个女孩了。

简灵走了几步，扯着衣摆在烘干机底下吹，视线却不离沈清禾：“你很早就喜欢程知栩了，对吧？不然你不会这么意难平，跑到我面前说这些。你明明有那么多机会，是你自己有太多顾虑才会与他错过，不是我的错。”

沈清禾紧绷的表情出现一丝裂痕，心里筑起的壁垒也摇摇欲坠。

被人当场戳破隐藏多年的心思，对她的冲击太大，她紧抿着唇瓣，不服输地仰起头，平复了许久才稳住心神。

“我喜欢程知栩，那又怎么样？”沈清禾维持着高高在上的姿态，一字一顿地说，“他那样光风霁月的人，就该配最好的女人。”她还是一开始的那句话，“你觉得你配得上他吗？”

简灵微微一笑，她终于承认了。

如果不是时机不合适，她真想大呼一声：我的直觉也太准了吧！

简灵迎上沈清禾的视线，不点头也不摇头：“我暗恋程知栩的时候，我是卑微，是觉得他哪儿哪儿都好，我配不上他。可是，只要程知栩喜欢我，我和他就是平等的，就算我只是一个普通的小职员，我也是配得上他的。爱情为什么要分高下，我余生是要和他携手相伴，不是要和他并肩作战。”

不知道哪句话刺中了沈清禾的神经，她踉跄着往后退了一步，脸上的血色霎时褪去，面色苍白。

高中时期的程知栩就因成绩、长相、家世，成为他们那一届最耀眼的存在，很多女孩倾心于他。她有幸和他在同一个班级，还坐前后桌，比起其他人，她和他有更多的交集。

她从不敢表露心思，性格使然，当然也有自卑的因素，总想着等有一天她自己也万丈光芒的时候，再大胆地告诉他——她喜欢他，很早很早以前就喜欢。

所以，得知程知栩的高考志愿后，她跟他填了同一所大学、同样的专业，可惜运气差了点，没能分在同一个班。不过她也很知足，那个时候，公共课是几个班一起上的，她还是能近距离地接触他，向他请教问题。

有高中的情谊在，程知栩从不会拒绝她。他的性格其实蛮清冷的，不好接近，别的女生问他问题，他都是看心情回应，为此她开心了好久，以为自己对他来说有那么一点特殊。哪怕只是一丁点也够了。

三年前，她研究生毕业，第一份简历就投给了程氏集团，顺利通过面试后拿到了录取通知单，却在最后一刻改变主意。

她不要当程知栩的下属，不想成为听从他吩咐的职员。她毅然决然去了和程氏势均力敌的君澜。

她被外派到北美三年，回来后直接坐上经理的职位，成为大项目的负责人，以平等的姿态站在程知栩面前，让他的视线平直地落在她身上，而不是俯视她……

简灵的毛衣下摆被烘得半干，瞧见沈清禾脸色难看，似乎陷入了沉思。

她撇了下嘴角，不咸不淡地说："你要还是不甘心，不如光明正大地追求他，只要我们一天没有结婚，你就还有机会。"

简灵轻吐一口气，假装坦然："我不会笑话你，因为我也追了他很久，但是请你以后不要再对我说这些阴阳怪气的话，我不想跟你吵架。告辞。"

简灵攥着还有些潮润的衣角，也不知道自己这是赢了还是输了，总归心里有点堵，垂着脑袋，拐过转角。

下一秒，她就猝不及防地撞上一个坚实的胸膛，立马捂着额头呼痛。

简灵没仔细看路，冷不丁来这么一下，撞得她眼冒金星，好半天都没能缓过来，眼泪都差点飙出来。

简灵刚才莫名其妙被情敌冷嘲热讽了一通，又遭此横祸，大小姐的脾气上来了，张嘴就想"问候"人家是不是没长眼睛，然而对方却握住她的手腕，将她的手从额头上拿下来，低沉磁性的声音一并落下来："撞疼了？我看看。"

简灵一怔，抬起眼皮看过去，与此同时，一股熟悉的男性气息蹿入鼻腔，是独属于程知栩的味道。

她方才正在气恼，竟没有在第一时间闻出来。

简灵眼神忽闪了一下，不知道他站在这里多久了，有没有听到她和沈清禾的对话，具体听到了多少。她咬着唇，努力回想自己说了些什么话，一边用指尖蹭了蹭额头被撞到的地方，贝齿松开下唇，吐露出几个模糊的字音："没事，不太疼。"

程知栩的手伸过来，挡开了她的手，用指腹轻轻揉了下她的额头，垂眸看着她的眼："有点红了。"

"你怎么过来了？"简灵不太在意额头，攥住他的手指。

程知栩反手握住她的手，沿着走廊往回走，没提沈清禾的名字，玩笑似的说："我等了许久不见你回来，担心你掉厕所里了。"

简灵不信他的话，回头看了一眼，沈清禾没跟上来，她晃了一下程知栩的手："你有没有听到什么？"

"什么？"程知栩侧目看她，表情一派淡然，看不出丝毫的异样。

"我和……沈清禾吵架，你没听到？"简灵挣开他的手，改为挽住他的胳膊，半个身体挂在他身上，踮着脚尖往前走，边走边偏着头打量他。

程知栩终于绷不住，唇畔溢出一丝明显的笑意："听到了。"

简灵握拳捶了他一下，恼羞成怒，红了脸："我就知道！"他真是只老狐狸，这么能装，是不是她不问，他就打算一直装没听见？

程知栩带着她走到电梯前，按了向下的箭头。

"我们不用回包厢？"简灵问了一句。

"出来时我就和何副总说过，接下来要忙其他的事，不奉陪了。"程知栩臂弯里挂着简灵的大衣，他将大衣展开，披在她肩头，"正事已经谈完了，剩下的等项目正式启动再开会商讨。"

电梯门打开，两人走进去，程知栩按了关门键，封闭的电梯里只有他们两个人。简灵内心踌躇，手指捏着毛衣的下摆，洗过的地方经过烘干，摸上去还是潮潮的。

一直到出了电梯，程知栩都没说什么。

简灵忍不了了，皱起眉毛问："你就没什么想说的？"既然他都听到了她和沈清禾针尖对麦芒似的争吵，总该有点表示吧。

"说什么？"程知栩顿了一下，拿出手机发消息给司机，让他把车开到门口，垂头与简灵的视线相接，他沉默了下，笑着说，"说真的，你让我很意外，要不是亲耳听到，我实在难以想象你吵架这么厉害。沈清禾什么场面没见过，居然被你逼得哑口无言。"

程知栩越说越佩服她，郑重其事地说道："我以后跟人去谈判或许可以带上你。"

"谁、谁要听你说这个了！"简灵气得话都说不顺畅了。

车来了，两人坐上后座，程知栩让司机开去简灵住的公寓。一路上，因为有司机这个"第三人"在场，简灵忍着，没说话。

程知栩送她到家门口，看着她输入密码进门，却没有急着离开，在她关门前那一刹那侧着身子挤了进来。

室内没开灯，仅有的光线便是从客厅侧边的窗户外透进来的皎白月光，随着窗纱飘动，地板上的月光如涟漪般荡开，清清浅浅。

程知栩双手扣着简灵的腰肢，往前逼近一步，将她压在门板上，没有任何预兆，激烈缠绵的吻落下来，将简灵的理智冲刷得一干二净。

两人的衣料摩挲声以及亲吻声在寂静的空间里暧昧又撩人。空调没开，室内的温度却在节节攀升，似乎有火花在空气中迸射，简灵只觉得每个毛孔都要渗出汗来。

良久，简灵难耐地推了身前的人一下，没什么用，手腕立时被他抓住，拉高，架在头顶上方的门上。她被迫仰起头，脖颈的线条被拉长，如黑暗中深情演绎的芭蕾舞演员。

不知过了多久，两人的额头相抵，程知栩闭着眼眸，声音低得只有彼此能听见："简灵，你那么好，是我该担心自己配不上你。"

她的满腔赤诚和爱意。

她的笨拙与骄傲。

她说想和他余生携手相伴。

怎么会配不上他呢。

耳边传来啪嗒一声，是程知栩开了灯，光从头顶洒下来，简灵不适地眯了眯眼，脸埋在程知栩肩膀处，呼吸频率和心跳一样快。

她双手环住他的腰，腿软得不行，心里感动得直冒泡泡，想回应点什么，又不知道说什么好，最后抬起头，像只骄傲的小孔雀："有一点我忘了和沈清禾说，我才不是什么普通的小职员，我是简家和叶家的掌上明珠。程知栩，你赚了。"

程知栩笑了笑，鼻尖蹭了下她的鼻尖："嗯，'掌上明猪'。"

简灵不知道他说的是哪几个字，只以为他在附和她的话，认真地点了点头。不知道为什么，他突然就乐不可支。

盼着、等着，大家期待已久的十一国庆长假终于来临。

放假前一天，简灵充满活力，以最快的速度处理完手头遗留的工作，伸了下懒腰。一想到快放假了，她就在椅子上坐不住。

戴望楚瞧见她唇边的笑，喝了口咖啡问道："你国庆节打算去哪儿玩？"

"我不出去旅游，我舅舅国庆假期期间结婚，我要去参加婚礼。第一次当伴娘，想想就非常激动啊。"简灵单手托腮，面若桃色，眼里闪动着亮光。

"嗯，恭喜你舅舅。我就等着什么时候你和程……那个谁结婚，我能当伴娘。"戴望楚捧着咖啡杯，如同一只慵懒的猫，笑起来眼睛眯成一条缝。

简灵坐直身子，娇嗔地横了她一眼，话锋一转道："你呢，国庆假期打算去哪儿玩？七天呢。"

"我啊，只想在家追剧、追综艺，睡到自然醒，当一条咸鱼。"戴望楚放下咖啡杯，已经开始憧憬假期生活了，说着说着不自觉地露出享受的表情，"大家都趁着国庆长假出去玩，全国各地的旅游景点人都多，出门不是去看风景，而是去看人山人海。"

这话说得没错，简灵认同地点头，突然提议："你要不要来参加我舅舅的婚礼，我给你喜帖。"

戴望楚假期没有具体安排，刚想开口说"去"，转念又拒绝了："算了吧，你当伴娘的话，婚礼当天一定很忙，我在现场一个认识的人没有，还挺尴尬的。"

两人聊了一会儿天就各自收拾东西，准备下班。

下班后，简灵没有让程知栩送，自己打车回了简家。晚上，一家人坐在饭厅里吃饭，聊天的话题都围绕着叶归舟的婚礼。

吃完饭，简灵牵着哆啦出门遛了一圈。

初秋，到了晚间，风都是裹着凉意的。路边的枯树叶子被风卷起来，打了几个旋落在地上，像折了翅膀的蝴蝶。头顶是黛蓝的夜空，零星分布了几颗闪烁的星子。虽不像仲夏夜的漫天星河，倒也别有一番意境。

简灵不用赶策划案，心情放松，牵着狗多遛了一圈，回来后洗了个澡，侧身躺在床上，脑袋陷入枕头里，拿出手机给程知栩发消息。

掌上明猪："程老板，你在干什么？"

自从上次两人扮演了一回老板与秘书的角色，简灵就时不时地称呼他为“程老板”。他本来就是她的老板，这么叫也没错，可程知栩私底下听着总觉得别扭，纠正了几次，她不肯改口，他也就随着她了。

隔了几分钟，程知栩才回她消息：“回了趟家，刚才在跟父母聊天。”

简灵翻了个身，趴在床上，手肘撑在枕头上，两条腿跷起来，把身上的被子顶起一个大鼓包，回复他：“聊什么？”

橙汁：“聊我的终身大事。”

简灵一顿，及时打住，不往下问了。那次在洗手间外，她放出话来——只要她和程知栩没有结婚，沈清禾就有追求他的机会。

这句话程知栩应该也听见了，她后来再回想就很不好意思，有种自己恨嫁的感觉，自那以后她就尽量避开了这个话题。简灵眼珠子转了转，换了个话题聊：“我舅舅六号举办婚礼，你来参加吗？”

程知栩没回她，简灵正疑惑，眼前的聊天对话框突然一变，界面变成视频通话邀请，简灵点了接通，画面一晃，露出程知栩的下半张脸。

他应该是走进了一间卧室，关上门之后，视频的角度正常起来，对着他的脸，占满了整个屏幕的大头照也这么帅气逼人，五官的优越性在这时候体现得淋漓尽致，眉目深邃，鼻梁高挺，嘴唇轻抿出漂亮的弧度。

简灵控制不住自己的手，开始疯狂地截屏。

程知栩的声音透过电流传过来，十分清晰：“你在做什么？”

“啊？没有。”简灵装傻。

程知栩坐在沙发上，直直地看着屏幕上的人。

她穿着浅黄色的秋款睡衣，翻领长袖，因为俯趴的姿势，领口往下垂了一点，露出来的锁骨又细又白，乌黑的长发垂下来，显得脸特别小。

简灵将手机竖着靠放在床头，腾出两只手托着下颌，眨着水灵灵的眼睛说：“你和我舅舅是好朋友，他的婚礼你应该不会缺席吧？”

程知栩在那边沉默，似在纠结着什么。

“你舅舅邀请我当伴郎。”程知栩揉了下额头，心生抗拒。

当初叶归舟提出这个要求时，他就没一口答应下来，心里有所顾虑。他那时已经明确了自己对简灵的心意，就差找机会跟她挑明，考虑到如果他和简灵在一起，那么他的朋友叶归舟就成了他的长辈。

虽然他很不乐意接受这一点，但是事实摆在那里，是不可否认的，除非他没有想过和简灵的未来。

晚辈给长辈当伴郎，听起来有些滑稽，不像回事。

要是他和简灵的关系公开了，相信叶归舟也不会再邀请他当伴郎，关键是简灵那姑娘没打算这么早公开，他只能在叶归舟面前继续扮演“朋友”的角色。

简灵的脑袋瓜思想简单，压根没想那么多，噌的一下坐起来，抱着手机激动道：“太好了，我是伴娘，你是伴郎，我们可以一起啦！”

程知栩愣怔了一下，表示不理解：“你是伴娘？怎么会？你不是叶归舟的亲戚吗？理应是贵客才对。”

“我和小舅妈早就认识了啊，我们还是好姐妹，我当然得给她当伴娘了！”简灵兴奋道，“当贵宾哪有当伴娘有意思。”

又是小舅妈，又是好姐妹，这辈分好乱。程知栩揉了下眉心，随即想到他掺和进来的话，辈分更乱了。

简灵本就对叶归舟的婚礼抱有很大的期待，现在得知程知栩是伴郎，就更期待了：“嘿嘿，我想想就好开心呢。”

程知栩没跟她说自己的顾虑，叹息一声：“行吧，你开心就好。”

第七章

一起去瑞士看雪

十月六日，叶归舟婚礼这天。

简灵前一天下午就到了上海的叶家，在叶家歇了一晚，翌日起了个大早，不到六点就赶往新娘子舒泱泱的家里。

她到的时候，舒泱泱正坐在卧室里的梳妆台前，身上穿着洁白的婚纱，隆重又华丽。上半身是纯手工刺绣，繁复的花朵纹路从胸口蔓延到腰间，白皙的肌肤若隐若现。纤细的腰肢往下，便是层层叠叠如花瓣一般的裙纱，上面缀满了闪粉，灯光下发出粼粼碎光，美得让人移不开眼。

舒泱泱已经化完了妆，化妆师正在给她盘头发，简灵一进来，她就打断了化妆师的动作，站起来跟简灵抱了一下。

“好久不见，我想死你了。”简灵拍着她的背。

舒泱泱笑容甜美，满眼都是幸福：“我也很想你。前段时间我就想约你出来玩，可你舅舅说你工作很忙，还说你难得努力，叫我不要打消你的志气。”

“他就会说我坏话。”简灵吐了吐舌头，不满道。

化妆师拿着梳子站在一旁，小声提醒了一句：“新娘子，我们继续绾头发吧，再不加快速度就来不及了，新郎八点多过来接亲啊！”

简灵立刻停止叙旧，推着舒泱泱的肩膀，将她按在梳妆台前。简灵去换了伴娘服，是一条为她量身定制的淡烟色抹胸长裙，薄纱质地，裙摆仙气飘飘，非常漂亮。

“其他伴娘呢？”

简灵坐在软沙发上，招手叫来另一位化妆师给自己化妆。

总共有四位伴娘，另外三位是舒泱泱读研究生时期的同学，是简灵不认识的人。舒泱泱拿起手机看了眼群消息，笑着说：“她们在路上，还有十分钟就到了。”

舒泱泱在国外读博，婚礼前半个月才回来，与简灵许久没见，两人凑在一起有说不完的话，聊着聊着，不免提起当年的事。

叶归舟比舒泱泱大了两届，算是她的学长，两人读高中就认识，彼此是谈得来的朋友。舒泱泱有学习上的问题经常会跑去问他，也一直暗恋着他。

那时候简灵还是个上小学的小屁孩，总跑到高中去烦叶归舟，通过他认识了舒泱泱这个大姐姐。一来二去，两个隔了五个年级的女孩慢慢熟悉，成为朋友。

叶归舟和舒泱泱正式在一起是在大学期间，她结束了三年多的暗恋，终于走到那个人的眼里、心里。

就在今天，她要嫁给他，成为他的妻子。

“我是后来才知道你暗恋了我舅舅那么久，你早跟我说，我就帮你追他了。”回忆到这里，简灵支着下颌，手指点了点脸颊，惆怅地叹了口气，“我这么好的助攻在你面前，你居然放着不用。”

舒泱泱被她逗笑，两人隔得不远，伸手过去捏了捏她的手指：“你那时候不是还小吗？小学都没毕业呢。而且，那时你舅舅读高三，我不想耽误他学习，我也没把握能追上他，不敢冒险尝试。”

简灵感叹她真是不容易，历经了漫长的暗恋期，两人好不容易在一起了，她读完研究生又跑去英国读博，开启了异国恋模式，到现在还没毕业，结完婚得接着回去上学。

一缕头发落在舒泱泱脸颊边，她抬手撩到耳后，化妆师随即挑起那一绺长发绾起来。舒泱泱的手放下来，搭在膝盖上：“一直在说我，你呢，有情况了吗？”

“啊？”简灵两眼望着天花板，“什么？”

舒泱泱掩唇一笑，她还是跟小时候一模一样，一点没变，装傻都装得不像：“有喜欢的人了？”

简灵面对她揶揄的眼神有点害羞，耳根热热的，用手挡住半边脸：“先说好哦，我告诉你，你不许告诉我舅舅。”

舒泱泱举起三根手指：“我发誓，帮你保密。”

简灵沉默半晌，扭扭捏捏道：“其实我谈恋爱了。”

“和谁呀？”舒泱泱眼里闪动着兴奋的光芒，好奇地问，“有照片吗？拿给我看看。我倒要看看是何方神圣让我们灵灵公主倾心。”

“不用看照片，他今天会来婚礼现场。”简灵想到什么，神色有些期待，“不需要等到婚礼现场，你很快就会看到他。”

程知栩作为伴郎之一，一会儿要跟随叶归舟一起来舒家接亲。

他们马上就要见面了，明明才五天没见，简灵却觉得过了好久好久，有点想他。大概是因为平时上班，她每天中午都和他一起吃饭、聊天、午睡，缺了他总觉得心里空空的。

舒泱泱不明白其中的弯弯绕绕，露出疑惑的表情：“嗯？”

简灵：“他是我舅舅的朋友，程知栩，你认识吗？”

舒泱泱愣了一下，着实没想到简灵的男朋友与叶归舟有这样一层关系，顿时有些哭笑不得，难怪简灵不让她告诉叶归舟。

“程知栩吗？”舒泱泱在脑海里搜寻了一下关于这个男人的记忆，“我出国前，有一次和你舅舅去见朋友，跟程知栩打过一次照面。我虽然不太了解他，初步判断他应该是个稳重自持的男人。”

顿了顿，她小声地添加了一句：“长得很帅。”

简灵扬唇一笑，脸颊不自觉地飘上两团红晕，偏过头同样小声说：“当然啦，要不然我也不会对他一见钟情。”

两人正聊着天，另外三个伴娘到了，简灵跟她们互相认识了一下。女孩子们围在一起换衣服、化妆、说笑，气氛逐渐热闹起来。

八点多，新郎叶归舟到达舒家，在客厅见过长辈后，简单地寒暄两句，便带着几个伴郎上到二楼，来到新娘子的闺房门外。一同上楼的还有舒家这边的亲戚朋友，大人小孩都有，都是跟上来凑热闹的。

站在叶归舟侧后方的程知栩抬起头，望着面前紧闭的房门，突如其来地，居然生出了是他来接简灵的错觉。

叶归舟向来温润亲和，任何状况都处变不惊、游刃有余，这会儿罕见地紧张了，掌心出了汗，嗓子也有些干哑，大概是期待已久的事情成为现实，难免有种类似“近乡情更怯”的感情。

他清了清嗓子，抬手轻叩房门：“泱泱，我来接你了，开开门。”

下一秒，房门内就传出一道清晰的大嗓门：“你做梦呢！那么容易给你开门？给我老老实实地回答完问题再说！”

这声音不是简灵还能是谁？

叶归舟的脸色登时黑沉如浸了墨汁，咬了咬牙，声音从齿缝中挤出来：“简灵，谁给你的胆子让你这么跟长辈讲话？”

简灵知道叶归舟不会在大婚当天发脾气，大着胆子喊道：“那我不给你开门！”

程知栩笑得肩膀一颤一颤的，叶归舟一转头，看到他兄弟笑得差点直不起腰，额角抽了抽：“你怎么这么开心？”

程知栩敛了笑意，扯了扯衣襟，正经道：“没有。”

叶归舟没有发作，忍着脾气扭回头对着门板，无奈道：“问什么问题？赶紧问，错过了吉时你就等着挨揍吧。”

简灵缩了缩脖子佯装害怕，拿出伴娘们事先准备的问题，准备刁难一下新郎："请问，泱泱姐最喜欢的食物是什么？"简灵念完纸上的问题，小声吐槽，"这是谁提的问题，也太简单了，连我都知道。"

其中一个伴娘举了一下手，说是自己出的问题。简灵"哦"了声，"大义灭亲"一般告诉她，应该提一些高难度的问题，让她舅舅在外面急得跳脚才对，那个伴娘听了，笑得停不下来。

叶归舟先纠正简灵的称呼："什么泱泱姐，舅妈不会叫？"而后，很轻易地说出了问题的答案，"臭豆腐，特臭的那种。"

伴娘们在房间里互相对视，哈哈大笑。舒泱泱眉目似嗔非嗔，手里握着捧花，脸颊的酡红竟盖过了原本涂抹的腮红。

简灵接着问："你们第一次见面的时间？"

这个问题连舒泱泱都认真地想了好久，门外的叶归舟却在她想出答案之前说出了准确的日期，并精准到几点。

简灵回头看向坐在床边的舒泱泱，向她征询："他说得对吗？"

舒泱泱陷入沉思，过了一会儿，眼眶湿润地抬起头，点了点头。她没想到他还记得，她一直以为那只是她一个人演的默剧。后来，他们在一起后，她很少再回忆暗恋时的心酸往事，以至于刚刚没有第一时间想到答案。

几个问题都让叶归舟过了关，接下来是游戏环节，伴郎也要参与其中。

第一个游戏就是伴郎公主抱起伴娘，站在指压板上做三十个深蹲。

既然如此，她们就不得不打开房门，先放外面的人进来。

伴娘刚拉开一条门缝，外面围观的一众人便像洪水一般冲进来，互相推挤着撞开门。房门撞到墙壁上反弹回来，不知道是谁踩到了简灵的鞋跟，她一下没站稳，正要栽倒下去时，一双有力的手臂扶住了她。

一阵兵荒马乱中，男人的声音在她头顶响起，熟悉的，低沉的，带着点笑意的："你怎么这么激动？"

简灵借着他手臂的力道站稳以后，抬眼看着程知栩，努努嘴："哪有，是别人踩到我了。"

眨眼间，新娘子的闺房里挤满了人，跟拍的摄像师进来，把镜头对准大家。简灵眨了下眼睛，退开了一点。

程知栩还没来得及松口气，肩膀就被叶归舟重重地拍了一下，程知栩一惊之下以为他发现了什么，却见他用求救的眼神看着自己："哥们儿，体现我们革命友谊的时候到了，指压板就交给你了。你经常健身，体能好。"

伴娘从旁边拖过来一块升级版的指压板，上面一个个凸起都是小竹笋一样的尖尖，脚还没踩上去就仿佛能感觉到痛。

程知栩额角的青筋突突地跳了几下，面如菜色，偏偏他还不能拒绝。他深吸口气，在心里默念着，希望叶归舟看在今日的分儿上，将来少给他使绊子。

程知栩勇敢地站了出来："我来。"

一旁有人贴心提醒："从我们的伴娘团当中选一位吧。"

此话一出，伴娘们都期待地看着他，露出蠢蠢欲动的表情，就差把"选我"两个字写在脸上了。

简灵和舒泱泱聊天的时候，另外三个伴娘都还没来，她们并不知道简灵和程知栩的关系，只觉得眼前这个伴郎一身黑色西装，高大帅气、气质出众，被他公主抱一点都不吃亏，反而有种占便宜的感觉。

众所周知，在婚礼当中，伴郎和伴娘常常被凑在一起开玩笑，说不定一段姻缘就此促成。

简灵胸有成竹地站在三个伴娘的后面，她就不信程知栩敢选别人。

程知栩对上她笃定的眼神，莞尔一笑，还得佯装"随便挑个人"的姿态，抬手一指："就你吧，配合一下。"

伴娘们顺着他手指的方向回头，一致看向简灵，露出艳羡的眼神。

简灵从后面拨开人群，走到程知栩面前，双臂张开，迎上他的公主抱。程知栩十分熟练地微微弯腰，将她打横抱起来，一手揽过她的肩背，一手托起她的腿弯。简灵顺势双手环住他的脖颈，离他很近。

舒泱泱作为在场唯一的知情人，用捧花挡住脸，笑得无比开心。

程知栩抱着简灵，蹬掉皮鞋，穿着袜子踩上指压板，一瞬间，那股锥心刺骨的疼痛感顺着脚底板传到四肢百骸。他没控制住表情，眉毛拧得有些扭曲，嘴角抽搐了下。

围观的群众笑得不行。

程知栩屈膝做着深蹲的动作，另一个伴娘在旁边计数。他的额头很快出了一层汗。简灵没忍住，抬手帮他擦了擦汗。

程知栩垂下深黑的眼眸，定定地看着她。姑娘穿着抹胸裙，莹白的脖子、肩膀、手臂露在外面，锁骨漂亮极了，他上次在这里弄出来的吻痕已经没了。她可能不知道，此刻的她特别像只白白嫩嫩的小兔子，缩在他怀里一动不动。

他笑了一下，将她托起来一点，用只有两个人能听见的声音说："我不该每天投喂你那么多好吃的，苦了我自己。”

这是在说她重吗？

要不是人多，简灵真想给他来一拳。

程知栩打了头阵，接下来的游戏环节就轮到另外三位伴郎了。

他们也没好到哪里去，伴娘端来六杯饮料，其中有三杯是正常的可乐，另外三杯则是用芥末、生抽、胡椒粉、老陈醋等材料加可乐兑出来的，全部装在不透明的纸杯里，盖上盖子，也不让闻气味，让伴郎从中挑选一杯喝下去。有一位伴郎运气不佳，挑了杯加料的，喝完一整杯，隔夜饭都差点吐出来。

几个伴娘闹够了，见好就收，让新郎找到藏好的婚鞋，亲手为新娘子穿上，然后就可以“抱得美人归”了。

叶归舟找了一圈，最后在衣柜的夹层里找到一双水晶鞋。

他单膝跪在舒泱泱面前，左手执起她白皙的脚，为她穿上高跟鞋，低下头，一个吻落在她脚背，神情那样虔诚。

舒泱泱心中动容，鼻头一酸，快速眨了几下眼，几欲落泪。她担心弄花脸上的妆，只得微微仰起头，用手在眼睛旁扇风，强忍着不让眼泪流下来。

叶归舟隔着头纱摸了一下她的脑袋，弯腰抱起她下楼，赶往举办婚礼的地方。

伴郎和伴娘自由组合，坐上车跟在婚车后面。简灵坐上了程知栩的车，兴奋劲还没消退，一路上叽叽喳喳地说个不停。

“程知栩，我告诉你，我这个人记仇得很，别指望我原谅你说我重的事。”简灵用控诉的语气说，手指一下一下地戳着男人的手臂。

程知栩笑了下，握住她的手指，紧攥在手心里，慢悠悠道：“作为饲养员，能把你养胖是我的自豪。”

简灵噎了噎：“你就会找理由。”

程知栩跟她在一起时，总忍不住逗她，看她气鼓鼓的样子就觉得好玩。他伸手捏了一下她的脸颊：“胖一点好，像小猪，可爱。”尤其是睡午觉的时候，她躺在他身边，侧脸压在枕头上，挤出一点婴儿肥，真像小猪。

别的“钢铁直男”是情商低，简灵怀疑程知栩根本没有“情商”这个东西，天天说女朋友是“猪”也就算了，给她的微信备注也带有“猪”字。她提过好几次意见，也不知道他备注改了没有。

到达婚礼举办地点是半个小时后的事情。

市中心最大的酒店的宴会厅里，成千上万的水晶珠子从天花板垂落下来，灯光亮起，满眼星光熠熠，如浩瀚的星河坠落在人间，美不胜收。场地四周堆满了鲜花和气球，放眼望去一片花海，满室芬芳。

新娘子舒泱泱挽着父亲的手臂，走过长长的鲜红的地毯，舒父将她的手交给站在红毯尽头的叶归舟。

两家的长辈坐在宾客席第一排观礼，脸上带着微笑，眼中闪烁着泪光，共同见证这对新人结为连理。

主婚人走到两位新人中间，让他们彼此说出爱的宣言，与此同时，身后的大屏幕上播放着两人相识至今的照片。

他们穿着同一所学校的蓝白校服，胸前别着小小的金色校徽，站在教学楼的天台上，橘红色的夕阳余晖笼罩在两人身上，如同给他们镀上一层柔雾般的滤镜；后面的照片是大学时期，大概是在迎新晚会上，舒泱泱面容稚嫩，穿着水蓝色的礼服，抱着大提琴坐在舞台中央演奏，一旁是穿着黑色燕尾服的叶归舟，弹着钢琴给她伴奏……一张张照片如同时光机，带着他们穿梭到过去的时光。

最后一张照片，是他们的婚纱照，一个身穿圣洁的婚纱，一个西装革履，彼此对视，温馨甜蜜。

简灵站在舞台侧边，看得眼眶有些湿润，吸了吸鼻子，发出小小的啜泣声，正要用手揩眼角，旁边就递过来一块手帕。

她转过头去，程知栩不知道什么时候站在了她身后，修长的手指捏着深蓝色格纹手帕，挑了挑眉，示意她擦眼泪。

简灵接过手帕小心地拭去泪水，瓮声瓮气的："你不许笑我。"

"我不笑你。"程知栩偏头观察她的神色，低声说，"感动了？还是想结婚了？"

"……"

简灵没有回答他的问题，转回头看着台上，趁别人不注意手肘往后一捣，捅了程知栩一下。

煽情的环节过去，主婚人适时地说了几句逗趣的话，惹得全场哄笑，现场的气氛一下欢乐起来。

忽然，灯光全部熄灭，场内一片漆黑，宾客席传来略显嘈杂的声音。没多久，头顶亮起幽蓝色的光，一盏一盏亮起的蓝色灯泡，组成了两个人的星座，中间用一座“桥梁”连接，象征着他们之间的牵绊。

舒泱泱想起来了，读书的时候，班里的女孩子有了暗恋的男生，总是想方设法找到自己与对方有关联的地方，契合的星座、名字的笔画等等。那个时候，她在本子上一遍又一遍地画着两人的星座图，中间还用桥梁连起来，想着将来某一天，她要跨越这座桥，走到他身边。

舒泱泱再也忍不住，一颗晶莹的泪珠倏地从眼角滑落。叶归舟站在她面前，垂着眼眸，深深地望着她，唇畔挂着笑，轻声说：“我都知道。”

主婚人用动听的嗓音说出这张图的来源，底下又响起一阵感叹声，八年爱情长跑，从校服到婚纱，确实令人感动。

“不行了、不行了，我又要哭了。”简灵拼命仰头，想让眼泪逆流回去，“作为他们爱情的见证人，我真是……”

她的话没说完，腰肢就被一只大掌覆上，程知栩的声音在她耳畔响起：“我以前怎么没发现，你还是个小哭包。”

简灵吓得一个激灵，顾不上感动了，连忙左顾右盼。所幸现场的灯光都熄灭了，只有头顶的星座图闪动着淡淡的幽蓝光芒，大家的注意力也都在台上的两位新人那里，没人留意这个角落。

简灵开口说话，鼻音比刚才重了一点：“你才知道吗？我就是泪腺发达人士。”

程知栩用指腹抹了抹她的眼角：“记住了，我以后一定不惹你哭。”

简灵破涕为笑，垂下手握住他温热宽厚的手，手指摸索着插入他的指缝中，与他十指相扣：“你说的哦。”

“嗯。”程知栩手指蜷起，握紧她的手，应了一声，像是一个承诺。

叶归舟和舒泱泱交换戒指、亲吻，在亲朋好友的见证下完成了婚礼仪式。

一开始，叶归舟是想在国外办婚礼，想给他这么多年放在心上的女孩一个隆重盛大的婚礼。是舒泱泱决定在国内办，她不想要华丽梦幻的婚礼，只想家人朋友在身边。

叶归舟最终在满足她要求的前提下，给了她最好的。

舒泱泱收拾好心情，微笑着举起手里的捧花晃了晃，对站在舞台一侧的伴娘们说：“你们准备好哦，我要扔捧花了，希望能把这份幸福传递给你们。”她转过身背对着她们，倒数“三、二、一”，用力将手里的捧花往身后一抛。

简灵从小到大都喜欢凑热闹玩游戏，见另外三个伴娘摩拳擦掌，铆足了劲儿去抢空中的捧花，当即被激起了斗志，不管不顾地跳起来用双手抓住。

她忘了自己穿着高跟鞋，落下来时脚下没站稳，撞到旁边一个伴娘身上。站在她身后的程知栩不忍直视，单手握住她的胳膊将人拎起来。

舒泱泱转过身来，看到是简灵抱着捧花，朝她抛了个媚眼，暗示的意味很浓。

简灵喘着气呆站在原地，后知后觉地意识到自己这个行为太恨嫁了，特别是程知栩还在她身后。她脸颊发红，张了张嘴想说点什么，一时词穷。

程知栩好整以暇地看着她，如画的眉目含情带笑："我懂你的意思了，我加把劲，尽量不让你等太久。"

"不是！"简灵抓着捧花都感觉烫手，着急地辩解，"我就是觉得抢捧花很好玩，没有那个意思，你不要乱猜。"

舞台侧面的灯光昏暗，台下叶家和简家的亲戚没注意到程知栩与简灵的互动，只记得简灵卖力抢捧花的样子。叶娴心无奈地笑起来："这丫头，男朋友没有，抢捧花倒是积极。"

坐在前排的叶老先生回过头来，对女儿说道："她年纪也不小了，可以试着挑挑人了。只是有一点，把眼光给我放高咯，别委屈了我外孙女！"

"爸，我早就在挑了，您是不知道您这外孙女的脾气吗？"叶娴心摇了摇头，似乎有点头疼，"她自己不乐意，我能绑着她去相亲？"

漫长的婚宴过后，宾客们酒足饭饱，接下来便是放松心情的派对时间，无论是中年夫妻还是年轻情侣，抑或是第一次见面的陌生人，两两相拥，相继滑入舞池，伴随着悠扬如流水的乐曲跳舞。

简灵刚和圈子里一个小姐妹说完话，一转身，程知栩就朝她伸出一只手，微微弯腰，笑容如春风般温暖："这位美丽的小姐，我能请你跳支舞吗？"

做作！

简灵抿了抿嘴角，看着面前的掌心，双手背在身后，踮了踮脚尖，语气骄傲："不好意思，请我跳舞的人可多了，我刚才都拒绝三个了，你得拿出点本事来，我才能……"

"别废话了，你不跟我跳，还能跟谁跳？"程知栩不由分说，手绕到她背后抓住她一只手搭在自己的肩膀，另一只手握着她的手，带她到舞池中央。

简灵被拖着走了几步，嫌弃道：“程知栩，你真的很霸道。”

“是吗？”程知栩抬了下眉梢，看起来不太在意她的评价。

两人晃晃悠悠地随着音乐节奏起舞，忽然，简灵想到什么，神色有点紧张：“我们这样，不怕被发现吗？”

“发现什么？”程知栩一脸理所当然的表情，“现在这种场合，男士邀请女士跳舞不是很正常吗？”

简灵被他说服了，安心地配合他跳完一支舞。

另一边，叶娴心眯着眼，视线追随着简灵的身影，激动地拍了拍丈夫的肩膀：“老公，你看，简灵在和谁一起跳舞？”

简祖贸顺着她示意的方向看过去，只见简灵笑得眉眼弯弯，正仰头跟身前的男人说着什么，而那个男人背对着他们这边，看不到正脸。

“那是……归舟的朋友吧？”简祖贸想了想，说，“我记得伴郎团里有他，一表人才啊。”

“我们灵灵是不是……”

“我知道你在想什么。你就爱多想，可能是别人邀请灵灵跳舞，她出于礼貌答应，正常的社交礼仪而已，你别总是想着相亲啊，结婚啊，让她自个儿考虑。咱们的女儿这么优秀，还愁嫁不出去吗？”

叶娴心被他一番话堵得哑口无言，目光却不由得频频往那边看。

“还跳吗？”程知栩不知道未来的岳母大人正注视着自己，他低垂着眼睫，问怀里的姑娘。

简灵停下来，手还搭在他肩头，周围一部分是认识的人，她既紧张又有种隐秘的刺激感，小声抱怨：“穿了一天高跟鞋，有点累。”

程知栩跟着停下，揽过她的腰从宴会厅的一个侧门出去。这一层都被包下来了，走廊里静悄悄的，脚踩在地毯上也没有声音。

简灵正想问他要带自己去哪里，下一秒，他就转过墙角，进了一间宽敞的房间，一句话没说，低头抵着她的额头，嘴唇碰了碰她的唇。

“想不想结婚？”程知栩问。

国庆长假结束，简灵收了心，从散漫自由的大小姐又变成埋头奋斗的小职员。

对此，程知栩表示过怀疑，倒不是怀疑她的能力，而是不理解她的想法。

“既然你说你当初是为了追我，才选择到程氏集团工作，现在人都追到手了，你还要继续留在这里工作？想一直待在策划部？”

简灵思忖良久，想不到好的解释，只能随便丢过去一个答案：“在哪里工作不是工作呢？我决定了，以后要自力更生，自己养活自己，拒绝伸手向爸妈要钱！”

这个回答是程知栩没料到的，他呆滞片刻，夸了她一句“有志气”，转眼就想到另一个问题：“你不会想让我一直陪你玩地下恋情吧？”

对哦，简灵立马意识到，一旦他们的关系在公司里公开，她就没办法继续待在策划部工作，那样太尴尬了。

简灵犯了难，索性撂挑子不想了：“走一步看一步吧。”

简灵刚完成一项内容，将电脑下方贴的相应的记事便笺撕掉，团成一团，扔进垃圾桶里，动手开始忙第二张便笺上写的任务。

有点口渴，她端起桌上的杯子去茶水间接水，边走边揉捏着肩颈，扭动着脖子舒缓疲劳，不料与范宜君在茶水间里狭路相逢。

范宜君睨了她一眼，一撇嘴角，脸上闪过鄙夷的神色，端着一杯刚泡好的咖啡与她擦肩而过，留下一阵浓郁的香水味。

简灵莫名其妙地回头望着她的背影，暗骂了句“有病”，她那是什么眼神？自己最近没有招惹她吧？她凭什么一副看不起人的脸色？恶心谁呢！

简灵接了杯水回到工位上，想想就来气，用鞋尖踢了下旁边戴望楚的椅子，对方停下手头的工作，转过头来看着她：“干什么？”

“我最近好像没犯事吧？”简灵指着自己的鼻尖问她，“范宜君怎么一脸看我不顺眼的样子？虽然她以前也看我不顺眼，不过她刚刚那个表情也太耐人寻味了，就差骂我‘无耻’了。”

戴望楚和简灵是一个“战队”的，除非有工作上的交接，很少与范宜君打交道。她拨了拨头发，思考了一会儿，不确定道：“我早上过来的时候，好像听她说你和明特助什么，具体的没听清啦，我一来她就闭嘴了。”

明特助？明朗吗？关他什么事？

简灵嘴巴凑到杯口，喝了口热水，烫得舌尖发麻，她“咝”了一声，突然间神情一滞，捂着嘴小声说：“不会吧？”

太离谱了。

戴望楚抽空在电脑上敲了几个字，才问道：“什么不会？”

“我每天中午到四十八楼吃饭都是等你们走了才上去，就是担心被说闲话。她不会是撞见我上去，以为我和明朗之间有什么吧？”简灵越想越觉得有可能，之前范宜君就因为她和主管多说了几句话，怀疑她和主管有关系。

戴望楚挑起嘴角笑了一声，肩膀抖了抖：“呵呵，她脑子不好。”

简灵深以为然：“我也觉得。”

她放下水杯继续处理工作，脑子里却情不自禁地浮现程知栩的面容。

叶归舟婚礼那天，他们从宴会厅偷溜出去，程知栩将她吻得七荤八素后，问她想不想结婚。她当时以为他在开玩笑逗她。可能是因为她在叶归舟的婚礼上哭得稀里哗啦，感动得不得了，他就觉得她也想要一场那样的婚礼。

简灵是怎么回答的？

她记得自己对程知栩说：“你这么着急哦，我们才在一起多久？我舅舅和泱泱姐经历了八年爱情长跑呢。而且，在此之前他们就做了两年多快三年的朋友，加在一起等于是将近十一年的感情基础，最终决定走进婚姻殿堂。我们在一起的时间连他们的零头都没有。”

程知栩眼中闪过诧异，别过脸去笑了一下，似乎是无话可说，沉默了好一会儿，他缓缓开口，说了个事实：“你要是这么想的话，我们也可以八年爱情长跑，我算算啊，到那个时候我三十六岁，你确定……”

他话都还没说完，简灵突然就扑哧一声笑喷了，双手环着他的脖颈，脸埋在他的肩窝处笑个不停，“三十六岁”几个字戳中了她的笑点。

程知栩舔了下唇峰，一脸的莫名其妙：“很好笑？”

简灵嘴上说着“不好笑”，却笑得停不下来。

“每对情侣之间的相处模式不一样，你不能依照别人的标准来衡量我们。”程知栩摁了下她的额头，点明她先前的想法不合理。

袁霄从办公室出来，站在过道里拍了拍手掌，拉回了简灵的思绪，她抬起头听主管安排任务。

总裁办的门被敲响，程知栩签字的动作停下来，说了声“进”，黑眸扫了眼腕表，到了约人谈事情的时间。

他盖上签字笔，合上文件放到一边，起身绕过办公桌。这时候明朗推开门，将门外的沈清禾引进来：“沈经理请。”

沈清禾拎着托特包走进来，一身黛蓝色的修身毛线裙，外面披着中长款的深色西装，腰间系着细细的皮带，中间有一枚坠着流苏的金属扣装饰，羊皮短靴踩在地板上咔嗒咔嗒地响。

她还是那么优雅时尚，脸上的妆容挑不出一丝错处，处处透着知性美。长发披在肩头，发梢微卷，弧度漂亮。两边耳朵戴的珍珠耳坠一长一短，与毛衣链相配。

沈清禾走进来，朝里面的人打了个招呼。程知栩颔首，问她："喝茶还是咖啡？"

"老样子，咖啡，加奶不加糖。"沈清禾放下手里的包，坐在茶几旁的沙发上。

程知栩坐在对面，看着沈清禾侧过身从包里拿出一沓资料，她一边整理一边说："哦，对了，程知栩，徐总让我跟你说，下周得召开一个……"

"以后工作场合就叫我程总吧。"程知栩端起茶几上的保温茶壶，给自己倒了杯茶，手指捏着杯壁，呷了一口，眼睫敛下，神情淡淡，声音也没什么温度。

沈清禾整理资料的手顿住，脸上的笑容一点一点敛去。那张脸还是精致的，只是表情有点僵硬，冻住了似的。她这一刻的神色，与那天在程知栩家里看到简灵时的神色出奇地相似。

她张开口，嗓音干涩，像卡顿的磁带："她……都告诉你了？"

程知栩握着小茶杯，后背靠在沙发上，看着她，默然不语。

从他这个表情，沈清禾明白他知道那件事了，闭了闭眼，她不确定简灵和他说了多少，连同她那些埋藏多年的心思，他也知道了吗？

沈清禾从未在他面前失态过，无论是读书时期还是毕业以后参加工作，她出现在他面前的样子始终是完美的、得体的。

这一刻，她只觉得无比难堪，脸上火辣辣的。

"不好意思，我不是有意要和她说那些话的。"沈清禾见他许久不语，气势低下去，搭在膝盖上的双手握在一起，因为心里不安而绞紧了手指，"希望没有对她造成伤害，也没有对你们的……感情造成影响。"

不过，那天简灵气势逼人，应该没有被她的话影响分毫，反而是她自己困在简灵那些话里出不来。

她那天回去以后不断地回想过去和程知栩相处的细节，他耐心地给她讲题的样子；他们一起参加小组讨论的情景；她生病趴在桌上，他去打水顺便给她也接了一杯；大学时聚餐，他提醒她别喝太多酒；她回绝程氏的录取通知单那晚，他甚至特意给她发了邮件询问原因……太多了，她数不过来。

这段时间，她喝醉过几次，每次都梦见程知栩陪在她身边，他们是很亲密的关系，他会在她生病的时候默默守在她身侧，哪儿也不去。醒来却只有冰冷的空气和空气中飘浮的细小尘埃。

她困住了自己，她后悔了。

她在想，在过去漫长的岁月里，有没有那么一瞬间，程知栩对她也产生过好感。如果她勇敢一点，向他表明自己的心意，放下自己过分的骄傲和自尊，像那个女孩说的那样用心地追求他，他会不会被她打动？

可惜，这个问题她找不到答案了。

当她选择走一条路时，另一条路的尽头是什么样，她永远不会知道。

程知栩没想到她会主动提起那晚的事，神色稍稍一怔，有些惊讶，转瞬即逝，到最后归于一句不轻不重的话："都过去了。"

明朗煮好了咖啡送进来，见气氛不对劲，将咖啡放在沈清禾面前的茶几上，什么话都没说，转身出去了。

沈清禾吸了一口气，大概是想通了，既然他已经知道了，她再隐瞒也没什么意义："我想知道，你对我……有没有过一丝丝超过朋友的感情？"

程知栩看着她，沈清禾故作不在意地笑了笑："我知道，我现在说这些已经晚了，也改变不了什么，我就是想要个答案。"

"没有。"程知栩如实说道，"我确实拿你当朋友，也很欣赏你处事的风格。"

欣赏？原来是这样。沈清禾点点头，表示自己知道了。她垂下眼睫，眼中难掩落寞。她一直以为他对她的那一点特殊，其中掺杂着好感，原来只是欣赏。

"不说这些了，谈正事吧。"程知栩转移了话题，后背离开沙发靠背，坐直了身体，拿起茶几上的资料。

"等等，我还有最后一个问题。"沈清禾叫住他，不甘心地追问，"你为什么会喜欢那个女孩？"她想知道自己输在哪里。

程知栩不太想继续跟她讨论感情问题，一来这是工作场合、工作时间，他一向秉持着公事公办的原则；二来，他和简灵之间怎么样都与他人无关，他也无须向他人说明什么。

"感情没什么道理和原因，喜欢就是喜欢，一瞬间的心动就足够证明了。"程知栩一句话堵回了她接下来可能还要问的问题，"沈清禾，我不喜欢和我女朋友谈工作，就像我不喜欢和合作伙伴谈感情问题一样。”

他说得够直白了。

沈清禾眼底彻底灰暗下去，一片漆黑，再无一丝光亮。到此为止，他不会再与她讨论任何感情问题。他们之间能谈的，只有工作。

程知栩与沈清禾谈完正事，走回办公桌旁，恰好看到桌上的手机屏幕亮了，简灵发了消息过来。

掌上明猪：“中午不上去吃饭了，我要和楚楚去新开的烤肉店打卡。”

程知栩捞过椅子坐下来，握着手机在输入框敲字：“哦，吃够了四十八楼的饭菜就想出去尝鲜了？”

简灵窘得额头直冒汗。瞧他说的，搞得好像她看腻了他这个人，跑出去偷腥了一样。简灵正要还击，程知栩又发了一条消息过来：“没有现场‘吃播’，我恐怕会食欲不振。”

简灵惊得下巴差点磕在桌子上，服了他。

掌上明猪：“敢情我就是个‘吃播’？程知栩，我劝你谨慎发言。”

橙汁：“你秀色可餐。”

掌上明猪：“这还差不多。好啦，我就是通知你一声，我要继续工作了，你中午一个人乖乖用餐哦。”

程知栩摇了摇头放下手机，叹了声“无情无义的女人”，他刚为她解决完一个情敌，她转眼就这么对他。

简灵把上午的任务都完成了，一连撕了好几张记事便笺，这些代表的全都是已处理完的工作，看着它们躺在垃圾桶里，她的心情顿时晴朗如窗外的蓝天。

“走咯，出去吃饭，饿死我了。”简灵拎起椅背上的外套穿在身上，挽着戴望楚的手臂，开开心心地往外走。

戴望楚：“你还在吃调理身体的药吗？最近怎么没看到你吞药丸了？”

“上次去医院复诊，发现我的情况好了很多，医生就给我减药了，不用吃那么多药，我都是饭后吃，你没瞧见。”

她们早饭和晚饭都不在一块吃，午饭她又在四十八楼和程知栩一起吃，这个疗程的药都是饭后吃的，她一般吃完饭就在程知栩的办公室里把药吃了再下来。

她放了一部分药在程知栩的办公室。

想到此，简灵愣了愣，在外面吃完午饭回来，她还是得上一趟四十八楼——她的包里没放药。

戴望楚按了电梯键，从上面下来的一趟电梯刚好停在二十六楼，电梯门打开，她们两个往里走，里面的人正往外走，两边差点撞上。

明朗见到简灵，及时顿住步伐，舒了一口气："差点以为你离开了……"

戴望楚和简灵身后跟了好几个策划部的同事，明朗便没有细说，眼里的暗示很明显，意思是"等会儿再说"。

一群人进了电梯，简灵便猜到明朗可能是得了程知栩的吩咐过来找她的，碍于有别人在场，他就没明说。

刚下班，电梯走走停停，一停下就进来三两个人，中途没人下去，电梯里显得有些拥挤。

站在电梯门边的范宜君回头望了一眼后面的人，鼻子里哼出一声，声音不大不小刚好够电梯里的人听见："我记得明特助刚刚准备在二十六楼出去的，怎么又进来了？"

明朗看向说话的女人，不认识她，也不明白她怎么会问这种奇怪的问题。

能当特助的都不是一般人，明朗当即四两拨千斤地说："我有点工作上的事情找袁主管，突然想起来下班了，他人不在办公室，只能先去解决午饭。这位还有疑问吗？"

范宜君被噎得一个字都说不出来，撇回了视线。

电梯到了一楼，一群人走出去，戴望楚和简灵故意落后几步，等其他人都走出公司大门，明朗才从口袋里掏出个东西递给简灵。

半个手掌那么大的透明塑料小药盒，里面分隔出一个个小格子，每个格子里装了一种药，有的格子装了一颗，有的两三颗，还有的五六颗，白色的、黑色的，都是简灵要吃的药。

"程总让我拿给你，他怕你饭后忘了吃药。"明朗说。

简灵刚才还在纠结这个问题，没想到程知栩替她想到了，她接过小药盒放进包里，笑了笑说："谢谢，麻烦你了。"

"不麻烦。"明朗又从西裤的口袋里掏出一张卡递给她，"这个也是程总让我交给你的，说是……咳咳，你中午没陪他吃饭，单独给你发的餐饮费。"

简灵摁了摁额头，突然间无言以对。

“既然是程总的心意，你就收下吧。”戴望楚在一旁笑着撞了撞她的肩膀。

平时简灵很少聊起程总，最多就是夸夸他对她很好，害得戴望楚总是想象简灵和程总相处的样子，可也想象不出具体的画面，今天总算是窥见一角。

简灵接过卡，冲戴望楚晃了晃：“那我们去吃好吃的吧？”

明朗愣了一下，还以为简灵会拒绝老板的好意。他从总裁办出来时还在想，如果她不肯接受，他要怎么劝说她收下，还好她没有让他绞尽脑汁。

简灵拿着卡和戴望楚在烤肉店点了一堆好吃的，最后差点没吃完。回公司的时候，她又没忍住去甜品店买了一堆甜品，她们两个各拿了一份，剩下的分给同事。

策划部的男女同事人数各占一半，长时间共事下来，除了个别人让简灵觉得有些硌硬，大部分同事与她相处得都很不错。

简灵意思意思给范宜君桌上也放了一份甜品，吃不吃随她，简灵也不差这一份甜品的钱，就是不想让人说自己区别对待。

有人扬声问：“简灵，你这是有什么好事要跟大家宣布吗？难道今天是你生日？”

“先别说，让我猜猜，你是不是要结婚了？”

“一声‘恭喜’先说为敬。”

“如果真是结婚，光请甜品不够意思了啊，怎么也得请我们去馆子里撮一顿。”

“闭嘴吧你，有东西吃就不错了，还嫌东嫌西。”

还没到下午的正式上班时间，办公区气氛轻松，大家你一言我一语，纷纷猜测简灵是有好消息要公布。

然而当事人只是摊了摊手，一脸淡定：“不好意思了各位，只是随便请你们吃下午茶，既没有喜讯，也不是过生日。”

办公区里响起一片唏嘘声，有人腾出双手都准备鼓掌了。他们是真以为她要宣布结婚的消息，上次不是还有人送给她一束红玫瑰？

简灵笑颜如花，拉开椅子坐下来，拿起手机给程知栩发消息：“报备一下，我一共花了你五百大洋。”

橙汁：“嗯，再接再厉。”

掌上明猪：“怎么突然对我这么好，你是不是做了什么对不起我的事？”

橙汁：“……这不是心疼你上个月迟到好几次，工资都快被扣没了，而且也没到发工资的日子。你说了不伸手向父母要钱，作为男朋友，我只好接济你一下。你不领情就算了，还诽谤我。”

隔着屏幕都能感觉到那边的人有多无奈，简灵捂着脸笑出声来，随即发了个表情包过去。

是一个穿红衣服的小女孩双膝跪地疯狂磕头，配的文字是“谢谢老板”——过年期间，收红包时经常用到的一个表情包。

程知栩被逗笑了，好一会儿才回复她：“改个称呼，我心情会更好一点。”

掌上明猪：“谢谢男朋友。”

橙汁：“退下吧。”

两人聊了没多久，简灵就放下手机，一秒变得正经，开始认真工作。

下了班，简灵就偷偷摸摸地去停车场，坐上程知栩的车，两人一起去超市买菜。回到公寓程知栩给她做饭，她就拿着一把芹菜在一旁捣乱，最后被程知栩捉住亲一顿就老实了。

两人坐在一起，边看综艺边吃晚饭，简灵常常笑得前仰后合，发出鹅叫。程知栩面无表情地看着她，不知道笑点在哪里。

简灵擦掉嘴角漏出来的米饭，见程知栩无动于衷，好笑道：“你不知道这个梗？你没在网上冲浪？”

程知栩冷漠地摇了摇头。

简灵一本正经地宣布：“程老板，我发现我和你之间有代沟，三年一条沟，咱俩之间隔了两条大沟。”

程知栩扯了扯嘴角，呵呵冷笑，希望她等会儿不要后悔说这种话……

当然，这是在程知栩不忙的时候，两人日常的相处状态。

进入十一月，程知栩就开始忙得脚不沾地了，好在他们每天中午一起吃饭，也算见了面，感情稳步发展。

到了十二月，程知栩的行程排得更满，接连去国外出差，简灵经常见不到他人，只能靠手机联系。

有时候两边有时差，出现的情况就是她这边发出的消息，他未能及时回复，他那边的回复，她也不能及时看到。所以每次聊天都只有简短的三两句，他最忙的那几天甚至只说了“早安”和“晚安”。

圣诞节很快来临，程知栩发消息说赶不回来了。他远在斯里兰卡，但是他没忘记这个节日，让人给她送了一份圣诞礼物。

简灵窝在公寓里，阿姨正在给她做晚饭。门铃响了，简灵趿拉着拖鞋过去开门，外送员递给她一束花和一个礼盒。

简灵说了声“谢谢”，抱着花和礼物进来。

厨房里的阿姨听到动静举着锅铲出来，惊喜地看着简灵怀里的一大捧粉白玫瑰：“我们灵灵有人追啦？”

简灵弯唇笑笑，没有回答，鼻尖凑近花朵闻了闻。玫瑰花瓣沾染了外面的寒气，柔软又冰凉，丝丝缕缕的香气弥漫，她的心却是暖的。

阿姨又进了厨房，简灵坐在沙发上拆礼物，抽掉上面的丝带，打开盒盖，一条手链躺在深蓝色丝绒布上，吊坠是一个小金猪。小猪浑身都是镂空的花纹，做得极为精巧细致，憨态可掬。

“什么呀，又说我是猪。”简灵自言自语地嗔怪道，心里却漾开层层涟漪，蜜一样的甜。

简灵心绪起伏，摸到沙发上的手机，忍不住给程知栩发消息：“为什么要送我猪猪手链，你真把自己当养猪的啦！”

简灵想了想，觉得这句话的语气不对劲，连忙将消息撤回了，重新发了一条。

掌上明猪：“礼物收到啦，你什么时候回来？”

可惜等了十几分钟，对方没有任何回复。阿姨在叫她吃饭，她只好放下手机，情绪低落地去了饭厅。

吃了两口饭，简灵的心情慢慢平静下来，能够理解程知栩。他是为了工作，又不是故意不陪她，况且她一开始都没想过他会记得圣诞节这种节日，他能提前准备礼物和花她就很满足了。

简灵是“乐天主义”奉行者，吃完饭，陪着阿姨收拾了碗筷，然后送阿姨出门。

公寓里只剩下她一个人，她上楼泡了个澡，玩了一会儿手机，觉得无聊，就去了房子里的影音室，打开投影仪找了部动漫出来看。

刚看了个开头，她隐约听见门外有什么动静传来，神经顿时紧绷。独居女孩的警惕性使然，她掀开腿上的毛毯，赤着脚从沙发上下来，视线逡巡四周，没找到称手的工具，正想躲起来的时候，门咔嗒一声开了。

影音室里的大灯全都关了，一片昏暗，只有前面的投影幕布散发出来淡淡的光线，随着门被推开，走廊里的光也涌了进来。

男人逆着光立在门口，身材颀长挺拔，脚边放着一个银色的小行李箱。

简灵眨了眨眼，不敢相信上午还发消息告诉她，自己身在科伦坡的人，现在竟然出现在她面前。她掐了下手指，有点疼，不是在做梦。

程知栩被她的反应取悦到，踢开挡路的行李箱，走过去拥抱住她，用了很大力气，几乎将她整个人抱离了地面。

他的声音带着外面的凉气，低低哑哑："我回来了。"

简灵怔然，反应过来的时候，他已经吻住了她，唇舌纠缠间，空气里都浮动着暧昧的因子，投影仪倾泻出来的日漫声音成了亲吻的背景音。

男人风尘仆仆，大衣上沾了水渍和冰寒的气息，怀抱却是滚烫的，她一颗心都在颤抖、燃烧，前所未有的情绪挤压过来，致使她更用力地抱紧他。以往接吻都会害羞得脸红，她头一次这般热情，毫无保留地回应他。

程知栩重重地喘了一下，将她放下来，自控力在崩溃的边缘摇摇欲坠，再亲下去恐怕要出事。

他闭了下眼，摸摸她的头发："礼物喜欢吗？"

简灵平复了一会儿，朝他晃了晃自己的手，白皙的腕子上戴着他送的手链，小金猪就垂在微凸的腕骨部位，跟她的人一样可爱。

"我已经戴上了！"

程知栩笑起来，再次将她搂进怀里，俊逸的脸埋在她发间，贪婪地汲取着熟悉的甜香气息。

"外面下雨了吗？"简灵抱住他的腰，手摸到微湿的衣料，在他怀里说，"你的大衣怎么湿漉漉的？"

"下雪了，刚开始下，是一颗颗的雪粒，落到身上很快就融化成了水。"程知栩说。

简灵从程知栩怀里退出来，跑到落地窗边，掀开窗帘一角往外看。橘色的路灯照亮了一隅，晶莹的雪粒噼里啪啦地落下来，砸在任何地方都能听到细微的声响。

北风呼啸，外面是冰天雪地，室内却是那样温暖。投影仪播放着具有夏日气息的动漫，一切都是那么惬意舒适。

这是今年冬天的初雪，她爱的人就在身边。

没有比这更美好的事情了。

简灵高高举起双手，趴在落地窗上欢呼了一声，正想多欣赏一会儿雪景，腰上就横过来一条强健有力的手臂，一个用力，轻轻松松地将她拦腰抱起来。

“光着脚乱跑什么，冻感冒了难受的还是你自己。”程知栩被她上次发烧咳嗽的事情弄得心有余悸，将人抱到沙发上，拿起一旁的毛毯裹在她身上，“我去洗个澡，你自己老实待着。”

程知栩转身欲走，简灵想起什么，从毛毯里挣扎出来，抓住了他的手指，问道：“你吃过饭了吗？”

“没有。”程知栩是赶回来的，直达的那趟航班时间来不及，他转了一趟机才能在这个时间出现在她面前，没来得及解决晚饭。

简灵从沙发上跳下来，找到自己的毛绒兔子拖鞋，穿上：“你去洗澡，我去厨房给你煮碗面。”

程知栩怀疑自己幻听了，神情稍稍一怔，求证道：“你说什么，给我点个外卖？”

“我说，我亲自下厨给你煮碗面！”简灵踮起脚尖，在他耳边大吼一声。

他那个眼神是什么意思，难道不相信她能搞定？

程知栩黑眸微眯，一脸的抗拒：“别了吧，外面下着雪，咱别给消防员增加工作了。”大掌摸了摸她的脑袋，“乖，看你的动漫，洗完澡我自己煮。”

“喂！关消防员什么事……”话说到一半，简灵忽然就懂了他的言下之意，他是说她会把厨房点燃吗？

程知栩没解释，拎着行李箱去了次卧，从衣柜里找了套睡衣到浴室洗澡。花洒的热水浇下来，他将黑发往后捋了捋，仰起头，微凸的喉结动了动，任由热水从脸上往下冲，浑身的疲惫也被水流冲刷干净了。

简灵独自一人下楼，钻进厨房，从冰箱里拿出西红柿和鸡蛋，还有阿姨前两天买的手工挂面。她一边鼓捣一边自言自语：“少瞧不起人了，我昨天晚上还自己煮了袋装的螺蛳粉好不好！”

程知栩洗完澡，手里拿着一条干净的白毛巾擦着头发上的水珠，推开影音室的门，动漫还在播放，里面的人却不见了。

他转身去了主卧，没看到简灵的身影。恰好楼梯传来踩踏的动静，他循声望去，简灵端着木托盘走上来，一碗热气腾腾的西红柿鸡蛋面置于上面，白茫茫的热气浮动，她的脸被笼罩在里面，变得模糊不清。

程知栩看着她小心翼翼地走近，漆黑狭长的眼眸闪烁了下，擦头发的动作停了下来，佯装不知情地问："现在外卖这么高级？"

简灵一秒黑了脸，正要跟他斗嘴，程知栩就走上前一步，毛巾搭在脖颈上，发梢的水珠还在往下滴落，一滴滴落进毛巾里。他伸手接过她手里的托盘，颇为动容："谢谢女朋友的爱心晚餐。"

简灵这才知道自己被他骗了，他根本早就猜到这是她做的。

"你不是不会做饭？"程知栩干脆进了影音室里，将木质托盘放在茶几上，学她平时那样坐在茶几边的地毯上，不过他身高腿长，伸展不开，姿势难免别扭。

"没吃过猪肉还能没见过猪跑？"简灵抱着膝盖坐在他旁边，找到遥控器将动漫的声音调小了一点，方便听清他说话，"你和阿姨做菜的时候，我都有在旁边看的，多看几次就会了。"

"遗憾"的是，她居然没有像偶像剧里的女主角第一次给男主角做饭那样，不是切到手指就是烫到手指。她第一次操作虽然有些手忙脚乱，总体来说还算顺利，也可能是因为她煮的面比较简单。

程知栩拿起筷子，挑起一撮面条吃进嘴里，黑眸中闪过惊讶，是意料之外的好吃。

"怎么样？好吃吗？"简灵眼里充满期待地望着他，隔了一秒，没听见他回应，她两手叉腰，蛮横地威胁，"敢说不好吃，你就死定了。"

程知栩正吃着面，闻言呛了一下，笑着说："好吃。你自己没尝过？"

"哼，我就知道。"简灵顿时心花怒放，手托着腮傻乐了片刻，瞄了眼投影幕布上的动漫，发现没有看男朋友有意思，又把脑袋转回来了。

老实说，她没见过这样的程知栩。

以往两人一起吃完晚饭，到时间了他就会离开这里，驱车回到另外的住处。此刻的他穿着上下两件套的睡衣，纯黑色的法兰绒料子，翻领，扣子没全部扣上，露出来的肌肤冷白如雪，锁骨分明。他的头发半干未干，凌乱地耷拉下来，侧脸线条冷峻，吃面的动作很是优雅斯文。

简灵正看得入迷，茶几上的手机突然响了一声，拉回了她的神思，垂眸看了眼，提醒身边的男人："是你的手机。"

程知栩也是真饿了，没心思看手机，低着头专心吃面："你帮我看一下。"

简灵倾身拿起他的手机，迟疑了一下："我看了哦？"

“嗯。”

得到程知栩的首肯，简灵才按亮屏幕。他的手机连锁屏密码都没有，点进去就直接进入主页面。这也是为什么当初她不小心拿走他的手机，能随手拍下那么多张自拍。但凡他设置了锁屏密码，她也不至于干出那种蠢事。

真是“往事不堪回首”。

简灵帮他看了消息，是郁织锦女士发来的，问他元旦放假回不回家。

“你妈妈问你元旦假期回不回家。”简灵把微信内容转达给他。

程知栩喝了口汤，若有所思地看着她。简灵被他看得有些莫名其妙，摸了摸耳垂，催促道：“阿姨问你呢，怎么回复啊？”

程知栩：“不回家。”

简灵“哦”了声，模仿程知栩的口吻，给郁织锦回复了消息。

郁织锦很快就发来一长段话：“程知栩，我上次跟你说的话你一个字都没听进去，是吧？我朋友的儿子，像你这么大的都结婚了，有的连孩子都生了！你真是要急死我啊！我打电话问了明朗，你元旦三天假都空出来了，没有任何工作上的安排，你不回家要做什么？你最好给我一个合理的解释！”

这些文字呈现给简灵的就是一个暴跳如雷的妇女形象，她晃了晃脑袋，暗示自己不能这么想程知栩的妈妈。

简灵不知道该怎么回，将郁织锦发来的一番话声情并茂地念给程知栩听，后者眼皮抖了抖，淡淡道：“不用回她。”

简灵忍着笑说：“好吧，你待会儿自己回复。”

程知栩吃完了面，伸长手臂捞过纸巾盒，从中抽出一张纸巾，擦干净嘴角，从地毯上起来，简单地收拾了一下，将托盘和碗筷拿到楼下去。

大概是因为程知栩这边没有回复，郁织锦就没再发消息过来。

简灵按了返回键，手机界面重回“消息”那一栏，目光自下而上，很快找到了自己的微信头像，再看一眼备注，简灵抽了一口气。

掌上明猪？程知栩是认真的吗？

程知栩从一楼上来，推开门就看见简灵踩在沙发上，一副居高临下的姿态，一只手叉着腰，另一只手拿着手机指着他，颇有一股拿剑的气势。

他被吓了一跳，站在门边没进来。

“程知栩，我先前让你改给我的微信备注，你就给我改了这个？”简灵举起手机指给他看，屏幕上的亮光投在她脸上，将她气鼓鼓的表情映照得生动有趣。

“你偷看我手机？”程知栩顾左右而言他。

“是你给我看的。”

“那你看我的朋友圈了吗？”程知栩问。

简灵一顿，很想问他一句，我看你的朋友圈干什么，我用我自己的手机又不是看不到。可是对上男人深邃的眼神，她不受控制地点开他的头像，翻到朋友圈那一栏。

一眼扫过去，近期的好几条朋友圈都是她没看过的，其中夹杂着两条她见过的。

12 月 24 日：“还在科伦坡，不确定能不能赶回去，尽量吧。”

12 月 18 日：“今天只和她聊了三句，小姑娘好像兴致不高，不知道是不是不开心。”

12 月 1 日：“郁女士又打电话让我回家。想直接跟郁女士挑明我有女朋友了，又担心说开了得见家长，小姑娘好像没准备好。”

11 月 16 日：“她中午吃少了，也不知道是不是工作有压力。”

11 月 2 日：“聊天时听说她喜欢下雪天，呵，体质那么弱还喜欢冷天。算了，找个机会带她去瑞士吧，那儿的雪好看。”

……

简灵的呼吸越来越轻缓，到最后屏住了呼吸，心跳却越来越急促。这些朋友圈全都设置了“仅自己可见”，除了程知栩本人，谁也看不到。而这些动态，全部与她有关。

再往前翻，简灵看到了两条她曾经刷到的动态。一条是她送他的那束红色玫瑰花，另外一条是他来公寓拿东西那晚，拍的一张月色美好的照片。

简灵眼尖地发现，这两条朋友圈的下面都有两个挨在一起的灰色小人标志，这代表的是这条动态“部分可见”，也就是说，只有他和她能看见——他是特意发给她一个人看的。

程知栩从门口走过来，视线紧锁着她，笑着问：“还没看完？”他不常发朋友圈，没记错的话，应该没几条。

简灵的视线从手机缓缓挪到他身上，眨了眨眼，没来由地，鼻尖一阵泛酸，眼眶也热热的：“你发的玫瑰花那条我知道，但是拍的那张月亮的照片是什么意思？”

程知栩挑了挑眉："喜欢你的意思，没明白？"

难道是……

简灵一愣，终于明白过来——今晚月色真美！

她真迟钝，居然一直没有想到这一点。

程知栩将站在沙发上的姑娘抱下来，自己坐在沙发上，搂她入怀，屈起手指弹了下她的额头，声音清润好听："我暗示得那么明显，某人一点反应都没有。"

简灵的手不知道按到了哪里，对面落地窗的窗帘突然慢慢朝两边打开，窗外白雪纷纷。

雪下大了，再也不是一颗颗的雪粒，而是如鹅毛一般，一片片、一簇簇的雪花，在满城灯火的映照下美不胜收。

简灵一时之间忘了自己要说什么，看着窗外的雪喃喃道："雪下得好大。"

程知栩问："你想不想去瑞士看雪？"

简灵回过头看着他，没理解他的意思。

程知栩低下头，高挺的鼻子蹭了蹭她的脸颊，呵出的气息温热，嗓音低沉，带着诱哄的意味："元旦一起去瑞士吧。"

简灵怔然，那会儿程知栩的妈妈发消息问他元旦回不回家，又从明朗那里打听到他假期没有工作安排。

原来，他是准备带她去瑞士看雪。

程知栩没听到回应，捏了下简灵的手背，问得很认真："去吗？票都买好了。"

简灵点点头，扑过去抱住他的脖子："去。"

第八章

这是求婚吗

这一刻，简灵终于知道为什么程知栩一个多月前让她办理去瑞士的签证，她当时以为他要带她出差，原来是要带她去瑞士看雪。只有他们两个人，想想都好期待。

两人窝在沙发上，盖着同一床毛毯，窗帘没拉上，外面的雪一直下，投影幕布上的动漫一话接一话地播放着。

简灵有一下没一下地玩着程知栩的手指，将他腕骨部位的那颗黑色小痣看了又看、摸了又摸，只觉得他的手是真漂亮，手指又细又长，还白，骨感十足，只要拍一张手指的照片发出去就能引发无限遐想。

她心里充满着某种情绪，整个人也柔软得不像话，靠在他怀里，轻声说："十点了，你要回去吗？"

程知栩咂摸了一下她的语气，半晌，偏着头看她的脸："不想我走？"

"没有啊。"简灵装傻，故作正经道，"你要是回去，现在就得走了，时间不早了，明天早上还得上班。"

程知栩拖长声调"啊"了声，又把问题丢回给她："那你到底是想让我走，还是不想让我走？"

简灵脑子都成糨糊了，捂着耳朵说："随便，你爱走不走，我去睡觉了。"她摸到遥控器关了投影仪，从他怀里挣脱出来。

她趴在沙发上，到处找自己的拖鞋。她的毛绒拖鞋与地上铺的长绒地毯融为一体，加上室内光线暗，她找了一会儿才找到，正想穿上，程知栩就动了身，手抓住她细瘦的脚踝，将人拖过来压在身下。

"啊——"

简灵怪叫一声，余音顷刻间被吞没，是程知栩吻住了她。

影音室里一直没开大灯，原本还有投影幕布的光，关了投影仪后，只剩窗外微弱的路灯光映照着白雪，透进来的光线比月光还要浅淡。哪怕离得近，也看不清彼此的脸。

衣料的摩擦声清晰地在耳边响起，简灵大脑混沌，只挣扎了一下就瘫软在沙发上，任其为所欲为。一声比一声细弱的嘤咛，似痛苦又似欢愉。

程知栩吐出的气息火热，低声问她："想让我走吗？"

简灵咬着唇，再不似方才的口是心非，手指紧攥着他的袖子，柔软的布料被她抓得一团皱，贝齿松开下唇，轻吐出两个字："……不想。"

程知栩偏过头，抿嘴一笑，起身拉好衣服，坐在沙发边缘，气息还有些不稳，拍了拍还躺在那里的姑娘："走吧。"

“去哪儿？”简灵傻傻地问。

“背你回房睡觉。”程知栩抓了抓微湿的头发，抬起眼皮觑了她一眼，“不是你说明早要上班？”

被男朋友背的机会难得，简灵果断爬起来，也不穿拖鞋了，从善如流地趴在程知栩的背上，两条手臂环住他的脖子，交叉在他胸前。他托起她的腿弯，将她背起来，走出影音室。

走廊静谧无声，简灵陡然进入光线明亮的地方，有些不适应，眼睛眯了眯，下巴搁在他颈窝，嘴唇不小心擦过他的耳朵尖。

程知栩脚步猝然一顿，好不容易平复下去的呼吸又乱得一塌糊涂，只得出声警告她：“简灵，大晚上的，在我家里，别诱惑我。”

简灵正揉着眼睛，闻言，动作停下来，脸上的表情十足无辜：“我什么时候……诱惑你了？”

“亲我耳朵的不是你？”

简灵想了想，刚才她的嘴唇确实碰到了他耳朵，但不是故意的。她懒得解释了，反正他总有话堵住她，她是真说不过他。

跟他在一起这么久，简灵的胆子也练大了，不像一开始谈恋爱的时候，动不动就因为他一句话、一个举动脸红得不像样子。

简灵起了促狭的心思，凑过去亲了他耳朵一记：“你说这样？”

“简灵！”程知栩的声音添了几分凌厉。

简灵知道他是色厉内荏，脸上一闪而过得意的神色，挑衅一般又凑过去亲他的脖子，笑嘻嘻地说：“程老板，我现在不是你的员工，你别拿对付下属的那一套吓唬我。”

程知栩暗暗说了声“好”，加快脚步走到主卧门口，一脚踢开房门，将她放倒在床上，两手撑在她身侧：“那就用对付女朋友的那一套。”

简灵对上他黑沉沉的眼眸，看出他眼底散发出危险的信号，终于意识到自己挑衅过了头，立马㞞了，逃出他的臂弯，连滚带爬地钻进被子里，紧紧地裹住自己，只露出一个脑袋，小声认错：“我错了。”

程知栩拧开了床头柜上的台灯，于灯光中凝视她的脸。简灵现在知道怕了，双眼紧闭，睫毛颤抖，脑袋都想缩进被子里。

沉默数秒，他倏地笑了一声，伸手隔着被子揉了一把她的脑袋：“看你下次还敢不敢捉弄我。”

“不敢了，不敢了。”简灵缩着脖子，举白旗投降。

程知栩直起身，立在床边，盯着她看了一会儿，弯腰拧了下台灯，将亮度调到最低，丢下一句“晚安”就去了隔壁次卧。

随着主卧的门被关上，简灵慢吞吞地探出脑袋，见房间里没人了，才长长地舒了一口气。男人果然不能瞎撩拨，她长记性了。

圣诞节过后，没上几天班就放了元旦假。

按理说，放假期间简灵不可能再住在公寓里，得回简家住，但她已经和程知栩约好了一起去瑞士，不得不对叶娴心女士撒谎。

“我和好朋友一起出国旅游，对，我们订好了去苏黎世的机票。我就不回家了，直接从公司出发。”简灵在电话里尽量让自己的语气轻松，力求让叶女士听不出她撒谎的痕迹，“我朋友戴望楚啊，你不是知道吗？唉，自从上班我就没出去玩过，想趁这个机会好好放松一下身心。你放心，我们互相照顾一定没问题。”

简灵给叶娴心打电话的时候，程知栩就在一旁听着，脸上没有多余的表情，心里想的却是女朋友打算什么时候放他出“冷宫”，总这样瞒下去也不是办法。她撒一个谎，就要用无数的谎言去圆。

简灵耐心地解释了一通，叶娴心果然不再怀疑，只叮嘱她好好照顾自己，遇到问题就给家里打电话，别硬扛。

简灵乖乖答应：“我知道啦，回来给你带礼物哦，拜拜！”

挂断电话，她拍着扑通跳动的胸口，浑身紧绷的神经放松下来，检查了一遍证件，转头对程知栩说：“走吧，我们出发去机场。”

两人顺利登上了飞机，中途在阿姆斯特丹转机，在史基浦机场停留了两小时，于第二天北京时间中午十一点左右抵达苏黎世机场。

苏黎世号称“全欧洲最富裕的城市”，商业中心摩天大楼林立，购物中心繁华热闹，日夜不息，但他们这次的目的地并非这些地方。从机场出去，他们就远离了市中心的物欲横流与喧嚣热闹，朝边陲小镇奔去。

坐了十几个小时的飞机，又转坐商务车，当车子在路上飞驰的时候，简灵已经忘记今夕何夕，靠在程知栩的肩头昏昏欲睡。

程知栩很想叫她起来看一路的风景，瞥见她温柔恬静的睡颜，他忍住了，拢了拢她肩上的毛毯，让她睡得更踏实一点。

到了地方，没等程知栩叫，简灵自己就醒了，伸了个懒腰，毛毯从身上滑落。

她刚醒过来，眼神茫然，透过模糊的窗玻璃看向外面，满眼的白雪，足有一尺厚，覆盖在屋顶上、树梢上，像从天上淋下来了一桶浓厚的奶油，让一切物体都变得蓬松柔软，童话故事一般梦幻。

简灵浑身的疲惫消失不见，只想在雪地里打个滚。

程知栩制止了她的想法，拎着行李箱带她进入民宿。那是一栋独立的小木屋，干净温暖，除了老板，没有其他人过来打扰他们。

两人饱餐了一顿，在各自的房间里休息。

简灵的房间在程知栩隔壁，她洗了个热水澡，吹干头发后钻进被窝里。

头顶的吊灯是南瓜形状的，木质的梳妆台，木墩一样的凳子，还有圣诞树造型的衣架……屋子里的摆件大多是原木材质，空气中都透着木头与冰雪的气味。

梳妆台后面是一扇小窗户，玻璃上凝结了朵朵霜花。简灵后脑勺枕在手臂上，偏过头就能看到遮盖了三分之一窗户的积雪，更远处是树影幢幢。

此时此刻，简灵感觉自己就是住在森林深处的公主，可能夜晚会有挥着翅膀、闪闪发光的小精灵落在窗台上。

不知道程知栩是怎么找到这个地方的，与世隔绝，太美了。

简灵正想着他，枕边的手机就响了一声。她摸到手机拿起来，是程知栩发来的消息，让她好好休息，等她休息够了，他就带她去滑雪。

简灵眼睛一亮，想到什么，随即又灰暗下去："我不会滑雪啊。"

橙汁："简单，我教你。"

遇到这种体育运动，简灵就没办法自大逞强了，干脆跟他摊牌，让他提前有个心理准备："先说好，我运动细胞为零，学这些东西时脑子很笨的。"

程知栩早就猜到了，只是惊讶于她的坦诚。按照她的大小姐脾气和自己以往的经验，他要是说她哪方面不行，她一定会叉腰大声回击，仿佛声音越大就越有气势，跟小孩似的。

"我有信心教会你。"程知栩说。

"这可是你说的哦，我要是学不会，你不准骂我。"简灵担心到时候他教不会她，趁机打击她，她得给他打好预防针。

"我什么时候骂过你？"程知栩反问。

"没有吗？骂我笨。"

程知栩接不下去了，有时候为了逗她，确实说过她呆、笨之类的话，可他哪一回的语气都没认真，他不信她听不出来他是在开玩笑。

程知栩话锋一转，问她："屋子里冷吗？"她那身子骨，还真不好说，一般人觉得暖和的气温她不一定能适应。

简灵缩在被子里，被窝里暖融融的，有淡淡的松香气息，可能与屋内点的熏香蜡烛有关，总之，是令人很舒服的气味。

她脑子一热，回复他："你要来给我暖被窝吗？"

消息发出去的下一瞬，简灵就后悔了，急急忙忙地撤回了，做贼心虚似的捂住手机，等了一会儿，手机没一点动静。

难道程知栩没有看到？不可能吧，他们正在聊天，他一直盯着手机屏幕，应该第一时间就看到了。

思绪翻飞时，简灵耳边冷不防传来敲门的声音，伴随着男人清冽得好似裹挟着风雪的声音："开门。"

救命！程知栩竟然直接过来了！

敲门声咚咚咚，仿佛叩击在简灵心脏上，她吞咽了口唾沫，努力稳住情绪，然而一开口就泄露了自己的紧张："我……我睡了。"

门外的人似乎是哼笑了一声，声音很低，被风一吹就散了："你睡了，跟我说话的是鬼吗？"门又被敲了一下，程知栩低笑道，"开门，送温暖的来了。"

简灵被逗得扑哧一笑，裹着被子，朝门口喊道："我真躺进被窝里了，起来太冷，就不给你开门了，你回去睡吧。"

"简灵。"程知栩一字一顿地叫了她全名，一手撑在门板上，低垂着头轻笑，"不是你让我来暖被窝？"

简灵悔不当初，再次强调："我开玩笑的，你不要当真，我要睡了。"

程知栩手掌抵了下门，站直了身体，手插进长裤的兜里，视线落在紧闭的门上。她又是有胆子撩拨没胆子负责任，看来圣诞节那晚他没把她吓到。

"行，你早点睡。"程知栩料定她不会开门放他进去，站了没多久就收敛心思，回了隔壁自己的房间。

简灵竖起耳朵静静地听了一会儿，门外的脚步声逐渐远去，隐隐约约传来关门的声音，是程知栩回房了。

警报解除，她拍了下脑袋，懊恼自己怎么总是不长记性，说话也不经大脑，还好程知栩是个正人君子，不然非得把她揪出去修理一顿不可。

简灵蹬直了双腿，看着头顶的南瓜灯发呆，看着看着，眼前就出现重影。

她带着一丝丝懊悔，沉沉地进入梦乡。

再次醒来，简灵是被一阵敲门声打断了美梦。她恍恍惚惚的，以为自己睡了没多久，记忆还停留在那一幕——她挑衅了程知栩，而他过来敲她的房门要进来修理她。

想到此，她一个激灵弹坐起来，拿起手机一看，竟然已经过了八个小时。

“简灵，还没醒吗？”门外是程知栩的声音。

简灵连滚带爬地下床，趿拉着拖鞋先去开门放他进来，不好意思地抓了抓头发：“我刚醒，你可能要等一会儿。”

“没事，你慢慢收拾。”程知栩关了门，没让外面的冷空气进来。

简灵睡眼惺忪地瞥了他一眼，转身跑去卫生间洗漱。约莫十分钟后，她从里面出来，困倦从脸上消失，她蹲在行李箱旁边找衣服。

程知栩提醒了一句：“穿厚点，滑雪场周围没有遮蔽物，风大。”

简灵直接跳过时尚选择，拿出最厚的装备——带绒的保暖衣、黑色高领毛衣，外面再穿上中长款的防寒羽绒服，保暖裤、棉靴也都安排上了。

程知栩见她对着镜子整理头发，起身走过去，站在她背后，从衣架上取下围巾绕过她的脖颈。

简灵转过身来面朝他，踮了踮脚尖，像一只大笨熊，仰头看着他：“我穿了高领的毛衣，不用戴围巾了吧。”

“风会从衣领灌进去。”程知栩给围巾打了个结，遮住了她半张脸，只露出一双灵动水润的眼眸。

“好吧。”简灵抬手将压在围巾里的头发扯出来，戴上毛线帽，突然之间发现了新大陆，指着程知栩的胸膛，“程老板，我们穿的是情侣装。”

他们两个都穿了黑色高领毛衣和白色羽绒服，站在一起般配极了。

相比起来，程知栩的装扮要轻便许多，羽绒服的拉链没拉，敞着怀，里面的毛衣也不是很厚，上面织着麻花一样的花纹，配上挺括的黑色长裤，格外帅气逼人。

简灵第一次见他穿白色羽绒服，清雅俊秀，挺拔如松，好像选秀节目里的“小爱豆”，她得极力控制自己才没有露出花痴表情。

程知栩早就发现了，被她挑明也只是轻轻抬了下眉头，语气玩味十足：“难道你不是故意学我？是我先穿的。”

“少自作多情了。”简灵扑过去捶他，接着拽住他的羽绒服领子，“你先穿的没错，但我的行李箱是你收拾的，谁知道你有没有存小心思。”

出发前一晚，简灵回公寓收拾行李，程知栩以不放心为由跟过去。她的贴身衣物和化妆品、护肤用品是自己收拾的，因为不了解瑞士这边的天气，衣服就交给他来收拾。

“你还真是一点都不服输。”

程知栩拿她没办法，攥着她的手把人拉过来亲了一下才满足，然后牵着她出房门。

两人吃了简易的西式早餐，由民宿的车送去滑雪场。简灵一路都趴在车窗上欣赏沿途的雪景，将昨天下飞机后没能看到的风景欣赏了一番。

到了地方，果然如程知栩所说，滑雪场半点遮蔽物都没有，只有几个高高的陡坡，裹挟着冰雪的风从四面八方刮向他们，直往衣服缝隙里钻，开口说话时，她冷得牙齿都打战。

尽管如此，来滑雪的人仍旧络绎不绝，下至五六岁的小孩，上至五六十岁的中老年人，所有人都在尽情享受大自然的馈赠。

大家都在各自的区域里玩耍，互不打扰。对于简灵这种毫无经验的滑雪新手，只能待在新手区域玩一玩，那些高手区，她就只有看一看的份儿。

简灵看到高手区域里，一名看起来瘦弱的男子滑着单板从高高的坡上极速俯冲而下，腾空跃起，越过数米长的障碍物，完美落地并滑行了一段，她惊讶得呼吸都停滞了。

“太厉害了吧！”简灵由衷地夸赞。

“别看了。”程知栩扳正她的脑袋，让她看着脚下的雪地，“你只能在这儿玩，其他地方暂时别想了。”

简灵过来时就换上了滑雪俱乐部提供的冲锋衣样式的防寒服，程知栩也换了。她的是红色，他的是蓝色。他没让她玩单板，给她准备的是双板，以及两根滑雪杖。

简灵在他的帮助下戴上护具——头盔、护腕、护膝，包括大乌龟玩偶一样的护臀。

滑雪场周围是一片茂林，正值冬季，雾沉沉的天色下，看不到一丝翠绿的影子，远远望去黑漆漆的，枝杈上挂着积雪，风一吹，簌簌地往下落。

程知栩轻咳一声，拉回她的思绪，板起脸来装成一个严肃的滑雪教练，一边演示一边给她讲解滑雪要领：“首先，你要学会踩在滑雪板上原地调整方向，这就要利用你手里的滑雪杖，手握着把手伸直，另一端撑在地上……”

简灵刚想跟着演练，脚下的滑雪板就不听使唤，自己往前滑动，吓得她尖叫起来。程知栩及时抓住了她的后衣领子，将人拎了回来。

“为什么看别人滑得那么轻松，轮到我自己好难。”简灵神情颓丧，一屁股坐在地上，免得她一动滑雪板就带着她滑走了。

“我接下来就教你怎么刹停。”程知栩笑了一声，“你刚刚滑出去的时候，其实只要两边膝盖往中间靠拢，让脚下的两块滑雪板呈八字形靠拢，顶端靠在一起形成一个锐角，它自然就听话地停下来了。不要总想着一屁股坐在地上。”

简灵似懂非懂，手撑在雪地上，身子往后仰，目不转睛地看着他。

程知栩又耐心地教了她滑行和转弯的技巧，每一处都说得十分细致，哪怕是零经验的人都能听懂。旁边几个小孩听不懂中文，但是光看他演示就明白了。

程知栩教学课程结束，手指点了下正在发呆的女子：“懂了吗？”

“懂了。”简灵看他脚下的滑雪板就跟听得懂人话似的，让它往哪儿就往哪儿，无形之中增加了她的信心，她从地上爬起来站稳，拍了拍手套上的雪，握住滑雪杖，“让我自己试一下，不过你要跟在我后面，我怕我控制不住。”

就像小时候学骑自行车，后面跟着人，她就能安心地往前闯，因为知道摔倒的时候会有人护住自己。

“好，我跟着你。”程知栩说，“让我看看我的第一个学员学得怎么样。”

简灵深吸口气，鼓足了勇气，按照他所说的，手臂伸直，双手撑住滑雪杖，慢慢转变方向。

滑雪杖一离开地面，脚下的滑雪板自然而然就顺着倾斜的坡度往下滑。她记得身体重心要往前倾，稍微调整一下，就能感觉到滑动的速度在加快，呼呼的风声从耳边掠过。

这感觉刺激死了，她浑身的血液都滚烫起来。

“啊啊啊——”简灵一激动就把要领忘得一干二净，大喊大叫，“程知栩，我停不下来！怎么办？”

程知栩紧跟在她侧后方，声音和着风灌进她耳朵里，沉着又冷静地告诉她：“膝盖靠拢，滑雪板顶端形成一个锐角。”

简灵想要照做，却发现自己没出息地腿软了，根本没办法掌控滑雪板，于是一路放声尖叫着直到撞到尽头的海绵挡板，哐当一声，力道回弹，身体往后倒。

程知栩想抓住她都没来得及，只得在她倒下去的时候给她当人肉垫子，她的头盔砰的一声撞到他胸前，他眉毛一抖，闷哼了声。

“你、你没事吧？”简灵预想中的疼痛没有袭来，这才发现自己躺在程知栩怀里，脑袋嗡嗡响，“是不是撞疼你了？”

程知栩扶着她坐起来，摘掉她脑袋上的头盔，一头乌黑的长发凌乱地散下来，脸颊红扑扑的，出了点汗。她今天没化妆，一张素净的小脸玉雪可爱，眼里装满担忧。

“这句话该我问你，你没事吧？”程知栩卸掉她脚下的滑雪板，“活动一下脚踝，看看崴到没有。”

简灵乖乖地扭了扭脚踝，摇头说：“没有。”

程知栩将她拉到一旁，免得挡住别人的道，而后陪着她一起没形象地坐在雪地上，气喘吁吁地说：“还要玩吗？”

“玩！我要是学不会滑雪，岂不是白来一趟了。”简灵靠在他怀里，气息也很乱，“不过我要先歇一会儿，休息好了再战。”

程知栩摘下手套，帮她理了理被风吹乱的长发，眉目间添了几分自豪，不吝夸赞：“勇敢的女孩。”

简灵仰着脑袋，笑容灿烂：“我这么勇敢，有奖励吗？”

程知栩被她唇畔的笑晃花了眼，跟着笑起来，歪着头佯装思考：“先说说看，你想要什么奖励，我得考虑一下自己能不能办到。”

“不用说。”

“嗯？”

程知栩刚露出疑惑的表情，简灵就猛地扑过来，戴着手套的手捧起他的脸，主动凑过来吻他。

周围视野宽广，来来往往的都是不认识的外国人，简灵抛开了忸怩与羞涩，大胆火热地与他吻在一处。

这一刻，连风都静止了，萦绕在两人身边的不再是冰雪，而是脉脉春阳。

在程教练耐心十足的指导和纠正下，简灵这个新手学员总算能滑得像模像样了。虽然每次只能滑出一小段距离，但她能有这样的进步，程教练表示已经非常有成就感了。

简灵的心情刚刚飞扬起来，身旁就有一个四五岁的小男孩滑着单板飞速冲下去，在半道打了个旋，完美刹停。小男孩穿着淡蓝色的小棉袄，绑着跟简灵同款的乌龟玩偶护臀，连滑雪杖都没用。

简灵“心梗”了。她学了半天还不如一个小孩子！

于是，她打消了歇息的念头，拉着程知栩的胳膊继续练习滑雪，力求滑雪技术超过那个小屁孩。

程知栩听闻她的豪言壮语，笑着说了声“出息”，跟个小孩子计较什么。

所谓“有志者事竟成”，简灵一次次摔倒再爬起来，到最后就不仅仅是滑得像模像样，那是游刃有余，刹停的时候两块滑雪板靠拢，双手背在身后，迎着风笑呵呵。

程教练心服口服，就差给她胸口别一朵小红花作为奖励了。

由此，他也看出来了，简灵的心性就是个小孩子，非常吃“激将法”那一套，越是说她不行，她就越是要证明给别人看。

小红花没有，程知栩奖励了她一顿大餐。

中午两人在餐厅里享用了一顿当地的美食，稍做休息后就逛起了小镇。

简灵仍旧是早上那副装扮，她怕冷，手被程知栩握在手心，塞进自己的口袋里——她以前看偶像剧就觉得这个动作好温暖、好浪漫，现在终于有机会体验一把，暗暗感叹果然很暖和啊，最主要的是心里甜蜜蜜的。

“程老板，你喜欢我什么呢？”简灵脱口问出这个问题，下一秒，她就想到他可能会说的答案，挠了下他的掌心，“不许说是因为我笨。”

程知栩侧过身，替她挡住风，记忆里沈清禾也问过这个问题，就在不久前，问他为什么会选择简灵。

他当时是怎么说的来着？感情没什么道理和原因，喜欢就是喜欢，一瞬间的心动就足够证明了。

面对简灵的提问，他显然不能这么答。虽然在他的认知里，喜欢的确是很难找到一个合适的说法去诠释，那是一种感觉，感觉对了，心里就冒出一个提醒：对，就是这个人了，想和她在一起，很久、很久。

“因为和你待在一起不用考虑那么多，心里很放松，会产生一种很开心的情绪，这种情绪持续发酵的结果就是，我想一直跟你待在一起，最好能长长久久。”程知栩俯视着她，能看到她掩藏在围巾里的脸颊慢慢染上薄红，他没忍住，动手捏了一下，声音低下去，“没有其他人给过我这样的感觉。”

简灵被他温热的手指弄得心旌摇曳，偏了偏头，让自己的脸颊远离他的手，语气较真道：“万一你以后也遇到一个能带给你这样感觉的人呢？你不喜欢我了怎么办？”

程知栩滞了滞：“你非要跟我作对？”

简灵摇晃他的手臂：“回答我。”

程知栩不想和她站在风口聊天了，拉着她拐进身后的一家咖啡馆。小地方的咖啡馆装潢简陋，到处都是复古风的摆件，雪天人不多，零星几个人坐在小圆桌旁，压着声音说话。墙上的小电视播放着20世纪六七十年代的老电影。

两人点了咖啡和甜品，坐在靠窗的位子上。

程知栩接上方才的话题：“这就要牵扯到婚姻和道德的问题了，你确定要和我聊这个？我不否认，这世界那么大，总会有比你完美的女人出现，但是我认定了你，那些人再好，带给我的感觉再强烈，我也不会有特别的想法，她们都和我没关系。这么说可能会有点现实，你不一定能理解。”

简灵摇了摇头，不是的，她完全可以理解他说的话。

她当然不认为自己就是这世上最适合程知栩的女人，既然她在合适的时间遇到他，这就是他和她的缘分。

以前或许不能很好地理解，自从经过沈清禾一事，她太明白了——时机不对，一切都是徒劳的。

程知栩喝了口咖啡，大概是不合口味，眉毛轻轻蹙了下，支着下颌问她：“你呢，为什么喜欢我，还对我……一见钟情？”

简灵挖了一勺提拉米苏，还没送进嘴里，闻言，笑得差点握不住勺子，见程知栩疑惑地盯着自己，她看向别处，支支吾吾地说：“你、你长得好看。”

程知栩用勺子搅咖啡的动作一顿，淡淡吐出两个字：“肤浅。”

“我就是个俗人，还不允许我肤浅吗？”简灵抿了口提拉米苏，甜得发腻，嗓子都要被黏住了，“后来相处下来，发现你人真的很好。”

程知栩小臂抵着桌沿，嗯哼一声：“说得具体点。”

简灵放下勺子，小学生似的端坐着，细细数来：“你看，你绅士、礼貌又会照顾人，性格也温和，还会做饭，这些优点还不够吗？”不够的话，还有能力强，能管理得了偌大的集团，当然没什么事能难倒他。

程知栩勉强接受，却还是觉得哪里不对劲，后来想一想，拥有这些优点的人不在少数，可能是人以群分，他身边的朋友大多具备这样的特质。

这么一想，他心里就不太爽了。

寒冷的冬季，风跟冰刃一样，刮到人脸上生疼，爱人之间的拥抱总能驱散一切严寒。

程知栩和简灵就在这样冷的天气里在外面晃荡了大半天，偶尔挨在一起絮语，大多时候是沉默，奇怪的是，并未感到气氛尴尬或冷场。

他们逛了纪念品店，买了带回去送给家人的礼物，去吃了奶酪火锅和Raclette。程知栩点了当地的啤酒，慵懒地靠在椅背上，单穿着高领毛衣，皮肤冷白，手肘搭在桌边，手指捏着方口杯，偶尔仰脖喝一口啤酒，微凸的喉结轻动，散漫的样子让人看一眼就迷醉。

简灵喝不了酒，于是捧起自己的牛奶杯和他干了一杯。少女的脸颊被壁炉的火映得红彤彤的。

程知栩担心她身体受寒，回民宿之前，带她去泡了温泉。

露天的场地，四周都是缭绕的灰白水雾，仙境一般。男女分开泡，两人换完衣服就去了各自的汤池。

简灵后背靠着池壁，手机装在透明的密封袋里，给程知栩发消息："你今天给我拍的照片，发给我，我要发朋友圈。"

没多久，程知栩就发来十几张照片，全是白天他们出去游玩时拍的，有的是合照，有的是个人照。她自己手机里也有一些，加起来好几十张。

简灵一张张看过去，选出最满意的九张照片，打开修图APP，开启了漫长的修图过程，修完才发到朋友圈，配上文案——浪漫的瑞士之旅！

发的九张照片中有一张是在滑雪场滑雪时的情景，她穿着防寒服戴着头盔，将整个人都裹住了，踩在滑雪板上，双手举过头顶冲镜头比了个心；还有在逛纪念品店时，她捧着各式各样的手工纪念品，对着镜头眨眼或弯唇微笑；还有的单纯是风景和美食……

程知栩第一时间点了个赞。

之后的半个小时里，家人、亲戚、朋友都给她点赞、评论。

戴望楚："祝你和老板玩得开心！"

简灵回复戴望楚："好的。"

明朗："看起来好好玩，可以找简小姐要攻略吗？"

简灵回复明朗："这就要问你老板咯，他做的攻略。"

叶娴心："这么大的雪啊，在外面照顾好自己，别冻感冒了。"

简灵回复叶娴心："我穿超厚的，妈妈不用担心。"

简祖贸："钱够吗？爸爸给你转点？"

简灵回复简祖贸："够了。"

机票和住宿花的都是程知栩的钱，午饭也是他请客，她到现在只付过一顿晚餐的钱。

简灵一刷新，一条新的评论跳出来。

叶归舟："第五张照片，桌子上男人的手，是谁？"

简灵心里咯噔一下，连忙点开第五张照片，这张照片出自她之手，拍的是奶酪火锅，目的是分享当地的美食，却没注意到角落里程知栩的手入镜了。她记得，他当时正端着一杯啤酒啜饮。

叶归舟是眼睛自带显微镜吗？！

简灵想要忽略这条评论是不可能了，因为叶归舟的评论被叶娴心和简祖贸看到了，他们也问了起来。

叶娴心："不是和戴望楚一起去旅行吗？还有别的男同事？"

简祖贸："在异国他乡要注意安全，遇到陌生男人搭讪，不要理。"

显然两人想的不是同一个方向，叶娴心以为同行的有公司的男同事，简祖贸则认为是外国男人搭讪。

简灵六神无主，眼神在水面上胡乱地瞟，将手机放在岸边，一个猛子扎进汤池里，躲避了一会儿，再钻出来，抹了一把脸上的水，重新面对现实。

睫毛上沾满了水珠，简灵拿起岸边托盘上的浴巾擦了一下，拿起手机，深吸口气回复叶归舟："不是男同事也不是搭讪的，就是和我们拼桌的一个男人。"

她回复叶归舟的内容，另外两位长辈也能看到，便没有追问。

幸亏她脑子转得快，想出这个绝佳的理由。三位家长都相信了，然而当事人不满意了，给简灵发来私信。

橙汁："我是拼桌的？"

橙汁："简灵，你是不是以为我看不到？"

简灵捂脸。她怎么忘了，叶归舟和程知栩也是微信好友，她回复叶归舟的那条评论，程知栩能够看到。

哄好了这个得罪了那个，简灵大呼："我也太难了。"

泡完温泉后，皮肤变得像刚剥了壳的鸡蛋一样，软软滑滑、白白嫩嫩。简灵仔细涂完身体乳，穿上自己的衣服，到门口等程知栩。

旁边有家便利店还没打烊，灯光透过窗玻璃照出来，落在刻着花纹的地砖上。

简灵下颌埋进围巾里，双手插兜走进去。很小的一家店，里面只有几排货架，一个穿着蓝色工作服的员工站在过道理货。

逛了一圈，简灵拿了几袋零食，到柜台结账，柜台一侧放了一个老式冰柜，里面堆满了五颜六色的雪糕。

简灵心血来潮，打开冰柜，从中挑了一支杧果味的雪糕，跟那堆零食放在一起，推给收银员。

付了钱，她将塑料袋的提手挂在手腕上，一边走一边剥开包装纸，里面是淡黄色的杧果造型的雪糕，表面挂了一层白霜。

她张嘴咬了一大口，当即冰得打了个哆嗦，从嘴巴到太阳穴都是木的，真切地体会到了“冻得脑仁疼”是什么感觉。她张着嘴哈出一口气，不舍得吐出嘴里那块雪糕，又不敢嚼，眼泪都快被冻出来了。

一阵寒风吹来，她感觉浑身都是凉的。

简灵原地跺了跺脚，一抬头，瞧见距离自己五步远的男人，愣住了，有种被逮个正着的仓皇感。

程知栩几步走了过来，不用问就知道是什么情况，手指捏住她的下巴，紧锁着眉头：“还不吐出来？大冬天吃雪糕不怕吃出病？”

“买都买了，不吃浪费。”简灵嘴里含着的一大块雪糕没化，她舌头被冻得没知觉了，含糊地说，“我脑子一热买的，谁知道这么凉。”

“猪。”

程知栩一只手控住她的后颈，将她脑袋按过来，低下头覆过去，嘴唇相触的一瞬，他就知道这玩意有多冰了。

舌尖一勾，雪糕到了自己嘴里，程知栩皱着眉三两下嚼了咽下去，嘴巴里也是凉的，另一只手夺走了简灵手里剩下的雪糕。

他不爱吃这东西，视线扫了圈，毫不犹豫地把它扔进垃圾桶。

简灵傻站在那儿，怔怔地看着他，抿了抿唇瓣，仍旧是冰凉的，没有温度的，可上一秒温软的嘴唇贴上来的触感尚未消失。

趁她失神，程知栩检查了一遍她买的零食，确定没有乱七八糟的东西才放心。

“你怎么跟小孩似的，大人稍微离开一会儿就乱吃东西。”程知栩说，“我没出来的话，你打算吃完整根？”

简灵摸摸鼻子，不好意思道：“说了心血来潮买的。”

两人坐车回到民宿，下车后，程知栩牵着她的手径直进到自己的房间：“肚子饿吗？给你叫份夜宵？”

他看她买了挺多零食的，也不知道她是不是晚餐没吃饱。

“不用，我不饿，就是嘴巴有点馋。”简灵从袋子里拿出一包零食，哗啦一声撕开，蹬掉了鞋子，盘坐在沙发上吃起来。

程知栩倒了杯水给她，脱下羽绒服挂在衣架上，撸起毛衣袖子，坐在桌边打开笔记本电脑，查看工作邮箱。

简灵边吃边玩手机，时不时发出老鼠一样咯吱咯吱的声音，扭头看向程知栩：“你发给我的照片里没有在桥上那一张。你那时候拍完我看过，还挺好看的，你发给我好不好？”

程知栩手指抵着下唇，正聚精会神地盯着电脑屏幕，没抬头，说：“自己拿。”

简灵放下零食，爬过去拿他的手机，熟稔地按开锁屏键，又是自动进入主页面，她真想提醒他，手机还是设置密码比较安全。

她点开相册，发现程知栩那会儿发给她的照片只是九牛一毛，他相册里还有好多张，她挑出好看的发到自己手机上。

简灵手指滑动着屏幕一直往下翻，一不小心就滑过头，指尖倏地一顿，按住其中一张点开。

是一张她埋头吃饭的照片。程知栩什么时候拍的？她都不知道。

再往下翻，简灵的眼珠子都要瞪出来了。

这、这、这……被他删掉的照片怎么还在相册里？她的记忆错乱了吗？

“程知栩！”简灵爬起来趴在沙发靠背上，朝办公桌后面的男人大喊了一声。

程知栩手指一抖，打错了字，按了下删除键，删掉那个错字，抬眸看过去：“干什么？”

简灵伸长手臂把手机屏幕递给他看，上面是她坐在咖啡厅里，一只手托腮，歪着脑袋扮可爱的照片。程知栩抬了抬眉毛：“有什么问题吗？我帮你拍的。”

“不是！”简灵以为他没看清，跳下沙发，穿着袜子踩在地板上跑到他身边，指着照片上方显示的拍摄日期，“很明显这不是你今天下午在咖啡馆里给我拍的，这是我的自拍！是我们第一次见面那天，我错把你的手机当成叶归舟的，拍的那几张自拍中的一张！”

程知栩表情略微变了变，很快恢复自然："是吗？"

"是的。"简灵还不知道这个男人在装傻，努力解释这张照片的来源，"你看照片里的衣服啊，不是我今天穿的那件。"

说着，她往后翻了翻，眼睛越瞪越大，岂止是一张，他当初删掉的几张照片全部完好无损地躺在手机相册里。

程知栩见瞒不住了，扬唇一笑："嗯。"

"'嗯'什么'嗯'，你不打算解释一下照片为什么在这里吗？我记得后来我找到你，你当着我的面全部删掉了。"一张照片都没留。

那时候跟他还不熟，她是忍着尴尬主动去找他的。

"解释什么？"程知栩继续笑，"照片删除三十天内可以找回来。"

简灵默然，过了片刻，戳着他的手臂问："你为什么会恢复？"

程知栩的视线转回电脑屏幕，不愿多说。

搁以前，明知道他在处理工作上的事情，简灵绝不会不懂事地打扰他，但是现在她控制不住好奇心："你说不说？"

"觉得你拍的照片有趣，就留下来了。"程知栩被她缠得没办法，只好说了实话。

简灵又翻到前面那一张，看一眼日期，是他们确定关系那一晚，一起在公寓吃饭，他可能是趁她没注意偷拍的。

"那么这张怎么解释？"她努努嘴。

"简灵。"

"嗯？"

"我拍自己的女朋友犯法吗？"程知栩手指搭在键盘上，理所当然的语气。简灵张了张嘴，把即将出口的话咽回去。

她说不过他，因为的确不犯法。

"把鞋穿上，我跟你说过多少回了，大冬天的，别总是不穿鞋踩在地上。"程知栩被她打断了思绪，邮件回复到一半停下来，视线落在她脚上，"自己体质不好，还不知道注意一点。"

简灵踮着脚尖小跑回去，重新缩在沙发上，抱着他的手机看照片。

程知栩想到什么，出言警告："别给我删了。"

"删了吧，好傻。"简灵扭头看他。

程知栩"嗞"了声，好笑道："我都没嫌傻，你还嫌弃自己了？"怕她真的删了，他语气放软了，"留着，好歹是相识的证明。"

这话说得简灵心中一动，手指都快按到删除键了，顿了顿，缩了回去，按下返回。

程知栩收起玩闹的心思，将注意力放在工作上，任她在身边玩。简灵吃了会儿零食，觉得没意思，于是放下他的手机，跟他打了声招呼就回到自己的房间。

简灵在程知栩的房间里待久了没觉得冷，一个人身处在自己的房间里，莫名其妙的，感到有些空荡冰冷，陡然添了几分落寞。没谈过恋爱的她都不知道，跟男朋友黏在一起久了会上瘾，独处时总有些怅然若失。

她将温度调高了一些，还是冷，便接了盆热水泡脚，然后躺进被窝里。

上午滑雪，下午逛小镇，一整天下来几乎没闲着，简灵躺在床上，迷迷糊糊地睡了一觉，被冻醒了。

不是她的错觉，真的好冷好冷，手脚都是冰凉的。

简灵眯着眼，伸手在枕边摸索了一会儿，找到手机按亮屏幕，正值当地时间的午夜十二点零五分。

她冷得有点难受，忍耐了十分钟，最终对现实妥协了，咬着唇给程知栩发消息："你睡了吗？"

隔了不到一分钟，那边就回复她："没睡，有事？"

掌上明猪："程知栩，我房间的制暖好像坏了，好冷。"

隔壁房间里，程知栩看到消息后一秒都没耽搁，合上笔记本电脑，披了件衣服出门，敲响简灵房间的门："我进来了？"

听到里面的人应了一声，程知栩转动门把手，推门进去。

房间里开了大灯，他一脚踏进去就能切身体会到空气凉丝丝的，几乎跟室外的气温没区别，心下一骇，再看制暖设备的显示屏，温度已经调得相当高，很显然，它罢工了。

也不知道是什么时候坏掉的，简灵被冻了多久。

程知栩自认没有修好取暖器的本事，大晚上叫维修人员过来也不太现实，没做犹豫，他三两步走到床边，弯下腰连人带被子从床上抱起来，大步往自己房间走。

裹在被子里的简灵大脑直接蒙了，不知怎么，恍惚之间想到此刻的自己就跟古代侍寝的妃子一样，被小黄门用被子一卷，抬进皇帝的寝宫。

简灵被自己的想法窘到了。

陡然进到温暖的房间里，她忍不住打了个寒噤，两间房的温度对比太鲜明，她才知道自己的房间如同冰窖。

下一秒，身体被平放在程知栩的床上，他的那床被子在外面，他将她放在了床里侧，单膝跪在床边看着她。

简灵被看得不好意思，偏过头，抓了抓头发掩饰尴尬，轻声问："你睡哪儿？"

"你觉得呢？"程知栩没心情继续工作了，抖了下腿，脚上的拖鞋啪嗒一声掉在地上，接着躺进另一床被子里，手撑在头侧凝视她，"不睡在这里，难道大半夜把老板叫过来另开一间房？"

简灵"哦"了声，除此之外也没别的办法，木屋里配的沙发小得可怜，不够一个人躺下来，他们只能同床共枕。

简灵安慰自己没关系，他们有时候午睡也会躺在一起，还是同一个被窝呢，没什么好担心的。

她慢慢调整呼吸，主动往里挪了挪，给程知栩腾出空间。

程知栩眉心拧了拧，长臂一伸，隔着被子将人搂进怀里："别乱动了，不冷？"

谁说不冷，冻了那么久，刚进到有暖气的环境里不到三分钟，身上还没开始回暖。简灵冻得牙齿都在上下打战，离得近了，估计能听到她牙齿磕在一起的声音。

"什么时候发现取暖的坏了？"程知栩问。

"我从你房间回去的时候就感觉暖气不太顶用，以为钻进被窝里就好了，后来太累太困就不知不觉睡着了，再然后就是被冻醒了。"简灵说着，发现靠近他被窝那边比较暖和，没管住自己，把脚伸了过去。

程知栩拍了一下她的脑袋："你是傻子吗？"

简灵脸埋在枕头里没说话，半晌，闷声闷气地换了个话题："我给你发消息的时候，你还没睡？"如果睡了，回消息应该没那么快吧。

"处理点工作上的邮件，所以就没……"程知栩话没说完，有什么东西冷不丁挨到了自己的腿。

他穿着睡衣，很宽松的款式，裤脚蹭到了小腿上面，露出来的腿肚倏地被贴上冰块一样的物体，他没忍住，打了个激灵。

简灵察觉到了，连忙把脚缩回自己的被窝："对不起，我不是故意的。"

程知栩懒得数落她了，轻叹一口气，盯着她冻得发白的小脸，也顾不了那么多了，征询她的意见："过来吗？"

到哪儿去？简灵眨了眨眼，困惑地看着他。

程知栩抖了一下被子，用眼神示意。简灵懂了，犹豫了一会儿，没忍住诱惑，从自己的被子滚进了他的被子里，身体瞬间被温暖的气息包围。

太暖和了，程知栩简直是超大型暖宝宝！

程知栩揽着她的肩，让她贴近自己。

这一刻，简灵忘了"矜持"两个字怎么写，手抱住他的腰，两只小脚紧挨着他的小腿，下意识地蹭了蹭。

只一瞬，程知栩的面部表情就紧绷起来，喉结动了一下，想警告她一句"别乱来"，可是感受到她冰冰凉凉的手脚，他到嘴边的话就咽了回去，只剩下一句自我调侃："这下我真成暖被窝的了。"

这话接上了她昨晚的玩笑。

简灵嘿嘿一笑，手往他后背的衣服里钻，那里好暖和。两人胳膊交缠，身体相贴，契合得密不透风，想要感知的都能感知得一清二楚。

简灵一心取暖，不做他想，程知栩就没那么纯粹了，随着时间推移，心猿意马到了没办法压制的地步，偏偏简灵还特天真地说："程知栩，你的腰好细。"

程知栩额角的青筋跳了一下，闭着眼，忍无可忍地说："你的更细。"

男人嗓音低沉沙哑，拂在耳边，简灵只觉得仿佛有人在她耳朵里拨动了一根细细的弦。她微微一愣，后知后觉两人似乎贴得太紧了，快要分不清彼此的呼吸。

她想往后撤，奈何他的手臂紧扣着她的腰肢，让她无法动弹。

"程知栩……"

简灵仰起脑袋，想要提醒他一声，却没想到此举正好方便了程知栩。他略一低头，咬住她的下唇。

简灵收了手脚，身体一个劲地往床里侧缩，想退回自己的领地，然而身边男人的唇舌和手掌的温度，不断干扰她的思绪、她的行动。

她高高地仰起头，像只孤傲美丽的白天鹅，在温水里浮沉徜徉。有汗滴落在她眼皮上，她睫毛一颤，缓缓睁开眼，眼前一片迷蒙，如同隔了一层水雾，拧着眉唤他的名字："程知栩……"

"嗯？"程知栩应她，声音含糊，裹了热气一般。

她不知道叫他是要做什么，就是想叫他。房间里的温度节节攀升，简灵浑身火热，再没有感受到一丝冷意，手情不自禁地攀上他的手臂，指甲掐进他的皮肤，留下几道月牙形的印子。

“程知栩。”简灵无助极了，想哭，又哭不出来，感觉身体都不是自己的了，从来没这么难受过，想让他停下来，却说不出话来，只得将滚到唇边的话吞回去。

“嗯。”

“程知栩……”

“我在。”

程知栩一声声耐心十足地应着，除此之外，便是更加汹涌地攻城略地。他没想这么早将她变成自己的，他思虑周全，深知叶归舟那一关不好过。依着叶归舟的脾气，知道以后搞不好会对他动拳头。

以简灵在简家和叶家的重要程度来讲，父母长辈那里更不好说。

可是，一切的阻碍和考量都抵不过一个“天时地利”，他认栽了，有些事真没办法按照计划走。要不怎么会有“计划赶不上变化”这一说？

阒静的房间里，简灵皓白手腕上那条手链上的镂空小金猪吊坠叮叮当当地响，许久未停歇……

仿佛有炭火在空气里噼里啪啦地燃烧，简灵热得不行，也渴得不行，呜呜咽咽地说想喝水。程知栩抬起头，鬓角的汗沿着脸部线条淌下来，额发湿漉漉的，眼角潮红，眼神深邃又迷醉，像喝了几瓶酒。

可算是云收雨住，简灵累得手指头都抬不起来，因为害羞得不知道该怎么面对程知栩，索性脸一撇，埋进枕头里，露出来的耳朵和脖子红彤彤、汗涔涔的。

过了许久，她还是不敢看程知栩的脸，就像她第一次和他接吻，看到他就会觉得不好意思。

程知栩瞧着她绯红的耳根，情不自禁地发出一声闷笑，想到那一瞬间的顾虑，笑容逐渐敛起，化作一声低低的叹息。

他的叹息里掺着些许懊恼，是有点快了，相比较来说，她年龄还小。

但他不后悔。

他认定了就是这个人，或早或晚，都是她，跑不了。

简灵本来在胡思乱想，脑子里搅糨糊一般混乱，却敏锐地抓住他泄露出的那一丝微妙的情绪，慢慢把脸从枕头里抬起来，羞耻又直白地看着他，嗫嚅道："你叹气……是不是后悔了？"

程知栩唇畔分明挂着餍足的笑，捏捏她的脸蛋，没忍住手痒，又摸了摸她凌乱的头发，手指将她脸上的发丝拨到一边，声音低沉："说什么呢。我只是想到一件事——我很担心，该怎么跟你舅舅交代。"

好兄弟让他帮忙照顾外甥女，结果他倒好，把人照顾到……床上来了。

念及此，程知栩扶额，后悔倒是不会后悔，只是自己这行为着实不够正人君子。

简灵怔然，她好像从来没想过这个问题。她喜欢上程知栩，一直将他当作追求的对象，没太在意他和叶归舟那一层关系。

除了一开始，为了了解他，她借助叶归舟，明里暗里地打听了不少他的隐私。

"不用介意这个啦。"简灵说，"我舅舅的性格挺好的，他不会为难你。"

"不是。"程知栩揉了揉眉心，颇有些哭笑不得，"得管你舅舅叫舅舅，这才是我最介怀的事情。叶归舟是我朋友，平辈的。简灵，跟着你，我的辈分都低了，好郁闷。"

简灵一愣，一下子被戳中笑点，想象着程知栩叫叶归舟舅舅的憋屈样子，捂着肚子笑得停不下来。

程知栩的手探过去，摸到她细瘦的腕子，把人拽过来，扣进怀里，吻着她的发顶，低语："有这么好笑？"

男人声线略沉，含着笑意，好听死了。简灵埋进他怀里，细声细语："都说嫁鸡随鸡、嫁狗随狗，我可以随你的辈分，叫叶归舟一声'哥'。"

程知栩愣怔一瞬，旋即笑起来，胸腔随之一颤一颤。简灵贴着他的身体，能清晰地感受到那股震颤。

"要喝水吗？"程知栩问。

"喝。"

程知栩掀开被子，很快掖好被角，怕她着凉。他弯腰捡起掉到床边的睡衣，拎着衣领抖了抖灰尘，背对着她穿衣服。

借着昏暗的灯光，简灵瞥见他后背上有好几道划痕，想到那是怎么来的，一时赧然，脸又埋了回去。

她耳边传来拖鞋摩擦地板的声音，是程知栩走到了桌边，而后，取出杯子倒了杯温水，回到床边，手掌托起她的脑袋，让她就着他的手喝了半杯水。

他随手将水杯放在床头柜上，低声问她："还冷吗？"

简灵："……"

明知故问，她出了那么多汗。

简灵的胳膊探出被子，靠近肩膀的部位有好几个红痕，在白皙的肌肤上格外显眼。她踅摸到自己的衣服，拖回被窝里："我想洗澡。"

程知栩按住被子角，不让她乱动，皱着眉说："别折腾了，容易感冒……"他凑近她的耳朵，说了句什么，再次起身，折去浴室，接了盆热水端过来。

收拾妥当，两人以相拥的姿势躺进被子里。

程知栩从枕头底下拿出一个东西，套上她的脖子，手指摸索着，扣上接口，嘴唇贴上她额角，没说话。

锁骨处传来一抹冰凉的触感，简灵心思一动，手摸过去，是条细细的项链被戴在脖子上，底端有个圆环。她捏住那枚圆环低头看，竟然是一枚戒指。

她怔住了，侧目看向程知栩："这是戒指？你这是在向我求婚吗？"

程知栩将她的手包裹在自己掌心，连同那枚戒指一起，勾了勾嘴角："我求婚能这么草率？"

"那么这是……"简灵忽然就不明白了。

"嗯，你可以把它当作元旦礼物。"程知栩说，"我不知道送你什么好，送你戒指怕你不敢戴，只能这样了。"

简灵舔了舔嘴唇："我为什么不敢戴？"

程知栩呵呵笑了一声，语含怨念："我不是被某人关进'冷宫'里了？"戴了戒指她家里人肯定会问，她想好怎么说了吗？只能把戒指穿在链子上，让她戴在脖子上，不显眼。

"好了，等我回去就抽个时间放你出'冷宫'。"简灵眼眸乌黑水亮，笑着扑进他怀里，手搂着他的脖子，"程知栩，我好喜欢你。"

程知栩轻"啧"了声，虽然对她的投怀送抱和大胆表白很受用，但此情此景，他只能忍痛警告："老实点。"

经此一役，简灵并非什么都不懂，立刻安分了，手脚都规矩放好，闭上眼睛安眠。

天快亮的时候，程知栩先醒过来，他是被热醒的，他身边跟放了个火炉似的，灼得他皮肤都要痛了。

他脑子瞬间清醒过来，伸手一摸简灵的额头，体温烫手，他眉毛顿时拧了起来。

由于他目睹过她上一次发烧的经历，一秒钟，他的大脑就敲响了警钟。

程知栩没迟疑，立刻打电话给民宿老板，用有偿的方式让他以最快的速度准备退烧药和感冒药。

半个小时后，房门被敲响了，程知栩过去开门，接过老板一大早送来的药，深深地向老板表达了感谢。

程知栩折回房间，倒了杯热水，将床上酣睡的人摇醒。

简灵的脑子烧糊涂了，精神恍惚，被叫起来也没多少清醒的意识，像木偶一样，让她干什么就干什么。听到有人让她张开嘴，她就乖乖张嘴。程知栩将胶囊喂进她嘴里，紧接着灌了一口水进去。

简灵状态正常的时候喝药尚且困难，更何况是将醒未醒的时刻，两粒胶囊刚滑到喉咙口就被她呕了出来。

程知栩叹口气，眉心拧成一个“川”字，只好先把人彻底弄醒，再次喂药，费了一番工夫，她总算是把药吞下去了。

这个过程中，程知栩后背出了一层汗，坐在床边看着简灵酡红的脸，伸手将发丝捋到她耳后，指腹抹了抹她的嘴角，将上面的水珠拭去。

简灵吃了药他也不能放心，坐了一会儿就站起来去卫生间，拧了块毛巾贴在她额头，打算采用物理方式降温。

上次她发烧就直接去医院挂了水，据她所说，从小到大感冒次数多了，对一般的感冒药产生抗药性了，非得输液才有效果。

程知栩半边身子靠在床头，一条腿搭在床沿，隔五分钟就摸一次她的脸，总算理解了叶归舟为什么说她是“小麻烦精”。

“统共在一起没几个月，这是她第二回生病了。”程知栩自言自语，语气里藏着似有若无的内疚。

他曲着腿，手肘撑在膝盖上，食指第二个骨节抵着额头，也不清楚她昨晚是在自己那间取暖器坏了的房间里冻感冒了，还是来他的房间后因为没注意着了凉。

整整七个小时，程知栩没闲着，时刻注意着简灵的状况，打算一旦情况稍有不对就带她去医院。

好在简灵喝了药，睡了一大觉醒来，再量体温，降到了正常范围。

程知栩一颗心终于落回实处，绷紧的脊背缓缓下弯，侧躺在她身边。她刚醒来，人还迷糊着，抬起手背搭在酸胀的眼皮上：“我怎么了？”

程知栩温声问：“感觉好点了吗？”

“还有点疼。”

“……”意识到她在说什么，程知栩喉头动了下，要说的话卡壳了，半晌，他抚着鼻尖轻笑了一声，“我问的是你感冒好点了没？”

简灵“啊”了声，顿时窘得说不出话来了，牙齿咬着唇内的软肉，闭着眼睛装睡。

程知栩知道她是害羞了，便没有追问下去，拥着她轻拍后背，低低地说：“差点被你吓死了。”

明晃晃的阳光从侧边的窗户照进来，斜射的光线落在床上。这是这个小镇连日降雪以来第一个大晴天，天空一碧如洗，干净得近乎透亮的蓝，漂亮得无法言说。

皑皑雪地被阳光一照，折射出无数细碎的亮光。风很大，吹得窗户哐哐作响，屋檐下的冰柱滴滴答答地滴着水，经阳光照射，清晰可见。同样能清楚地被看到的，还有女孩脸上细小的茸毛，以及红得滴血的耳垂。

因为简灵这场突如其来的生病，他们接下来的行程安排不得不全部取消，回国的日期也往后推迟了一天。

两个人待在房间里，跟避世一样，除了民宿老板送来食物时，程知栩出门端餐盘，其他时间没踏出过房门。

简灵吃了药，靠在程知栩的怀里玩“开心消消乐”，手机里传出的游戏音效清脆欢快，不绝于耳，每当遇到过不了的关卡，而自己又不想花钱买通关道具，她就把手机丢给程知栩，让他帮个忙。

程知栩无奈得很，却没有拒绝，接过手机帮她通关。

元旦假短得可怜，即使多请了一天假，还是一晃眼就要回国了。

两人在国外买的东西有点多，主要是简灵的东西多，程知栩便提前打电话让明朗过来接机，然后直接回了公寓。

程知栩简单地整理了一下行李箱，见时间不早了，洗手去厨房做饭，让简灵老实待在客厅里。

他真是怕了她，生起病来把他的魂都快吓没了。他都想好了，等她的病彻底好了，他就监督她锻炼身体，增强抵抗力，从根本上解决问题才是最重要的。

厨房里传来炒菜的声音，令人安心舒适，简灵这个“废物点心”就坐在沙发上看电视，中途接到叶娴心的电话。

“下飞机了？”母上大人担忧地问。

“嗯，一个小时前就到了。”简灵拿起遥控器，关了电视，单手抱着膝盖靠在沙发靠背上，缩成一小团。

“一个小时前就下飞机了？你现在人到哪儿了？怎么还没回家？”叶娴心听出她声音不正常，“你嗓子怎么哑了？”

“明天要上班，我直接回公寓这边了。”简灵嗓子不舒服，清了清喉咙，越说声音越低，“嗓子是……在瑞士不小心冻感冒了，我已经好了，妈妈你不用担心我。”

“你冻感冒了还让我不要担心你？”叶娴心的音量陡然拔高了几个度，“你现在就给我回家，我让阿姨给你煲了汤。”

简灵抿唇，一边是妈妈的关心，一边是男朋友的爱心晚餐，好难抉择。她额头磕在膝盖上，底气不足地说：“妈妈，时间太晚了，打车不安全。你放心，我晚餐吃得很好。再说，我明早还要上班呢，回家里住不太方便。我已经多请了一天假，明天上班再迟到的话就有点说不过去了。”

叶娴心沉默了许久，最终依了她。

简家的饭桌上坐着叶归舟和简祖贸，两人聊了几句生意上的事，见叶娴心走过来，叶归舟问：“人到了吗？”

“这孩子，越长大越任性，她压根没回家，直接回公寓了。”叶娴心坐在丈夫旁边，放下手机，抱怨中夹杂着作为母亲的忧心和关怀，“归舟，一会儿吃完饭你把阿姨煲的汤给她送过去。她在国外病了一场，听声音还没痊愈。大概是不想让我操心，她也不肯说实话。”

叶归舟和老婆舒泱泱新婚宴尔，前段时间他放下国内的工作，休假去英国陪老婆，顺便度了个蜜月，没怎么关注简灵的动向。

仔细算一算，他确实有好长一段时间没见她，便答应下来。

“好，吃完饭我就过去看看她。”

第九章

赶紧把她娶回家

简灵与叶娴心通完电话，静静地沉思了一会儿，忽然觉得不能再拖下去了，近期就要抽空跟家里人说一声——她有男朋友了。

不然，还不知她得撒多少谎来掩盖事实，太累了。

厨房里飘来食物的香气，拉回了简灵的神思，她耸了耸鼻尖，丢下手机，趿拉着拖鞋去厨房巡视。

程知栩站在料理台边，手持锅铲翻着锅里的小排，提前腌制过的小排，用油煎到两面泛着红褐色的光泽，还没出锅就卖相极佳。

简灵弯着眼角，从后面抱住程知栩的腰，脑袋从他臂弯探到前面去："程老板，你好厉害！"

"离远点，当心油溅到你身上。"程知栩拍了下她的脑袋，"没事做就去收拾碗筷，烧完蒜香小排就能开饭了。"

"谁说我没事做？"简灵笑得狡黠，"我这不是在给你加油打气吗？"

程知栩缓缓地笑了，空出来的那只手覆在她的手背上。

简灵摩挲着他身上柔软的羊毛衫，侧脸贴在他后背，轻声说："程老板，我说错了，不是你厉害，是我厉害。"

程知栩眉毛一挑："怎么说？"

"你想想看，我要是不厉害，能在茫茫人海中挑中你做我男朋友吗？"简灵语气自豪，"上学时，追我的人可多着呢，从这儿得排到五环外。"

程知栩点点头，非常配合地说："嗯，我的荣幸。"

简灵笑眯眯，踮脚在他脸上亲了一下，转身去准备两人的碗筷。她没有说的是，她很喜欢和他一起在安静的房子里吃晚餐的感觉，有种"两人、三餐、四季"的宁静美好，要是把哆啦接过来就完美了。

手机在客厅里响起来，简灵把清洗完的碗筷放上餐桌，去客厅接电话："嗯，我在家，麻烦您送过来吧。"

程知栩听到声音，在厨房里扬声问："谁打来的电话？"

"快递。"简灵说，"我出国前买的东西，昨天就寄到了，快递小哥联系不上我，就一直没派送。"

她打开手机里的购物 APP 查看了一眼，确实是她买的一箱盲盒寄到了。

门铃响起来，简灵放下手机跑过去给快递员开楼下的门禁，然后打开门，站在玄关静静地等待。没多久，人就上来了，抱着一个纸箱从电梯里出来。

"您好，请问是简灵女士吗？"快递员低头核对纸箱上的快递单，又抬眸确认了一遍门牌号。

简灵应了声“是”，主动报上手机尾号，接过纸箱抱进来，迫不及待地从茶几下面找出美工刀，划开快递箱上的胶带。

纸箱里是一个粉蓝色的大盒子，打开盖子，里面四行三列，整整齐齐地装着十二只盲盒。简灵手指悬在上空点兵点将，随便抽出一只盲盒，拆开，里面还有一个银色袋子，先摸摸袋子里东西的轮廓，猜测是哪个人物，猜不出来再撕开袋子。

“啊，这个我已经有了。”简灵颓丧地蹙了蹙眉毛，手里的“卖火柴的小女孩”瞬间就失宠了，被丢到一边。

程知栩端着两盘菜出来时，茶几上已经堆了一堆小玩意，全是小玩偶，旁边则是废弃的纸盒和袋子。

不知道她为什么如此热衷买这些小玩偶，玄关壁柜里已经满满当当地摆了好几排，其中还有好多一模一样的。

程知栩把菜放餐桌上，看着正在整理玩偶的简灵，摇了摇头，果然是小女孩心性，笑着说：“洗个手过来吃饭。”

“好。”简灵拿来垃圾桶，把没用的纸盒袋子一股脑丢进去，起身拍了拍手，去厨房洗手。

雪白的餐桌上放着三菜一汤，香味四溢。简灵啃了一口小排骨，相当满足：“我不得不表示疑惑，这么优秀的男人是怎么得来的？”没等程知栩接话，她就自问自答，“哦，当然是我追到手的。”

程知栩没忍住轻笑出声，淡淡的暖色调灯光下，他的目光温暖柔和，注视着眼前的女孩子，想象不出她以后为人妻、为人母是什么模样，总不可能还这么古灵精怪吧……也说不准。

“看我干什么？”简灵吐出一块骨头，发现对面的男人正在偷瞄自己。也不能算是偷瞄，他的目光直白，坦坦荡荡，没遮掩。

程知栩笑：“看你好看。”

简灵正襟危坐，轻咳一声，郑重其事地宣布：“恭喜你发现迪士尼在逃公主一个，为了表达感谢，特向你发此奖励！”她夹了块小排放进他碗里。

程知栩歪着头，嘴角微勾：“奖励就这？”他自己做的菜，他自己端上桌，她的奖励就是把盘子里的菜夹进他的碗里，仅此而已？

简灵单手支着下颌，非常好说话：“那你想要什么奖励？”

“在逃公主是那么好找回来的？”程知栩淡淡地看她一眼，不紧不慢道，“怎么着，也得把公主赐给我吧。你说呢？”

“我说，我说……”简灵脑子转不过弯来，一时语塞，难道要顺着他的意思说把自己这个公主赐给他？

正绞尽脑汁思考怎么接下去，手机铃声刚好解救了她，放下手里的筷子，她丢下一句“我去接个电话”，就去拿茶几上的手机。

来电显示是叶归舟，简灵微微疑惑，舅舅从英国回来了？

“喂，亲爱的舅舅，这么晚找我有什么事吗？”简灵边接听边走回餐桌边坐下，换了个手握手机，重新拿起筷子，夹了一根豆芽放进嘴里。

程知栩投来询问的眼神，简灵无声地朝他比口型：我舅舅。

电话里，叶归舟的声音伴随着呼啸的风声，平和道：“在家吗？我应你妈妈的要求，过来给你送汤。”

简灵一惊，手里的筷子啪嗒掉在桌上，眼睛拼命地眨：“现在？”

“不然呢？”叶归舟伸展了下手臂，露出被羽绒服袖子遮住的腕表，“八点不到，你没这么早睡觉吧？”

简灵看着程知栩的脸，紧张地吞了下口水，声音晦涩：“那个，我……其实我已经睡下了。我这不刚从国外回来嘛，要倒时差，加上身体不太舒服就睡得比较早。”

叶归舟站在楼下，抬起头，遥遥望着简灵所在的楼层，冷冷地呵了一声：“是吗？那我怎么看到你客厅里的灯还亮着？”

她长本事了，真是长本事了，元旦跑瑞士去玩就算了，回国以后竟然没第一时间回家，现在还撒起谎来了。

简灵脑子有点蒙：“什么？”

“不跟你说废话了，给我开门，我到楼下了。”叶归舟没跟她客气，语气不容置喙，说完就直接挂了电话。

他手里有备用的门禁卡，当初帮简灵搬家时，担心出现意外状况，他也在门锁里录入了指纹。要不是要给姑娘家留点隐私，先给她打个电话报告一声，他早就冲上去了。

接完电话，简灵头皮都要炸了，噌的一下站起来，急得在原地直打转，一边挠头一边念叨着“怎么办、怎么办”。

她与叶归舟的对话内容，程知栩听得不是很清楚，大概意思是知道的，问：“叶归舟要过来？”

“不是他要过来，他已经杀到楼下了！救命啊！”

话音落地的下一秒，门铃就如催命咒语一般响起来，简灵简直要跳起来了。她抓住程知栩的胳膊，拉着他往楼上走：“离开是来不及了，你先上楼躲一下，我舅舅不会随便进我的卧室。”

她打算在正式场合介绍程知栩给家里人认识，绝不是现在这样，深更半夜，孤男寡女共处一室，两人穿着家居服，怎么都解释不清。

程知栩想说，既然叶归舟已经来了，他来面对就可以了，结果简灵根本听不进话，听见门铃一声接一声地响，她的神经就高度紧绷。

“简灵，我……”

程知栩刚吐出几个模糊的字音，简灵不由分说，将他推上楼梯。他无可奈何，只能顺从她的意思上楼暂避。

等人上去了，简灵转过身，抚了抚胸脯给自己顺气，如同冲锋陷阵的战士一般跑过去开门。

“怎么这么久？”叶归舟面无表情、目露审视，上下打量了一眼简灵，鞋都没换就走了进来，手里提着一个棉布袋子，里面装着不锈钢保温桶。

简灵关上门，小尾巴一样紧跟在他身后，攥着衣摆，紧张得话都不会说了：“舅舅，汤给我吧。这么晚了，你路上开车注意安全。”

说着，她伸手去接叶归舟手里的棉布袋。

叶归舟没给她，被她逐客令一样的说辞弄得疑心迭起，视线逡巡一圈，最后定在她脸上：“你在睡觉？”

“是啊。”不等他盘问，简灵就想好了借口，“你那会儿看到我客厅里的灯亮着，其实是我忘了关。”

“呵。”叶归舟冷笑一声，他自诩是温润如玉的君子，现在被这个外甥女气得脸都黑了，他手指着她的嘴角，“说谎之前不知道把嘴巴擦干净？”

简灵身形一顿，下意识地抬手抹了一下嘴角，一点褐色的酱汁沾上指腹——蒜香小排的酱汁，她啃得太投入了，没注意。

“我倒要看看你还能撒出什么样的谎！”叶归舟绕过她，直接往饭厅的方向走，餐桌上的饭菜一目了然，两副碗筷，两个杯子，中间那碗紫菜虾米汤还冒着热气。

“舅舅……”

简灵弱弱地叫了他一声，伸手拽了拽他的袖子，不敢往下说。怪她没有考虑周全，忘了收拾餐桌。

叶归舟淡漠地瞥她一眼，随手将保温桶放在餐桌上，甩开她的手，隐忍着怒气道：“男人？”

简灵眼睛一闭，破罐子破摔地说：“男朋友。”

“行，简灵你真行！”叶归舟点点头，又点了点头，气极反笑，拉着她的胳膊，把人拽到客厅，他的步子跨得大，简灵几乎是被他拖过去的，“人呢？躲卫生间里还是躲楼上了？这么没担当的男人你也要，你的脑子是被驴踢了吗？！”

叶归舟满心以为简灵是被哪个男人给骗了。

因为他太了解自己这个外甥女了，从小被一众长辈溺爱，没谈过恋爱，没社会阅历，人傻钱又多，稍微有点手段的男人就能把她骗得团团转，没准她还乐呵呵地替别人数钱。

大晚上的，她把男人带到家里来，谁知道发生了什么。

叶归舟越往深处想，胸腔那股怒火就烧得越旺，气得心脏都疼了，万一真发生了不可挽回的事，他怎么跟大姐和大姐夫交代？正在这时候，楼梯上传来一阵脚步声，随之映入眼帘的是一张熟悉的脸。

叶归舟微微一怔。

程知栩穿着浅灰色V领羊毛衫，宽松的黑色长裤，裤脚堆在拖鞋的鞋面，袖子撸上去露出一截小臂，没戴腕表。与以往两人见面时的西装革履、英俊淡漠截然不同，此刻的他可真称得上是“居家必备”的好男人形象。

“程知栩？”即使到了这一步，叶归舟仍然没多想，只是有些不可思议，“你怎么在这里？”

程知栩看了眼简灵，他就不该听她的话躲起来，搞得场面更尴尬、被动不说，他在叶归舟心里的形象也掉了一大截。

见他不回应，叶归舟火了：“你说话啊？”

程知栩握住他的手腕，示意他先松开简灵的胳膊，叶归舟可能抓疼她了，她也不敢吭声，吓得小脸煞白。

叶归舟松开手，眼睁睁地看着程知栩将自己的外甥女护在身后，用一贯云淡风轻的语气对他说：“别骂她了。”

“你别告诉我，简灵口中的男朋友是你，程知栩。”叶归舟后退了一步，良好的教养让他没将脏话骂出口，脸色更为阴郁，是暴风雨前的“黑云压城”。

程知栩轻轻地“嗯”了一声，在他眼皮子底下握住了简灵冰凉的手。

叶归舟视线下移，看着两人紧紧交握在一起的手，只觉得眼前的一切无比玄幻："你和简灵，你们在一起？离谱！"

"怎么就离谱了？"程知栩实在不想跟叶归舟顶嘴，身份不一样了，不能像以往那样无所顾忌地抨击他，他吸了口气，尽量保持心平气和，"我未娶，她未嫁，我们年龄相差也不大，自由恋爱没问题吧？"

简灵偷觑了眼程知栩的侧脸，很想破坏气氛地插一句嘴——你这是在说唱吗？这么押韵。

"程知栩，你知不知道……"叶归舟话说到一半，脑中忽然闪过什么，从口袋里掏出手机，以极快的速度打开微信朋友圈，找到简灵发的那条动态。

第五张照片里，男人的手。

手机屏幕翻转，对着程知栩的脸，叶归舟指着照片质问他："所以，陪她去瑞士的人是你，根本不是什么好闺密。"

话说到这里，再瞒下去也没意思，程知栩点了下头："是我。"

叶归舟的脸色更难看了，他也是谈过恋爱、结了婚的男人，太清楚一个男人单独带着一个女人旅游意味着什么。他们之间要是没发生点什么，他把名字倒过来念。叶归舟的视线在两人之间来回扫，突然冲上前，用手臂卡住程知栩的脖子："你'欺负'她的时候有没有想过她是我外甥女！"

他的动作太迅猛，简灵都没反应过来，等她弄清叶归舟在说什么，羞窘得无地自容，红着脸上去拉他："舅舅，你先松开。"

叶归舟吼她："你给我上一边去！"

"对不起，这一点是我考虑不周。"程知栩早就想好了，就算被打一顿他也不会有任何怨言，"我是认真的，我想娶简灵为妻。我的为人你应该清楚，不至于轻浮，更不会做混账、拎不清的事。你说简灵是'麻烦精'，以后由我护着她，你也能省心。"

叶归舟嗤笑一声，语气沉沉道："好话都被你说尽了，便宜也被你占尽了，我还能说什么？"棒打鸳鸯的事情他做不来，又咽不下这口气，脸色青黑交加，中毒了似的。

"我说的是实话。"程知栩感觉他手臂的力道渐松，果断向他表态，"以后我要是对简灵不好，你尽管揍我，我绝不还手。"

那一晚他就想过，叶归舟要是知道他没见家长就把简灵变成了自己的人，一定会动拳头。事实证明，是他低估了叶归舟的人品，叶归舟是个真正的君子，没打他也没骂人。

叶归舟咬牙切齿："我现在就想揍你。"

话是这么说，他却松开了卡住程知栩脖子的手，冷漠地睨了对方一眼。

这都是什么事啊，好兄弟变成自己的外甥女婿。

等会儿！好兄弟，变成，外甥女婿？这辈分……

叶归舟舔了下唇，没控制住表情，倏地笑了一下，看着程知栩的眼神由愤怒慢慢转变成戏谑，脸色也从暴雨转晴天。

气也撒了，该说的话也说了，叶归舟冷静下来，往旁边走几步，在沙发上坐下来，手臂搭在沙发靠背上，是个极为放松的姿势。

“喂。”他冲程知栩抬了下下巴，认认真真道，“这一声‘舅舅’你是现在叫，还是等着以后叫？”

无论如何，程知栩要是想和简灵在一起，这一声“舅舅”是跑不掉的。

叶归舟想想自己以前在程知栩这里吃过数不清的瘪，每回斗嘴都说不过他，生意场上的手段也玩不过他。就连谈并购案，程氏集团都要多占五个点。

现在辈分上来了，他突然觉得通体舒畅。

程知栩对上他的视线，无奈地叹息一声——该来的还是来了。

简灵看看这个，又看看那个，从始至终没插上一句话的她，脑袋里冒出一个问号，他们这是说好了吗？

程知栩挠了挠眉心，一脸菜色。虽然早在跟简灵在一起的时候就想到会有这么一天，但当这一天真的来临，他还是有些难以接受，过不了心里那关。

叶归舟也不着急，倾身端起茶几上的水壶，给自己倒了杯温水，慢悠悠地喝了一口，眼睛不离程知栩，眼见他一脸郁闷，心情愉悦极了。

他怎么也没想到，与程知栩斗智斗勇那么长时间，最后是简灵让他成为彻彻底底的赢家。这种心情一般人恐怕不能理解。

装聋作哑是不可能的，程知栩薄唇轻启，缓慢地吐出含糊不清的两个字：“舅舅。”

“你叫我什么？”叶归舟偏着头，做出掏耳朵的动作，“我听力这么好都没听清，你糊弄谁呢？”

程知栩深吸一口气，直视着对面男人的双眼：“叶归舟，你适可而止。”

叶归舟一秒恢复正经脸，语气很不好：“程知栩，你就打算用这种态度对待女朋友的长辈？那我实话告诉你，我这一关你过不了的话，我大姐大姐夫那一关你也不可能……”

“舅舅。”程知栩面带微笑，咬字清晰，“这样满意了吗？”

叶归舟一顿，拍了一下大腿，年纪轻轻笑得脸上的褶子都出来了：“满意。

以后见面就这么叫，明白吗？从今儿起，我就是你舅舅，你就是我大外甥。”

程知栩抿着唇，看着叶归舟那副小人得志的嘴脸就想出言讽刺他。他胸口起伏，握紧了拳头，拼命地忍住那股冲动。

眼下这当口，自己必须得讨好叶归舟，把他惹毛了，谁知道他会不会在简灵父母那里给自己使绊子。

简灵都快看不下去了，想不明白事情怎么会发展成这样。两个大男人，幼稚得跟小孩一样，一个非要占上风，另一个想反驳又不能反驳，表情极其别扭。

她觉得有点累，捂着嘴巴打了个哈欠，眼角水汽氤氲。

叶归舟一转眼，见简灵哈欠连天、漫不经心的样子，气又上来了，起身伸出食指将她的脑袋戳得一偏：“你爸妈那里你自己去说清楚，别指望我给你兜着。我是真没想到你胆大包天到敢瞒着家长跟个男人跑去国外度假。”

程知栩轻啧了声，挡开他的胳膊：“我都说别骂她了，你有气冲我撒就行了。”

“呵，她是我带大的，她从小到大我管得最多，现在我骂她两句你就心疼了？”叶归舟语调淡淡的，程知栩这做派倒衬得他这个当舅舅的是个恶人。

程知栩大方地承认：“是心疼。”

简灵见形势不对，嘴巴一撇，眨巴眨巴眼睛，眼眶瞬间就泛起湿意，一副泫然欲泣的模样，如烟雨江南的清晨，水雾漫漫。

叶归舟要是不清楚她的小把戏，就白养她这么大了，整了整衣襟：“别演了，我是不会帮你说话的，你们俩具体什么情况，你一五一十地给你爸妈说清楚，别回头他们说我没好好照看你。”

简灵肩膀往下一塌，脸上愁云满布，撒娇、装委屈在叶归舟这里都不管用了。

“听你妈说你病了，自己照顾好自己。”叶归舟看着她，“我走了。”

“哦，我送你。”简灵收起装出来的眼泪，跟着他往玄关走。

叶归舟走了几步停下来，回头看向站在客厅中央岿然不动的程知栩，眉心一蹙，没好气道：“你不走？”

程知栩低垂着眼，淡声说：“我晚饭都没吃完。”

叶归舟大步走回来，手臂箍住程知栩的脖子，拖麻袋一样把人往门口拖，怒道：“别逼我真的揍你！”

“等等，我衣服没拿……”

尽管不情愿，程知栩也深知今晚留下来是不可能的事，便转头叮嘱简灵，等他们走后要及时关好门窗，把叶归舟带来的汤喝了。

叮嘱完，他就拿上外套换鞋出门。

两个身形颀长挺拔的男人一道进了电梯。

电梯向下降，叶归舟看着壁面上映着的程知栩的脸，忽然之间想到了很多以前的事，那些曾经没被怀疑的事，如今一一浮出水面。程知栩面对简灵相亲时的异样，谈话间故意将话题引到简灵身上，还有简灵那丫头明里暗里打听程知栩的事……一桩桩、一件件，如今想来都是预谋已久。

可笑他把简灵往程氏集团送，打电话让程知栩帮忙照顾她，还让简灵住到他空闲的公寓里。这行为，跟把家里悉心养大的白菜挖起来拱手送人有什么区别？别人都不用费心费力拱白菜！

叶归舟越想越觉得讽刺，阴阳怪气道："你追的她？"

"我虽然想这么承认，但确实是她追的我。"程知栩说。

听这口气他还挺自豪，叶归舟气不打一处来："程知栩，你知道我最讨厌你哪一点吗？得了便宜还卖乖。别人不了解你，我能不了解？你这老狐狸，眼睁睁地看着她掉进你设好的陷阱里，心里偷着乐吧？"

电梯在一楼停下，门缓缓朝两边打开。程知栩手贴着衣襟，率先踏出去，结果人还没走出电梯就被叶归舟一把拽回去推到后面："你懂不懂规矩？长辈没走你先走，你的社交礼仪都被狗吃了？"

程知栩捏了捏鼻梁，无力地笑了："你有完没完？"

"我有完没完我不知道，你这辈子是完了。"叶归舟一字一句地强调，"你这辈子都得叫我舅舅，跟着我外甥女一起孝敬我。"

程知栩："……"

程知栩是想过要随着简灵叫好兄弟一声"舅舅"，可是没想过这个"舅舅"这么得寸进尺，说到底都是自己当初往死里撺他造的孽，怪不得旁人。

程知栩还能说什么，只能皮笑肉不笑地点头："行，孝敬你。"

"这还差不多。"叶归舟勉强给他一个好脸色，沉默了一会儿，忍不住问，"我就搞不懂了，你程知栩什么女人没见过，喜欢那丫头什么？闯祸、麻烦、任性、娇气，大毛病三五个，小毛病一大堆。"

怎么人人都要问他这个问题，程知栩拍了拍叶归舟的肩膀，高深莫测道："感情这种事情，如人饮水，冷暖自知。我以为你是过来人，会比我更清楚。"

叶归舟嘲了他一句，蓦地，口袋里的手机响起来。他止住话头，拿出手机看了眼，是叶娴心打来的电话，估计她还是不放心简灵的情况，掐着时间打来电话询问。

程知栩瞄了眼他的手机屏幕，看清来电显示是谁，视线微微一顿，赶在他接通电话前，服了个软：“舅舅，帮我说点好话，有空我请你吃饭。”

看程知栩吃瘪是挺愉悦的，可听他这么一副异于平常的讨好腔调，叶归舟胳膊上的鸡皮疙瘩都起来了：“走开。”

程知栩没有偷听别人讲电话的习惯，说了声“再见”就先走了。

叶归舟拿着手机，快步走到停车的地方，坐进驾驶座，没急着开车，打开车内的暖气，目视着前方，接通电话唤了一声：“大姐。”

“你看过灵灵了吗？”叶娴心拿着手机在卧室里踱步，手指抵着下唇，语气担心，“她病好了没有？有没有咳嗽？”

叶归舟想起方才那一幕就想冷笑，语气跟着变了，带着一丝怪异：“她好得很，没发烧、没咳嗽，我快两个月没见她，发现她被养得珠圆玉润的。”

叶娴心在那边一脸疑惑：“啊？”

“她交男朋友了。”叶归舟说完，便能预见电话那边会出现什么情况，下一秒就拿远了手机，免得让自己的耳朵遭殃。

果不其然。

“你说什么？！”叶娴心一嗓子号出来，喊破音了，“男朋友？她交男朋友了？什么时候的事？你给我说清楚！”

叶归舟丢下一颗重磅炸弹，云淡风轻道：“我说不清楚，你自己问她。”他确实不知道程知栩和简灵是什么时候在一起的，没问。

叶娴心与叶归舟先前的顾虑一样，生怕简灵被外面的男人给骗了。为什么让简灵相亲，因为相亲对象都过了她的眼，是她千挑万选出来的人，人品和脾性都不会差。

她自己谈的男朋友，谁知道对方是什么德行，两面三刀的人多了去了。

“不行，你马上找人给我去查男方的身家背景，有无不良嗜好和不清不楚的感情史。”叶娴心冷静不下来，脑袋里仿佛煮了一锅水，濒临沸点，“简灵这丫头，这么大的事情怎么能瞒着家里呢，她眼里还有没有我这个妈妈！”

叶归舟就知道，叶娴心听到这个消息只会比他更震惊，连调查人家身家背景的话都说出来了，可见是真的操心。

“不用查了，人我认识。”车里温度有点高，他调低了些，慢慢道。

“你认识的人？”叶娴心最关心的还是那一点，“人品家世怎么样？”

叶归舟不想帮程知栩说话，让他这么快得逞，但也做不出颠倒黑白的事，手指搓了下额头：“人品还行，家世配得上简灵，感情史也清白。”

叶娴心稍稍放下心来：“那就好。我相信你的眼光，既然你都这么说了，说明对方人还不错。”

叶归舟糟心得很，怎么就好了，怎么就算人不错了？

他没忍住添了一句：“人到底怎么样还有待考察，到时候你自己审问。”

叶娴心脸色一变，刚落回实处的心又悬了起来。

“不说了，泱泱给我发微信了，我得看看她说了什么。”叶归舟看到屏幕上弹出微信消息，不想再聊简灵的事。

简灵喝了叶归舟送来的汤，动手收拾了一下餐桌上的残羹冷炙，心里仍惦记着程知栩晚饭没吃完就走了。她到厨房放下碗碟，拿起手机给他发消息。

掌上明猪：“程老板，用不用给你叫份外卖？”她知道他的地址。

程知栩很快回了条语音过来：“不用，我直接打车回家了。我要是饿了，家里的阿姨会做夜宵。”

掌上明猪：“哦。”

掌上明猪：“你和我舅舅出去的时候，他没有为难你吧？”

橙汁：“没有。”

掌上明猪：“那就好。我好困，要睡觉了。”

橙汁：“晚安。盖好被子，别再着凉了。”

如果不是被叶归舟警告了一通，程知栩原本是打算留下来陪她的。她的感冒的确还没好，让人不放心。

叮嘱完他的姑娘，程知栩就收起手机，拾级而上，推开门，走进正厅。

现在刚好九点，家里的人难得没有休息，程终南和郁织锦正坐在沙发上看电视。许久未见的儿子毫无预兆地回来，郁织锦脸上并未表现出欣喜若狂，动了动嘴角，波澜不惊地哼了一声：“不得了，你终于想起来自己有个家了。”

程知栩知道郁女士这般态度为什么，不过是他前几次拒绝回家接受她安排的相亲，她生他的气了。

“嗯，想起来确实有些时日没见，过来看看您。”程知栩松了领带，坐到两人旁边的单人沙发上，两手交握，置于腿间，神色温和，“顺便，给您说个事。”

郁织锦细长的眉梢吊起，语气仍旧不好：“你说的准没好事。”

“这回您就冤枉我了。”程知栩无奈地一笑，决定不绕弯子，低着嗓音，郑重地说道，“我有女朋友了，您以后就不要给我张罗相亲了。”

郁织锦正想着不管他说什么，她都要挖苦几句，谁让他在外面飘荡，连家都不回了。然而当她反应过来他说了什么，眼睛倏地一亮，侧过身，正视他：“真的？”

“我有必要拿这种事情欺骗您吗？”程知栩语气正经，含着浅笑，“谈了有几个月，一直没找到合适的时机跟您说。”

郁织锦双手一合，满脸喜色，甚至没忍住，搡了他胳膊一下：“你这孩子，怎么不早说呢，我本来打算过几天让你见个人。”

程知栩就是怕她瞒着他乱来，才在关系挑明后，深夜赶回老宅说明此事。

一直沉默的程终南放下手里的茶杯，问：“那女孩子长什么模样？你那里有照片吗？家里都是什么情况？你们怎么认识的？”

“您一下子问这么多问题，我哪儿回得过来。”程知栩温声笑说，“我找个机会带她回来见见你们，到时候再细聊吧。”

程知栩一向稳重，学业和事业都没让家里人操过心，感情上的事想必他也能安排妥当，不会出什么问题。程终南很信任他：“也行，你看着安排。”

简单说了几句，程知栩看了眼腕表，起身往楼上走，一步一个台阶，从背影看起来罕见地轻快。

郁织锦回头望了他一眼，眉目带笑，半晌，感慨一句：“圆满了。”

简灵推迟了一天上班，一到岗位就忙得焦头烂额，一堆事情等着她处理，喝口水的时间都是奢侈。

中途叶娴心还发消息过来，让她晚上务必回家，不然就去她公寓抓人。

她就猜到，叶归舟昨晚离开，一定给叶娴心说了她有男朋友的事。

叶女士能忍一个晚上已经相当不容易，以她妈妈的脾气，没当晚让她回家就不错了。

结束一天的工作后，简灵给程知栩报备了一声，打了辆出租车回家。

一推开门，叶归舟也在，三位家长各占据一方，妥妥的三堂会审的架势。简灵有点发怵，换完鞋慢吞吞地走过去，挨个打招呼：“爸、妈、舅舅。”

叶娴心没给她喘息的机会，上来就开始盘问，怎么认识的，什么时候在一起的，发展到哪一步了。

前面的问题都好说，后面那个问题她就含糊带过了，心虚地看了眼叶归舟。叶归舟表情不变，赏给她一个冷漠的眼神。

简灵最后说道："他真的对我很好，这段时间都是他在照顾我。他那么忙还亲自下厨做饭给我吃，炖汤给我补身体。妈妈，我很喜欢他。"

叶娴心盯着她的脸，左看右看，叶归舟昨晚说的自己还不信，这么一看，简灵的脸蛋跟以前相比，确实圆润了些。

到了晚饭时间，三堂会审的地点由客厅转到饭厅。

叶娴心边给女儿夹菜边问："你舅舅说认识你男朋友，还说对方家世也不错，那他是做什么的？"

简灵眼睛水亮，眨了眨，下意识看向叶归舟，惊讶之色浮出来，他竟然没有说出程知栩的身份。

叶归舟知道她心里想什么："说了让你自己交代的。我要是都说了，还有你什么事？"

可能是情侣之间的心有灵犀吧，简灵的眼珠转了转，见爸妈似乎不反对她谈恋爱，笑眯眯地说："等过段时间，我不那么忙了就带他回来见你们，我们坐下来好好谈。现在先让我吃饭好不好，好饿。"

叶娴心嗔笑，用手指点了点她的额头："你害不害臊呀？这么早就带男朋友回来见家长，你想嫁给他？"

简灵脸颊飘上两朵红晕，低着头不说话。

一顿晚饭吃得还算和谐，饭后叶归舟就离开了。叶娴心想到一件事，避开简灵，拿着手机到偏厅，给自己的好姐妹打电话。

"我给你说个事，实在是不好意思，本来说好要介绍我女儿给你儿子认识的，可我女儿突然说，自己有男朋友了。"

电话那边，那位太太微微一愣，竟是笑了一下："要不怎么说我们投契呢，我也正要跟你说，我儿子也有女朋友了。"

太巧了。叶娴心松了一口气，放下心中挂碍，惋惜道："唉，可能是他们俩没缘分吧。"

"不妨事，做不了亲家，我们可以继续做姐妹。"女人温温柔柔道，"下次你带着女儿来我家做客吧，我最近新学了几样甜品，想让你尝尝。"

"好。"叶娴心笑着应下来。

自圣诞节那晚下过一场鹅毛大雪，之后的几天都是大晴天，温度却不高。北京的冬季冷冽干燥，寒风刺骨，清晨零下九摄氏度的气温让出门上班成为一件困难的事。

简灵早上被闹铃吵醒，手伸出被子，摸到手机，关了闹铃继续睡，并把被子拉上来，蒙住脑袋。

过了五分钟，第二个闹铃准时响起来，简灵感觉自己在这样短暂的五分钟时间里眯了一小觉，陡然被惊醒，再次伸手关掉。

反复三次后，她才不疾不徐地爬起来穿衣服，摸索到遥控器，打开窗帘，外面雾霭沉沉，不知是要下雪还是要下雨。

简灵打了个绵长的哈欠，拖着慵懒的步子到卫生间洗漱。她近期赶策划案忙得不可开交，作息又紊乱了。

以前是小组作业，一个组里每个人都有各自的分工，尚且忙碌。现在是个人出策划案，为期半个月，之后通过开会，公开比稿，时间更为紧迫，压力也更大。

简灵都被自己陀螺一样不停歇的精神感动了，遥想当初，她还是一只无忧无虑、不知工作为何物的米虫。

“唉……”

简灵拖着长长的音调叹了口气，洗了把脸，人精神了点，下楼吃早餐。

距离比稿截止日期还有几天时间，她的策划案已经做得差不多了，剩下的几天需要再完善一下，也不能太过松懈，出现任何一个小问题都有可能被刷下来。

简灵吃了口三明治，桌上的手机响起来，是视频通话邀请，她点了接通，腮帮子鼓鼓的，含糊不清地说：“妈妈，怎么这么早给我打电话？”

镜头里，叶娴心穿着灰紫色的紧身瑜伽服，四十多岁仍旧保持着纤细的身材。显然她早就起床并且做完了一组瑜伽动作，额头和脖子上都是细汗。

“在吃早餐呀？”叶娴心盘腿坐在瑜伽垫上，气喘不匀，一只手举着手机，另一只手拿着毛巾擦汗，说起正事，“你今天晚上加班吗？陪妈妈去一位阿姨家里做客好不好？”

母女俩的性格其实很像，央求人的时候习惯带着点撒娇的语气，“好不好”“行不行”这类的问话，很难让人拒绝。

简灵又咬了口三明治，碎屑掉在面前的餐碟里，她抹了下嘴角，细嚼慢咽，顺便思考怎么拒绝。

她不想去陌生的阿姨家里做客，倒不是会怯场，而是她近几天有点疲劳，下班后只想早点回家休息。

叶娴心瞅着她似蹙非蹙的眉心，便猜到她要说什么："你不会以为我还要你去相亲吧？你放心，就是单纯陪我去串门。再说，那位阿姨的儿子都有女朋友了，你也有了男朋友，妈妈不是那么不靠谱的人。"

"我不是顾虑这个。"简灵当然清楚叶娴心不会明知她有男朋友还给她介绍对象，"我今晚确实不加班，但我想睡觉，这几天都没睡好觉。"

"这样啊……"如果是这样，叶娴心就不知道怎么说了，默了片刻，决定以女儿的身体为重，"那你就待在家里好好休息吧，我一个人过去。唉，就是那位阿姨之前说过想见见你，你要是不来，我得想个像样的理由给人家说清楚。"

简灵不止一次听叶娴心提起那位志趣相投的阿姨，此刻听着她遗憾的语气，于心不忍，便改了口："好吧，好吧，我陪你去。"

叶娴心眼底闪过喜悦："真的？"

简灵："嗯，前段时间很忙，接下来没那么忙了，有的是时间补觉。"

叶娴心满心欢喜，让简灵下班前发条消息，叶娴心让司机到公司去接她，免得她还要自己打车过去。

下午六点多，简灵忙完手上的事情，准时下班，第一个走出策划部，乘电梯下楼。司机已经在公司正门一侧的路边等着，跟以前一样的位置。

今天刮着很大的北风，简灵一出门，额前的刘海就被全数吹起来，露出饱满的额头。简灵扯高了围巾，蒙住半张脸，一手按住刘海，低着头逆风往前走。

包里的手机振动一下，她脚步微顿，翻出手机，屏幕亮起来，程知栩的消息进入视线。

橙汁："还没下班？"

简灵边走边垂下视线打字，余光注意着前面的路，想起自己还没跟他报备晚上不和他一起回家。

掌上明猪："我今晚要去一位阿姨家做客，不能跟你一起了。"后面添加了一个表示郁闷的小表情。

程知栩看着那个小表情，倒是与他此刻的心情一致——郁闷。

她这段时间忙得飞起，中午偶尔上来陪他吃顿饭。至于晚饭，他想都不要想，自从叶归舟撞破他们之间的事，便隔三岔五地打来视频"查岗"，不许他住在简灵那处公寓。

叶归舟常用的说辞就是："我也不想管你们情侣之间的事，没那个闲心。只不过你们订婚宴没办，名不正、言不顺，住在一起不合适，万一闹出点意外……"剩下的话他没说出口，程知栩作为男人都懂。

没经历过那回事也就算了，给他尝了滋味又剥夺，程知栩夜里睡醒都会胡思乱想，觉得黑夜格外漫长，没滋没味的。

程知栩好不容易逮着叶归舟去国外看老婆的机会，因为两边有时差，不可能再打来视频查他，他就可以和简灵好好温存，偏偏她还有事。

橙汁："那好吧，你注意安全。"

简灵坐上车，手规矩地搭在膝盖上，恰逢晚高峰，车子走走停停，晃得她眼睛都快睁不开了。

"我妈已经过去了吗？"她打起精神问司机，有点担心万一妈妈没到，她一个人贸然进别人家，多不好意思。

司机从后视镜里看了她一眼，笑了笑说："下午两三点钟就过去了，说是要跟谁学做点心。"

简灵放心了，导航提醒快到目的地时，她从包里掏出镜子，检查妆容，捋了捋有点乱的刘海，又用手指轻轻拨了拨，营造出"空气感"。

她穿着黑色的羽绒服，车里开着暖气，温度有点高，前襟敞开了，露出里面鹅黄色的长绒毛衣，她皮肤本就白，不需要什么颜色来衬托就很好看。

十分钟后，住宅初见轮廓。

简灵透过车窗看去，眼前是独立的宅院，三层楼，外观有些仿古风，庭院中一条主干道直通正厅，两边种植了不少有些年头的高大树木，在呼啸的北风中摇曳，一些低矮的绿植不堪摧残，被吹得"张牙舞爪"。

简灵下了车，站在门外摁响了门铃。

须臾，面前厚重的红褐色大门被打开，一个穿着棕色开衫的保姆站在门内，笑语相迎："是简小姐吧？快进来。"

简灵微笑着说"是"，一脚踏进门内的地垫，便听到客厅里有女人的欢笑声传来。保姆阿姨从鞋柜里拆出一双新拖鞋递给她，她说了声"谢谢"，换了鞋进去。

"灵灵来了，快过来。"叶娴心听到声音回头，眼睛里笑意弥漫，朝她招了招手。

有母上大人在，简灵不至于拘谨，大大方方地走过去。

白瓷茶几上铺了餐布，上面放着一壶正煮得咕噜咕噜响的香茶，旁边有切好的水果和精致的点心，正中间一捧鲜艳的蓝紫色绣球花。满室温暖，香气宜人。

叶娴心的旁边坐着一位优雅端方的妇人，乌黑的卷发绾了个低低的髻，斜插一枚精巧的翡翠发梳，目光温柔，笑意盈盈。

叶娴心拉着简灵的手给她介绍："这位就是我跟你提过的郁阿姨。"她转过头，对郁织锦说，"这是我女儿，简灵，去年刚毕业。"

简灵脆生生地打了个招呼："郁阿姨好。"

郁织锦打量着她，心生欢喜，拉着她坐到自己身边，端来亲自烤制的糕点给她吃："听你妈妈说，你交男朋友了？"

简灵瞅了一眼叶娴心，略带不满，她怎么逢人就说这件事。郁阿姨问到这个，她又不好不回答，只能如实说："嗯。"

郁织锦心里感叹着可惜，之前听叶娴心说起家里的女儿，她就想着给自己做儿媳妇挺好的，谁知道还没来得及介绍两个小辈互相认识，他们就各自有了对象。

再提起这事，对她儿子的女朋友不公平，郁织锦打消那点心思，转移了话题："工作忙不忙？瞧着你没睡好的样子。"

简灵吃着甜而不腻的糕点，心里想的是妈妈说得对，这位阿姨确实人美、性格温柔、心肠也好。

"临近年关是会比平时忙很多，过段时间就好了。"

"唉，小女孩还是要仔细身体，别太累着自己，年轻的时候不爱惜，等将来后悔就晚了。"郁织锦拍拍她手背，嘴里说着体己话，顺手给她倒了杯热茶。

叶娴心附和："说她她都不听的，两个月前还在吃药调理身体呢，现在停药了又不当回事了。"

简灵下意识地反驳："我没有。"

郁织锦笑："再怎么样，女儿就是听话些，贴心些，哪儿像我家那个，每次三催四请都不乐意回家。上次大晚上跑回来，直接通知一声有女朋友了，第二天早上就走了，这又隔了好些天没回来，连个电话也不打。他还说要带女朋友回来见我呢，等了这么久，人影都没见着半个。"

简灵静静地听着，只觉得郁阿姨说话的腔调有趣，抱怨的语气中夹杂着几分开心，似嗔非嗔的。

叶娴心：“你呀，就别抱怨了，这个年纪的男人哪个不是这样，有理想、有抱负的人，忙些是理所当然的。他要是不上进，你才应该着急。”

郁织锦：“我还是喜欢女儿，女儿好，贴心小棉袄。”

叶娴心叹息一声：“也不省心。”

郁织锦笑起来。

两人的声音都很好听，你一言我一语，生动极了。简灵起初听得认真，后来实在是困得撑不住，手里捧着杯热茶没喝，微垂着脑袋，一下一下点着头打瞌睡。

聊到各自的家事，郁织锦说道：“我先生加入了那个什么书法协会，最近老是往那儿跑，晚上就我们几个吃……”

话没说完，余光里什么东西栽倒下来，郁织锦条件反射地伸手托起，简灵软乎乎的脸颊砸上她的掌心。简灵一下子惊醒了，眼神茫然。

郁织锦顺手捏捏她的脸，笑得不能自已：“是不是困了？”

叶娴心扶额，有些无语：“这孩子，正说着话也能睡着。”

毕竟与郁阿姨不熟，简灵性格再直爽率真，也认为在别人说话时睡着太失礼了。她羞红了双颊，放下茶杯，手掌挡住半张脸，小声解释：“我这几天忙着赶策划案，太困了。”

郁织锦抚摸了下她的后脑勺，宽容道：“没事的。”她看了眼钟表，喊了阿姨过来，问什么时候能用餐，一听还得一个多小时，便做主道，“你去楼上客房睡一会儿吧，晚饭好了我叫你，看你困成什么样了，双眼皮都成三眼皮了。”她说完又忍不住笑，掩着唇，眼睛都是弯的。

简灵还未出声拒绝，叶娴心就忙不迭地说：“哪里有在别人家睡觉的道理，不用了，就让她坐这儿打瞌睡。”

郁织锦佯装动怒：“你见外了不是？”

叶娴心词穷，旁边的阿姨颇有眼力见地接了话：“我带简小姐过去吧。不过……客房备用的床品都拆下来清洗了，天气不好，还没干透。”

简灵正要说“算了”，到嘴边的话再一次被人截住，郁织锦拍板：“那就让灵灵睡阿栩的房间，反正他也不回来住。”

阿许？是郁阿姨的儿子，还是她家里别的什么人？

简灵心下抗拒，正准备出口拒绝，阿姨就笑着拉起她的手，她求救般看向叶娴心。叶娴心顿了两秒，也不再计较那么多：“既然你郁阿姨都说了，那你就去睡会儿吧，以后可不许再熬夜不睡觉了。”

简灵半推半就地上了楼，阿姨替她推开了左拐第一间房的房门，站在门口没进去，看着简灵的脸欲言又止，可能是想叮嘱什么，最后出于礼数没开口，只说：“简小姐休息吧，到饭点了，我叫你。”

简灵硬着头皮进了房间，四下扫视一圈，一看就是男人的卧室。深色系的家具装饰，以简洁大方为主，乍一看单调得很，没一丝人气，与程知栩的品位一般无二。

她不敢乱动乱摸，站在那里踌躇许久，看着不远处那张墨蓝色的大床，不知该不该躺上去。

杵着当了一会儿木头人，简灵困得头都疼了，最终没能忍住那张大床的诱惑，踢掉拖鞋爬了上去。

鼻尖挨到枕头的那一瞬，她猛然一顿，小心翼翼地趴在上面深深嗅了一口气，不知是不是她的错觉，这股味道好熟悉。

被子也是相同的味道，不是单纯的洗衣液清香，而是特殊的味道，一时形容不上来。

简灵满脑子疑问，自己都不知道是怎么睡着的，可能是周围的环境让她感到安心舒适，困意来得格外汹涌。

她才睡了半个小时，楼下就再次响起门铃声。

阿姨擦干净手从厨房出去，打开门，一阵寒风吹进来，卷着片片雪花扑在脸上，叫人眼睛都睁不开，定了定神，打眼一瞧，竟然是程知栩。

“大少爷回来了！快进来，外面冷着呢。”阿姨一脸喜色，招呼他进门。

程知栩进门换了鞋，注意到客厅里的女客，神色陡然一惊。如果没认错的话，眼前这位是简灵的母亲。

他在叶归舟的婚礼上见过简妈妈一面，因为那时并未挑明与简灵的关系，他就没贸然过去打扰二老。

程知栩不知道她怎么会在自己家，很快收敛神色，疾步走上前去，微躬着身打招呼：“叶阿姨好，初次见面，我是程知栩。”

叶娴心着实愣了一下，张了张嘴，“啊”了一声。

边上，郁织锦一脸震惊：“我还没给你介绍，你怎么知道这位是叶阿姨？”

程知栩声线润朗：“我在叶归舟的婚礼上见过。”

叶娴心凝视着眼前的男人，好像是有点眼熟。她上了年纪，记性不好，一时间没想起来。叶归舟婚礼当天的宾客数不胜数，她那日略略扫过一眼，不少生意场上的人都是她没见过的，兴许他就是其中一员？只能这么想了。

叶娴心："原来如此。"

她总觉得有哪里不对，一边回想，一边用考量的眼神看着程知栩。男人身形挺拔，身上穿着的黑色大衣挺括，衬得肩背宽厚，气质卓然。他的相貌就更不用说了，不需细看，一打眼就是五官端正、英俊逼人。说话间礼数也周到，是个不可多得的女婿人选……

算了，女儿已经有男朋友了，她不能多想。

程知栩思考片刻，以为叶娴心会出现在这里，是因为简灵已经跟她详细说了自己的情况，她上门考察来了。

程知栩风尘仆仆，裹着一身的冰雪寒气，坐了没多久，就起身恭敬道："叶阿姨，我上楼换身衣服再过来陪您聊天。"

叶娴心被这般热情的态度弄得丈二的和尚——摸不着头脑，只得讷讷地回："好。"

程知栩得了应允，轻轻颔首，提步上楼。

说实话，郁织锦比叶娴心还要迷惑，她了解自己的儿子，以往家里要是来了女客，他顶多不失礼数地过来打声招呼，继而避到书房不出来，什么时候这么热络，还要换身衣服过来陪着聊天？

太奇怪了。

沉默半晌，郁织锦还是想不通，喃喃道："见鬼了……"

阿姨重新进到厨房，刚准备拿刀切菜，想到什么，匆匆地折回来，手指着楼上："简小姐在大少爷的房间里休息，我给忘了！"

程知栩上到二楼，随手将大衣脱下来，折了下，挂在臂弯，手握住冰凉的门把手，往下一压，推开门进去。

房间里开着暖气，温度正适宜，似乎夹杂着些许甜香气味，不知是不是家里的阿姨换了空气清新剂，或者是在加湿器里放了什么东西。

程知栩展开大衣，正准备挂上衣架，视线一转，注意到自己那张不常用的床上鼓起了一个小包。

大衣从手里滑落，掉在地板上，他愣了愣，弯腰捡起来，顺手一扔，搭在沙发靠背上。因大衣太长，衣摆触到了地面，他也没去管，三两步走到床边。

毫不夸张地说，程知栩震惊得瞳孔里在放烟花，各种滋味都有。穷尽他所有的想象力，也想不到闲着没事回趟家，居然发现心爱的姑娘就躺在自己床上。

简灵睡得沉，不管是开门的动静，还是来人的脚步声，她统统没听见，睡得小脸粉扑扑的，黑发铺了满枕。她穿着毛衣睡下的，可能是有点热，一只手从侧边探出被子，搭在深色的床单边缘。

程知栩视线凝在她脸上，沉沉地呼出一口气，蹲下来看她睡着的样子，忘了自己来房间的目的是换衣服。

也就看了几秒，他就忍不住暗涌的情绪，单腿跪在她身侧，压过去咬住她的唇。简灵被他弄醒了，一惊之下正要挣扎，程知栩就轻声道："张嘴……"他是挨着她的唇说话的，每吐出一个字眼，嘴唇都能触碰到她的。

听出是程知栩的声音，简灵放松下来，启开红唇的下一瞬就被他得逞了——那样缱绻深长的掠夺。

被子里滚了一团火似的，将她没清醒的脑子烧得稀里糊涂。

"你怎么在这儿？"良久，程知栩松开她，只说了一句话，瞧见她眯着眼眸、眼睛水光潋滟的样子，没忍住又亲了上去，手掌揉着她细软的腰肢，像是要把她揉碎。

简灵恍惚间还想问他一句："你怎么在这儿？"

没机会问了，他抱住她滚进被子里好一顿亲，明明彼此经常见到，可就是有股莫名其妙的思念侵占大脑。程知栩想，大概是她躺在他床上这一幕太过刺激眼球，心脏一阵一阵地紧缩，让他没了理智。

门外响起脚步声，简灵如梦初醒，攥住程知栩的后衣领往后扯，终于得了空隙说话："有、有人来了。"

果然，下一秒就响起急促的敲门声，保姆阿姨没得到允许，不敢贸然闯进来，声音透着急切和慌乱，连称呼都忘了："那个，简小姐她有些困了，客房的床品都拿去清洗了，太太就让她借您的房间休息一下。"

那副口气，好像生怕程知栩会生气。

没几个人会喜欢陌生人未经允许进入自己的私人领域、触碰私人物品，更别说程知栩这样清冷的性子。

阿姨担心他弄不清状况，给简小姐难堪，这才急急忙忙地跑到楼上来提醒，上楼梯时差点摔了一跤，耽误了点时间。

程知栩看了眼床上的姑娘，卷翘的睫毛颤巍巍的，有情潮未退的余韵，也有被阿姨惊扰的羞涩。鹅黄色的毛衣领子挂在雪肩上，露出里面细细的白色内衣肩带，他送她的项链被好好地戴在脖子上。

他闭了闭眼，抿着唇将她衣领提上去，遮住春光。

“我知道了。”程知栩扭头看着房门，提了点音量，声音相较平常添了一分低哑。

阿姨判断不出他这是动气了还是没有，在门外站了几秒，犹犹豫豫着，不知要不要将简灵叫醒。

程知栩知道门外的人没走，又开口说：“秦姨先去忙吧，我有分寸。”

阿姨这才放下心来，“哎”了一声，揣着手转身下楼，脚步声逐渐远去，直到再也听不见。

程知栩视线转回来，与简灵对上。简灵爬起来靠在床头，脑子还蒙着，问出了刚才没问的问题：“你怎么在这里？”

程知栩伸手将她脸侧的发丝别到耳后，动作温柔细腻，眼睛里藏着笑，道：“这是我家，我在这里很奇怪？倒是你，跟你妈妈过来的？怎么不提前告诉我？”

简灵一愣，惊得差点咬到舌头：“这是你家？”

程知栩：“你不知道？”

简灵两只手胡乱地在空中比画：“可是这不是郁阿姨的……等等，郁阿姨？阿许？难道不是阿许，是阿栩？”

程知栩啧了声，眼底的笑意更深了些，指腹用力地蹭了一下她的脸颊，“谁让你叫我‘阿栩’的，以后别这么叫。”

“不是……”简灵有些语无伦次，“我不知道这是你家！”

她知道程知栩母亲的名字叫郁织锦，但她没想到楼下那位郁阿姨就是程知栩的母亲。

程知栩坐在床边，快被她绕糊涂了：“什么意思，你妈妈不知道我？”

简灵抓住他的手：“她只知道我有男朋友了，但是不知道我男朋友是谁，我没说。我原本想着，等忙完这阵子，就带你回去见我的家长，到时候再详细地介绍。”

“她过来我家不是为了考察我？”程知栩仍然觉得不可置信。

“不是。”简灵弄清了其中的误会，慢慢给他梳理，“郁阿姨和我妈妈是学插花时认识的朋友，后来两人聊得来，就发展成了好姐妹，今天是郁阿姨邀请我妈妈过来吃点心，我跟着一起来做客。”

程知栩花了半分钟消化完信息，大拇指的指腹摁上眉心，理解是理解了，但还是觉得脑子有点混乱。

是了，如果简妈妈特意过来考察他，他一定会接到家里打来催他回家的电话。然而事实上，他今天回来是临时起意。

简灵其实也在努力消化中，不敢相信世上会有这么巧的事情。叶娴心认识的新朋友正好是程知栩的妈妈。

所以，两位妈妈一开始是打算介绍她和程知栩认识，而且希望他们能有好结果？

念头转到这里，简灵正要说给程知栩听，他恰好也想到了这一层，手掌捧着她的脸笑："哦，我想起来了，我妈有一天说要介绍个人给我认识，我后来向她说明自己有女朋友了，她就没下文了，原来她要给我介绍的人是你。"

简灵动了动嘴唇，有些好笑："应该是。"

程知栩一下没收住，笑倒在她身上，脸庞压在她颈窝里，呼出的热气扑在她的皮肤上，滚烫潮湿："这说明什么，命中注定？"

他的性格一贯沉稳，只有和她单独在一起时才会流露出一点不正经，就像现在，语调带着调笑的意味，手指捻着她的耳垂。

简灵靠在他怀里，也心生感慨，抱着他的腰娇声说："那我们今天见面是相亲吗？"

本以为程知栩会顺着她的话陪她演戏，谁知他眉毛一皱："别给我提相亲，不爽。你相过，我可没相过。"

简灵撇嘴："你吃醋的后劲也太大了，这都过去多久了。"

"过去多久都改变不了事实。"程知栩说着，手上揉捻她耳垂的力道加重。

简灵感觉耳朵都快被他拧下来了，侧了侧脑袋，不让他碰自己："既然你这么说的话，我陪你相个亲？"

程知栩陡然想起自己上楼前跟叶娴心说过，换身衣服就下去陪她聊天，然而上来后他就被简灵出现在这里的一幕占据了大脑，忘了那回事。他扶着简灵的肩膀坐起来："我去换衣服。"

他从衣帽间里拽了套家居服出来，站在床边动手脱西服外套，然后解衬衫纽扣，一颗颗扣子解下去，露出胸前大片肌肤。

简灵只看了一眼就转开了视线，盯着墙上的壁画发呆。

程知栩用余光打量她，勾起嘴角，无声地笑，没避着她，利落地脱掉衬衫和西裤，穿上舒适的家居服——烟灰色长袖衫和休闲裤。

“你要下去吗？”他换好衣服，重新坐回床边，目光落在她脸上，她嘴唇上的口红因刚才的亲吻蹭掉了些，唇色显得不怎么均匀，他用手指给她抹了抹，简灵以为他又要亲自己，歪着身子往一旁躲，被他伸出长臂捞了回来，“带口红了吗？”

她这副样子下去，容易引人怀疑。

他没打算继续隐瞒，两人待会儿下楼肯定是要挑明关系的。未来岳母大人在场，总归不能叫长辈看出自己“欺负”了简灵。虽然，那也算不上欺负，情侣之间亲个嘴而已。

简灵舔了舔嘴唇：“我的包在楼下。”口红在包里。

程知栩喟叹一声：“行吧。”

一楼客厅里，两位太太还在聊天。叶娴心心里牵挂着女儿，眼睛频频往楼梯口瞄，说话也心不在焉。

之前郁织锦说她儿子不常回家，才让简灵睡在她儿子的卧房，不承想人突然就回来了，还要去楼上换衣服，幸亏保姆想起这茬，上楼去提醒。

可是这都过去十几分钟了，怎么没见程家儿子下来，自己的女儿也没下楼，不知道她是不是还在睡，怪让人担心的。

郁织锦察觉到她在走神，侧目看向楼梯的方向。

这一回头不得了，一高一矮两个人从楼上下来，乍一看没什么问题，定睛一瞧，两人垂放在身侧的手握在了一起。

十指相扣，是最缠绵的那种牵手方式。

郁织锦头一回失态，手里端着的茶洒出去半杯，眼睛瞪得大大的。一旁的叶娴心没比她好到哪里去，张着嘴，半块点心正准备送进嘴里，动作就这么生生定住了，像是被人突然施了定身咒。

被长辈盯着，简灵没有身旁的男人脸皮厚，想要抽回自己的手，却被他握得更紧。她垂着脑袋，因为是在睡得最沉的时候被程知栩吻醒的，她困意未散，眼睛泛起酸胀感，便用手揉了揉眼角，耳边落下他的声音：“别揉眼睛，眼影都晕开了。”

“啊？”简灵吓得不敢揉了。

程知栩坏笑：“骗你的，没晕开。”

简灵：“……”

程知栩一脸似笑非笑的表情，牵着简灵缓步走到两位长辈面前，还没说出准备好的说辞，就被郁织锦抢了先：“你们……你们……”她用手指着两人握在一起的手，说不出一句完整的话。

叶娴心则看着自己的女儿：“什么情况？”

简灵抿抿唇，望向程知栩，决定让他说。程知栩拉着简灵坐下，手一直没松开，掌心因长久的相贴有些潮热，只有他们两个人知道。

再多的说辞也比不过一句简明的话，他清了清嗓子，直言说：“简灵就是我的女朋友。”

两道抽气声是一起响起的，隔了一秒，响起第三道抽气声，是从厨房出来拿东西的保姆阿姨。

客厅寂静了三五秒，紧接着就是此起彼伏的问话。

郁织锦放下只剩半杯茶的杯子：“你说什么，简灵是你的女朋友？”

叶娴心拍了拍衣服上的点心碎屑：“程知栩是你男朋友？”

郁织锦：“你们怎么会在一起？”

叶娴心：“不是……这都还没互相介绍呢，你们是怎么认识的？”

郁织锦：“灵灵刚才怎么没说呢？”

叶娴心：“她连我都没说。”

郁织锦和叶娴心对视一眼，两人眼中有惊讶，更多的则是惊喜。得了，这回咱俩真的要做亲家了！

简灵脑子凌乱了，继续瞅着程知栩，让他说，她应付不来。

程知栩面带微笑，一五一十地给她们说清楚，包括两人怎么认识的，什么时候在一起的。他还说，本来都说好过段时间互相见家长，没想到这么巧提前见了。

两位太太同款震惊脸，郁织锦率先反应过来，弯着嘴角：“所以，我们灵灵是在程氏集团上班，阿栩你是她的上司？”

程知栩：“嗯。”

简灵当初入职和找房子都是叶归舟一手操办的，叶娴心对自己亲弟弟的办事能力很放心。而且，她听说简灵任职的公司是叶归舟朋友家的，因此更觉得没什么好担忧的，便从未过问她工作上的事。她也是刚刚才知道，简灵在程氏集团上班，而她男朋友就是她老板！

郁织锦总算弄清楚了，她就说，自己的儿子平日里沉闷得跟块木头似的，怎么可能那样殷勤地要陪简太太聊天，原来问题的关键在简灵。自己女朋友的母亲，那就是未来的丈母娘，他能不上心吗？

郁织锦蹙着眉，当即怨怪起程知栩：“你说说你，女朋友在自家公司上班，累得坐着都能睡着，你这男朋友怎么当的？”

程知栩哑口无言，也怕叶娴心因此对他有意见，想要解释，一时又没想好说辞。

倒是简灵，主动替他说话：“是我不让他管我的。在工作上他是老板，我是员工，私下里才是男女朋友……”

郁织锦一面嗔怪程知栩，一面笑得嘴角都快扯到耳根了。

简灵说着说着就被她笑得很不好意思，声音越发小，到最后干脆不说了。

叶娴心也笑，和郁织锦握了握手，两个女人“哎呀，亲家”“哎呀，真是有缘分”说个不停。

保姆阿姨连说了两声“可以用餐了”，几人才意犹未尽地移步到饭厅，接着方才的话题聊。

简灵自然是坐在程知栩旁边，另一边坐着叶娴心。换了种身份，她多少有些放不开，尤其是郁织锦看她的眼神，真是坦白又欣慰，搞得好像今天是她第一天嫁进程家。

程知栩也是没料到，预想中的见家长环节会这么顺利。叶娴心对他非常满意，大概是郁女士之前与她交流时，多次提到他打下的基础。

总之，若是有简家和程家的男性长辈在场，这顿饭堪称定亲宴。两位女士甚至在饭桌上就提到了“婚礼是办西式好还是中式好”这个话题，简灵窘得不敢插话。

饭后小坐了一会儿，叶娴心就带着简灵告辞。

起身送人时，郁织锦偷偷摸摸地塞了个锦盒到简灵宽大的羽绒服口袋里，怕被拒绝就没跟她明说。

程知栩一直将两人送到大门口，还说要亲自开车送她们回去。叶娴心婉拒了，说他工作忙，难得休息就不麻烦他了，家里的司机就在外面等着。

程知栩没再坚持，看着两人上了车才折回来，进门就看到郁织锦双手抱臂倚在不远处的木柜边，红光满面地看着他。

“您有话要说？”程知栩问。

郁织锦笑：“你们到哪一步了？”

程知栩不说话，见她不依不饶的样子，无奈道：“这种事您也打听？没必要。”

郁织锦呵呵笑一声，看着他颇有种“儿大不由娘”的愤懑：“哦，丈母娘问话，你就老老实实地回答，妈妈问话你就无可奉告？”

程知栩：“那丈母娘也没问隐私问题。”

郁织锦说了声“得”，不问了。

程知栩是独子，在他小时候父母对他是有些严厉，却也是当心头肉疼着的，看他的名字就知道。母亲叫郁织锦，父亲原本给他取名叫“程织栩”，集父亲的姓和母亲的名，后来郁织锦说“织”字显得有些女气，就给换了个同音字。

程知栩今年二十八周岁，过完春节没几天就是他的生日，等同于二十九岁，虚岁三十了。程氏集团在他手上蒸蒸日上，不需要忧心，唯一让长辈操心的就是婚姻大事。

眼下他的婚姻大事有了着落，郁织锦比谁都开心。

“我不说你也该知道，简灵那姑娘，我今天头一回见就很喜欢。人在你眼皮子底下，她自己不说，你作为男朋友也该多加照拂，别等着人家开口你才出手。”郁织锦语气认真，“自个儿的老婆，你不疼，等着别人疼？”

程知栩态度诚恳地回道：“我知道。”

郁织锦说完了正经的，又说道：“哎，赶紧的，赶紧的，娶回家。”

程知栩哭笑不得，又说了声：“我知道。”

郁织锦按捺不住激动的心情，跑去卧室给丈夫打电话，让他赶紧回家，她有重要的事情跟他说。

程知栩摇了摇头，准备上楼的时候，兜里的手机在振动，点开就看到他家的“掌上明猪”发来了消息。

掌上明猪：“你妈妈给我口袋里放了一只玉镯！我都不知道她什么时候放的！”

橙汁：“嗯，给儿媳妇的见面礼。”

叶归舟再次从英国回来，听说程知栩和简灵已经见完家长的消息，惊讶得差点打翻手里的咖啡。

他和老婆八年恋爱经历、十年感情基础，到去年才携手步入婚姻殿堂。程知栩和简灵才谈了多久？这样做多少有点胡闹。他有充分的理由怀疑是程知栩趁他不在国内，故意搞出这样大的动作。

程知栩见完家长后底气十足，端起面前的咖啡杯，慢慢地啜了口，笑着说：“见家长纯属意外，纯属意外……”

叶归舟见他脸上挂着明晃晃的笑，看不过去，轻嗤了一声，起身就走了，留下他埋单。

程知栩挑了挑眉，埋单就埋单，孝敬长辈是应该的。他起身整理了下衣襟，拿上签好的合同回公司。

中午十一点过半，本来程知栩约好和叶归舟一起吃午饭，现在人被他气跑了，正好，他回公司陪女朋友吃饭。

坐在车上，程知栩给简灵发了条消息告知她：“中午上来吃饭。”

掌上明猪：“你不是有事外出了？”

橙汁：“提前忙完了。”

简灵发了个“小女孩乖乖点头”的表情包，程知栩看着好笑，想起郁织锦那日的叮嘱，他又说：“你做好的策划案拿给我看看，我帮指点一二。”

简灵顿时有种被老师抽查作业的紧张感，踌躇许久，回道：“不是说好你不过问我工作上的事情吗？”

程知栩想了想，知道她在顾虑什么，中肯道：“点子是你自己的，方案也是你做的，我就看着帮你完善一下，不打紧。反正你的策划案交上去，哪里不够好主管也是要给你补充的，我做的只不过是上司的工作。”

简灵果然不再纠结，中午上去吃饭的时候就把自己做了好多天的策划案打印出来，装订成册交上去给他看。

她趴在桌边捧着碗吃饭，时不时抬眸看一眼对面的男人，见他全神贯注地审查，不由得咽了下口水，莫名其妙地忐忑。

“你先吃饭，吃完再看行不行？”简灵受不了吃饭的时候还要提心吊胆，倾身用手盖住文件夹，不许他现在看。

程知栩不置可否，眼睛盯着她手指缝隙间露出的文字，把她逼急了，她一把抢走文件夹，合上放在一边：“吃饭！”

程知栩笑笑，握起筷子夹菜，目光一扫，看到她宽松的毛衣袖子下掩藏的一抹翠绿——郁织锦送她的玉镯。

简灵见他盯着自己的手腕，便把毛衣袖子往上挽了挽，伸手给他看，细瘦皓白的手腕上戴着的玉镯不大不小，正合宜，仿若是为她定制的，颜色极为纯粹通透，一看就知道是顶好的料子。她手腕原本戴着的金链子没摘下，金与玉的碰撞，娇贵又婉约，特别衬人。

"好看吗？"简灵晃了晃手腕，手链上的小金猪吊坠撞到玉镯上，发出叮当脆响。

程知栩情不自禁地想到那一晚的旖旎，他耳边回荡了许久类似的声音，低咳一声，应答："人漂亮，戴什么都好看。"

简灵怀疑他偷看了什么情话秘籍，嘴巴甜得跟抹了蜜似的，她一个这么会撒娇卖乖的人都要甘拜下风。

两人吃了午饭，程知栩就专心帮她看策划案。天气冷了，简灵没了午睡的习惯，便躺在他腿上玩手机里的小游戏。

程知栩处理工作上的问题效率一向高得出奇，不过半个小时，他就抱着笔记本敲打出五个需要修改完善的地方，直接用办公室里的打印机打印出来，让她带回去对着慢慢补充。

简灵爬起来，跪坐在沙发上，眼神崇拜地望着他："程老板，你这样我以后会养成依赖你的坏毛病。不好。"

程知栩以前没干涉过她的工作，是骨子里的条条框框作祟，不想跟自己亲密的人聊那些无趣的白纸黑字，现在看她这样，倒是颇为受用，手掌贴在她后腰处，将人捞过来，重新搂进怀里，低声说："那你就按照规矩付我劳务报酬。"

简灵从他的语气里听出不对，刚要逃跑就被他扑倒在沙发上，这样那样一通揉搓之后才放她回二十六楼。

简灵愤愤地想：他这样真的很动摇军心啊！她都没法好好工作了！

经过程知栩指导的策划案跟之前那一版相比，可以说天差地别，毫不意外地通过了最终的比稿。

简灵本来都盘算好了，万一策划案没通过，她就可以借此打趣程知栩：老板大人亲自修改的方案都没过，那就太好笑了！

现在没机会调侃他了……

工作告一段落，部门里的气氛十分轻松，尤其是袁霄当众宣布今年公司的年会即将在程氏集团旗下的度假别墅区举行，大家高声欢呼"万岁"，对此抱有巨大的期待。女士们讨论穿什么样的礼服，男士们则讨论年会上能不能拿到大奖。

当然，获得这些欢乐的前提是，每个部门要出一个节目。

袁霄临时开了个小会让大家讨论一下，怎么说也是一年到头，难得的娱乐时间，得拿出点诚意。

有人说：“要不然大合唱得了，省时、省力又省事。”

此话一出，立马遭到大家的反对：“这不是敷衍吗？就跟学校文艺会演一样，往往班级大合唱都不够出彩，凑数一样。”

袁霄拍了拍手掌，示意大家停止争吵，回到正常讨论的气氛。过了许久，商量不出一个结果，他干脆出声问：“你们当中有谁具备特别的才艺？”

“没有，干啥啥不行，吃饭第一名。”有男同事嘴快地接了句话，惹来大家哄笑不止。

气氛重新活跃起来，大家又七嘴八舌地说起玩笑话。

范宜君拢了拢头发，声音在一众人的叫嚷声中矜持又不明显：“其实，我唱歌还行啦，其他的就……”

袁霄没听见她的话，转而将目光投向低头玩手机没参与讨论的简灵，点了她的名字：“简灵，你呢，有才艺展示吗？”

自从得知她与程总关系不一般，袁霄纠结了好长时间，后来经过考察，发现这姑娘的确没什么出格的，反而很勤恳，他就渐渐地放下了心中的芥蒂。

正是看出她教养和气质不一般，想着或许能有突出的才艺展示，省得浪费时间再讨论下去。其实讨论来讨论去，说的都是废话，大家到了这个年纪，早没了当初上学时参加活动的积极劲，这种不讨好的事情，能糊弄就糊弄，如果能当甩手掌柜就更好。

简灵正握着手机在宿舍群里跟室友们聊天，聊的是自己和程知栩的感情故事，没有认真听大家都说了些什么。

“啊？什么才艺？”她眼神茫然。

戴望楚偏过头小声提醒了她一句，简灵点了点头：“我都行，唱歌跳舞没问题的，乐器也会几种。”

袁霄笑了笑，表情十分欣慰，立刻做了决定：“那咱们部门的节目就交给你了。散会！”

大家起立鼓掌，有种卸下重担的轻快，他们可听说隔壁后勤部准备了小品，台词写得让人尴尬极了。

范宜君望向简灵的眼神多了些怨怼，起身时将椅子弄得很大声，吱啦吱啦，刺得人耳朵疼。

简灵没太注意，散会后拿着手机往洗手间的方向走，中途还在跟室友们聊天，得知她们当中又有人脱单了，很是开心。

上完洗手间出来，她站在盥洗台前洗手，顺便对着镜子检查妆容，用手理了理头发。

身后的隔间门哐当一声被人推开，简灵动作一顿，从面前的镜子里看到了范宜君那张脸。她涂了棕红色的口红，粉底很白，眼影浓重，显得盛气凌人。上次给简灵这种凌厉感的人是沈清禾，可那个女人是从里到外透出来的气质，眼前这位顶多是靠妆容营造出几分压迫人的气势。

简灵甩了甩手上的水珠，背过身翻了个白眼："干什么用一副要吃人的眼神看着我，我欠你钱没还？"她先发制人。

范宜君面容冷漠，声音更冷："通过实习考核和比稿拔得头筹的秘诀就是这个吧。哦，还有今天也出尽了风头。"

简灵不懂她的阴阳怪气："哪个？"

"你能不能别装傻充愣了？"范宜君脸色很臭，眼里的讽刺和轻蔑再明显不过，"勾搭完主管勾搭上面那位，你很有本事啊，简灵，以前是我小瞧你了。"

说罢掩着唇假笑，倒真像是她亲眼所见。

简灵一下子愣住了，下意识地将"上面那位"理解成程知栩，以为范宜君发现了什么。转瞬她就想到很久之前的一件事——范宜君曾因为误会她和明朗之间有关系，而在背后嚼舌根，大概这一次指的也是明朗。

简灵气笑了，大小姐的脾气都被激了出来，无所顾忌地骂了一句："神经病，臆想症发作了吧你？"

她说完也不看范宜君的脸，踩着高跟鞋往外走，手腕忽然被范宜君拽住一甩："你骂谁神经病？"

洗手间的地板不久前才被保洁拖过，瓷砖沾了水，又湿又滑，加上范宜君甩手的力道很大，简灵脚下打滑没站稳，额头撞到隔间门上，当即痛得眼冒金星。

简灵捂着额头，直直地瞪回去，吼道："骂的就是你！真是有病，三番五次针对我，当我没脾气了？上次警告你的，都当耳旁风了是吧，思想这么肮脏，进什么策划部，直接申请刷马桶好了！高等教育就教出你这种思想龌龊的人，我也是替你爸妈感到悲哀！"

范宜君气急败坏，彻底没了理智，冲过去扯简灵的头发。

外面听到动静的人赶忙跑进去，拉开了两人。戴望楚扶着简灵，另外两个同事架着范宜君，两人互不相让。

范宜君气不过，还在那里隔空破口大骂：“你干的那些好事真以为没人知道吗？我都亲眼看到了，你每天中午等大家走了就往四十八楼跑，找你的老相好，还有那次明特助给你送药、送银行卡我也看到了，被包养了就以为自己高人一等了？呵呵，真是恬不知耻。”

身边几个女同事的脸色都变了变，她们也或多或少撞见过简灵从四十八楼下来，有些风言风语，背后说几句就算过了，从没拿到明面上来讲。眼下被范宜君一下子戳破了，曝光在太阳底下，一时间，大家都不知道怎么面对简灵。

戴望楚听着那些不堪入耳的字眼，怒火中烧，正要冲上去跟范宜君理论，被简灵拽了一把拦住了。

简灵蹙着眉，用手指碰了碰额头被撞到的地方：“算了……”

两人出了洗手间，后面依稀传来安慰范宜君的女声。

简灵的心情糟糕透了，坐在工位上，从包里翻出小镜子看额头，磕到的那一处又红又肿，长了个犄角似的，粉底都遮不住，向来在乎相貌的她简直要呕出一口老血。

戴望楚捞了把椅子坐过来，抓起她的手臂查看，手腕被范宜君掐过，多了三道红红的印子：“你怎么跟她打起来了？”

“谁想跟她打架啊？”简灵气得胸脯起伏，“是她先动的手，我头皮都被扯疼了，我没见过那样的人，真是脑子有病！”

戴望楚帮她梳理了下凌乱的头发，欲言又止，最后压低声音说：“你不打算跟……那位说一声？流言没完没了的，不公开的话，你总是吃亏。”

“我就不说，管她们怎么想。”简灵胸口憋着一股气，越是这样，她越是执拗，不想什么事都找程知栩。

念及此，她又看了眼镜子，额头的伤太明显了，她从没这么狼狈过，哪怕之前跟沈清禾吵架，她都是体面端庄的。

谁知道范宜君那个疯子竟然会动手！

简灵拿起桌面的手机，跟程知栩说中午不上去吃饭了，然后就趴在桌子上发呆，隔一会儿就看一眼镜子，好似再过几秒那块红肿就能自己消下去。

事实证明是她痴心妄想，再怎么看，它还是在那里，明晃晃地昭示着她的败绩。

戴望楚瞧简灵一个人趴在那儿生闷气，额前的刘海耷拉下来也遮不住红肿。她蔫巴巴的，可怜兮兮的，像只被遗弃的小狗，了无生气。

戴望楚默默叹口气，也不知自己是不是多此一举，在微信上跟明朗三言两句说清了情况。

至于明朗要不要跟程知栩说，那就是他的事，他自己决定。

由于简灵给程知栩发消息的时间有点晚，明朗已经订好了两人份的午餐，随后收到戴望楚发来的微信，眉心拧了拧，思忖不过三五秒，就去了总裁办公室。

闻言，程知栩脸色一瞬就沉了下去："被人打了？"

明朗握着手机，边看聊天内容边说："嗯，听说是在洗手间里吵起来了，简小姐的同事说了很难听的话，后来不知怎么，就动上手了。"

程知栩面上愠色渐浓，毫不迟疑，大步流星地出了办公室，进电梯，摁了熟悉的二十六楼，到达策划部。

到了饭点，大家都去吃午饭了，办公区空空荡荡的，简灵趴在桌上睡着了一样，边上是陪着自己的戴望楚。她正想去倒杯水，目光瞥见程知栩的身影，脚步猛然顿住了，推了推身边的人："简灵，程总过来了。"

简灵背脊颤了颤，恍然抬起头，朦胧的视线里款款走过来一个高大的身影，她使劲眨了眨眼睛，确实是程知栩。

程知栩二话没说，拉起她的手就往外走，简灵盯着男人的手背，吓得左顾右盼："你先放开，万一被人看到……"

"看到就看到了，又不是见不得人的关系。"程知栩沉声打断她，看见她小心谨慎的样子，有点生气，不管不顾地打横抱起她走进电梯。

简灵更惊讶了，挣扎着要下来，程知栩出声警告她："再扑腾，掉下来我可不管。"

简灵于是不再乱动，安心地窝在他怀里，也是想到专属电梯不会有旁人进来才安心享受他的怀抱，主动伸手揽住他的脖颈。

程知栩眼神复杂地看着她，是他低估了她，一直以来，他都认为以她娇气的性子，如果在公司里受了什么委屈，一定会第一时间主动跟他撒娇、抱怨、吐苦水，可实际上，要不是明朗告诉他，她还打算瞒着他。

电梯到了四十八楼，叮的一声打开，程知栩抱着她走出去，走廊里遇到两个没办完事的女秘书，惊得人都傻了。

简灵眼角的余光发现不远处有人，连忙把脸埋进程知栩的肩窝，大气都不敢喘，寄希望于别人认不出她。

程知栩扫了眼呆住的两位秘书，表情匮乏，只轻描淡写地说了句：“去吃饭吧。”

两人愣愣地点头，互相拉着手跑远了，留下一阵高跟鞋的回音。

进了办公室，程知栩把简灵放在沙发上，等了没多久，明朗拿了个药箱过来，安安静静地来，安安静静地走了。

程知栩将她额头的刘海捋上去，露出完整的额头，取出一块冰敷贴，贴在她红肿的地方，简灵眯着眼，轻轻地抽气，皱眉抱怨：“贴这个好丑。”

“是挺丑的。”程知栩面无表情地端详了片刻，给出评价。

简灵：“……”

涂完了药，程知栩收拾起桌上的东西，手搭在膝盖上正视她，就这么静静地盯着她看了许久，一言不发。

简灵的内心焦灼不安，蹬掉鞋子，用脚蹭他的裤腿，小声问：“你怎么不说话？”

程知栩的声线冷得很，含了冰块似的：“你没看出来我在生气？出事了为什么不跟我说？还要等我从别人嘴里知道。简灵，你听着，我让你在程氏工作，是尊重你个人的意愿，我没想过要你做到在工作场合跟我完全划清界限，你是我的女朋友，任何场合都是。你太较真，简直伤我的心。”

简灵大喊一声“冤枉”，趴在他怀里解释：“我不是有意要瞒着你，就是不知道该怎么跟你说，感觉好丢人。”

程知栩冷声道：“我嫌弃你了吗？”

“对不起，是我错了，我下次不会了。”简灵慌乱无措地凑上去亲他的脸，一下又一下，直到他脸色有所缓和才停下来。

程知栩拍了拍她的后背，叹口气：“别让我逮到下次。”

两人约法三章，让简灵答应以后有事要第一个想到他，程知栩才抱起她，到餐桌前吃饭。她有意讨好他，双手挂住他的脖子，扒在他身上不下来，前所未有地磨人，非要他喂饭。

程知栩嘴上嫌腻歪，却没有拒绝她，一勺一勺送进她嘴里，她偶尔还作怪，咬住勺子，终于把他逗笑。

第十章

我爱你，我也愿意嫁给你

范宜君被警告了。

明朗得了程知栩的吩咐，当面对她进行口头劝诫和警告，话里话外都只传达一个意思——要是还想在程氏待下去，以后就别招惹简灵。

范宜君心有不甘，又不敢当面忤逆明朗，心里更加确信简灵与这位顶头上司身边的红人有不可告人的关系。

她恶心更甚，只觉得一口浓痰卡在喉咙里不上不下，快要呕死自己了。接下来的一段时间，她虽心生怨怼，却没再与简灵正面交锋。

对这些，简灵都不知道，趁着这几天不忙，她就陪戴望楚逛街，帮忙选礼服。

两个女人站在服装店里，细细地打量着人形模特身上的礼服裙。简灵捧着杯热奶茶没喝，侧眸看着戴望楚，突然来了一句："是你说的吧？"

没头没尾的话，戴望楚稍稍一愣之后就知道她指的是什么，扯了扯嘴角，承认了："我就是给明朗说一声，至于要不要告诉程总，他自己看着办。我顶多背一半的锅，剩下一半锅他来背。"

简灵嘟了下嘴表示埋怨，陡然发现一个新大陆："你和明朗，你们什么时候互加了私人联系方式？"

戴望楚面色坦然："纯属偶然，你别瞎猜，我们没什么的。"

"真的吗？"简灵审视着她，有点不相信。

"当然。"戴望楚回过头，大大方方地对上她的视线，"我知道你在想什么，但我告诉你，那是不可能的。我好不容易通过实习考核转正，留在程氏发光发热，才不会那么想不开搞办公室恋情，能长久还好说，万一生出什么变故，吃亏的总是女方。"

戴望楚同志头脑相当清醒、理智，办公室恋情在她这里是一条明令禁止的线。哪怕公司里并没有这样的规定。

简灵自觉代入了自己，嗯，她就是那个"想不开搞办公室恋情"的人。

戴望楚笑着撞了撞她的肩膀："不要对号入座啊，我可没说你。"

逛了一个多小时，戴望楚最后也没挑到合适的晚礼服，她长叹一口气："质量好一点的得好几千，快赶上我一个月工资了，年会过后也没有合适的场合再穿它，浪费。"

简灵咬着吸管，喝了口奶茶，嚼着里面的芋圆，含糊道："要是不嫌弃，你去我家挑一件好了，我家里有好多没穿的礼服。"

戴望楚眼睛一亮，表示不嫌弃，跟她回了家——回的当然是简家。

自此，戴望楚才知道自己当初的猜测没错，简灵果然是哪个有钱人家出来体验生活的大小姐，会跟程知栩在一起也不意外。

简灵的衣帽间，她只在电视剧里看过类似的，抵得上普通人一套房的面积，两面墙都镶嵌着巨大的落地镜，灯光炫目，一排排琳琅满目的礼服和常服按照颜色深浅划分为不同的区域，挂在衣柜里，另有鞋子、包包、首饰的陈列柜。

说一句“亮瞎人眼”都不为过。

地板上铺了厚厚的羊毛地毯，两个女孩子在衣帽间里玩了一下午。

戴望楚选好了要穿的礼服后，干脆四仰八叉地躺在地上，望着头顶亮白的灯管：“你呢，你穿什么？”

简灵光着脚坐在一旁，背靠着身后的衣柜：“程知栩说要送我一件。”

戴望楚啧了声，偏过头笑着揶揄，请不要喂她吃狗粮。

年会前还有一段时间要忙，毕竟临近年关，松懈不得。简灵忙碌的同时，没忘记自己被袁主管委以重任，代表策划部在年会上出一个节目。

她选了个省事的小提琴演奏。她从小被专业老师教导过，不至于“临时抱佛脚”，奈何自从上了大学就没怎么碰过，难免有些生疏。

寻着工作间隙，简灵重新拾起小提琴，练了几首耳熟能详的曲子，从中挑了一首拉得娴熟的，将节目报上去。

年会正式举办时间是一月三十一日晚，一个多星期后就是春节。

简灵没跟部门的同事一起去往度假别墅区，她坐的是程知栩的专车。两人坐在后排，简灵穿着程知栩送的晚礼服，但她不是很开心。香槟色的礼服，V 领，腰线掐得细，一片金色的羽毛刺绣从腰间延伸到胸口，裙摆轻纱摇曳，熠熠生辉。这件礼服确实很出挑、精美，唯一的不足就是太保守了。

礼服是长袖的，裙摆也长得曳地，能露出来的就只有脖子和锁骨，其余的地方遮盖得严严实实，不留分毫。

程知栩的“用心良苦”再明显不过，他还假惺惺地问她一句：“喜欢吗？我挑了好久。”

简灵皮笑肉不笑，冲他龇了龇牙，扭过头，用后脑勺回应他。

程知栩手掌搭在她大腿上，带着目的性地捏了捏，没搞清她里面穿没穿打底裤，于是脑袋凑到她颈侧，低声问：“穿保暖裤了吗？”

度假别墅区室内的暖气充足，外面却是天寒地冻，风霜逼人，他是担心她玩疯了就乱跑，容易着凉。

简灵拎起裙摆露出小腿，跷起来给他看，肉色的保暖裤紧紧裹住双腿，隔着层层叠叠的裙纱摸不出来："穿了。"

她又不傻，礼服都能遮住脚背了，她当然选了最保暖的方式。

程知栩笑着将人揉进自己怀里，夸赞道："好看。"虽然他选的是长袖款式的礼服，但他的审美也是在线的。礼服的袖子是跟裙摆同样质地的轻纱，肩头系了枚飘逸的蝴蝶结，灵气动人，像一只真正的蝴蝶落在上面。

车子开进度假别墅区时，简灵绷紧了脊背，对前面的司机说："停车。"

司机闻言靠边停了车。

简灵从程知栩怀里钻出来，拽过了旁边的针织披肩裹在身上，一只手拿起小提琴包，推开车门下去，动作快得程知栩都没反应过来。她反手关上车门，笑眯眯地朝车里的男人挥手："我就先进去啦，你稍后再过来。"

简灵说完，不等他回应，踩着八厘米的细高跟往举办年会的大厅走去，漆黑的夜色，溶溶的月色，背影看上去，她像落跑的新娘。

程知栩哑然失笑，司机也沉默，片刻后，他吩咐司机开到别墅另一侧的休息区，他不想那么早就过去应酬。

简灵提着累赘的裙摆踏上台阶，陡然想起来，自己的手包落在程知栩车里，想了想决定算了，暂时也不用补妆。

推开大厅的两扇金色大门，简灵一眼望去，满室觥筹交错、衣香鬓影，熟悉的、不熟悉的同事三三两两地凑在一起聊天。前方的舞台已经搭建好了，有工作人员正在调试音响设备，为之后的节目表演做准备。

简灵走进去，各种香水味混杂，萦绕在鼻尖。她耸了下肩，先找地方把小提琴寄存好，然后跑去找戴望楚。

戴望楚穿着深蓝色的高开衩晚礼服，发髻半绾，褪去职场丽人的干练，非常优雅、有气质。

戴望楚一转头也看到了简灵，脸上浮上喜色，赶忙迎上去："你怎么现在才来？"

简灵掩唇，小声说："跟程老板一起来的，时间晚了，路上有点堵。"

"程老板眼光不错啊，好看死了。"戴望楚打量着她身上的晚礼服，除了颜色不是白色的，几乎可以媲美婚纱，她被惊艳到了，不住赞叹，"艳压全场没问题。"

简灵用手拽了拽轻纱飘动、如云似雾的裙摆，蹙着眉头略微不满："你不觉得款式有点保守吗？”

戴望楚再次打量简灵，摸着下巴点头：“是保守。”话落，她扑哧一声笑出来，想到程知栩的用意，当即对简灵竖起大拇指，“我佩服程总，他实在是用心良苦。”

简灵也跟着笑了。戴望楚扫一眼，从长条桌上给她端了杯香槟：“我记得你停药了，喝点香槟没事吧？”

简灵摇头拒绝：“我酒量太差，待会儿还有节目，不敢喝。”

戴望楚清楚她酒量不好，之前部门迎新聚餐，她就说过喝不了酒，只是没料到酒量差到连香槟她都敬谢不敏。

简灵在大厅里晃荡了一圈，有几个人过来要微信，被她拒绝了，就在程知栩进门时，行政部的一个男人还在跟简灵搭讪，找她要联系方式，而且话里透着对她的好感，表白的意思很强烈。

简灵退避三舍：“不好意思，我手机没带……”

最后一个字音没落下去，余光就瞥见程知栩，她侧眸看过去，两人的视线黏上，他沉着脸给了她一个警告的眼神，毫不遮掩，也不怕被人发现。

简灵拒绝得更加彻底：“真的很抱歉，我有男朋友了。”

范宜君时不时投来视线，见她连着拒绝三位男士，终于忍不住露出鄙夷的神色，手里端着香槟一饮而尽，眼底暗藏狠绝。

主持人握着话筒，上台说着活跃气氛的开场白，嘴皮子很厉害，跟说相声似的，生动逗趣，三言两语引出今天的主角——程知栩。

“掌声有请程总上台致辞！”

大厅里掌声雷动，经久不息。

在热烈的掌声中，程知栩从侧边台阶走上舞台。

他今晚穿着纯黑色的高定西装，身姿挺拔颀长，上位者的气质拿捏得到位，人站在立麦前，将麦克风往上拔出一截，随意一个眼神扫下去，现场便宛如按下消音键一样鸦雀无声。

程知栩也没有长篇大论，简单地总结了这一年的业绩和进步，点到几个未来发展方针，顿了顿，露出个淡淡的笑容，让大家今晚玩得尽兴，不用给他省钱。

气氛再次掀起高潮，鼓掌、欢呼声此起彼伏。

程知栩走下台，与公司几位高管举杯畅谈。主持人上台串场，各个部门开始轮流表演节目。策划部的同事过来给简灵加油打气，她本人面容淡定，拍拍胸脯说“没问题”。

先前在公司排练节目时，别的部门有演话剧和小品的，大家都凑热闹去旁观过，一边觉得尴尬，一边看得津津有味。节目早没什么新鲜性可言。

今晚是正式的演出，出节目的人都花了心思，看起来倒也没那么粗制滥造，尤其是那个改编自《西游记》里“大战红孩儿”的小品，师徒四人的扮演者都十分卖力，接连抛出的梗让大家捧腹不止。

快轮到简灵了，她过去拿上自己的小提琴，仔细地检查了一遍，又理了理妆容发型，下一秒就听到主持人叫自己的名字。

程知栩停下与身侧的人的交谈，目光微讶地看向舞台——简灵代表策划部报了节目，他竟然不知道。

那会儿看到她拎着小提琴包上车，他好奇地问了一句，这姑娘撒谎说是同事需要用，找她借的。

小骗子。

简灵走到舞台上，搜寻到程知栩的身影，意料之中看到他惊讶的表情，弯起嘴角狡黠一笑。

她举起小提琴抵在颈侧，另一只手搭上琴弓，悠扬琴音倾泻而出，回荡在整个大厅。美丽的姑娘双眸微闭，沉浸在演奏中。过了一会儿，她睁开眼睛，端端地望着那个人，大厅里其他的人都沦为虚幻的背景，她的眼里只剩下他一个人。

一曲毕，台下响起掌声。

简灵鞠了一躬，做了个简单的谢幕礼仪，从舞台上下来，长裙拖在地上，每一步都走得缓慢又小心，侧脸在灯光下漂亮得不可思议。

程知栩举着一杯香槟，盯着她看了好久，想到她可能要用到手包，转身找到明朗，低声吩咐了一句。

简灵放好小提琴后回到观众席，正好与明朗擦肩而过，他趁机不动声色地递过来手包：“程总让我给你的。”

简灵正想待会儿补个妆，闻言笑着道了声谢，捋了捋耳边的发丝，捏着手包站在戴望楚身侧，接着看其他部门的节目。

所有的节目表演完，简灵无疑成为今晚除程知栩以外的另一个主角，站在人群里都闪闪发光，自带滤镜。

公司大方，一早就放出话来，获得最佳节目奖的人有份额外的奖品。

简灵当初是被主管“拉壮丁”，临时救个急，没想到能拿到奖品，面对大家投来的艳羡目光，她谦虚地笑了笑，保持低调。

她中途去洗手间补了个妆，回来又是容光焕发，红唇嫣然，皮肤莹白透亮，妥妥的一枚“仙女”。

她有些口渴，而今晚提供的大部分饮料是含酒精的，她在一堆饮料中挑挑拣拣，端了杯颜色奇怪的果汁，好像是果蔬汁混合的饮料，算是比较健康又不会醉人。

戴望楚在跟部门里的同事玩游戏，简灵凑过去看热闹。由于之前玩游戏吃了次亏，简灵就不敢再参与了，只充当看客，随手将装饮料的杯子放在一旁的矮桌上，没骨头似的趴在戴望楚肩上看她大杀四方。

他们在玩狼人杀，为了提高趣味性，玩得最不好的那个人要接受惩罚。戴望楚演技高超，每回都靠连蒙带骗糊弄过去，成为赢家。

简灵就跟后援军似的，时不时为她鼓掌叫好。

戴望楚扭头看她，用眼神示意她加入进来。

“要不要一起玩？很简单的。”

“输了要喝酒。”简灵摇头，“我不行。”

“我替你喝啊。”戴望楚兴致高涨，脸上的红晕明显。

简灵有点受到蛊惑，但一想到自己游戏黑洞的体质，还是退却了：“不了，我看着你玩就挺开心的。”

他们重新开了一局，戴望楚很快又加入其中。

简灵目不转睛地看着他们，端起旁边被遗忘许久的果蔬汁，喝了几口，眉心微微拢起，不知道是不是自己的味觉出问题了，总觉得味道跟刚刚不太一样。她举起杯子看了眼，是自己那一杯，没有拿错，而矮桌上其他人的饮料都是香槟。

可能就是有股怪味吧，她本就没觉得好喝。

简灵晚上没吃东西，喝完一杯果蔬汁就去甜品区拿吃的。肚子填饱了六七分，她眯了眯眼，头有点晕，大厅里人来人往，晃得她眼睛疼，被头顶璀璨的水晶灯一照，世界在她眼中都是旋转的。

简灵晃了晃昏昏沉沉的脑袋，凭着记忆走到戴望楚他们那里，一屁股跌坐在沙发上，撑着头发呆。她两边的脸颊挂着不正常的酡红，眼神迷离，迟迟找不到焦距。

“你怎么了，喝醉了吗？”

旁边有人在说话，却不是戴望楚的声音。简灵顿了一顿，努力睁开眼皮，怎么也看不清对方的五官，单从声音判断出，坐在面前的是个男人。

不远处，范宜君侧身靠着雕花木柜，上面放着一杯原本属于简灵的果蔬汁。她淡淡地瞄了一眼那杯果蔬汁，再隔着重重人群看向简灵现在的状态，冷笑一声。

那晚部门聚餐，整个策划部的人都知道简灵滴酒不沾，属于一喝就醉的体质。所以她玩游戏时，任务再难挑战，她都选择完成，不愿意被罚酒。

听说，她喝醉了酒会撒酒疯？有好戏看了。

简灵斜靠在沙发上，酒劲上来了，脑袋越发昏沉，她有点难受地蹙起了眉毛。旁边坐着被她当面拒绝过的一个行政部的男同事，正对她嘘寒问暖，还提出要送她回家。

回家？

简灵抓住了这个关键字眼，手撑着沙发坐起来，还好手包一直捏在手里，她闭着眼睛在包里摸索，终于掏出了手机。

男同事以为她要给家里人打电话，伸手拦了一下，再次殷切道：“你家在哪里？我开车过来的，可以送你回去。”

简灵不说话，眉头紧锁，搡开他的手，低着头，按亮手机屏幕，睁大眼睛对着屏幕进行面部解锁，屏幕上花花绿绿的APP像是手拉着手在她眼前转圈。网瘾少女凭直觉点开底下的绿色拨号键，手指胡乱地一按，拨通了通话记录里某个人的电话。

与她通话最频繁的人就是程知栩，那一大片通话记录里“程知栩”的名字占了三分之二，她随手一按最大概率打通的就是他的电话。

简灵也是潜意识里认知到这一点，才会选择直接从通话记录里打电话，而不是翻找通讯录。

边上的男同事出于好奇凑过去看了一眼，待他看清她手机屏幕上显示的“程知栩”三个字，心下一惊，差点被口水呛到。

简灵在给程总打电话？她疯了吧！

哦，她不是疯了，她是喝醉了，那就情有可原了。不过她居然有程总的联系方式，还是挺让人意外的。

电话刚拨过去，程知栩那边就有了回应。他本来正背对着简灵这边与公司里一个高层交谈。手机在西裤的口袋里突兀地振动，他一边继续与男人说话，一边拿出手机，随意地瞟了一眼来电显示，话音就顿住了，对面前的高层说了声“稍等”，侧过身去接通了电话。

“喂，简灵？”程知栩有些诧异，不明白她怎么会在这个时候给自己打电话。

“喂……”简灵揉着眼睛拖长了腔调，话音模糊，“程……程知栩，你在……哪儿？我找不到你。”

坐在简灵身侧的男同事的表情跟见鬼了一样——她竟然真的打通了。

程知栩第一时间觉察出她声音不对劲，且不说含糊不清，说话也断断续续的，不连贯，典型的不正常状态。

他下意识地在人群中寻找简灵的身影，奈何不知是谁在这时候将大厅里的灯光调暗，场内的背景音乐变了调，大概是要玩什么抽奖活动，耳边充斥着兴奋的、高昂的喊叫声，他几乎听不见电话里的简灵说了什么。

简灵浑身没力气，后背顺着沙发靠背的弧度往下滑，以一个别扭的姿势窝在沙发的角落里，增加了程知栩寻找她的难度。

程知栩抬手堵住另一边耳朵，耐心地询问：“你在哪儿？”

“我在……”简灵咕哝，“我不知道，我想……想回家，想吐。”

程知栩拨开挡住自己前路的人，加快脚步穿梭而过，语气严肃道：“你旁边有人吗？手机给旁边的人。”

简灵斜着眼睛瞄了一眼，把手机递给那个男同事：“给你。”

听筒里传出的确实是程总的声音无疑，男同事想到自己刚才的心思，战战兢兢地接过来，握着手机就像握着一块烫手山芋，一开口竟然结巴了：“程、程总，我……不是，简灵她喝醉了……”

程知栩打断了他的废话，直接问了人在哪儿。男同事随后报了个大致方位，电话始终保持接通状态，那边的人没发话，他也不敢擅作主张地挂电话。

简灵之前说自己有男朋友了，难道她男朋友是……

念头刚转到这里，他的视线里就出现了那个熟悉的身影，男人一个半小时前在舞台上致辞，一身纯黑的修身西服，冷淡肃穆，手里握着手机附在耳边，脚步迈得又大又快，眨眼就来到了眼前。

程知栩居高临下地望着倒在沙发上的简灵，想把人拎起来教训一顿，酒量不好学人家喝什么酒？

上次是和他在一起，这次……虽然也是和他在一起。如她所愿，他在一众职员面前假装与她不熟，所以就没对她投来太多关注，也就跟别人说几句话的工夫，她就闹出事来。

程知栩无声地叹息，分出一点目光给守在她旁边的男人。

行政部的男同事早就规规矩矩地站起来了，手贴放在西服前襟，站姿比门口的迎宾员还标准。男同事心里不停地咯噔，见程知栩的视线瞥过来，便主动把简灵的手机递给他，扯开话题："程总，您过来是有什么事吗？"

"明知故问。"程知栩冷冷道。

男同事沉默，心里直发堵。

程知栩接过简灵的手机，连同自己的手机一起揣回兜里，视线重新落回简灵身上。以为她冻感冒才是他该担心的，千挑万选给她找了条漂亮又保守的礼服裙，谁知道酒精才是最大的敌人。

叶归舟过去那些关于简灵的吐槽再次灌进他的耳朵里。

程知栩笑了一声，越来越能体会叶归舟总结得有多到位——小麻烦精。

站在一旁像根木头柱子的行政部男同事看到程知栩在笑，是那种很温柔的笑，心里没感到轻松，反而更加瘆得慌。

程知栩单手解开西服的扣子，脱下西服，披在简灵身上，弯腰将她抱起来，是再熟稔不过的公主抱姿势。简灵就跟产生"膝跳反射"一样，在他抱起她的那一刻，她的手就自然地搭上他的脖子。

程知栩的心情好了点，打算带她从侧门直接出去，然而刚走了没两步，大厅里的抽奖活动结束，有人抽到了万元现金大奖，开心得大喊大叫。

头顶数盏水晶吊灯齐刷刷地亮起，照亮了厅内每个角落，一切都变得无所遁形。

人群里传来一声尖锐的怪叫，大家的注意力从中奖者的身上转移，这一刻，仿佛有人拿着指挥棒引领，所有人整齐划一地看向同一个方向。

无数道目光射来，程知栩的脚步微顿，恰好站在一盏璀璨的水晶灯下，简灵被灯光刺到了，哪怕闭着眼睛也不堪忍受这道强光。

她腾出一只手盖在眼睛上，闻着熟悉的味道，语气含着抱怨："我们到家了？"

程知栩："……"

他还没从大厅走出去，她就以为到家了，他是长了翅膀，飞回去的吗？

整个大厅寂静无声、落针可闻，简灵这一道细弱的声音被放大无数倍，离得近的基本上听见了，一个两个都张大了嘴巴。

这句话的信息量太大，背后的意思不言而喻——只有他们两个同居了，她才会说出“我们到家了”，而不是“到我家了”或者直接说“到家了”。

另一边，玩狼人杀的那群策划部同事也不管游戏规则了，纷纷睁开眼睛看热闹，他们当中除了戴望楚，其他人都频频倒抽凉气。

简灵和程总？是世界颠倒了，还是他们喝多了？

最感到惊惧和意外的人当然要属罪魁祸首范宜君，她的本意是想灌醉简灵，好让她当着全公司人的面撒泼出丑。就算她与明朗关系亲密，发生这种事，也不在明朗的可控范围内，搞不好因此与她分手。

可她千算万算，怎么也不会算到大老板与简灵有关系。

范宜君垂在身侧的手不自觉地颤抖，胸口跟堵了块大石头一样，喘不上气来，怎么可能会是程总？

与简灵有关系的人明明是明特助……不对，四十八楼，不只有明特助。

她想到了另一件久远的事，那天下午有人送了简灵一束玫瑰花，卡片上的落款没写清楚名字，只有三个字母，CZX，程知栩？

联想到这一点，范宜君更加确定了心中的猜测，猛地踉跄一步，后背撞到了木柜边缘，柜子上那杯颜色不好看的果蔬汁摇摇晃晃，洒出来几滴。

不会的，现场的人这么多，不会有人注意到她悄悄换掉了简灵喝的饮料。

心里这么想，她的后背仍是被吓出了一层冷汗，指尖也逐渐冰凉，指甲一下一下用力地抠着木柜，仿佛不这样做她就没办法保持冷静。

程知栩没管其他人心里是怎么想的，抱着简灵，头也不回地出了大厅，外面寒风袭来，简灵往他怀里缩了缩：“冷。”

程知栩淡淡道：“冷点好，让你脑子清醒一点。”话落，他收紧了手臂，将她裹得密不透风。

简灵嘀咕：“你怎么……这么凶？”

程知栩要笑不笑的：“我还有更凶的，你想见识一下吗？”

两人说着话，一路远去，将身后大厅里的一切彻底隔绝，耳边只有呼呼的风声，混合着庭院里枝丫被风吹折的啪嗒声。

大厅里，众人沉默了许久，彼此面面相觑，直到风暴中心的两个人完全消失在视线里，气氛才重新沸腾起来。

“我的天，什么情况啊？”

“程总和那位职员不会是情侣关系吧？”

“之前秘书办不是有人看到程总抱着一个女孩进办公室，还说那是程总的女朋友，而且女方是本公司的职员。我还当是个笑话，听过、笑过就忘了，难道是真的？”

“现在还不够明显吗？当着这么多人的面，我的天！公主抱！如果不是亲眼所见，我都不敢相信‘冷面程总’会这么‘苏’！”

“简灵是策划部的吧？策划部的同志们，你们知道什么内幕？赶紧说来听听，我现在就想聊八卦！”

策划部的同志们全部一脸呆滞，摇头说不知道、不清楚，从来没听说过。甚至有人情绪激动地摊了摊手，这谁能想到啊，大老板的女朋友是新来的实习生，她两个月前才通过考核转正呢！

邱爽一把抓住戴望楚的胳膊，眨眨眼睛，期待地望着她：“楚楚，你平时和简灵的关系最好，你知道她和程总是男女朋友关系吗？”

一时间，所有人都看着戴望楚，希望能从她这里得到准确答案。

戴望楚表情木然，看向另一侧的明朗，不确定能不能说。

明朗耸了耸肩，假装不懂她的意思。

戴望楚讪讪一笑，想到今晚闹得这么大，看程总的举动似乎也没打算继续隐瞒和简灵的关系。于是，她深吸口气，“盖章”认证了：“没错，简灵和程总确实在交往，他们是男女朋友的关系。不好意思啊，我不是有意隐瞒的，实在是因为这种事不可说，不可说……呵呵。”

戴望楚以一个憨笑结尾，撇清了自己。真不是她故意瞒着，先不论她和简灵的交情，光是牵扯到程总，她就不敢往外吐一个字。

戴望楚没出声之前，他们当中一些人还抱着否定的心理，现在被证实了，除了震惊就是震惊。刚转正的实习生拿下了大老板，传出去绝对能霸占新闻头版头条好几天。

策划部一众同事的脸色精彩纷呈，男人还好，大部分女人在背后议论过简灵，她们听了范宜君的爆料，以为简灵和明特助有不可见人的关系。现在事实摆在眼前，大家岂会想不到明特助与简灵之间的牵连都是被程总授意的。

最可笑的人应该是范宜君吧。

大家下意识地寻找她，却发现大厅里已经没有她的身影，也不知道她有没有亲眼瞧见这么精彩的桥段。

路边霓虹交织，随着轿车向前行驶，灯光如流水般倒退，车里安静得只能听见简灵一个人的喁喁细语。

她喝醉了以后话会比较多，想到什么说什么，前言不搭后语。上次喝醉，她一个劲地追问程知栩喜欢什么样的女孩子，然后就是对他表白。

现在？简灵趴在他耳边问："你喜欢我吗？"

程知栩揉着眉心，这个问题她已经问了三遍，每当她扯到其他的话题，隔几秒就会又绕回这个问题。他啼笑皆非，第四次回答："喜欢。"

简灵："我也喜欢你。"

程知栩轻"嗯"了一声："我知道。"

简灵傻兮兮地一笑，补充一句："我也喜欢哆啦。"

程知栩："……"

她养的那条狗好像就是叫哆啦，他现在是和宠物狗被放在一个同等的地位了吗？

程知栩不想再听她说醉话，他看到前面开车的司机笑得肩膀都在抖，容易出事。他的手掌贴在她的脸上，让她靠在自己怀里："你别说话了，睡一会儿。"

简灵没听，继续胡言乱语，好在半个小时后就到了公寓楼下。

程知栩抱着人下车，乘电梯回屋，打开暖气，一气呵成。他犹豫了片刻，还是扒光了她的衣服，给她粗略地洗了个澡，套上睡衣，将她塞面团一样塞进被窝里。

看似轻松的活动，忙完他出了一身汗，身上的衬衫也在帮简灵洗澡的过程中被打湿得差不多了。他草草在客房的浴室冲了澡，肩头搭着干毛巾，去隔壁看简灵。

意料之中的，她身上的被子被踹到了床下。

程知栩擦头发的动作顿住，走过去帮她盖好被子，坐在床边耐心地将头发擦到半干，盯着她看了会儿，起身关掉房间的顶灯，留了一盏昏黄的小夜灯。

他刚走到门口，简灵翻了个身，被子卷过去大半，后背露在外面，嘴里依稀还在吐出醉话。

程知栩无奈又崩溃地叹息一声，折回去，扯过被子，翻身上床，侧躺在她身边，将人控制在臂弯里。他暗示自己，又不是没与她同床共枕过，更亲密的事情都做过，他是有多矫情才会想去隔壁客房睡一晚，现在这样挺好的。

简灵被束缚住手脚，一开始还尝试着挣扎，后来发现挣不开就老实了，安心地蜷在他怀里睡觉。

程知栩闭上眼睛，睡意都还没酝酿出来，怀里的人就故态复萌，这次更甚，不是掀被子，而是掀他的衣服。

如果简灵此刻睁开眼睛，一定会看到程知栩额角的青筋都在跳动。

“简灵，你能不能老实点？”

程知栩隐忍着被挑起来的情动，对着空气喊了一声，不指望她能听懂。

简灵醒来的时候，刺目的阳光从窗帘缝隙中照进来，斜斜的一条白色光线落在床尾，提示她时间已经不早了。

她脑子里突然叮的一声，想起了什么，慌忙拿起床头柜上的手机看时间，上班要迟到了！

“不用看了，今天休息。”房间里响起一道熟悉的男声，伴随着吞水的咕咚声。

简灵惊愕，手肘撑在床面，半坐起身子，看着闲闲地倚在门框的男人，难得看他穿了颜色稍为鲜艳点的衣服，她一时愣住了，忘了要说的话。

程知栩今天穿了一件灰绿色的套头毛衣，浅色长裤，棉拖鞋，手里握着细长的六边形玻璃杯，抿一口白开水，目光在她身上流连，表情有几分怪异。

简灵察觉到他的目光过于炽热，低头一看，便看到自己裸露在外的肩头和胸脯，往下就是……她脑子里嗡的一声，火速平躺回去，扯过被子把自己裹严实，后知后觉地发现自己浑身上下一丝不挂。

“我衣服是谁脱的？”

简灵问完才意识到自己问了句废话，一定是程知栩。

然而答案并非她所想，程知栩趿拉着拖鞋走到床边，顺手放下水杯，好笑地看着她缩头乌龟的样子：“你自己脱的，没印象了？”

简灵瞪眼：“你少糊弄我，我怎么可能自己脱光光。”

“哦，我倒是忘了，你喝醉酒醒来会断片。”程知栩煞有介事地点点头，目光真诚地看着她，“我确实没骗你，你自己脱光了，往我怀里钻，手乱摸就算了，还……”他顿了下，轻咳一声没往下说。

简灵双眸直视着他，满脸的不可置信，还怎么了？他倒是接着说啊。

程知栩话锋一转，沉着脸教训她："明知道自己的酒量不好，为什么要喝酒？"他在床边坐下来，没忍住，弹了下她的脑门，"你的脑瓜是不是不长记性，非得把你拎到叶归舟面前，让他教训你？"

简灵攥着被子遮住下半张脸，瓮声瓮气道："我没有喝酒。"

"呵，你没喝酒，你昨晚是中邪了？"程知栩冷哼。

"我真没喝酒。"简灵皱着眉为自己辩解，"我知道自己喝不了酒，特意拿了杯果蔬汁，后来不知道是我拿错了别人的，还是怎么的，当时尝出味道有点不对，也没想那么多，谁知道喝完就……"

简灵手臂探出被子，举起三根手指，一脸严肃："我发誓，我没撒谎。"

程知栩无条件地相信了她的话，不过他想问题习惯往深了思考，意识到中间一定有别的隐情，暂且按下不提。

"行了，这件事翻篇了。"程知栩摸了摸她的额头，"起来吃早餐，这都几点了还赖在床上。"

得知今天不用上班，简灵懒病发作了，扭了扭身子，只觉得温暖的被窝有股吸力，将她牢牢地吸在了里面，她懒洋洋道："不想起来，我再睡一会儿。"

程知栩眯着眼，伏低上身，两手撑在她身体两侧，眼神危险地盯着她，刻意拖长音调，带着股威胁的意味："不想起床？行，那就别起了。"

他作势就要上床，简灵终于懂了他的言下之意，当即吱哇乱叫："你、你、你别乱来啊，我要叫了！"

"叫什么？"程知栩的脸离她越来越近，一股压迫感袭来，他低笑一声，声音沉沉，"昨晚的事，我还没跟你算账，闹腾到大半夜，我都没睡着，正好现在找你补偿。"

简灵边叫边躲，被子被她胡乱地蹬到一旁，露出更多的肌肤。程知栩原本只是想逗她玩，眼下倒真起了异样的心思。

简灵扑腾够了，就没多少挣扎的力气，手软绵绵地搭在他肩上，看起来更像是拥着他而不是推开他。

两人不知不觉地吻作一团，彼此挤压着对方胸腔里的空气。

良久过后，程知栩倏地别过脸，慌乱地起身整理好自己，声音紧绷："赶紧起来，我下去给你热早餐。"说完他就冲出了房间，留下一个落荒而逃的背影。

简灵气喘吁吁地躺在床上，手背盖在眼皮上，说不清楚他离开的那一刻，她是失落还是别的情绪，总归她是没想过拒绝。意识到这一点，简灵的脸颊烧着了似的发烫。她将盖在眼睛上的手移下来，贴在脸颊上给自己降温。

磨蹭了一会儿，简灵穿好衣服去卫生间洗漱，到楼下吃程知栩亲手热的早餐。桌底下她的两条腿交叠在一起，棉拖从脚上掉下来，悠闲地晃动脚丫，顺便玩手机。

待她看到工作群里的消息，一口豆浆刚滑下喉咙就被呛了出来。

“咳咳咳——”

程知栩已经吃过早餐，坐在旁边看平板，听到动静抬起头，抽了两张纸巾递过去，见她双手不闲，便倾身给她擦了擦嘴角的豆浆。

群里的讨论热火朝天。

同事 1：“实不相瞒，这个爆炸性消息轰炸得我半宿没睡着。”

同事 2：“同样失眠了，我躺在床上努力地回想，以前没对简灵说过重话吧？要是无意中说过，那就在这里道个歉了，对不住啊。”

同事 3：“一想到我和未来的总裁夫人待在一个群里，我就有点不知所措呢！”

同事 4：“你们说，老袁知不知道简灵的身份是程总的女朋友？”

同事 5：“我估计他是不知道，简灵那段时间由于身体原因经常迟到，老袁不是把人叫到办公室里批了一顿吗？”

同事 6：“有道理。不知道老袁现在什么心情。”

简灵缓缓放下豆浆，机械地咬了一口鸡蛋饼，转向程知栩。

程知栩给她递完纸巾就重新看起了平板，手指在键盘上点个不停，眼角余光注意到她投来的那道灼灼的视线，他再次抬眸看了她一眼：“一脸失魂落魄的样子，是怪我没有继续吗？家里没有那个。”

简灵：“……”

简灵丢了个纸团砸中他，大大地翻了个白眼。不正经！谁要跟他说这个。

“公司里的人知道我们的关系了？”简灵问出来都觉得这问题太过令人匪夷所思，她和程知栩明明瞒得很好，到底是从哪里走漏了风声？明朗还是戴望楚？他们两个知情人应该不会乱说。

程知栩抬了抬眉梢，想到昨晚那一幕，嘴角微勾：“嗯。”

简灵夸张地捂住胸口，做出心肌梗死的样子，猛吸了几口气，大声道：“他们怎么知道的？”

程知栩被她做作的举动逗乐了，放下手里的平板，一本正经地胡诌：“你昨晚在年会上喝醉了，当着全公司人的面叫我老公。”

简灵：“……”

骗人的吧，怎么可能，要说撒酒疯她还能相信，叫他老公？绝对不可能。

在简灵求证的眼神下，程知栩继续淡定从容地点头，表示自己没有胡乱编造。

简灵一头栽倒在餐桌上。

第二天早上去公司上班，简灵抱着包包，做贼一样先左瞄右看一番，而后抬头挺胸地走进公司大厅。

果然如她预料的那样，先在一楼大厅接受了前台的目光洗礼，紧接着在电梯里遇到了各个部门职员打量的目光，甚至有人见了她想要打招呼，一时间不知道该怎么称呼她，只好微笑示意。

简灵尴尬得想从电梯里出去，但是她不能，勉强牵起嘴角回了对方一个微笑。

她历经“磨难”，终于到达二十六楼策划部的办公区，一口气没吐出去，诸位同事就表情各异，明目张胆地围观。此情此景，简灵觉得自己就是一只大猩猩，就差找他们要参观的门票费了。

半晌，简灵扯出一个无奈的笑：“大家早上好，吃了吗？”

邱爽从桌上抽出几张 A4 纸，卷成筒状举过去：“采访一下，跟程总谈恋爱什么感觉，你们交往多久了？打算什么时候结婚？你结婚后还会待在我们策划部工作吗？”

问题一个接一个，简灵“一个头两个大”，不知从哪个问题开始回答，只得继续讪讪地笑。拯救她的人是主管袁霄，他一来，办公区的人都老实了，各自回了工位。

袁霄深深地看了一眼简灵，心情更复杂了。他好不容易接受了简灵家的亲戚与程总有交情，转眼却告诉他，她是程总的女朋友，他又要做一番心理建设了。

到了上班时间，大家手头都有任务，没多余的闲心聊八卦。突然，林笑染疑惑地问：“怎么回事？范宜君没来？”

听到声音，几个同事抬起头，看向范宜君的工位，空空如也。

范宜君自诩敬业标杆，从来没迟到过，不禁让人产生联想——之前关于简灵的“黑料”，大多出自范宜君之口，她说得有鼻子有眼的，别是经过前天晚上那件事，她吓得不敢来了吧。

上午十点，范宜君姗姗来迟，脸色很憔悴，浓重的黑眼圈连遮瑕膏都遮不住。她无视大家审视的眼神，挺直脊背，木着一张脸径直去了主管办公室。十分钟后出来，她没有坐回工位，转而去了楼上的行政人事部，之后再折回策划部，手里拿着一个黑色小纸箱开始收拾桌上的私人物品。

程知栩查到简灵在年会上醉酒与她有关，监控截取的照片发到了她的邮箱，其他的只字未提，是她自己承受不了压力，递上辞呈。

与其日后等着被“穿小鞋”，还不如她主动离职。范宜君是这么想的。

简灵看着范宜君一言不发离开的情景，蹙了蹙眉尖。其他的同事眼观鼻、鼻观心，看了看范宜君，又看了看简灵，做出缩脖子的样子，仿佛她是什么不可触碰的禁忌。

“我本来没打算找她麻烦啊，她自己要走的，真是搞不懂了。”简灵没掩饰自己，抱怨了一句。

戴望楚拍拍她的肩膀以示安慰，无所谓道：“走了也好，成天作妖，跟这种人相处，迟早要累死。”

简灵郁闷了一上午，到中午十二点，她对着电脑敲下回车键，伸了个懒腰，起身准备去吃饭。

既然她和程知栩的关系公开了，她就没必要再费心思隐瞒，等所有人走后再上去。这一次，她在一众同事的注视下，按了电梯上行键。

进到总裁办公室里，简灵塌着肩膀，跟程知栩说了范宜君离职的事情，陈述的语气中夹杂着不满：“她这么一走，就好像是我把她逼走的，同事们看我的眼神都变了。我解释了一句，也不知道有没有用。”

她苦恼地撑着腮，脸也皱成了包子。

程知栩给她夹了一箸菜，声音没有起伏：“她主动离职倒省了我的麻烦。”见简灵愣住，他娓娓说道，“我让人查看了监控，年会上是她趁人不注意换掉了你的饮料。”

简灵瞪大眼睛，大喊一声：“什么仇、什么怨啊！”

“别想了，安心吃饭，过几天就放假了，我想跟你一起吃饭都没机会。”程知栩举起筷子在她眼前晃了晃，打断她的思绪，“听说你过年要回上海？”

至于是听谁说的，当然是叶归舟。

简灵的爷爷奶奶去世早，每逢春节或者其他的团圆节日，一家人都会去上海的叶家老宅，陪叶老先生一起过节，这意味着他们即将好几天见不到面。

简灵“嗯”了声，想到另一桩事，程知栩是二月十五日生日，正好是正月初四，那个时候她还在外公家，没办法陪他一起过生日。

上了一个多星期的班，二月十日下午正式放假。大家都提前半个多月订了机票、高铁票，忙完工作就马不停蹄地往老家赶，剩下的则是打算留在本地过年。

简灵从公司出来，坐上出租车后排，望着窗外昏暗的天色，给叶娴心打电话：“妈妈，我明天早上再跟你们会合。早上八点半的航班，我记得。”

叶娴心有点担心她到时候一个人往机场赶会不安全，不理解道：“为什么要落单？要不你还是回来吧，我们明早一起出发，我也能放心。”

“妈，我就是……”简灵支支吾吾。

坐在叶娴心旁边的简祖贸听到母女俩的通话内容，抖了抖手里的报纸，呵笑一声：“女大不中留啊。不用问了，灵灵肯定是想出发前见见男朋友，得分别好几天呢。”

叶娴心一愣，可能是潜意识里认为简灵还是那个需要人照顾的小宝贝，总忘了她有男朋友这回事。

“那好吧，你注意安全。”叶娴心退让一步，斟酌了下措辞，补充道，“那个什么，保护好自己。”

简灵想到自己要做什么，咳嗽一声，胡乱地应下来，脸却有点热。

结束通话后，出租车开进程知栩住的小区。

程知栩以为她今晚会在简家，他就没回他们常住的那套公寓，去了另一个住处，打算明天上午再回程家老宅，陪父母过年。

他一个人住的时候，通常是不喜欢下厨的，保姆阿姨正在厨房忙活，他就坐在客厅的高脚凳上，笔记本电脑放在桌面的银色支架上。他手肘撑着吧台，目不斜视地盯着屏幕，处理一些遗留的工作。这也是他为什么没有直接回老宅——他不想把工作带回去。

看完两篇资料，程知栩正要整理一下，门铃就在这时候响起。

厨房门关了，加上抽油烟机的嗡嗡声很大，保姆阿姨没听见。程知栩移开视线，长腿一迈，从高脚凳上下来，走到玄关看向可视门铃的显示屏。

画面里出现简灵的脸，她正呵着气，歪着脑袋，笑眯眯地说：“程知栩，快给我开门！冻死了！”

程知栩表情滞了一瞬，手快过脑子，按开了门锁，打开门，等在门口。

片刻后，简灵出现在他面前，穿着白色的长款羽绒服，围着大红色的围巾，扑过来挂在他身上。

“我认真思考了一下，还是想给你提前过个生日。”

程知栩把树袋熊一样的简灵抱进门，她却突然从他身上跳下来，急急忙忙地说：“等等，我还有东西没拿进来。”

她踩着短靴跑到门外，从走廊拖进来一个银色小行李箱，出差常用的那一种。

程知栩立在原地，诧异得半晌没吐出一个字，直到简灵关上大门，换了鞋，推着行李箱到客厅，他才跟上去，不确定地问：“你这是什么意思？要住下来？不回家了吗？”他太过惊讶，想都没想就把问题一连串地抛出来。

“你想得美。”简灵抬着下巴，咧了咧嘴，露出一口洁白的牙齿，抬起手一圈圈地摘开脖子上的围巾，脱掉羽绒服，“等会儿再告诉你那是什么，先留个悬念。”

程知栩顺手接过她的围巾和羽绒服，挂在衣架上。

厨房的抽油烟机声音停止了，阿姨这才听到客厅里的动静，洗了手，在围裙上抹了抹，打开门走出来，看到简灵后她愣了一下，很快镇定下来，笑着打招呼。

“程先生，饭做好了，我就先走了。”阿姨指了指门外，“垃圾我帮你带出去，这几天我可能没时间过来。”

“没事，我明天就回老宅，你不用过来做饭。”程知栩进到一楼书房里，拿了个厚厚的红包递给阿姨，“辛苦了，也没时间准备新年礼物，一点小意思，给您孙子买点好吃的。”

平时薪水给得丰厚，阿姨不好意思再收他的钱，忙不迭地抬手拒绝。最后到底没拗过程知栩，又不好推来推去，耽误两人用餐的时间，阿姨腼腆地笑了笑，拿着红包离开了。

简灵看着眼角弯成月牙的男人，也跟着笑起来：“程知栩，我也要新年礼物。”

“过几天再给你。”程知栩捏了下她的脸，去厨房端菜。

大概是保姆阿姨想在过年前把冰箱里的剩余食材全部处理掉，所以这顿晚餐格外丰盛，两个人吃绰绰有余，连剩下的几个水果都切块装好了盘。

简灵双手合十，面对食物是一脸虔诚的模样："我真来对了，不然你一个人吃不完就浪费了。"

"嗯，多吃点。"程知栩满眼欢喜地给她夹菜，心情好得不得了，怎么也没想到她会在除夕前一晚过来找他，并且没提前打招呼，像是一个准备已久的惊喜，让他胸腔里所有愉快的因子迅速膨胀。

要不是考虑到她酒量不好，这样美好的气氛，他都想开瓶红酒庆祝一下，就当是提前过生日了。

两人一边闲聊一边用餐，简灵的嘴巴没停过，一直塞得鼓鼓囊囊的，保姆阿姨的手艺比程知栩还要好，做的菜太可口了。

这一顿晚餐算是打响了过年期间肥胖计划的发令枪。简灵默默地说。

饭后，简灵瘫在椅子上，摸了摸自己圆鼓鼓的肚子，万分后悔面对美食只顾着满足口腹之欲，没有顾忌身材。

程知栩的心思还在那个行李箱上，抬了抬下巴示意道："现在可以揭秘了吗？"

"等会儿，让我歇一会儿。"简灵仰着头靠在椅背上，看着天花板上的吊灯，桃花形状的灯罩，洒下来的灯光温暖柔和。

她第一次来这边，发现这里的装饰比她住的那套公寓漂亮多了，一看就是精心装修的结果，难怪他后来不住那里了："我想住你这套房子，可以吗？"

"可以，你年后搬过来，离公司也很近。"程知栩没有异议，欣然答应。

他起身收拾桌上的餐具，把厨余垃圾丢进专用的垃圾桶，锅碗瓢盆全扔进洗碗机让它慢慢清洗。他闲适地坐回椅子，从她进门到现在，他脸上的表情一直是在笑的："不过，我得先要个名分。"

简灵嗔了一句："你不要胡说八道，不是都见过家长了？"

"那不算，在我看来不够正式。"程知栩暂时不想跟她透露太多，转开话题，"行李箱里是什么？"

简灵坐直身子，慢腾腾地挪动脚步，把行李箱推到客厅中央，蹲下来打开两边的锁扣，掀开盖子。里面并不是程知栩以为的日常用品、衣服之类的，全是大大小小的礼物盒，黑色的、蓝色的、深红色的……各种颜色都有。

程知栩歪了歪头，仍然疑惑不解。

简灵献宝一样拿出一个礼物递给他："这个应该是领带。"她又拿起另一个，看了眼盒子上的商标才想起来，"啊，这个是正好搭配领带的领带夹。"

皮带、钱包、围巾、手套、皮鞋、蓝牙耳机……大大小小的盒子全堆在他怀里，程知栩快要被这些礼物淹没了。

等献出所有的礼物，简灵累得大喘了口气，站起来，双手叉腰宣布："全都是你的生日礼物，我把能想到的送给男人的礼物都买了，齐全吧？"

程知栩愣了愣，他发誓，长这么大从没见过这么有诚意的生日礼物，除了西装，几乎从头到脚都配备齐全了。他想，简灵大概是不知道他的衣服尺码。他正式场合穿的西装大部分是量身定制的，需要精准测量身形，而皮鞋就好办多了，只需要看一眼他平时穿鞋的码数。

程知栩又词穷了，沉默了许久，问她："……花了多少钱？"他记得她说过不再找爸妈要零花钱了，而这些礼物都是知名品牌，不便宜。

简灵看着被礼物环绕的程知栩，心里满足了，不枉费她最近花了那么多时间挑选礼物。她靠近他，挑眉一笑："这几个月的工资除了留出过年给弟弟们发红包的，全花没了。要不然就给你买块腕表了，表实在太贵了！"

程知栩工作场合戴的腕表都价值不菲，不能随便买一块降低他的档次，自己存的钱又不够，简灵只恨过去太挥霍，都没能给自己存个小金库。

程知栩将礼物盒一个个整齐地码放在茶几上，拉着她的手把人拽进怀里，心里感动得一塌糊涂，浸了温水似的温温软软的。

"白给我打了几个月的工，一毛钱都没存到。"程知栩手指穿过她的指缝，声音也软了，"我给你额外发一笔年终奖？"

"不要。"简灵直接拒绝了，"你是不是忘了，你还有张银行卡在我这儿。况且我过年期间会收到好多压岁钱，不缺钱花。"

那张卡是他很久前让明朗拿给她的，她只用过一次，和戴望楚吃了顿饭，买了甜品，除此之外她一分都没动过。她还给程知栩的时候他没要，那张卡就一直在她手里。

程知栩想起来了，莞尔一笑："都是给你的，随便花。"

简灵笑了笑，特别开心地搂住他脖子，对着他的嘴唇亲了一记，道："你真好。"

两人温存了一会儿，程知栩起身到主卧给她找了套自己的睡衣，她过来时就想好了要在这里留宿，所以带了换洗的贴身衣物，装在小袋子里，塞进行李箱的夹层。

她明早八点半的航班，他打算让她早点休息，明天他开车送她去机场。

程知栩看着简灵进了主卧的浴室，自己另拿了一套睡衣，去隔壁次卧的浴室洗澡。他刚打开淋浴的开关，调好水温，磨砂玻璃门就被敲得砰砰作响。

“程知栩！完了！”门外是简灵慌里慌张的声音。

程知栩以为她出了什么意外状况，顾不得问她怎么了，随手扯了条浴巾围在腰间，拉开了浴室门，问：“出什么事了？”

简灵露出一个得逞的笑容，以迅雷不及掩耳之势从打开的门缝中挤进去，像她进门时那样跳上去，挂在程知栩身上，他围在腰间的浴巾几近松散。他一时不知道是要抱住她，还是要护住身上的浴巾，免得自己走光。

“所以到底出什么事了？”程知栩还没意识到问题的严重性，“屋子里有虫子吗，你吓成这样？”

简灵眨着清澈的眼眸，说着最扯的话：“主卧的淋浴坏了，放不出热水，冷死了，我们一起洗吧。”

浴室里因为热水淋下来逐渐升温，墙壁上的镜子被水汽氤氲得模糊不清，无法从中看到两人是何等亲密的姿势。

程知栩承认自己的呼吸乱了，心跳的频率也失去了正常，只有脸上还维持着几分冷静和克制。他知道简灵在撒谎，主卧浴室的淋浴不可能坏了，给她找睡衣之前，他就进去检查过。

理智告诉他不能，主要还是那个原因，家里没有准备……

程知栩刚想让她下来，简灵就跟会魔法一样，倏地从口袋里掏出个小盒子在他眼前一晃，自动配上“当当当当”的惊喜音效。

程知栩愣了一秒，颇有些哭笑不得，别过脸去，眉毛挑了起来，不再管腰间的浴巾会不会掉下来，他用双手托住她的身子，声音混合着淅淅沥沥的水声：“简灵，你蓄谋已久。”

简灵没有狡辩，趴在他耳边吐气如兰：“那你到底要不要？”

程知栩没说话，用实际行动回答她，自己的真实想法。

……

程知栩的早睡计划被打乱，浴室也被弄得凌乱不堪，到处都是水渍，他来不及清理，抱着简灵放到主卧床上。

他心里记挂着她明早的航班，给手机设置好闹铃就拥着她入睡。简灵早就疲累得睡过去了，程知栩闭上眼睛，隔了一会儿又睁开，在黑暗中亲吻她的额头，嗓音缱绻："等着我，马上就把你娶回家。"

两人都是一夜好梦。

闹铃响起来时，程知栩率先醒过来，将怀里安睡着的人晃醒。简灵睡得昏天黑地，被程知栩拉起来，没过两秒，她就像不倒翁一样歪下去，再被拉起来，又倒下去。

在这个过程中，简灵的眼睛始终没睁开过，眉心紧紧地蹙着，起床气前所未有地大，就差蹬腿踹人。

程知栩叹了一口气，放弃叫醒她，直接把她从温暖的被窝里挖出来，利落地动手帮她穿好衣服，抱到浴室，放在洗脸台上，拿了牙刷挤好牙膏给她刷牙。

薄荷味的牙膏刺激着她的神经，嘴里清清凉凉，简灵的眼睛终于睁开一条缝，眯着眼睛看着程知栩，问："几点了？"

"不知道，反正不早了，再不快点，赶不上飞机。"程知栩故意吓唬她。

简灵浑身一个激灵，赶紧接过牙刷自己刷牙，妆没来得及化就出门了。

程知栩坐在驾驶座，正是除夕当天，开张的早餐铺寥寥无几，开出好长一段路才遇到一家，他下车去买了豆浆和小笼包，让简灵吃了个简便的早餐。

还没到机场，简灵的手机就响起来了。

她吞下一口滚烫的豆浆，舌尖都烫疼了，拿起手机按了免提，叶娴心的声音传过来："灵灵，你到哪儿了？"

简灵"嗯"了声，话说得囫囵："还有……大概五分钟就到了。"

"那就好，我就担心你赶不上飞机。"叶娴心闻言，松了一口气。

五分钟后，程知栩牵着简灵的手出现在两位家长面前，礼貌地打过招呼后，询问道："叔叔阿姨吃过早餐了吗？用不用帮你们买一份？"

"我们吃过了。"叶娴心不用问就知道简灵一定吃过早餐，程知栩会照顾好她，"麻烦你了，一大早送灵灵过来。"

程知栩笑："不麻烦。"

他全程陪着他们，目送一家三口过了安检，随着人流慢慢往前。简灵最后回头，笑着朝他挥了挥手。

程知栩与她四目相对，心里默默说了句："很快，我就过去找你。"

一家三口抵达上海虹桥机场时是上午十一点整，叶家派了车来接他们。

简灵睡眠不足，从上飞机起就戴着眼罩补觉，到了车上接着睡，几乎睡了一路。快到叶家老宅时被叶娴心叫起来，她才勉强打起精神。

空气湿冷，风里似乎裹着水汽。简灵趴在车窗上，看着路边一排宛如站岗哨兵的高大树木，叶落归根后，光秃秃的树干在风中伫立。

叶家老宅逐渐进入视线，且不说里面的装饰如何，光是外观就充满新年喜庆的气息。大红灯笼高高挂，漆黑冰冷的铁栅门上贴了红色的春联、福字，挂了中国结。

门朝两边打开，车子一路畅通无阻，停在正厅外的门廊下。

司机帮忙把车后备厢里的行李和礼物搬出来，简灵率先进了门。

客厅里回荡着小孩的嬉闹声、大人的聊天声，厨房里的烹油声吱吱作响，满是烟火气。简灵一出现，客厅里先是安静了一瞬，继而更加热闹，舅舅姨妈们相继对她嘘寒问暖，哥哥弟弟们凑上来帮她拿东西。

叶归舟和舒泱泱也在，两人早几天就过来了。简灵跟他们说话的时候，他们的手还握在一起，幸好她不是单身，不然就被虐到了。

简灵凑到叶老太太身边说了会儿话，又一一问候完客厅里的长辈们，而后跑到楼上看望叶老先生。

"外公，我回来了！"听保姆说外公在书房练字，简灵敲了敲门，就推开门探进去了半个脑袋。

叶老先生穿着灰色绸布长衫，袖子半挽，面前的檀木书桌上放着一张雪白的宣纸，刚写完一阕词。闻声，他放下手中的毛笔，搁在笔架上，笑呵呵地看着她："就等你了。"说罢又板起脸来故作严肃，"往年早早就过来了，今年怎么挨到除夕当天才回来？"

"以前上学，放寒假早，我就早点来啦。"简灵背着手小跑上前，双手搭在叶老先生肩上，给他老人家捶肩、按摩，"难道舅舅没跟您说，我参加工作了，公司昨天才放假，我也没办法。我心里挂念外公，早就想过来了。"

外公慈爱地敲了下她的脑袋："就你的小嘴最甜，我听归舟说了，你任职的程氏集团的老板就是你男朋友，真想来他能不批假？"

“那也不能为了我一个人破坏规矩啊。”简灵吐了吐舌，“您说是吧？”

叶老先生被她堵得没话说，却笑得越发开朗，眼角的皱纹堆叠，并不显老态，反而精神矍铄。

“你啊你，打小就是机灵鬼一个。”他点了点她的额头，转而说道，“什么时候把男朋友带过来让外公掌掌眼？我得警告他，我们家的掌上明珠可没那么好捧回去。”

简灵一听到“掌上明珠”四个字就想到程知栩的微信备注，笑眼弯弯：“他随时待命，只看外公您什么时候有空闲时间。”

“你外公我哪天都有空闲……”

保姆阿姨过来叫两人到楼下用饭，两人便止了话茬，由简灵搀扶着，叶老先生一面笑，一面说让她多住几天。

中午，一大家子人围坐在圆桌旁，吃了顿普通的午餐，说说笑笑，气氛愉快。

饭后，众人稍事休息，便动手准备年夜饭的菜品。

简灵孩子王一个，带着弟弟们躲在楼上打游戏、吃零食、看电影。平时不敢看的恐怖电影全找出来播放，也不怕给他们造成心理阴影。每当播放到惊悚的画面，简灵的惯常动作就是随手抓过来一个小表弟挡在自己身前，吓得想看又不敢看……

当然，他们的关系并不是一直这么和谐。

舒泱泱从英国带回来很多糖果，其中最好吃的是提子味的夹心软糖，几个孩子都只挑这个口味的吃，很快就要吃没了。简灵运气好挑出了最后一把，小表弟撇着嘴去找妈妈哭诉。

简灵的二姨妈叶文秋女士笑着说：“姐姐工作辛苦，又不常来，而且你是男孩子，姐姐是女孩子，你是不是要让着姐姐？”

小表弟这时的心理阴影面积比看恐怖片时还大。

告状无门的小表弟屁颠屁颠地跑回来，简灵盘着腿坐在地毯上，得意地扭了扭身子：“跟你姐姐我比家庭地位，你还嫩了点。”

然后，二十几岁的大人就和十岁的未成年人打起来了，两人楼上楼下追着满屋子跑。

叶娴心头痛道：“我怀疑她到了三十岁还不知道‘稳重’两个字怎么写，疯起来跟上小学时一样。”

一旁正在捏烧卖的叶文秋笑眯眯地说：“这样挺好，谁跟她生活在一起都乐趣多多。”

除夕当晚，无雪也无月，总是少了些味道。

小时候，简灵记得爷爷奶奶还没去世，他们一家人在北京过年，有一年就下了大雪，厚厚地堆在窗沿上。外面一片白茫茫，屋内暖意融融，一家人吃着热气腾腾的火锅，每个人的脸庞都被热气半掩，欢声笑语时而传来，伴随着电视里春晚的背景音和爆竹声，特别有“年”的味道。

简灵拍了一张年夜饭的照片，又让大家配合，拍了一张大合照，发到朋友圈，之后就放下手机专心用餐。叶家有规矩，在饭桌上，一律不许看手机，一年到头，一家人难得聚在一起，陪伴家人更重要。

年夜饭前后正是热闹的时候，各种群发或单独发的新年祝福塞满了微信，还有发红包的，手机消息提示音响个不停。

大家都没理会，其乐融融地吃了顿年夜饭。

如今不允许燃放烟花，吃完饭，大的小的都坐在一起玩手机打发时间，顺便守岁。简灵以往跟他们一样，现在心里有了牵挂的人，趁大家不注意就躲回楼上的闺房，悄悄地给程知栩打电话。

飘窗上铺了厚厚的毛毯，她坐在上面，小腿并拢，手环着膝盖，扭头看着窗外的路灯、远处的霓虹，脑海里想象着程知栩那边的情景，不知是否也跟她一样。

电话铃声响了好半晌才被接起来，程知栩温柔带笑的嗓音透过电流传过来：“家里有点吵，没听到。”

“我猜到了。”简灵背靠着软乎乎的坐垫，身上穿着宽松柔软的毛衣，脑袋两边各编了一根小辫子，她手指缠绕着小辫子玩，笑起来像漂亮的洋娃娃，“你吃年夜饭了吗？”

“刚吃完，在客厅陪家人聊天。”程知栩大概是走到了僻静的地方，电话那边没有了嘈杂的声音，“你呢？”

“我也刚吃完。”简灵望着窗外璀璨的夜景，有点想念瑞士的白雪皑皑，“你那边下雪了吗？”

程知栩站在落地窗前，看了眼外面的景致：“没呢，早上起来飘了会儿小雪粒，之后就没动静了。”

“哦。”简灵不知道要说什么，没话找话，“你年夜饭吃了什么，给我报菜名。”

程知栩闭着眼，回想桌上的菜，一道一道地说给她听，没有半点不耐烦。

简灵撑着腮安静地听，偶尔插一句嘴，说这道菜她特别爱吃。程知栩就答应下次见面做给她吃。

两人聊着没营养的话题，也没觉得无聊，不知不觉就聊了半个多小时。

简灵说："程知栩，新年快乐！提前跟你说，我怕没等到零点，我就睡着了，因为我现在有点困。"

程知栩倏地笑出声来："我以为你要说群发短信的开场白，'我怕送祝福的人太多'之类的。"

简灵扑哧一声笑了，她的私信里也有类似的群发新年祝福语。

程知栩说："简灵，新年快乐。"

简灵打完电话，拿着一沓提前准备好的红包下楼，挨个发给表弟们。她玩心大，给红包前还得让人家夸她一句。

"姐姐真漂亮""姐姐身材真好""姐姐是小仙女""姐姐声音甜"，诸如此类。那群比她年长的舅舅表哥们摇头叹息，这些小萝卜头只要给钱，什么话都说。

简灵发完了红包，一转身给坐在客厅沙发上看春晚的父母长辈磕了个头："外公外婆、爸爸妈妈、舅舅舅妈、姨妈姨夫……祝你们新的一年身体健康，万事如意！红包有吗？"

长辈们齐齐愣住，这么早就开始要钱了？不能等到大年初一？

简灵双手比了朵花放在下巴处，真诚地眨了眨眼睛："我明天早上肯定起不来，红包都要被弟弟们抢光了。"

诸位长辈无奈扶额，纷纷各自回房拿红包，总不能让她白磕了个响头。于是，那些弟弟有样学样，排成长队，轮流磕起了头，阵势太大，差点吓到几位长辈。

简灵抱着一堆红包心满意足地跑回房间。程知栩昨天说，过几天会给她新年礼物，不知道他准备的礼物是什么。

春节过后的几天，是一年当中亲戚走动最频繁的时候，每天除了早饭时间，基本上中午和晚上都有宾客。

叶家的旁支多，生意上的合作伙伴也多，家里的来客几乎没断过。简灵有种住在旅游景区的感觉，迎接了一拨又一拨宾客，送走了一拨又一拨宾客。

终于，到了大年初四这天，程知栩的生日。

简灵前几天已经送过他生日礼物，只差跟他说声生日祝福。吃过早饭，家里就来了远房的表亲，长辈们在接待，简灵陪着说了一会儿话就借口离开，躲回房间，给程知栩拨了一个视频通话。

可惜铃声响了很久都没人接听。

简灵想，程知栩一定也在走亲戚，没空接电话。

她等啊等，等一上午都过去了，那边还是没给她回消息。她郁闷地躺在飘窗上，用脚踹着堆在角落的玩偶，借此发泄不满。

简灵默默吐槽，就算是走亲戚，也不至于忙成这样吧，没时间接视频就算了，连回消息的时间都没有吗？她不信。

简灵生了一会儿闷气，决定不想了，丢下手机，翻身坐起来，趿拉上拖鞋，叫了几个弟弟陪她打游戏。

楼下的门铃恰好在这时候响了，叶归舟放下茶杯起身过去开门，首先映入眼帘的是程终南和郁织锦夫妇，两人身后站着高大挺拔的程知栩，不知是不是他的错觉，总觉得今天的程知栩格外英俊。

一家三口每个人的手上都提着好几个礼品袋，快要拿不动。叶归舟顾不上调侃程知栩，连忙上前迎两位长辈进门：“叔叔阿姨请进……”

话音还没落地，他就意识到这称呼不对劲，程知栩叫他舅舅，他怎么能叫程知栩的父母“叔叔阿姨”？辈分乱套了。

然而话都已经说出口了，也收不回来。叶归舟咂了咂嘴，不知道该怎么叫人了。

程家知道叶家人多，给每个人都挑选了礼物。三人进门后，按照规矩先去问候叶老先生和叶老太太，然后再是其他人。

一大群人互相寒暄，客厅里热热闹闹。

程知栩陪着叶老先生聊了许久，得了空就把其中一个礼物盒塞给叶归舟：“舅舅，过年好，孝敬你的。”

叶归舟太阳穴突突地跳了跳：“……你怎么早没说你要来？”

他听家里的老爷子那会儿吩咐做饭的阿姨，让她把今晚的菜品准备得丰盛些，还以为是什么重要的客人。原来是程家人……也的确算得上是贵客。

程知栩抿了口清茶，笑容温暖和煦：“这不是想给你个惊喜。”其实是想给简灵一个惊喜，没提前告诉她，只给叶老先生打了个招呼。本来上午就该到上海了，飞机因为天气问题延误了好几个小时，下午才赶过来。

简灵给他打电话的时候，他和父母刚好在机场，他一接通视频就要露馅了，便一直忍着没联系她。

当时被郁织锦发现，她笑着问他："你没跟简灵说我们要去叶家拜访？"

程知栩笑笑，本来是打算年前就告诉她的，后来她给他准备了一个生日惊喜，那种开心他到现在还回味。

"想给她个惊喜，所以没告诉她。"程知栩这样回答郁织锦。

叶归舟听到他说要给自己一个惊喜，那种浑身要起鸡皮疙瘩的感觉太强烈了："程知栩，你能不能正常点？"

自从换了个身份，这个人说话就奇奇怪怪的，莫名其妙地有些不正经。

程知栩但笑不语，品着茶，视线在客厅里逡巡，没看到想看的人，于是问叶归舟："简灵人呢？"

叶归舟呵呵一笑："在楼上跟一群小屁孩打游戏，已经弄哭三个了。"

他刚说完，楼梯上就跑下来一个小屁孩，呜呜咽咽地跟大人告状："姐姐说我太笨，不跟我玩。"

叶归舟面无表情道："这是第四个。"

小姨妈从厨房里端出一盘水果，交给小屁孩，指了指楼上，声音低柔："端上去给姐姐吃，哄哄她，她就跟你玩了，你姐姐最好哄了。"

小屁孩抹了抹眼泪，抱着一盘水果费劲巴拉地上楼。

程知栩见状，深深吸了一口气，感叹道："看出简灵的家庭地位了。"

叶归舟哼了一声："你当我以前说的话是跟你开玩笑的？"他搭上程知栩的肩，"你想娶简灵？先搞定这群七大姑八大姨再说。"

程知栩再次吸气，倍感压力。

果然，舅舅姨妈们与程家夫妇聊完家常，将目光转向程知栩，开始了严苛的"一问一答"环节。

楼上，小表弟把一盘水果递给简灵："姐姐，吃不吃水果？"

"等会儿再吃。"简灵专心地打游戏，随口问，"楼下怎么这么吵？"

"来客人了，是个帅叔叔，还有两个人，是帅叔叔的爸爸妈妈。"小表弟说，"帅叔叔叫程许许。"

简灵手指顿了一下，屏幕上的游戏人物立马被人揍掉半管血，她望着小表弟，蹙了蹙眉尖："你说帅叔叔叫什么名字？"

“程许许。”

“程许许是什么鬼？程知栩吧？”

程知栩？

简灵扔下游戏手柄，穿上拖鞋就往楼下跑，脚踩在楼梯上噼里啪啦地响，显示她此刻有多么急切地想要求证。

程知栩听到动静回头，就看到绾着丸子头，穿着淡蓝色马海毛毛衣的简灵从楼上冲下来，像是一阵风。他扬了扬眉，站起来走到楼梯下面，准备牵她的手，简灵却连跳两个台阶，扑到他怀里：“你怎么来了！”

客厅里一众长辈都看向这边，程知栩的心理素质再强大都有些不自在，咳嗽一声，尽量用正常的声音说：“过来拜访叶老先生和叶老太太。”

简灵也注意到大家的目光，跟几千瓦的强光灯照射过来似的。她摸了摸刘海，眼神闪躲，露出害羞的表情，咕哝了句：“我以为你是来找我的呢。”

程知栩轻声说：“你也可以这么认为。”

简灵抱怨：“你为什么不回我消息？”

程知栩挑了挑眉：“我以为你会喜欢这个惊喜。”其实真正的惊喜还在后面，他暂时不能跟她说。

“好吧，我喜欢。”简灵主动去握他的手。

客厅里的长辈们发出各种奇怪的声音，表示没眼看了。

热闹的气氛持续到夜幕降临，叶老先生都被感染了，比平时多喝了点酒，拉着程知栩说了很多话，大意是让他照顾好简灵，那是他捧在手心里长大的小女孩，她的终身大事一直都是他心头最记挂的事情。

程知栩看向简灵，郑重地许下承诺：“我会好好照顾她，一辈子。”

简灵正想跟外公说她相信程知栩，面前的男人忽然后退一步，单膝跪地。简灵要说的话一下子忘了个精光，捂着嘴倒吸一口气，除了程家夫妇早就知晓儿子的计划，面不改色，其余的人都惊讶地愣在原地。

程知栩从西裤的口袋里掏出一个纯黑色的盒子，上面刺绣着淡金色商标，质地精良。他缓缓地打开盒子，一枚华丽的六爪钻戒躺在丝绒布上，在水晶灯下闪耀夺目。

“简灵，这才是我要给你的惊喜，也是给你的新年礼物。”程知栩一字一顿，说得极为缓慢，语调温柔动人，“很久之前我就想好了，如果要跟你求婚，一定是在最最疼爱你的长辈们面前，有他们的见证，那样才能显出我的诚意。”

他说：“我遇见你的那天，阳光那样灿烂美好，我以为只是认识了一个朋友家的女孩，却没想到能收获一份真挚的感情。”

他说：“你不会知道，我常常会在深夜里想，自己是多么幸运的人，被一个女孩毫无保留地爱慕。”

他说：“你每一次说喜欢我，我都止不住地心动，还会有一种感觉——无论我做什么都无法回报你的喜欢。很快，我找到了回报的方式……”

顿了许久，他再次开口，嗓音低沉：“我想娶你，简灵。不知道你会不会觉得我们之间进展太快，因为我们没有八年恋爱经历，也没有十年感情基础，但是我有信心，陪我度过余生的那个人就是你，也只会是你。”

简灵在他说第二句话的时候眼眶就红了，睫毛不住地颤抖，努力不让眼泪落下来，最后还是没忍住，泪眼模糊地俯视着单膝跪地的男人。

程知栩从盒子里取出那枚戒指，修长的手指捏住它，递到她面前：“简灵，你愿意嫁给我，成为程太太吗？”

简灵的情绪在这一瞬间崩塌得彻彻底底，控制不住地抽泣出声。她颤颤地伸出手，用力地点了点头，开口说话，带着哭腔：“我愿意。”

程知栩将戒指套上她的中指，慢慢地推进去，很轻地笑了下：“你哭得太狠，我都没听清，你说的是‘我爱你’还是‘我愿意’？”

简灵又哭又笑，轻轻吸了口气，更清楚地回答他：“我爱你，我也愿意嫁给你。”

程知栩说：“我也爱你。”

耳边似乎有鼓掌声，或是小孩子的嬉笑声？全都听不清了，好像彼此的心跳声更为清晰。

（正文完）

番外一

那些温暖的时光

程知栩当着所有叶家长辈的面求婚的场景，简灵每每回想都笑得一脸幸福，恨不能在床上打滚。那天之后，简灵心血来潮，问程知栩："你玩这么一招也没提前跟我透露一点消息，就没有想过万一我不答应，你该怎么办？"

程知栩认真地思考一番，回答她："想过了，如果你不愿意嫁给我，我就当场给自己找个台阶下，就说忘记准备玫瑰花，下次再求。"

"对哦！"简灵眼睛一瞪，被他提醒才意识到自己忽略了什么，"单膝下跪、玫瑰花、戒指，这三样是求婚必备，你没有送我玫瑰花。"

程知栩一愣，没想到自己给自己挖了个坑，所幸她已经答应他了，已经答应的事当然不能不作数。他笑眯眯地摸她的脸，郑重应允："乖，回头补给你，保证诚意满满。"

简灵说完就把这件事抛到了脑后，没放在心上，以至于她在假期结束前一天回到公寓，被满屋子娇艳欲滴的红玫瑰惊得半天没回过神，就连通往二楼的楼梯上都铺满了玫瑰，浓郁的香气在空气中弥漫。

她置身于一片花海之中，久久未动，宛如一座雕像。

原来程知栩口中的"诚意满满"是这个意思，那他还真是言出必行。

震惊过后，简灵心里翻涌起无法言喻的感动和满足，她举着手机拍了好几个角度的照片，分享到朋友圈。

周星言："程先生是什么绝世好男人！我羡慕了。"

顾萌："求婚现场吗？求婚现场吗？我好想围观！"

林柏彤："室友你什么时候结婚，我好想你们啊，我们504再次相聚就靠你了！话说回来，你当初追程先生，我们给出了不少主意，你应该会邀请我们当伴娘吧！"

叶娴心："小程有心了。"

简祖贸："这么多花，不会花粉过敏吗？"

叶娴心回复简祖贸："你懂不懂浪漫？不懂别说话。"

叶归舟："呵呵。"

舒泱泱："好漂亮，灵灵，祝你幸福。"

舒泱泱回复叶归舟："你别阴阳怪气的，刷碗去。"

年假放完，简灵跟普通职员一样，正式回公司上班，以前是怎么样，现在还是怎么样，一点没变。不知道是程知栩特别交代过，还是袁霄袁大主管刚正不阿，没有任何区别对待，分给她的任务照样不少。

一上班就有两个项目等着她出方案，忙得她晕头转向。

不过这样也好，她当初就担心与程知栩的关系被公开后，她没办法好好在策划部工作。如今事情回归正常，她自然是乐得自在。因为她很喜欢这份工作，不想换地方。

简灵单手撑着脑袋，盯着电脑屏幕，正在等别人给她传资料，不知不觉就走了神，又想到程知栩单膝跪地向她求婚的样子，她那时哭得稀里哗啦。据目击者舒泱泱后来说，从没见过她哭得那么凶，妆都哭花了……

再想到那满屋子到现在都没有枯萎的玫瑰花，她就忍不住笑，越笑越荡漾，走神走得越远。

结果被戴望楚抓了个现行。

“这位朋友，笑容收一收，口水都流出来了。”戴望楚的声音打断了简灵的美好回忆。

简灵无意识地咂了下嘴，收敛唇畔的笑意，并且用手抹了一下嘴角，以防口水真的流出来。

“哪有口水？”她恼羞成怒地横了戴望楚一眼，正襟危坐，手指敲打着键盘。

林笑染从简灵身后路过，眼睛突然被什么东西闪了一下，停住脚步，目光落在简灵敲键盘的手指上，“嗞”了声，忘了自己要去茶水间泡咖啡，躬着身，凑到简灵身侧，诧异道：“简灵，老板向你求婚啦！”

她的眼睛就是被简灵手指上戴的钻戒闪到了！

简灵敲字的手一顿，右手拇指摩挲了两下左手中指上的戒指，笑得甜甜蜜蜜：“嗯。”别看她在家里咋咋呼呼的，跟个小疯子似的，平时在工作地点都很低调，也没特意说这件事。

她一向不喜欢弄混公事和私事，平时分享朋友圈都屏蔽公司的同事，只有戴望楚和明朗例外，其他人不知道很正常。

林笑染站直身子，手指缠着耳侧的头发，眯着眼睛笑：“恭喜啊，结婚的时候记得请我们哦。”

简灵大大方方地应了：“一定。”

她答应得这样干脆，说明和程知栩的婚期差不多定下来了。林笑染心里有了猜测，又说了声“恭喜”，拿着杯子去了茶水间。

不到半天时间，整个策划部的同事都知道大老板求婚成功，婚期将近的消息。一天时间下来，全公司的职员都知道了。

下班后，简灵在微信上给程知栩说了一声，晚上要和戴望楚去外面逛街、吃饭，可能会晚点回去。

她的日常用品昨天都搬去程知栩的另一套房子了——她喜欢那套房子里的装修。双方长辈都正式见过面，准备将婚事提上日程，两人算是名正言顺。她搬过去住，简家二老也没什么意见。

十分钟后，程知栩回了消息。

饲养员：“知道了。”

简灵矫情病发作，略微表现不满：“程知栩，你以前都秒回我微信。现在得到就不珍惜了，十分钟才回我！”

“得到就不珍惜”这话以前是程知栩说过的，意在调侃，现在被她学了个十足十。

饲养员：“不回家吃饭还指望我秒回你消息？”

掌上明猪：“你别搞得像个怨夫……”

简灵准备退出聊天框时，瞄了一眼屏幕上方的备注——饲养员。这是她给程知栩新改的备注，因为他给她的备注一直是“掌上明猪”，怎么说也不肯改，慢慢地，她就接受了。为了配合他，她就给他改了现在这个备注。

戴望楚搓了搓手臂，搓掉一层鸡皮疙瘩，摆出一副受不了的样子：“拜托你，对单身人士友好一点。”

简灵把手机塞回包里，挽着她的手臂撒娇：“我要是对你不友好就不会抛下未婚夫来陪你逛街了。”

戴望楚“哟”了一声，打趣道：“这都叫上‘未婚夫’了？你们打算什么时候结婚？上半年时间有点赶啊，下半年？”

“嘿嘿。”提起这件事，简灵就笑得甜滋滋，“婚期交由大人们商定啦，目前是准备在八月里挑个好日子。我们会先领证。”

虽然领结婚证也得挑个好日子，但这件事她和程知栩做决定就行。

戴望楚看简灵笑得这么甜蜜，自诩为事业型女强人的她都有点羡慕了，语气感慨道：“你的行动也够快的，去年六月份入职，今年就要领证了。”

简灵想了想，反问一句：“快吗？你都说入职是去年的事情了。”

戴望楚无语，这还不够快，比一大半的普通人要迅速好吗？

简灵扬唇一笑，亲密地搂着戴望楚的肩膀，笑倒在她肩头，道：“要说起这个，真不是我的原因，是程老板他比较心急。你可能不知道，他都过完二十九岁生日，虚岁三十了。奔三的男人，等不及可以理解。”

戴望楚乐得不行，也就她敢这么说大老板。

简灵陪戴望楚逛完街，两人一起吃了火锅，然后就各自打车回家了。

简灵进家门的时候大概是晚上九点，程老板竟然没在书房处理工作，也没在卧室休息，一个人坐在客厅沙发上翻阅一本英文原版书，那本书厚得跟砖头一样。

“回来了？”程知栩目不斜视，不咸不淡地招呼了一声。

简灵换完鞋，蹦跶到他面前，也不管他是不是在做正事，蹭到他身边坐下，发现他仍不看自己，干脆长腿一伸，坐到了他的大腿上。

“程知栩，你生气了吗？”她下巴抵在他手里摊开的书上，眨巴着水灵灵的眼睛，扮可爱，“你晚上吃的什么？”

程知栩：“青菜。”

简灵：“还有呢？”

程知栩：“带鱼。”

挤牙膏一样，简灵问一句，男人回答一句。简灵突然凑过去，咬住他的嘴唇，给了他一个深吻。

程知栩以前对她的投怀送抱很受用，这次被她主动吻完，他眉毛蹙起来，表情怪异道：“你嘴巴什么味道？”

简灵歪歪头：“嘻嘻，火锅味，我忘记漱口了。”

程知栩：“……”

程知栩算完账，心里舒坦了，手里的书一合，双手掐着简灵的腰，将她从自己腿上抱下来，放在一边：“我先去洗澡了。”

明月高悬，窗外是淡淡的月光，窗内是明亮的灯光，风从开了一掌宽的窗缝里吹进来，鼓起窗帘。

程知栩关了窗，拉上窗帘，去浴室洗澡。

一模一样的场景再次上演，他脱掉衣服，水温调得刚刚好，耳边就传来敲门声，非常有节奏地敲两下，停一下，再敲一下，带着某种试探和暗示，像小猫的爪子在挠门。

程知栩不用照镜子就知道自己的表情是笑着的，往前挪动一步，果然从墙壁上的镜子里看到那张惯常冷淡的脸上笑意横生。他漆黑的眉眼如水墨画中最深的一笔，薄唇却是勾起的。

外面的敲门声又响起来，仍然是敲两下，停一下，再敲一下。

程知栩扯了条浴巾围在腰间，没急着开门，好整以暇地问：“干什么？”

简灵脸趴在磨砂玻璃门上，隐隐约约看得见里面男人的身形轮廓——肩宽腰窄，双腿修长。但她很清楚，程知栩只是看着清瘦，实则腹肌线条分明。因为她上手摸过，触感极好，可以说是爱不释手。

“程老板，一起洗，节约用水。”简灵说话的声音很小，手指抠着玻璃门上的花纹纹路，补充一句，“也节约时间。”

程知栩：“你去隔壁洗。”她跑进来的话根本没法正常洗澡。

“很冷啊，取暖灯得开久一点才会暖和，我困了，想洗完早点睡觉。”简灵穿着高跟鞋在外面逛了那么长时间，有些腿软，站不住，便蹲在门边，可怜兮兮地嘟囔，“又不是没有一起洗过，我都不怕，你怕什么？”

程知栩想说他并不是怕，默叹一声，到底受不了她央求的语气，低垂着眼笑了一下，伸手打开门。

简灵猝不及防，额头抵着门板的她，猛地往前一栽。

幸好程知栩早有预感，在她身子前倾的时候就拎住了她的后领——又是这个姿势。不是第一次了，简灵怀疑他根本就是在拎小鸡。

简灵怀里抱着睡裙站起来，视线不由自主地垂下，落在他的腰间，皮肤白皙，腹肌清晰，线条往下延伸到浴巾下面，看不到的地方。

程知栩轻“啧”了声，拎着她衣领的手松开，改为攥住她脑后的辫子。她今天出门编了一条鱼骨辫，非常好抓。简灵被迫顺着男人拉扯的力道抬起头，与他对上视线。程知栩目光深邃，浅含两分笑意就很好看。

“简灵，你眼睛在盯着哪儿看？”程知栩另一只手把控着她的脖颈，将她捞到身前，低头盯住她，额头几乎要碰上她的额头，用气声说，“你是流氓吗？”

“不是，我就看看自己男朋友的身材，我也没看别的男人，这也算耍流氓？”简灵不服气，脑袋往后仰了仰，他的手就按在她后颈脖，她没能挣脱，就放弃挣扎了，老老实实地接着吐槽他，“程知栩，你能不能大气一点？”

程知栩懂了，不给她看就是自己小气。

叶归舟最近常常对他说：“程知栩，我发现自从换了个身份，你整个人都飘起来了，你还记得你以前是什么德行吗？”

程知栩没觉得自己哪里有变化。

现在对比简灵，他就品出叶归舟话里的意味了。同样，自从公开了关系，互相见了家长、商议了婚事，简灵就自动切换到未婚妻甚至是程太太的身份，没了以前当他女朋友时的小心拘谨。

他们目前的相处模式倒有点老夫老妻的感觉。

“再说了，你……你又不是没看过我的。”简灵见他不说话，为自己的行为找补，补充说明完毕，她叹口气，“算了，我去隔壁……”

话还没说完，人就被程知栩扣进了怀里，他亲亲她的耳垂，说：“逗你玩的。”声音低了一个度，在她耳边轻语，“我人都是你的，你爱怎么看怎么看，爱怎么摸怎么摸，别客气。”

简灵的小脾气来得快去得也快，霎时仰起脸来，笑颜如花。

程知栩帮她放好睡裙，亲自给她解衣扣：“来吧，一起洗。”

这么亲密的举动，反倒让简灵羞窘了，她忙抓紧自己的衣领，不让他代劳：“你先去洗，我要卸妆。”

程知栩依言，自己先去洗澡。浴室没装修成干湿分离，两人之间是没有任何阻隔的，简灵对着镜子卸妆的时候，余光随意一瞥就能看到他。她进来的时候没想那么多，就想跟他腻歪一下，谁知道现状是这么羞人。

她果然擅长给自己找尴尬。

从认识他开始，她就总是尴尴尬尬的。

简灵卸好了妆，磨磨蹭蹭地解开剩下的纽扣，默默地跟自己说，这人已经是自己的未婚夫了，脸皮厚一点，以后还是夫妻呢，害羞什么，冲上去就对了。然后她就一鼓作气，一把拽掉身上的小背心，那个架势，仿佛要霸王硬上弓。

程知栩站在花洒下面，水流从头顶浇下，他刚把打湿的黑发捋上去，就瞧见她大步过来，一时间愣住了。

简灵对着他傻乐：“嘿嘿嘿。”

程知栩：“……”

两人十分正经地洗了个鸳鸯浴。途中，简灵搓着沐浴露的泡泡，突然对身边的男人说：“程老板，我给你搓背吧。”

程知栩一脸抗拒：“不要。”

简灵于是改了主意：“那你给我搓背吧。”

“……”

程知栩无法拒绝。

两人洗完澡，躺到床上后才是真正的老夫老妻模式。简灵枕在程知栩臂弯，半个身子趴在他身上，有点困了，说话声音软软糯糯的：“程老板，我要是睡着了，你就把我脑袋挪到枕头上。”

程知栩抚了抚她的后背，轻声问：“为什么？”

“嗯，我看书上说，手臂被枕着睡觉，会血液不流通，造成坏影响，反正就是对身体不太好。”简灵闭着眼睛咕哝，“我枕一会儿就好了。”

程知栩嘴角微勾，应了声“好”。

“对了，我手机没定闹铃，你明天早上记得叫醒我。”简灵非常清楚自己睡懒觉的毛病，于是又叮嘱一句，“要是叫不醒就使劲摇醒我，我要和你一起上班。”

程知栩笑了，又应了声“好”，伸长手臂关了台灯：“睡吧。”

窗帘拉得严实，月光透不进来，黑漆漆的环境里，简灵嘟嘟嘴唇：“晚安吻。”

程知栩会意，在一片黑暗里精准无误地亲上她的嘴唇：“晚安。”

程知栩的生物钟比闹铃准时，到点就醒了，一看时间还早，便轻手轻脚地起床去楼下买早餐。简灵爱吃小区外面一家早餐店的酱肉包子，吃的时候喜欢放老板自制的辣椒油，咬一口包子，就舀一勺辣椒油浇进包子馅里。

那家店去晚了得排队。

程知栩买完早餐回来，简灵还躺在被窝里沉睡。他掐算着时间走进卧室进行叫醒服务，发现没用后就像那天早上送她去机场那样，直接把人从被窝里拎起来。

简灵下意识地蹙了蹙眉，嘟囔了一声，睡眼蒙眬地望着他，口齿不清地问：“今天星期几？”

“别做梦了，今天要上班。”程知栩没有告诉她今天星期几，反正星期几都无所谓，都要上班。

简灵长叹一声：“我真是一年四季都睡不醒。”

程知栩低笑，总算知道她为什么隔三岔五迟到了。见她逐渐清醒，他就转身去衣帽间换正装，衬衫西裤套在身上，衬衫下摆扎进裤腰里，勾勒出清晰窄瘦的腰线。衬衫的领子竖起来，他边走边微仰着头打领带，动作熟稔，连镜子都不用照。

简灵站在床上，自告奋勇地举手，道：“老板，我帮你系领带，我系得可好了。”

程知栩想说你再不抓紧时间去洗漱就来不及了，可是看她兴致高涨，他就没忍心拒绝，走到床边，松开系到一半的领带，让她来。

简灵握住领带两端，果然相当利落地系了个漂亮的“温莎结”，帮他把竖起的衬衫领子翻折过来抚平整，接着还亲他一口：“我去洗漱了，你先吃早饭，不用等我。”

程知栩看着她冲去卫生间的背影，再抬起手腕看腕表，暗暗计算了一下，十有八九是要迟到。

程知栩先坐到餐桌旁，慢条斯理地吃早餐，顺便等简灵。

早餐吃到一半，简灵没过来。快吃完了，她还是没出现。程知栩喊了她一声，她“哎”了一声回应，急匆匆地出来，手里拿着一根细长的黑色小棍，另一只手举着小镜子，两道眉毛微微蹙起，诉说着不满：“我睫毛膏都还没刷好。”

程知栩吃完了最后一口早餐，抽出纸巾擦干净嘴巴，靠在椅背上耐心十足地看着她。

简灵没回卫生间，干脆坐在餐桌边，高高举起手里的小镜子，稍稍睁大眼睛，捏着黑色睫毛膏的刷子将眼睫毛刷得根根分明，弧度卷翘。她的睫毛本就浓密，黑压压的一小片，眨一眨眼，灵动又漂亮。

“好看吗？”她的视线从镜子转移，看向程知栩。

程知栩抬起手，手指点了点表盘，示意她看腕表：“要迟到了。”顿了一下，非常有求生欲地添上一句，“好看。”

简灵低头一看，自己还穿着松松垮垮的睡衣，不仅如此，她脑袋上还戴着洗脸、化妆时用的小绵羊毛绒发箍，赶紧放下东西去卧室换衣服，风一样地走了。

司机早就到了，一直没等到人，便给程知栩打了个电话。程知栩靠在衣帽间的墙边，看了眼还在对着镜子整理衣领的某人，回复司机让他再等等。

简灵把一切都收拾妥当，一看时间，再磨蹭下去真要迟到了。

脑子一热，她一把拉住程知栩的胳膊往外冲，程知栩一时没跟上，被她扯得踉跄一步：“你不吃早饭了？”

“吃啊。”

两人坐在车后排，简灵手里拎着透明塑料袋，袋子里装着两个酱肉包，腿上放着没开盖的豆浆——难怪她不紧不慢，原来打定主意要在车上解决这顿早餐。

程知栩担心豆浆弄洒了会烫到她，帮她拿过来，插上吸管，她想喝的时候就递过去，她便就着他的手吸一口。

只见她小心地咬了一口包子，口红还是不可避免地蹭上雪白的包子皮。她有点懊恼地“啧”了声，不管不顾地继续吃。酱肉香浓，鲜美的肉汁稍不注意就会流淌出来，她吃得很斯文，慢慢地，整个车里都是酱肉包子的味道。

没吃早饭就过来接人的司机馋得不行，默默地咽了一口口水。

程知栩摁了摁眉心，嘴角无奈地弯起：“简灵，下次早起十分钟。”

简灵没理，程知栩又说：“车里都是包子味。”

简灵扭头看他，无声地问：你嫌弃我？

她嘴里都是包子，口型不是很清晰，但程知栩还是读懂了她的唇语。他刚要说话，简灵就瞄了一眼前面的驾驶座。见司机目视前方专心开车，她就飞快地凑过来，在程知栩嘴唇上亲了一口，完事以后得意地一挑眉梢。

别说车里是包子味，现在他嘴上都是包子味，谁也别嫌弃谁。

她又在耍流氓了。程知栩侧目看向前面，司机与他在后视镜里对视，前者不动声色地转移视线，当作什么都没看到。

程知栩摸了摸鼻子，也当作无事发生。

住的地方离公司近，车子在大厦门口停下时，简灵勉强吃完早餐，从程知栩手里接过剩下小半杯的豆浆，匆匆丢下一句：“要迟到了，打卡去了、打卡去了！”

程知栩想提醒她一句包没拿，车门就被猛地推开，人像只兔子一样迅速地蹿下去，一溜烟跑进公司，车门都没给他关。二月春风似剪刀，呼呼地从敞开的车门吹进来。

程知栩：“……”

简灵卡着时间指纹打卡，浑身松懈下来，走进办公区，坐在工位上，跟边上的戴望楚打了个招呼：“早。”

戴望楚：“早。”

上班时间，办公区各个工位都坐了人，或敲打着键盘或翻阅文件。清晨的阳光从落地窗照进来，一片金灿灿的光辉洒落在浅灰色的地板上。

程知栩比简灵后下车，拎着她那只能装下笔记本电脑的托特包走进专属电梯，却没像以往那样直达四十八楼，而是按了二十六楼。

不多时，电梯到达二十六楼，他走出电梯，穿过光可鉴人的走廊，往策划部的办公区走去。

早晨忙碌的这段时间，不断有匆匆路过的职员停下脚步，一脸惶恐地跟他打招呼，一时间没想明白程总一大早突然莅临此处的缘由——没听说要在这一层开会啊？是不是自己没收到消息？实在是惊慌……

“程总好。”

伴随着一声问候，策划部的众人抬起头，看清来人后，想要站起来打招呼，被程知栩一个眼神定在原地。大家只能僵坐在各自的工位，目光跟随他的身形移动。

简灵的工位靠里，程知栩一脸从容地穿过一条过道走过去，将包放在她桌面，躬下身低声说：“包忘拿了，自己没发现？”

简灵正抱着杯子喝最后一口豆浆，呛了一下，愕然地看向他，再看看桌面上那只包，抿了抿唇，含糊道：“赶着打卡就给忘了。”

几十双眼睛盯着，程知栩没跟她废话，直起身时敲了下她的脑袋，然后顺手捏了捏领带结，转身就走。在外人看来，程知栩是抬手整理领带时不小心碰到了简灵的头发，只有她知道不是那么回事。

简灵摸了摸脑袋，注意到他捏领带结的动作，嘴角不由得勾起，领带是她早上给他系的……

程知栩离开后，过了许久，策划部的围观群众才回过神。

“啧，什么情况？”

“看不出来？程总过来给女朋友送包。”

“不是，程总为什么会给女朋友……送包？”

“闭嘴吧，直男。”

简灵从包里拿出手机，给饲养员发消息：“谢谢程老板。”

饲养员回道：“嗯。以后别再给我奇奇怪怪味道的吻就好了。”昨晚的火锅味，今早的包子味，明明谈恋爱的时候亲她，都是香香甜甜的。

掌上明猪：“给你三秒钟，撤回这句话。”

系统显示：对方撤回了一条消息。

掌上明猪："哈哈哈。"

掌上明猪："我要认真工作了，不跟你闲聊了。"

饲养员："中午上来吃饭，我给你点了你想吃的那家寿司。"

掌上明猪："好。"

星期五下班后，程知栩亲自开车送简灵回简家，被叶娴心留下来吃晚饭。

提前打过招呼的缘故，饭桌上有不少他爱吃的菜，叶娴心也没拿他当外人，不停地用公筷给他夹菜，让他多吃点。

"灵灵在公司给你添了不少麻烦吧？"叶娴心又给他盛了一碗汤，笑着说，"幸好有你看着，我也能放心不少。"

程知栩笑笑，双手接过装着鸡汤的碗，还没来得及接话，简灵就发出抗议的声音："哪有？"

"灵灵工作上很认真，没让我帮过忙。"程知栩顺着她的话说，"她在策划部做得挺好的，部门主管都说她主意多，适合干这个。"

"听到没有？"简灵仰起头，朝对面的二老炫耀，"我现在手头负责两个项目，都是大案子，根本就没让他费心，都是我自己慢慢弄的。"

叶娴心点点头，表示很欣慰。聊完工作上的话题，她话锋一转，说："你们俩商量过没有，打算什么时候领证？"

简灵没料到她会提起这个，表情有些意外："啊？婚期不是定在八月份吗？这才三月份，还有好长时间，我以为在此之前领证就好了。我最近有点忙，可能没时间，我想……"

桌底下，她的膝盖被边上的程知栩撞了一下，她话音一顿，余下的话吞进肚里。她目光转向程知栩，懵懂地眨了眨眼睛，不明状况。

程知栩轻咳一声，眼睛盯着她，却是在回答叶娴心的问题："我还没与简灵商量，看她的时间安排，她有空我们就去领证。"

他是看她这段时间确实有点忙，就没有在她面前提起领证的事，想着等她稍微空闲一点再正式与她商量。

不承想，叶娴心会在饭桌上突然提到这个话题，让他有些措手不及。

他当然是希望早点领证，让简灵成为他合法的妻子，真正的程太太。

简灵再迟钝也能看出程知栩的迫不及待，偏偏在她父母面前，他还要装作不着急、听她安排的样子。她舔了舔唇，忍不住在心底发笑。这样的程知栩，真是不可多得的可爱呀，想摸他的脸。

程知栩看她似笑非笑的表情，心里摸不准，脱口问道："你觉得呢？"

"我觉得啊……"简灵拖长腔调，瞬间将程知栩一颗起伏不定的心高高吊起，等到吊足了，她才缓缓开口，"我都行啊。"

程知栩松口气，以为她不愿意。然而瞥见她唇畔狡黠的笑意，他就后知后觉自己被她戏耍了，有长辈在场，他没能找回场子，只能忍着："那就等你忙完这阵子，我们就去领证。"

简灵终于还是没忍住，笑出声来："好呀。"

事实证明，程知栩的顾虑不是没有道理的，他担心拖下去会出现突发状况，不料几天后真的"半路杀出个程咬金"。

窗外的夜空月朗星稀，凉风习习，室内的温度调到正合适。简灵占据了程知栩书房的一角，在新添置的书桌上整理资料，程知栩则在原来的书桌旁办公。

两人互不打扰，气氛很是静谧，只有偶尔翻动纸张发出的沙沙声，以及敲打键盘的嗒嗒声，美好得像幅画。

手机铃声在这时候响起就显得十分突兀，简灵放下刚整理好的一沓资料，拿起桌面的手机。

程知栩被这动静打断思绪，也停下动作，顺手端起一旁有点冷掉的咖啡，抿了一口，抬眸看向她。

陌生号码来电，简灵盯着屏幕犹豫片刻后接起来，那边传来刻意压低的男声："猜猜我是谁。"

简灵眉头一松，显然在对方话音刚落时就猜到了，空出来的手托着腮，眼珠子转了转，故意说"猜不到"。

那边的人果然气得不行，声音变回正常，普通话说得很不标准，遇到难表达的词汇干脆直接用意大利语代替，一段话说得不伦不类。

但简灵听懂了，终于找到机会嘲笑他："成衍，你好歹在国内读完了初中，怎么普通话差成这样？"

成衍："你猜到是我了！"

"拜托，我又不傻，能听不出你的声音？"简灵看了眼手机屏幕，皱着眉头说，"你换手机号了？我这儿没备注。"

"早就换了！发邮件给你说过了，你自己忘了。"成衍有点郁闷。

简灵连声抱歉，而后听成衍说，他过几天会来中国办事，可能要待一段时间。临了，他煞有介事地说："你说得对，我确实缺个翻译，不如就你吧。"

"我不行。"简灵直接拒绝，"给你接机可以，为你接风洗尘也可以，当翻译不行，我工作忙，没时间。"

成衍立刻道："这可是你说的，来接机。"

"小女子一言，驷马难追。"简灵为人爽快，绝不拖拖拉拉，当即就决定下来，"赶紧的，把航班信息发给我。"

简灵打电话的时候手上会有一些小动作，一会儿托腮，一会儿抠桌面上资料的边角，崭新的A4纸被她弄得卷了边。正准备换张纸接着玩，耳畔突然袭来一小股热气，简灵抖了下肩膀，侧目望去，不知程知栩是何时过来的，一手搭在她身后的椅背上，一手撑着书桌边缘，手指伸直了，修长白皙，漂亮得不像真的。

程知栩皱了皱眉心，等她挂了电话，他才收回撑着桌沿的手，侧身倚在桌旁，居高临下地俯视她："谁还需要你接机，还要接风洗尘？你不是说最近工作很忙？"忙得都没时间领证了，倒是有时间给别的男人接机，请别的男人吃饭——他刚过来时依稀听到几个模糊的字眼，是男人的声音没错。

简灵仰起头，看着腿比桌子还高的男人，伸手抱住他，撒娇的语气："一个很久没见的朋友，过几天回国，那我作为东道主，是不是应该招待？"

程知栩不置可否地挑了挑眉，只是询问："哪个朋友？"

"说出来你也不认识。"简灵解释了一下，"我小学和初中的同学，后来就随父母在国外定居了，这次回来估计是工作原因吧，我没仔细打听。"

程知栩手指捏着她的下巴，指腹摩挲了几下，一边回忆一边思索，最后犹疑地问她："是那个意大利的？青梅竹马？"

简灵惊讶得深深地吸了口气，不记得自己跟他提过"成衍"两个字："你知道他？"

果然是他。程知栩在内心冷哼一声。

"见意大利客户前，有一天晚上，你、我、叶归舟三人吃饭，提起你为什么会说意大利语，你舅舅当时解释过。"程知栩沉吟了下，手指由她下颌滑到脸颊，手下的皮肤滑嫩得让他爱不释手，他沉沉说道，"他说你小时候有个朋友是意大利籍华人，和你关系特好，青梅竹马，两小无猜，后来男生在国内读完初中就回意大利了，你们到现在还保持联系。”

程知栩记忆力太好，将当初叶归舟的原话记得清清楚楚、一字不差。

简灵“啊”了一声，想起这回事了。

“可我记得，我当时就说过，不是青梅竹马。”简灵的记性也不是太差，被他挑起回忆，她就顺着联想到更多画面。

犹记得那时候的自己，还在暗暗地喜欢程知栩不敢言明，生怕他误会什么，很快就解释她和成衍不是那种关系。

程知栩微微颔首，确实是说过，但是……

“你那时候脸红了。”

“我不是……我不是害羞的，我就是怕你乱想。”简灵一激动就容易语无伦次，倒显得心虚，可她根本不是心虚。

程知栩就在她胡乱比画的时候，探身封住她的唇。

剩下的工作也不用做了，简灵混混沌沌地到了床上，总觉得眼前有什么东西在晃动，始终看不真切。

后来，简灵就忍不住腹诽，程知栩果然是年纪大了，陈年老醋的后劲太强，她都快被他酸死了。那一晚，她几乎没睡好觉。

但她已经答应成衍去接机了，总不好出尔反尔。

三月十二日这天，简灵提前请了半天假，去首都国际机场接人。机场大厅里人来人往，摩肩接踵，身边还有举着牌子的接机人士，上面写着欢迎某先生，估计是接某位客户的机。

简灵站在栏杆处，时不时踮脚张望。她又瞄了几眼那个牌子，上面夸张又鲜艳的字，确实在茫茫人海中异常醒目。早知道她也来这一招了。

她正走神，肩膀就被人轻轻拍了一下，蹩脚的中文随后在头顶响起：“你往哪儿看呢，到底是我接机，还是你接机？”

简灵扭过头，一张放大的脸突然出现在自己眼前，薄薄的单眼皮，瞳孔呈现出漂亮的茶色，似琉璃般清透润泽，鼻梁高挺。跟两年前见他时一样，皮肤白白净净的，穿着休闲款的西装，外面套着米白色呢大衣。

如果他再戴上墨镜，一定会被路人误认为是娱乐圈的大明星。其实要她说，即使成衍不戴墨镜，长相也很像某个韩国明星。

他这一身打扮也很有明星街拍的感觉。

成衍脸上绽放大大的笑容，张开双臂抱住她，说：“我回来了。”

简灵没反应过来，就被他抱了个满怀，一时间愣住，回过神想要推开时，成衍正好松开了手。

“欢迎你。”简灵被他的热情吓到，扯了扯嘴角，然后拉着他从人群中退出来，“我们走吧。”

成衍单手推着行李车，上面堆放着两个银白色大行李箱，另一只手自然地揽住简灵的肩膀，避免来往的人撞到她，接着用意大利语控诉她：“你个骗子，说好去意大利玩，怎么没来找我？”

“好好说话，别动手动脚。”简灵一躬身，从他臂弯里逃脱出来，站在离他一步远的地方，同样用意大利语回敬，“我倒是想去，这不是工作太忙了，抽不出时间。”

成衍看着自己悬空的手臂，几秒后，若无其事地握住行李车的扶手，大步往前走，心里涌起一股怪异的感觉。

简灵把人送到酒店就打车回家了，回来的路上还买了喜欢的那家熟食店的熟食。进家门的时候，她一眼看见坐在沙发上的程知栩，与她晚归那一晚一模一样的姿势，老僧入定一般，手里捧着一本书。

书不是那本英文原版书，而是一本杂志。听到开门关门的声音，程知栩从财经杂志里抬起头：“这么早就回来了，不是要给他接风洗尘？”

“成衍今天有点累，我们约了改天再一起吃饭。”简灵笑了笑，眼里细碎星光闪烁，放下手里的打包盒，冲过去抱着他的脖子，娇声道，“程老板，你不开心呀？你要是不开心，我们可以一起去。”

程知栩高冷道：“没什么不开心的。”

简灵：“哦。”

第二天清早，简灵在自己的工位上看到一捧娇艳的香槟玫瑰，露珠滚过柔软的花瓣，送来阵阵清香。

简灵把臂弯上的包取下来放桌上，脑子有点蒙。

程知栩又送她玫瑰花？他们刚刚才在电梯里分别，没听他提过啊？

戴望楚用手指拨了拨玫瑰花瓣，弯弯嘴角轻笑出声：“哇，程总也太浪漫了，天天见面还玩偷偷送花这一套。”

办公区里其他的女孩子也投来羡慕的目光。

根据以往经验，简灵在密密麻麻堆在一起的花朵里找了找，真的找到一张卡片。上面是手写的意大利文，字体倾斜，笔迹流畅，像是印刷出来的，漂亮极了，翻译过来的意思是：送给美丽的简小姐，祝你天天开心！

落款：想念你的成衍。

简灵盯着卡片上的字，脑袋里冒出一个问号：搞什么？

简灵中午去程知栩办公室吃午饭，他比以往都要沉默，慢条斯理地拆掉饭盒的盖子，递给她一双筷子，又把果汁推过去。

简灵吃了一个牛肉丸，一边腮帮子鼓起来，眼眸里装满费解，默默地咀嚼着丸子，咽下去，问得很小心："谁惹你生气了？"

"听说有人给你送了一束玫瑰花？"程知栩淡淡地抬眸，那眼神仿佛具有穿透力，能透过身体直击内心。

"你听谁说的？"简灵吃了一口米饭，回答得心虚。

"重点是这个？"

"成衍。"简灵扛不住他的眼神，索性坦白，摊开掌心做了个无奈的耸肩动作，"不关我的事，是他要送的，可能只是想对我昨天接机的行为表示感谢。"

程知栩端起水杯，抿了一口水。

无形之中给人压力。

简灵更心虚了。早上收到玫瑰花后，她给成衍拨了通电话，问他是什么意思。他在酒店的豪华套房里倒时差，还没睡醒，被手机铃声吵醒的，声音懒洋洋，带着浅淡笑意，说："你觉得是什么意思，我就是什么意思。"

模模糊糊的解释，让简灵心脏狂跳，是紧张也是无措。

此刻，被程知栩问起，简灵也不好回答，总不可能说她怀疑成衍对她有意思吧，毕竟人家也没有把话挑明。

一顿饭吃得有点不是滋味，气氛沉静得如同冬日的深夜，一片死寂。

简灵准备下去时，程知栩才开口问了句："你们吃饭的地点定在哪里？"

简灵说了个餐厅的名字，程知栩心中有了计较，是那一晚招待意大利客户的餐厅，他不陌生。

简灵眨动着盈盈水眸望着他："你要一起去吗？"

程知栩"嗯"了声。

简灵笑起来，目光落在他的领带上，他今天佩戴的是她送的领带，领带夹也是，暗金色的，颇有质感，很衬他的气质。

程知栩垂眸看腕表上的时间，再过十分钟要开一个跨国视频会议，没时间同她说话，心道晚上回去再算账吧。

简灵指着门外，迟疑一秒，说：“那我走啦？”

“嗯。”

难道他还在生闷气？简灵认为自己昨晚已经解释清楚了，他不该生气啊，思考了片刻，不排除是那束玫瑰花惹的祸。

简灵叹口气，折回去，弓着背在程知栩脸上亲了一口。直起身时才意识到自己吃完饭好像忘了擦嘴巴，蹭了点油渍上去，她连忙用手抹了抹他的脸，笑着跑出了办公室。

人走了，程知栩缓缓抬手摸了下脸，上面还残留着嘴唇的热度，他低笑一声。

不摆出生气的样子，她还真当他无所谓了。

傍晚时分，天空下起了小雨，昏暗的天边闪过几道亮光，闪电像是将天空撕开了几条口子，伴随着阵阵闷雷。

下班后，雨下大了一点，简灵补完妆，上楼去找程知栩，陪他加了一会儿班，两人一起乘电梯到地下停车场。

简灵坐进车后座，刚把羊绒裙的裙摆整理好，程知栩就倾身钻了进来，紧靠着她坐。简灵微侧着身，小半个后背抵在车门上，不知他怎么突然就吻上来了，安静的车厢里满是接吻的暧昧声音，听得人头皮都仿佛蹿过电流，酥酥麻麻的。

简灵刚涂不久的口红被蹭掉了大半，水光潋滟的眸子看着他，小口喘着气，一句简短的话说得断断续续：“为什么……突然亲我？”

“补上中午的。”程知栩用大拇指指腹蹭了下自己的嘴巴，意料之中的看见指尖染上一抹红，有些无奈，“这东西能吃吗？”

“什么？”简灵视线下移，看到他白皙指腹上的红印，笑眯了眼，“你说的是口红啊，这么一点没事，不过这东西吃多了也不好。”

程知栩表情稍稍一滞，勾了下嘴角，将自己指腹上的那一点口红重新蹭回她的嘴唇，不料简灵突然张嘴咬了他一口。

“小狗？”他手指内侧登时多了个牙印。

“……”简灵翻了个白眼，就差掀起衣服给他看证据，你以为你没咬过我吗？

程知栩对上她的眼神，几乎一秒钟就想起某些深夜里的旖旎画面，轻轻“啧”了声，用手指蹭她脸颊：“去前面坐副驾驶。”

“啊？”简灵看了眼，这才发现没司机，“小杨呢？”

“给他放假了，今天我开车。”程知栩解开西服的纽扣，敞开怀，总算没那么燥热。

简灵推开车门下车，绕到副驾驶座上。程知栩随后坐进驾驶座，系好安全带。这时候简灵的手机响起来，她接通后说了句：“好吧，那我找找看。”

接完电话，她转头对程知栩说：“成衍说不想吃意大利菜，想吃地道的中国菜，你有什么推荐吗？”

程知栩经常在外应酬，应该比她清楚哪家的菜品更地道、美味。

程知栩面无表情地启动车子，给她说了个地址。简灵把地址发给成衍，让他直接去餐厅，告诉他如果不会表达就把地址给司机看，司机会明白。

程知栩和简灵先到，提前开了个包厢等人。

等了约莫二十分钟，成衍就来了，被服务生领到包厢门口。

成衍穿得比昨天还像大明星，高领的白色毛衣搭配大衣，黑色长裤。领他进来的服务生盯着他看了好久。

成衍抖了抖袖子上沾的雨珠，低着头说：“这地方太难找了，你应该顺路来接我……”

话音止于他抬起头时看见包厢里有另一个男人。

那人坐在靠里的椅子上，黑色西服挺括，皮肤冷白，面容冷淡。室内的装修风格偏中式，屏风、茶桌一应俱全，就连头顶的灯都罩着颇有磨砂质感的暖色灯罩，而不是晃眼的水晶灯。成衍就在昏黄的光线里，看着几步外的男人，莫名其妙地涌起一股不舒服的感觉。

简灵主动介绍他们认识：“这是我给你提过的，我的发小，成衍。”她转向成衍，指着程知栩笑得甜蜜，“我男朋友，程知栩。”

程知栩不满，蹙了蹙眉心，纠正她的称呼：“未婚夫。”

“嗯，未婚夫。”简灵点点头，肯定道。

成衍的表情瞬间变了，不加掩饰地扯了下唇，不尴不尬地说：“我怎么不知道你有未婚夫了？简灵，我记得你小时候说过，长大后想要嫁给我。”

嗡的一声，简灵的脑子都要炸开了，第一反应就是去看程知栩的脸色。大概是有别人在场，他并没有太过丰富的表情。但简灵再清楚不过，如果只有他们两个人，程知栩的脸色一定很臭。

“不……不是，我什么时候说过这话？”简灵如坐针毡，努力回想，奈何没有一丁点印象。

程知栩端起右手边的玻璃杯，仰脖灌了一大口水，那气势仿佛不是在喝白开水而是在喝酒。

简灵的心提了起来，他中午生闷气的时候就默不作声地喝水，每抿一口水，唇线就绷得更平直一点。

成衍继续煽风点火："你不记得了？"

"都是小时候的事了，不提了！我们点餐吧，我都快饿死了！"简灵不想再聊这个话题，赶忙扯开话题聊别的，"你说想吃地道的中国菜，这家餐厅很出名的，各个菜系都有，想吃什么随便点，我请客。"

成衍看了眼程知栩，没跟他打招呼，拉开椅子坐下来。程知栩更是不给他几个眼神，只当他是空气。

简灵夹在中间，冷汗狂冒，她到底做错了什么，要面对这个场面！

成衍也没再提令她尴尬的事情，只偶尔点评几句菜品，像是故意跟程知栩作对，全程用意大利语交流。

服务员送菜进来的时候就看到这样一幅诡异的画面：简灵坐在两个男人中间，位置更接近程知栩，她先是扭头用意大利语与成衍交流，下一秒就切换成中文翻译给程知栩听，让他知道他们说了些什么。

一瞬间，简灵好像回到当初陪意大利客户吃饭的场景，累死了。

程知栩动了几下筷子就拿起餐巾擦拭嘴角，之后都在给简灵夹菜，低声说："别说话了，吃点东西，看你都没吃几口。不是说肚子饿了吗？"

成衍中文是说得不够利索，可也没到听不懂的地步，听见程知栩的话，他一时沉默，反省自己，或许不该为了赌气折腾简灵。

后半段，成衍噤了声，专心用餐。

窗外的雨一直下，聚餐结束时还淅淅沥沥地下个没完没了。出包厢时，程知栩脱了外套披在简灵肩头，手臂虚揽着她的腰，另一只玉白的手握着一柄黑色大伞，撑在两人头顶，伞面向简灵那一侧倾斜。

两人站在台阶下，帮成衍叫了辆车。简灵朝坐在后座的成衍挥了挥手："拜拜，下次有机会再聚。"

程知栩隐在伞下的脸色沉沉如黑夜，不言不语。

直到两个人坐上车，程知栩才没了人前的冷漠，语调隐忍着埋怨："简灵，你真够可以的，小时候除了想嫁给医生，还想嫁给这个什么成衍，你信不信我……”

“程知栩。”简灵忽然打断他，侧过脸，朝他粲然一笑。

“干什么？别以为傻笑，这事就能翻篇，我告诉你，回去以后，我……”

“程知栩。”简灵再一次打断他，继续笑眯眯道，“我们明天去领证吧。”

程知栩郁结了一晚上的气顷刻间散去了，脚踩下刹车，将车子停在路边，转过头来怔怔地望着她。耳边是挡风玻璃前的雨刮器来来回回扫动的轻微声响，混合着风声、雨声。

路边行人匆匆，或打着伞或穿着雨衣，身影在铺天盖地的雨幕下显得模糊不清，化为了背景。

程知栩默了默，哑声开口：“你说什么？”

简灵两只手挡在嘴巴旁边，做喇叭状，一字一顿道：“我说，程知栩，我们明天去领证吧！”

求婚是他求的，那么领证就由她来做主好了，相当公平。

程知栩顿了一秒，眉梢眼角的笑意蔓延：“好。”

番外二

余生有你甜如蜜

简灵临睡前刷新了好几遍手机里的天气预报，担心明天有雨。

领证的话，她希望是个晴空万里的好天气。就算不能阳光明媚，至少不能像今晚下这么大的雨。

手机嗡地振动一声，屏幕上方弹出来一条微信。

简灵顿了顿，点进去看了一眼。是程知栩发来的消息，提醒她今晚收拾好要用的证件，别等到明天早上再着急忙慌地到处找，耽误时间。

因为户口本在叶娴心手里，程知栩今晚把简灵送回了简家，他自己也回了一趟程家老宅。

简灵脸埋在枕头里，哧哧一笑，回复他："知道了。"

回来后，她就跟妈妈说了明天要去领证。叶娴心早先就提过这件事，心里有准备，闻言也没表现出意外，回到房中拿了户口本递给她，又额外叮嘱了她几句——领了证就证明和程知栩是法定夫妻关系，两人要互相照顾，互相包容。

简灵倾身抱住叶娴心，微笑着说自己明白。

"程知栩，明天记得穿白衬衫。"简灵给他发语音，"我明天也穿白衬衫，这样拍证件照比较好看。"

饲养员："好。"

掌上明猪："明天早点来接我。"

饲养员："好。"

掌上明猪："那你还有什么要说的吗？"

饲养员："晚安。"

简灵弯起嘴角，回了他一句"晚安"就把手机放床头柜上充电，顺手关掉台灯，拉上被子，埋头睡觉。

窗外飘着细细雨丝，敲打着树叶和窗玻璃，细微的声音是纯天然的白噪音，有种催人入眠的神奇效果。

简灵沉睡前一秒还在想，明天是个晴天就好了。

一夜安眠，翌日清晨，简灵被一阵敲门声叫醒，叶娴心的声音从门板外穿透进来："灵灵，醒了吗？还在睡呢，程知栩都过来了。"

简灵浑身一个激灵，随即想到今天要去做什么，一骨碌从床上爬起来，揉着凌乱的长发朝门外喊道："起来了，起来了。"

她摸到手机看了一眼时间，不到七点，不算太晚，但也不敢再像往日那般赖床磨蹭，麻利地去卫生间洗漱。

前一晚简灵就把要穿的衣服准备好了，她梳妆完毕换上纯白的衬衫和牛仔裤，外面有点冷，她拿了件羊绒外套。

简灵站在全身镜前照了照，感觉有点单调，想到前几天买的小玩意儿，她眼睛一亮，跑到衣帽间，从首饰陈列柜里找出来，放进包里。

一切准备妥当，简灵呼了口气，拎着外套下楼。

程知栩在客厅里与两位长辈说话，声音温润好听，带着丝丝笑意，还没看到他人，简灵就知道他的表情是什么样的。

一步步走下楼梯，她果然看到他眉目含笑，嘴角弯起好看的弧度。他穿着一身剪裁得体的正装，衬衫雪白，没系领带，衬衫扣子一丝不苟地扣到领口，黑色短发梳上去，露出英俊的五官，让人眼前一亮。

程知栩余光里看到了简灵的身影，扭过头去，直直地与她目光对上，唇畔的笑意更深了。

“你们要不要吃个早饭再出门？”叶娴心瞧了眼表，“这会儿民政局都没开门，去早了也还是要等。”

程知栩担心遇上早高峰，没吃早餐就过来了，看着简灵沉默了下，做主道：“那就听阿姨的，吃完早饭再过去吧。”

叶娴心笑眯眯地起身让阿姨把早餐端上来，回头看了眼程知栩：“都要去领证了，还叫阿姨呢。”

程知栩一愣，心领神会：“妈。”

叶娴心倏地乐不可支，笑起来眼角多了几条细纹：“行，赶紧落座吧，我去帮阿姨端早餐。”

简灵化了很淡的妆，粉底都只涂了薄薄一层，显得皮肤透亮光滑，她走过去挽着程知栩的手臂，仰起头小声说：“你怎么来得这么早？”

程知栩挑眉：“不是你昨晚让我早点过来的？怎么，没睡好？”

“睡好了。”简灵是想让他早点来接她，怕路上堵车，可也没想到他来这么早，她伸手戳戳他的手背，笑嘻嘻道，“你是不是怕我后悔了，所以赶早过来抓我？”

程知栩偏过头，配合着小姑娘的心思轻声说：“你心里知道就好，别说出来，给我留点面子。”

简灵笑得更欢了。

“别笑了，嘴角都要咧到后脑勺了，赶紧过来吃饭。”叶娴心从厨房端出来一盘奶黄包，刚好看到简灵笑倒在程知栩怀里，语气嗔怪道，“姑娘家家的，也不知道矜持一点。”

简灵抿了抿唇，收敛神色，嘀咕道：“我要是矜持，你的女婿到现在还没影呢。”怎么说程知栩也是她凭本事追到手的。

程知栩无奈一笑，担心她说出更惊世骇俗的话，连忙捂住她的嘴，道：“吃饭。”

简灵：“嗯。”

两人匆匆吃完早餐，简灵最后检查了一遍文件袋里的证件，确定没有遗漏的，就跟程知栩出门了。

两人先后坐上车，程知栩准备启动车子，简灵却突然叫住他：“等等。”

程知栩侧目看她，只见简灵从包里摸出一个小盒子，打开盖子，亮晶晶的东西在眼前一闪而过，程知栩没看清那是什么，简灵就把东西握在了手里。

“什么东西？”程知栩问。

简灵没答，把包放在一旁，腿跨过两个座椅中间的扶手箱倾身过去，膝盖跪在程知栩两腿中间的空隙里，与他面对面，这才亮出手里的东西。

是一枚精美的胸针，看造型是只小狐狸。

“穿白衬衫太单调了，给你加个点缀。”简灵没注意到自己“霸王硬上弓”一般的姿势，解开程知栩的西服外套，在里面的白衬衫右边胸口别上小狐狸胸针。

程知栩挑了下眉尖：“为什么是小狐狸？”

“你就是只狐狸，老奸巨猾。”

“……那你呢？”程知栩语气含笑。

简灵向他展示手心里藏的另一枚胸针，是一只肥肥的小白兔，憨态可掬，红红的眼睛是两颗璀璨的红宝石：“我的是兔子。”

大狐狸和小白兔？程知栩勉强接受了这个设定，她是他亲自叼回窝里的小兔子。

程知栩笑：“我给你戴上。”

简灵本来想自己戴上，听他这么说，就把胸针给他了。程知栩接过来仔细地看了一眼，又忍不住笑了，这小玩意像是她会喜欢的，可可爱爱。他垂眸看了眼自己胸前别的那一枚，怎么看都与自己的气质不搭，有点别扭。

算了、算了，今天领证，她开心就好。

程知栩捏着胸针给她别上，就着她跪在他身前的姿势，把人捞进怀里，重重地在她唇上亲了一下才放开。他拍了拍她翘起来的臀："坐回去，再耽误下去要赶不及了。"

"程知栩，你真心急。"简灵笑话他一声，爬回副驾驶坐好。

车子在路上缓慢地行驶，今天是多云，光线不甚明亮，风很大，路上行人寥寥。简灵看向窗外，没过多久，一缕金灿灿的阳光刺破云层，照在车窗上。简灵的心情很好，伸手去抓那一束光线。

"程知栩，出太阳了。"她扭头看着他的侧脸，声音温柔。

前面是红灯，程知栩停下车子，腾出一只手揉了下她的脑袋，"嗯"了声："挺好，老天爷都知道我们今天领证，特意放晴了。"

两人到达民政局时，前面已经有几对未婚夫妻领了号。大概是因为今天不是具有特殊意义的日期，也可能是时间还早，人不是很多，简灵拉着程知栩过去要了个号。

程知栩捏着一张印着号码的小字条，牵着她坐在等候区的椅子上，手一直没松开，十指相扣，两人掌心相贴，溽热的触感彼此都感受得很清晰。

简灵靠在他怀里，眼睛四处张望，有点好奇。

距离他们的号码越来越近，简灵挠了挠程知栩的手背。他低下头看她，笑着问："怎么了？"

"我有点紧张。"简灵直白又认真地看着他，"领了证我们就是合法夫妻了，万一你以后不爱我了，后悔了怎么办？"

她的焦虑突如其来，手指都绞紧了。

程知栩看了眼前方的叫号，排在他们前面的还有一对情侣。他神色认真地盯着她看了一会儿，温声安抚她的情绪："我才是该担心你反悔。有个医生对你嘘寒问暖，还有个小竹马虎视眈眈，我的压力很大啊，简灵同学。"

他说的医生自然是指陈绪林。简灵差不多吃了两个半月调养身体的药，之后也偶尔跟陈绪林联系，那天晚上两人聊天，程知栩就坐在一旁，她没避着他，他就看到那位陈医生询问她的身体状况，字里行间难掩关心。

而简灵也说有时间请陈医生吃饭，好像是因为之前欠他一顿饭。

加上近期回国的那位小竹马，对简灵的心思更是昭然若揭，都敢把玫瑰花送到公司里来了，下一步是不是要公开追求了？

比起来，程知栩觉得自己就是危机四伏，稍有不慎就会被人钻空子。

简灵扑哧一声笑出来，前一刻的担忧荡然无存。

“到我们了。”程知栩摸了摸她的脸，轻声提醒，“别紧张，我有信心我们的婚姻生活会比其他人更好。”

他想，叶归舟和舒泱泱的感情路多多少少还是有点影响到简灵，让她这个恋爱经验不足的人认为要有那样深厚的感情基础才能走进婚姻殿堂。

两人坐在柜台前，按照要求填写结婚登记表。

简灵像小学生写作业那样，认认真真地填写完毕，再看程知栩那边，他比她写得还慢，像是生怕出错。正是如此，才让她一颗心如同坠落在棉花里，轻飘柔软得一塌糊涂。

程知栩填写好了，连同她的那张登记表一起递给工作人员审查。然后，他们去侧边的一个小房间里拍证件照。

简灵刚才围观别的情侣领结婚证，他们有的提前准备好了证件照。但她和程知栩是昨晚才决定今天过来领证，没有提前照证件照，所以就只能现场照。简灵脱下羊绒外套，放在一旁，一转头，程知栩跟她一样，也脱了西服，单穿着里面的白衬衫，胸口精致的小狐狸胸针神情狡黠，给人一种反差萌的感觉。

简灵别过脸笑了笑，听到程知栩叫自己，她一秒恢复正经脸，与他并肩坐在红色背景布前。

两人面带微笑看着彼此，摄影师坐在电脑前，旁边就是摄像机，他打了个手势：“来、来、来，新郎、新娘看这里。”

程知栩和简灵一同看向镜头，听见摄影师喊道：“三、二、一。可以了。”

摄影师在电脑上稍微调整了一下，照片就打印出来了，递给他们的时候，笑呵呵地说：“第一次见这么上镜的证件照，颜值高的人就是任性哈。”

简灵笑着道了声谢，接过来低头看照片，蹙了下眉心，咕哝道：“我笑得好像有点傻？”

程知栩凑过来跟她一起看：“哪儿傻了，这么好看。”

“程知栩，你笑得也有一点傻，都不像平时的你了。”

照片里的两人坐在一起，头微微向中间靠拢，脸上挂着同款的笑容。简灵笑得很是甜美动人，她本就是娇俏的长相，这么笑很正常。程知栩就不一样了，他平时大多绷着一张帅气英俊的脸，没什么表情，偶尔笑起来也是克制的，难得见他笑得这样傻气。

简灵反复摩挲照片，有些爱不释手，还是程知栩出声提醒她——别磨蹭了，结婚证都还没拿到手呢。

很快，两本结婚证就被打印出来了，戳下钢印，递出去给他们。年轻的工作人员笑着说了一声：“新婚快乐。”

简灵和程知栩异口同声地道了句“谢谢”。

两人走出民政局，太阳已经完完全全从云层深处探出来，金灿灿的阳光照在门口的台阶上，空气中的尘埃都清晰可见。简灵举着两本鲜红的结婚证，对着阳光看了又看，心情激荡的同时，感觉有些梦幻。

她和程知栩真的领证了？他们现在是夫妻关系？往后余生都要携手相伴，一直到白发苍苍……

程知栩深吸了口气，没有尘埃落定的平静，心情反而比来时更为激动澎湃，只不过他情绪不外露，没表现出来。

“程知栩，我们是夫妻了。”简灵攥着两本结婚证，在他眼前晃了晃，轻轻地勾起嘴角，“你有没有什么想说的？”

程知栩佯作思考，片刻后莞尔一笑，沉静如水的黑眸亮了起来：“嗯，非常荣幸能成为你的丈夫。”

简灵努嘴，忍不住笑：“假正经。”

程知栩终于控制不住，朗声笑起来，一把将她抱住，几乎将她整个人抱离了地面，俊脸埋在她颈窝里，声音透着明显的愉悦：“我很开心。”

两人坐在车里，心情都有点平复不下来，各自冷静了一会儿。简灵率先出声，打破车厢里的寂静：“还没告诉亲戚朋友呢，要不我发个朋友圈？”顿了下，她不确定地问他，“可以吗？”

“公开吧。”程知栩说完，提醒了句，“这种大喜事就别设置分组可见了。”

他知道简灵平时发朋友圈会设置分组，有的动态屏蔽了长辈，有的动态屏蔽了公司里的同事。

“哦，好。”简灵笑笑，低头对着两本结婚证拍了张照片，翻开，对着有证件照的那一面拍了一张，给重要信息打上马赛克，简单地调了下滤镜，让色调更好看，然后发到朋友圈，配上一行简单俏皮的文字——从今天起，我就是程太太啦！

程知栩看了眼，拿出自己的手机：“照片发我一份。”他不太会拍照，自己拍的话可能不好看。

简灵抬起眼眸，笑意盈盈地说：“你也要发吗？”

程知栩轻轻地“嗯”了声，两人的朋友圈子和亲戚圈子毕竟不重叠，他这边也应该公开一下。

“你都不怎么分享动态的，我看你朋友圈里都是些财经新闻什么的。”简灵把自己拍的照片发给他，想起什么，改口道，“哦，不对，你发的好多朋友圈是仅我可见。”

“我是不怎么发朋友圈，但这种事很有必要广而告之。”

程知栩接收了她发来的照片，原封不动地发到朋友圈，按照她的朋友圈文案，他配的文字是：介绍一下，这是程太太。

两人发的朋友圈一前一后相差不到三分钟，同样的照片，配合默契的文案，一看就是两人坐在一起发的。

程知栩和简灵共同的好友一刷新朋友圈，就能看到这两条挨在一起的动态，一上一下，十分养眼。

助理明朗先是看到上面一条程知栩的，评论了一句：“恭喜老板，新婚快乐！”

手指往下一滑，他又看到简灵发的，连忙又补充一句：“恭喜老板娘，新婚快乐！百年好合！”

程知栩的身份摆在那里，他这边的评论相对来说比较正常，亲朋好友都发来祝贺。

只有叶归舟是个例外。

叶归舟：“什么意思？上次趁我不在国内，火速见了家长，这次趁我不在国内，火速领了证。程知栩，你居心叵测！丧心病狂！”

程知栩回复叶归舟：“舅舅，等你回国请你吃饭。”

叶归舟无语，他去国外陪老婆，闲暇时候就找出当初结婚的录像观看，发现这两人竟然在他婚礼现场眉来眼去，借着伴郎与伴娘的身份打掩护，实则暗度陈仓。他当时一心扑在婚礼上，根本没发现他们之间的暧昧。

简灵这边的评论就比较热闹了，什么样式的都有。

戴望楚：“怪不得你上午没来上班，原来是去领证了！先说好哦，伴娘的位置我先预定一个！”

周星言：“我们灵灵公主果然‘不鸣则已，一鸣惊人’，上大学时清心寡欲，一毕业就搞定男神，光速领证。我宣布，你是我们寝室的榜样！”

顾萌：“啊啊啊，证件照好漂亮！”

林柏彤：“什么时候办婚礼，搞快点，我已经迫不及待了！”

陈绪林："恭喜你得偿所愿。"

……

这条朋友圈底下的点赞和评论数空前地多，策划部的同事们都发来了祝贺，简灵挑重要的回复了。还没喘口气，成衍的电话就打来了，她举着手机半晌没有按下接通，眼神偷瞄旁边的程知栩。

程知栩刚回复完郁织锦女士的消息，听见铃声响起来，侧目瞥见她手里的手机，来电显示一目了然。

他挑了挑眉，这时候倒大度起来，也没有表现得吃醋，笑着说："看我干什么？接你的电话。"

"哦，领证了就是有底气。"简灵仰着脸，装模作样，"不知道是谁，昨晚吃饭全程冷着脸，跟谁欠了他钱一样。"

程知栩"嗞"了声，凑过去要捏她的脸。简灵连忙偏头躲开，抑制不住地笑出声："别闹、别闹，我接电话。"

她接起电话，程知栩倾身给她扣好安全带，启动车子。

成衍没有加她的微信，还不知道她已经领证的事情，打电话过来是约她见面，想要跟她说一些话。

简灵以为经过昨晚一事，他已经打消了念头，没想到又要单独约她。她都不知道该怎么办了，握着手机看了眼程知栩，一脸纠结地说："我下午还要上班，中午休息时间很短，可能不方便见面。"

电话那头，成衍手指抵着眉心，无奈地一笑，她大概猜到他的心思了，才会这般抗拒跟他单独见面。经过昨晚一事，他也看出程知栩与她的关系到了谈婚论嫁的地步，自然不会再做什么挑拨两人关系的举动。

他和简灵太久没见，昨晚有程知栩在场，有些话他不方便说。

"既然你没时间，那就以后有机会再见吧。"成衍不愿让她为难，退一步道。

简灵答应了他，挂断电话。恰逢前路拥堵，车子停了下来，程知栩深深地看着她："他打电话干什么，祝贺你新婚快乐的？"

"才不是。"简灵把手机塞进包里，手肘支在车窗边沿，外面的风很大，卷着凉意，她把开了一条缝的车窗升上去，缓慢道，"他是想约我吃饭聊天。"

刚刚还大度的程知栩脸色微冷，哼了一声："还没死心呢？他没看你发的朋友圈？看不出来他的思想这么开放，对已婚女性也要追求？"

问句如潮水一般喷涌而出，简灵扶额，一脑袋的黑线，眼睛瞅了瞅他，暗道他的醋劲不仅没散，好像比昨晚更浓烈了。

“他常年定居国外，又不用微信，还不知道我们领了证。”简灵另一只手把玩着包包拉链上的挂坠，“我们平时联系都用邮箱。”

前面堵着的道路被疏通了，车子重新开出去。程知栩嗤笑一声：“你们是好朋友，你结婚不跟人家说一声？”

“程知栩，你又吃醋啦？”简灵眯着眼笑，粉面桃腮的模样，像极了太阳底下慵懒的猫咪。

程知栩看了她一眼，表情都不正常了，却还在嘴硬：“我没有，没必要。”一副高傲的赢家姿态。

简灵只请了半天的假出来领证，中午两人在外面吃了顿大餐就回公司了。一脚刚踏进策划部的办公区，简灵就被同事们团团围住，他们已经在朋友圈里留言发过祝福，又当面跟她说了恭喜。

好在简灵早有准备，抱着两大盒喜糖发给他们：“谢谢大家之前的关照，今晚不用加班，我请大家吃饭吧？”

邱爽剥了颗喜糖丢进嘴里，挤了挤眼，揶揄道：“今晚不是你和程总的新婚夜吗？他肯放你出来陪我们哦。”

简灵被调侃得不好意思，撩了撩头发，脸颊泛起红晕，嗔怪地看着她，想说“吃糖都堵不住你的嘴吗”。

戴望楚一只手搭上她的肩，凑过去小声说：“我看到你朋友圈的时候就想问你了，怎么突然就领证了，没听你之前说过。”

她们的关系这么好，简灵要是定了哪天领证，一定会提前跟她说一声。昨天简灵还闷不吭声的，今天直接宣布已婚的消息，她看到朋友圈时震惊了好久。

喜糖全部发出去了，简灵怀里抱着两个空空的盒子，没说成衍的事，她歪着头想了想，反问道：“突然吗？不突然吧，本来就定了婚期，哪一天领证都没差别的。近期又没有假期，我总不能等清明节放假吧，只能请假去领证了。”

戴望楚想想也是，换了个问题：“程总什么反应？”

简灵：“很开心啊，结婚证都被他收走了，估计他是想多欣赏一会儿。哈哈哈。他没直说，我猜的。”

四十八层，程知栩坐在办公椅上，桌上堆积成山的文件还没处理，他手里却捏着两本鲜红的结婚证。他眼都不眨地端详，目光就停留在两人的证件照上，嘴角勾了勾。

听到外面的敲门声，他才敛起笑容，拉开侧边的抽屉，把结婚证妥善地放进去。

与此同时，手机响了一声，新晋程太太发来消息："晚上不跟你吃饭哦，部门聚餐，我晚点回去。"

下午下班后，简灵就招呼同事们去餐厅。

她提前打电话订了个大包厢，一群人拼了几辆车过去。到了地方，大家才知道是家高档餐厅，包厢在十六楼，一进门正对面就是一块巨大的落地玻璃窗，夜幕降临，华灯闪烁，可以俯瞰美丽的城市夜景。

一众人落座后，服务生拎着茶壶进来给他们倒茶。

有人问简灵："会不会太破费啊，这里一顿饭不便宜吧？"

简灵还没出声，就有人替她回答："我们简灵现在是老板娘，老板娘请客吃饭，你就别操心那么多了。"

"哦、哦、哦，我差点忘了。"

简灵并不介意这些，笑了笑，找服务生要来几份菜单，递给大家点餐，双手托着腮看窗外的璀璨夜景。

等上菜的工夫，大家八卦起来，目光看向简灵，问得小心翼翼："简灵啊，我们都很好奇，你和程总是怎么走到一起的？当然，不想说可以不说，我们就是随便问问。"

"没什么不可以说的。"简灵心情好，也乐意跟他们分享自己的感情经历，就是说出来会有点害羞，她支着下颌，边回忆边说，"程老板和我舅舅是好朋友，有次吃饭碰到他，我就觉得……"她顿了顿，捂脸说，"他长得好看，气质又绝，我就喜欢上他了，然后就通过面试来程氏集团上班，主动追求他，没想到他也有点喜欢我，后来，我就追上他了。"

她省略了追程知栩过程中发生的糗事，简单地说了下。

尽管她言简意赅，也足够在场众人吃惊了。

"我才知道，是你主动追的程总！"

"我没听错吧，你是为了追程总才进这家公司的？"

"看不出来啊，简灵，你这么勇敢，那可是老板，你都敢冲上去。"

公司里有不少女职员对程总抱有幻想，但也仅仅是女孩们的幻想，就像看偶像剧时会忍不住把自己代入成女主，偶尔会脑补甜甜的恋爱，现实里却没有几个女孩胆子大到敢在他面前表达出来，除非不想要工作了。

“人家简灵不是说了，舅舅和咱们老板是朋友，这是天时、地利、人和全占了啊。”有人说出了关键点。

简灵不可否认，能追上程知栩，叶归舟这一环至关重要，不然她怎么可能住进程知栩的房子，跟他产生那么多交集。

“等等，我再问一个问题。”林笑染举起手，期待地看着简灵，“我们程总私底下也那样吗？跟他谈恋爱会不会很累啊？”

“哪样？”简灵不懂。

林笑染立时正襟危坐，绷起一张脸，佯装冷漠地说：“就这样，板着脸，不苟言笑，眼神又冷又沉，压迫力十足。”

她在学程知栩，逗得简灵扑哧一笑，摆了摆手：“没有、没有，他私底下不会那样，还蛮温柔的。”

菜被服务生端上来，在大圆桌上摆了两圈，都是餐厅里的招牌菜，色香味俱全，中间摆了一只造型漂亮的松鼠鳜鱼，浓稠的汤汁在灯光下发着亮光，令人食欲大开。大家相处了那么久，彼此都熟悉了，吃吃喝喝再加上聊天，气氛十分欢乐。

吃到一半，简灵接到程知栩的电话，问她聚餐什么时候结束，她给他说了个大概时间，他说等自己这边忙完就过去接她。

简灵说“好”。

晚上八点四十分，吃饱喝足的一行人乘电梯到一楼，简灵正好收到程知栩的消息，他刚到门口，问她结束了没有。

简灵一抬眸就看到他了，餐厅一楼大厅灯火通明，映照在外面的门廊下，程知栩刚从车上下来，长身玉立，正低着头看手机，侧脸被灯光笼罩，有些模糊不清，却仍然能看出他的英俊帅气。

等了几秒，程知栩没收到回复，耳边却响起一串清脆的高跟鞋声，他抬起眼帘就看到台阶上冲下来一个身影，眨眼间扑进他怀里。

程知栩一时没防备，身子被她撞得往后仰了仰才稳住身形，手下意识地将人抱在怀里，回过神来就闻到一阵似有若无的酒气。

他还没出声质问，戴望楚就从台阶上跑下来，把简灵的包递过去，支吾着解释：“那个，程总，我们可没灌她酒，她自己非要喝的。没喝多，就喝了一杯，应该没醉。”

程知栩轻轻颔首，忍下了到嘴边的质问话语，接过戴望楚递来的包挂在臂弯，单手搀着简灵。

“我喝酒了，没喝醉。”简灵重复一遍戴望楚的话，定在原地不肯走，手指揪着他的衣摆，仰起小脸傻乎乎地笑，“走不动，你背我。”

“抱你还不行，非得背？”程知栩笑着问，怀疑她根本就是半醉半醒的状态。

简灵双手举在半空，是一个“求抱抱”的动作，但她嘴里却坚持说要他背。程知栩最终还是妥协在她期盼的眼神下，将包包的带子挂在自己脖子上，背对着她躬下身。

简灵看准了跳上去，双手紧紧抱住他的脖子，生怕自己一不留神掉下来。程知栩手背到后面钩住她的膝盖弯，将她背起来。

简灵确实没喝醉，脑子十分清醒，知道自己在做什么。说白了她就是喝了点酒再加上心情好，有些飘飘然，控制不住地撒娇。

这一幕倒是看呆了门口等车的一群同事。

饭前，林笑染还问过简灵，程总私底下会不会很严肃，跟他相处起来会不会很累，现在亲眼瞧见了，哪里有一丝上位者的威严，温柔得像水一样。

其实，公司年会那一晚就可见一斑。当时简灵也是喝醉了，程总打横抱起她，轻柔地在她耳边说着什么。

新婚之夜到底没能如程知栩所愿，因为他的程太太一到家就沉沉地睡过去，就连给她洗澡她都满脸抗拒，更不用说做点什么。

简灵一夜好眠，翌日清晨，她坐在餐桌前吃着程知栩亲手做的早餐，咧着嘴角，冲他甜甜一笑，唤道：“程老板。”

程知栩看了眼腕表，淡声提醒她：“快点吃，要迟到了。”

简灵盯着他的表情，张嘴咬了一口煎蛋，挺直脊背，等嘴里的煎蛋咽下去，羞羞怯怯地喊了一句：“老公。”

程知栩手里的筷子掉在餐盘里，抬眸正视她，半晌过后，不动声色地捡起筷子，薄唇抿不住笑意，从眼角泄出来，柔声说道：“慢点吃，迟到了也没关系。”

“……”

程老板也太“双标”了。

几天后，成衍得知了简灵已婚的消息，震惊得久久未回神，后来想一想，也是意料之中的事情，她迟早会成婚，只不过是时间的早晚而已。早或晚，那个人都不会是他。

成衍没在国内待太久，办完事就飞回了意大利。出发的那天，简灵送他去机场，他要说的话也说不出口了。只是在登机前，成衍抱了抱她，千言万语汇成一句话："新婚快乐，祝你幸福。"

对于这个陪伴了自己大半童年时光的朋友，简灵心里也是珍惜的，笑着对他说："也祝你早日找到一个喜欢的人。"

领证后的日子与之前没太大区别，简灵照样要每天早起去公司上班，中午光明正大地去总裁办吃饭，偶尔熬夜加班。

哪怕不加班，她也会在公司里等一会儿，晚上与程知栩一起回家。

天气真正回暖是四月份，程知栩工作之余开始着手策划婚礼事宜。某天晚上，他特意问了简灵想要办中式婚礼还是西式婚礼。

简灵从小是被宠着长大的，脑袋里装满了各种浪漫梦幻的想法："西式的吧，之前参加舅舅的婚礼时，我就觉得穿婚纱的泱泱姐好漂亮，当时好羡慕她。"

程知栩抱住她，低头亲了亲她的耳朵，满足她的一切要求："一定给你准备更漂亮的婚纱。"

婚期最终定在八月二十日，在婚礼到来之前，简灵的生日先来临了。

不巧的是，她在生日这天非常忙，从早到晚，除了中午吃饭的时间，几乎没离开过工位。于是，她拒绝了程知栩给她办生日聚会的提议，只说两人晚上回家庆祝一下就好了。

晚上八点半才下班，简灵伸了个懒腰，只觉得浑身酸痛，起身将椅子推到桌边放好，拿起桌上的手机塞进包里。

一转身，简灵就看到站在走廊里的程知栩，他单手插着裤兜，不知在那里站了多久。办公区里其他同事都在忙手头的工作，没人发现他的存在。

简灵快步走过去，趁着走廊没人，抱了他一下，很小声地说："你怎么过来了？"

"等你下班。"程知栩牵起她的手，走进电梯，"累不累？"

"还好。"电梯里除了他们两个没其他人，简灵就不拘着自己了，放松身体靠在他怀里闭目养神，"好饿哦。"

电梯到了地下停车场，程知栩干脆抱起她走向停车位，将她放进后座："我订了餐，到家就可以吃了。"

公寓离公司很近，开车十几分钟就能到。

简灵抬起眼皮，打起精神问他："有生日礼物吗？"

程知栩："你说呢？"

怎么可能缺了生日礼物，去年简灵过生日时，他们尚未相识，这算是他们在一起后简灵过的第一个生日。

简灵一进家门就闻到一阵花香，餐桌上摆着一大捧玫瑰，在灯光下鲜艳得如同泼了红色油彩。烛光晚餐已经布置妥当，另外客厅的茶几上有堆成小山的礼物盒，各种颜色都有，每个盒子都扎着蝴蝶结，精致又漂亮。

简灵惊讶地看着面前的男人，想起什么，粲然一笑，娇嗔道："程老板，你学我，买了这么多礼物。"

程知栩挑眉，不置可否。

"先吃饭，吃完饭你再慢慢拆礼物。"

他拉着她去洗手，亲自为她拉开椅子，等她坐下，他才绕去对面，仿佛他们不是在自家饭厅，而是置身于高档的西餐厅。

简灵吃着美味的食物，整日的疲惫一扫而空，桌底下的脚踢掉了拖鞋，身体慵懒地靠着椅背，跟程知栩碰了一杯，轻啜了一口香醇的红酒。

一口酒下肚，她就有些微醺，眯着眼看程知栩，开心满足清晰地写在脸上。程知栩拿手在她眼前一晃："这就醉了？"

"没醉。"简灵吃得差不多了，脚尖钩着拖鞋穿上，跑到对面，坐在程知栩腿上，撒起娇来，"喝了好几次酒，怎么也锻炼出一点酒量了，哪儿会那么容易醉。"

程知栩手掌贴在她后背，用筷子夹起餐盘里的食物喂她，都是简灵爱吃的菜，他喂过来的她都没拒绝，全部吃下。

"老婆，生日快乐。"程知栩见她吃饱了，放下筷子，捧住她的小脸说道。

简灵一本正经地点点头："我很快乐。"

"看出来了。"程知栩笑。

饭后，程知栩陪她拆礼物，他买的当然都是她喜欢的。他关注了她的微博，她点赞的包包、裙子、耳坠、小众香水，他全都默默地记下来，列了张清单，一样不差地买回来，捧到她面前。

简灵每拆开一个礼物盒，都会激动地惊叫一声："这条走秀款的裙子很难买到的！我找代购都没买到！"

"这几款小众香水我都好喜欢，回头喷给你闻闻。"

“这个包包线上已经售罄了，线下商店我又没时间逛，不知道还有没有卖的，你怎么知道我喜欢？”

简灵表达开心最直接的方式就是抱住程知栩的脖子，在他的嘴唇上连续亲了好几下，每一下都发出“啵”的一声脆响，最后忍不住大呼一声：“你送我的生日礼物比我当初送你的还有诚意！”

程知栩的心情比她的还好，声音轻缓：“你喜欢就好。”

婚期将近，简灵提前协调好了工作，空出来的时间就去美容院保养皮肤，见缝插针地健身，争取当一个漂亮的新娘子。

婚礼当天，简灵起了个大早。她发誓，自己从来没这么早起来过，看时间也就才刚过五点，正值夏日，外边的天染上了蒙蒙的灰白色。

被造型师摆弄了将近两个小时，整个妆发终于大功告成。

伴娘团昨晚就到了，是简灵的三个大学室友加上戴望楚，四个姑娘穿着同色不同款式的伴娘服，忙里忙外。吉时到了，迎亲的动静从楼下传来，闹哄哄的，伴随着小孩子兴奋的尖叫声。戴望楚反应过来，连忙叫其他伴娘过去堵门。周星言眼明手快地把门反锁了，外面刚好传来程知栩的声音，笑意满满：“老婆，开门，我来接你了。”

戴望楚被吓得一个激灵，她当伴娘太称职，差点忘记外面的人是她大老板。她只能双手合十，祈祷程总回头不会找自己算账。

程知栩手拿一束捧花，站在门外，身后跟着的四位帅气挺拔的伴郎都是他的好朋友。当然了，叶归舟被排除在外。

说起这个，叶归舟还吐槽过，说程知栩不厚道，当初明明跟简灵在一起了，是他的外甥女婿，居然还答应给他当伴郎，这不摆明了占便宜吗？

程知栩当过伴郎，对婚礼的流程相当熟稔，对着紧闭的房门无奈地一笑，朝身后的伴郎团说：“红包拿出来吧。”

于是，房内的伴娘们就看到一个个红包像扑克牌一样从底下的门缝里飞进来，门外传来伴郎团成员讨好的声音：“给姑娘们买糖吃的，行行好，开开门吧。”

“对呀，各位仙女姐姐，开门见一面好不好？”个别伴郎拉下脸来卖萌。

戴望楚清了清嗓子，鼓起勇气对顶头上司说：“程总，开门可以，你要先答题。”说完她拍了拍自己的胸口，安抚自己这是婚礼，没有上下级之别。

“行。”程知栩坦然接受。

他做好了回答问题的心理准备，甚至猜到会被刁难，谁知道，门缝里突然塞出来一张卷子，紧接着戴望楚又道：“问答的题目都在上面，百分制，九十分为优秀，低于九十分不给开门。”

伴郎团：“……”

恕他们直言，从未见过如此别开生面的接亲方式，这是要现场考试吗？这么丧心病狂？

其中一个伴郎弯腰捡起卷子，大致扫了一眼，然后把卷子交给程知栩，当即抱了个拳：“对不住了，兄弟，这些题我们真答不出来。”

程知栩看了一眼卷子，心中了然，这卷子上所有的题目都与简灵有关，她的口味、爱好，包括生活中一些小怪癖。

“这卷子确实只有我能做。”程知栩叹了口气，找人借了支笔，老老实实地趴在老婆闺房门外的墙壁上写题，专注的模样如同正在月考的高中生。

全程跟拍的摄像师凑上前来，给卷子拍了个特写镜头。

写到其中一道题，程知栩嘴角抽了抽，那道题问的是简灵喜欢什么款式的内衣。他顿时一个头两个大，他哪儿懂这些？好像是叫……法式蕾丝？

大部分题目程知栩做得游刃有余，还是有那么一两道题涉及了他的盲区，也是绝大部分男士的盲区，比如口红色号、美甲款式。

十多分钟后，程知栩交了卷子，由伴娘团现场批改。

由于提前准备了考试答案，加上题目大多是选择题，批改起来并不费时费力。

简灵坐在床上，看到四个伴娘凑在一起批卷子，笑得差点仰倒在床上。她昨晚看过那些题目，有些真的太为难程知栩了。

“怎么样？程老板考了多少分？”简灵见她们直起腰，看样子是批改完试卷了，好奇地问道。

戴望楚一手拎着卷子，一手拿着一支红笔，不可置信地看着她：“你敢相信，他考了满分？”

简灵比她还惊讶，愣神许久，倏然笑起来，她家的程老板果然不是一般人。

答题环节大大超过了伴娘们的预期，她们没理由不放行，于是打开门，让门外的新郎进来。

程知栩走进来，俊朗的面容堆满了笑意，漆黑的眼眸直直地看向床上的简灵。她穿着洁白的婚纱，头顶是璀璨的王冠，中间一颗水滴形的钻石闪闪发光。她含羞带怯地看着他的样子，让他的心都要融化了。

“太漂亮了。”他情不自禁地赞美，走上前去，单膝跪在地上，把手里的捧花交给她，再次温柔道，“我来接你了，老婆。”

明明两人婚前同居多日，此刻见到程知栩，简灵也不知道自己那股害羞的劲是从哪里冒出来的。她有些不敢与他对视，一对上他的眼神，她的心就怦怦跳，脸颊泛起潮热，莫名其妙地羞赧。

“要再等等哦，新娘子的鞋你还没找到呢。”有伴娘出声提醒。

程知栩强压下内心涌起来的喜悦，定了定神，开始同几个伴郎一起找鞋。简灵的房间太大，衣帽间着实晃花了一众人的眼，转悠了好一会儿才在首饰柜的底板下找到那双定制的水晶鞋。

程知栩跪在床边给她穿上，仰起脸，笑容明朗，道：“现在，可以跟我走了吗？”

简灵笑笑，伸出双臂要他抱。

程知栩弯腰抱起她，大步朝门外走去。

婚礼热闹了一整天，到晚上十点还未消停。

简灵累得眼皮都睁不开了，用手指撑着眼角，倒在程知栩的怀里，声音软糯，可怜兮兮地说：“以前参加舅舅的婚礼，作为旁观者不觉得辛苦，现在轮到自己，才发现结婚真的是一件累人的事。”

车子在马路上行驶，夜色繁华，灯火璀璨，他们的车是如织车流中的小小一辆。两人刚从酒店出发，准备回婚房。

程知栩抚摸她的脸颊，用下巴轻轻地蹭了下她的发顶，声音如车窗外轻柔的风：“还好一辈子只有这么一次。”

再平常不过的一句话，此刻听来却觉得格外动人。简灵侧脸贴在他胸膛，手揽着他的脖子，眯着眼感慨：“这么一想就很值得了。”

婚房早就布置好了，到处都是大红色的装饰，喜庆得不得了。简灵却没有余力欣赏房中的装饰，将床上的花生、红枣、桂圆之类的东西收拾完，一头栽倒在上面，身上的礼服都懒得脱。

程知栩进门就看到纤瘦的女人趴在床上，身上是条紧身的红丝绒礼服裙，大半个雪白的后背露在外面，漂亮的蝴蝶骨如同小蝴蝶的翅膀，纤巧精致，往下就是凹陷下去的腰窝，中间细细的一根脊柱微凸，线条柔美。

程知栩拍了拍她的臀部："起来，去洗个澡再睡。"

简灵皱着眉哼唧了一声，身体没动，实在是提不起力气，可又不能不洗澡，今天忙碌一整天换了好几套礼服，大夏天的，身上出了汗，黏腻得让人不舒服。

"你帮我洗。"她翻身平躺在床上，双手高高举起来，眼睛都没睁开，两片唇瓣轻微翕动，"起不来了。"

程知栩单膝跪在床边，一条腿支在地上，俯身将她抱起来，稳稳地朝浴室走去，随后，淅淅沥沥的水声在密闭空荡的空间里响起来。

这个澡洗的时间格外长，浴室里除了水声，还有断断续续的轻吟，如同深夜里轻晃的银铃，与水声交织，终成一曲。

领证那一晚没能进行的新婚之夜仪式，在这一晚全都补了回来。

简灵事后感叹，悔之晚矣。

北京的秋季短暂得好像只有那么一刹那，炎热的夏季过去，还没过渡几天，一转眼就到了冬季，大风呼啸，气温骤然降低。

今年过年比去年早，一月底就是除夕。

简灵作为新妇，第一次留在程家老宅过年。郁织锦女士颇为重视，当天的年夜饭竟比简灵去年在叶家吃的那一顿还要隆重一些。

一家人热热闹闹地吃饭聊天。

程知栩和简灵本来是打算守岁的，但简灵耐不住瞌睡，十一点刚过，就睡得昏天黑地，零点时分她倒是醒来了，迷迷糊糊地趴在程知栩身上，凑到他耳边说了声"新年快乐"就再次睡过去。

温热的呼吸喷洒在他的颈侧，让他的呼吸频率乱了好半晌。

程知栩好笑，稍稍平复后，在她额头亲了一下，低声说："新年快乐。"

去年这时候，他们还隔着手机屏幕彼此道"新年快乐"，今年就能以这样亲密的交颈相拥的姿势，在对方耳边低语。

真美好。

年后几天两人忙着走亲戚，他们还特意空出了两天时间去了趟上海，陪伴叶老先生和叶老太太，在那里歇了一夜。

简灵跟舒泱泱聊天的时候，听她说起年后就可以结束英国那边的课程，以后就回国发展了，到时候可以经常相聚。

男人们在屋里下棋，简灵就和舒泱泱在院子里散步："你和我舅舅打算什么时候要小宝宝啊？”

舒泱泱反问：“你呢？”

简灵：“我这不才二十三岁，不着急。”

舒泱泱轻笑一声，偏过头说：“你不着急，你家那位程老板也不着急？”

简灵没听程知栩提过要孩子的事，想来他是不着急的。

可她万万没想到，意外有时候来得让人措手不及。

两人回到北京，年假就差不多结束了，上了一个星期的班，之后就是程知栩的生日。他生日这天恰逢元宵节，晚上两人回程家老宅吃饭。

程知栩负责开车，回去的途中，扭头看了好几次副驾驶的简灵，不知道是不是他的错觉，他总觉得她有些心不在焉。

“工作上出什么问题了？”程知栩问。

简灵没反应过来，愣了几秒才回神：“啊？什么？”她刚刚在想事情，没有听清他说了什么。

程知栩无奈地叹息，重复了一遍刚才的问题，简灵摇头说工作没问题。

“那就是忘记给我买礼物了。”车子刚好驶进程家老宅的院子，程知栩停稳车后，侧过身面朝她，“不会真的忘了吧？”

简灵推了他一把：“才没有，我提前一个月就给你买好了生日礼物，但是我临时改变主意了，换个礼物吧。”

“嗯？”程知栩倾身过去，替她解开安全带，眼神锁住她，“换个礼物是什么意思，我没听懂。”

“等会儿再说，我们先进去。”

两人手牵手进门，阿姨已经做好晚饭，摆上了餐桌。郁织锦招呼他们洗手入座，转身去书房，叫丈夫出来吃饭。

一家人坐在一起吃了顿丰盛的团圆饭。程知栩惦记着自己的生日礼物，擦完嘴就眼巴巴地看着简灵，眼底藏不住期待的光芒：“礼物呢？”

郁织锦看着小两口眉来眼去，捂嘴笑了一下，对程知栩无语：“哪有追着人家要礼物的，你多大的人了？怎么越活越回去了。”

简灵起身去玄关拿自己的包包，从里面掏出一个长条形的塑料盒子递给程知栩，忐忑地说：“喏，你的生日礼物。不知道你喜不喜欢，我现在心里挺没底的。”

程知栩接过盒子，低头打量一眼，是很普通的塑料盒子，质感摸起来也很粗糙，让他心生迷惑。

如此特别的塑料盒，让一旁的程终南和郁织锦都燃起了兴趣，两人一起凑过来看。简灵本来有些紧张，被长辈看着，平白多了一丝羞窘。

程知栩当着长辈的面打开盒子，里面就只有一张卷起来的报告纸，展开来看，上面写着……人绒毛膜促性腺激素、孕酮什么的。

郁织锦是过来人，看到熟悉的字眼，脑中飞快地闪过什么，一把夺过来，仔细看，而后惊喜地瞪大眼睛："灵灵，你怀孕了！"

程知栩还在状态外，傻傻地看着简灵。后者给他一个肯定的眼神，说："程知栩，我怀宝宝了，今天去医院检查出来的。"

程知栩一愣之下，惊得五官都飞起来了，一时间手脚都不知道往哪里放。

"什、什么时候，怎么没告诉我？"

"上午楚楚肠胃不舒服，家人又不在身边，我就陪她去医院做检查。我想起来自己最近肠胃也不太好，顺便也抽了个血，医生就说我是怀孕了。"简灵说，"不过，楚楚是真的肠胃炎犯了。"

程知栩终于知道她回来的路上心不在焉是怎么回事了。

"憋了一天，就等着晚上回来告诉我？"他戳穿她的小心思。

简灵挠了挠头，为自己辩解："我不确定你是不是想要孩子呀，我们也没讨论过要孩子的事情，这不是挺意外的吗？"

她在医院拿到检查报告的时候，人都吓傻了，要不是戴望楚陪在身边，她都不知道要怎么办。

程知栩不顾父母在场，展臂抱住她，却不敢太用力，手掌一下一下地抚着她的后背，脸上是即将为人父的欣喜若狂，夹杂着一丝丝没经验的无措，低下头在她耳边说："老婆，这不是意外，是惊喜，懂吗？"

简灵环住他的腰，在他怀里仰起头，问："你还没告诉我，你喜欢这个生日礼物吗？"

"不能更喜欢了。"程知栩眼眶都有些热，由衷道，"你每年送的生日礼物我都喜欢。今年的特别喜欢。"

简灵忍不住笑出声来，她一共才给他过了两个生日，好不好。

边上，郁织锦拿着检查报告反复地看，一边拍着程终南的手臂，一边念叨："我要当奶奶了。哎哟，今天这是什么好日子，元宵节，阿栩的生日，正巧我的小乖孙，也可能是我的乖孙女来了。"

程知栩又搂了搂简灵，额头碰了碰她的："谢谢我的宝贝。"

“你的宝贝在我肚子里呢。”简灵小声说。

“那个是小宝贝，你是大宝贝。”

程知栩小心翼翼地碰了下她尚且平坦的小腹，想象着她和他的孩子是什么模样，只觉得再没有什么比这一刻更满足。

两人一起上楼，洗完澡，躺在床上。

简灵给叶娴心女士打了通电话，告知了这个消息。叶娴心也很是欣喜，嘴里说着明天就过来看她。简灵叫她不要这么激动，刚怀上宝宝，跟平常没什么不一样，不需要她特意跑过来一趟。打完电话，简灵放下手机就听见程知栩也在跟人通话，听了两句，她就猜到电话那头的人是叶归舟。

程知栩的眉梢高高挑起，一副幼稚的炫耀语气：“通知你一声，你要当舅公了，别怪我没提醒你，你现在可以准备孩子的出生礼物以及满月礼物了，别到时候手忙脚乱的。”

“……”叶归舟不想理他。自己这边还没动静，他那边就要生孩子了。

“程知栩，容我提醒你一句，就算你的孩子先出生，那也是我的孩子辈分高。”叶归舟只能在辈分上赢他。

程知栩得意扬扬，还是那副傲娇语气：“谁在乎这个了，当父亲的喜悦你不懂，我不跟你说了，挂了吧。”

扔下手机，程知栩就抱着自己的老婆亲热，“宝贝”“心肝”地叫个不停。

简灵听人说“一孕傻三年”，请问傻的是孩子他爸吗？

简灵怀孕后没有辞掉工作，程知栩倒是希望她能在家休养，但她坚持要上班，还理直气壮地说，别的孕妇也没有一怀孕就辞职的，楼上人事部的主管姚女士怀孕八个月了还挺着肚子来公司呢！

程知栩拿她没办法，于是答应下来，只是更小心地照看她，每隔一两个小时就发来消息问她有没有不舒服，偶尔还亲自下来看看她。

他没有告诉简灵的是，他给策划部的主管袁霄通过气，让他派轻松的任务给简灵，别让她累着。以前他没想过利用职务之便给她开后门，现在却恨不得在她脑门上贴上“总裁夫人”的标签。

简灵怀孕的事只有戴望楚知道，暂且瞒着其他同事。

两人在茶水间头挨着头说悄悄话，戴望楚端着水杯瞅她一眼，压低声音说：“怎么样，你没事吧？刚看到你干呕了。”

简灵捧着水杯喝了一口白开水，压下那股反胃的感觉，摇摇头：“不知道自己怀孕的时候也就胃口不太好，怎么刚查出来孕吐反应就变大了，也不知道是不是心理作用。”

戴望楚抚了抚她的后背：“你不辞职，程总能乐意？”

“他不乐意啊，但是我非要上班，他只能听我的。”

戴望楚想笑，要是被程总看到简灵刚刚冲去厕所趴在洗手池边呕吐的样子，保准把她拎回去教育一顿。

程知栩到底还是知道了，勒令她回家休息，两人又是一番拉锯战，到最后，程知栩再一次妥协。

简灵怀孕四个月时，天气热了，衣衫单薄，小腹微微隆起，再瞒不住其他人。同事们发出惊叹：“天哪，你有宝宝了怎么不早说！你也瞒得太紧了，上次我还让你帮我搬东西，真是罪过。”

简灵摆摆手，不在意道：“没事、没事，孕妇也需要偶尔锻炼一下的。再说，你那东西又不重。”

下班后，程知栩过来接她，手自然地贴在她后腰，眼睛盯着她的肚子，嗓音低沉，难掩担心：“今天宝宝闹你了吗？”

“没有，我们的孩子好乖的。”简灵隔着衣服摸了摸小腹，“除了最初有孕吐反应，后来就不难受了。”

程知栩：“明天你休息，有安排吗？”

简灵就说想出去逛街，感觉好久没有出去逛过了。而且，她的肚子开始鼓起来，要买新衣服。她不想穿那种宽松的孕妇装，觉得都不太好看，只想穿漂亮的衣服，即使尺码大一号。

翌日上午，等她睡足了觉，吃得饱饱的，程知栩才开车带她出门，去家附近的一家大型商场，帮她挑选新衣服。

中途程知栩的手机响了，周末的商场人流涌动，有些嘈杂，他让简灵站在原地，自己拿着手机走到一旁的安全通道接电话。

他通完电话，手里拎着大包小包的购物袋回来，却没看见简灵的身影。

程知栩找了一圈，最后在一楼饮品店的柜台前看到她，一群人排着队等待点单，刚好轮到简灵。

程知栩没去打扰她，远远地站在队伍后面，以为她是渴了，想喝东西，谁知道等了一会儿，柜台后面的工作人员递出来一个冰激凌。

简灵才吃第一口就被逮住了，程知栩蹙着眉，气势汹汹地过来，简灵赶紧又舔了一口，然后听话地把冰激凌送到他嘴边：“我就是嘴馋了，想尝尝，没想吃完一整个。”

她这么乖，程知栩就不忍再责怪了，接过冰激凌喂给她：“那就再吃一口吧。”

简灵愣了一下，她还以为会挨顿骂，没想到他这么好说话，于是赶紧凑上来咬了一大口，冰得她眼睛都眯起来。

程知栩：“……”

程知栩气得头顶冒烟，不该让她得寸进尺的。

随着怀孕的月份大起来，简灵越发懒怠，工作上难免力不从心，无法做到像人事部的姚女士一样，便听从程知栩的话，提前休产假，回家里休息，每天看看书、种种花，日子过得非常惬意舒适。

简灵的一大爱好是抽盲盒，在家闲着没事更是上瘾，一买就是好几箱，常常坐在地毯上拆出一堆盲盒。

程知栩只要工作不忙就会在家陪她，这天中午，简灵正在楼上主卧午睡，门铃响起，是快递员送货上门了。

程知栩过去开门，搬了两箱盲盒进来。

他知道简灵喜欢买小玩偶，玄关的壁柜、书房的书架、主卧的书桌都摆了各种各样的小玩偶。

程知栩不太懂这些，以为只是小姑娘喜欢的玩偶，想着她上次拆了一大堆累得额头都出汗了，便决定替她分担，帮忙把盲盒全拆了。

别说，这些小玩意拆起来是挺费劲的，大纸箱里面装着漂亮的大盒子，大盒子里装着一个个小盒子，小盒子里还有一层银色塑料纸包裹，一层层拆开，跟剥洋葱似的。

简灵午睡醒来，打着哈欠从楼上下来，看到茶几上整整齐齐地摆着几排小玩偶，她扶着楼梯扶手，血压都要升高了。

偏偏那个男人还不知道自己做错了什么，邀功似的跟她说：“我怕你累，全帮你拆了。”

简灵深吸几口气，发现自己没办法平复情绪，只能按住胸口：“你知不知道，拆盲盒的乐趣是拆的过程，并不是结果。你剥夺了我的乐趣！”

程知栩：“……”

简灵一下午没理程知栩，晚饭前，她去书房找一本传记，视线在书架上逡巡，手指一一滑过书脊，终于在最上面一排找到了自己想要的书。

她伸手够了够，发现自己的手指连书架最上面一层的边缘都碰不到。

简灵踮起脚尖试了试，还是摸不着，目光一瞥，看到书桌后面的椅子，正想去拿椅子，背后冷不丁贴上来一个温热的胸膛。

简灵愣怔，手臂还保持着举起来的姿势，余光已然看到一个高大的身影倾覆过来。

“要什么书，我帮你拿。”程知栩站在她身后，一只手撑着书架，一只手伸到上方，抽出她手指指向的一本书，垂下眼眸问她，“是这一本吗？”

简灵仰起头看了一眼：“嗯。”

程知栩把书拿下来塞给她，手还撑在她身体两侧，呈半包围的姿势把她圈在怀里：“以后拿不到东西就叫我一声，别想着自己尝试危险动作。知道了吗？”别以为他不知道，要不是他刚好过来叫她吃饭，她就准备踩在椅子上拿东西了。

“知道了。”简灵抱着书，慢慢转过身来，背抵着书架，面朝他，肚子高高隆起，几乎要挨到他，“书拿到了，你可以放下手臂了。”

他这样把她圈住，她怎么走动，难道要从他臂弯下钻出去吗？

程知栩微微躬身，目光与她平视，声音低低的：“我下午收拾卧室，发现了一个东西，你猜我发现了什么？”

简灵眨眨眼表示疑惑：“什么？”

程知栩的手在她眼前一晃，像变魔术一样，手里突然多了个东西，是一个淡黄色的小本子，只有巴掌大小，说是本子，其实更像是便笺，薄薄的，没几页纸。

简灵定睛看着他手里的小本子，觉得有点眼熟，突然想起什么，“啊”的一声叫出来，手里的书都不要了，伸手过去抢他手里的东西。

程知栩怕她情绪太激动会摔倒，一只手高高举起本子不让她拿到，另一只手护在她腰间，避免她撞到肚子。

“程知栩，你还我的本子，你怎么能随随便便偷看别人的东西呢！”简灵恼羞成怒，脸都涨红了，踮起脚尖挥舞手臂，“你快还我！”

“好了、好了，不闹了。”为了安抚她，程知栩把本子还给她，但他刚刚在卧室已经看完了这本名叫“追程知栩一百零八式”的秘籍，包括后面那几条他曾经没机会看到的内容。

简灵拿到本子，藏在身后，气还没消，眼睛怒瞪着他。

程知栩歪着头，促狭一笑，忽然凑近她，坏心眼地说：“其中有一条怎么写的来着？当你拿高处的东西拿不到时，让程知栩帮忙，这样他就会从身后帮你拿东西，像是抱住你，这时候你不经意转过身，嘴唇擦过他的下巴，他还能不心跳加速？”

简灵听他一个字一个字地背出本子上的内容，脸更红了，熟透了的番茄都没她脸红。

“你果然看了！”她欲哭无泪，后悔当初没把这个本子给毁了。

窗外霞光漫天，程知栩低下头，亲吻她的额头。

内心正窘迫着，简灵就听见男人嗓音低沉道：“刚刚尝试了一下，你这个追人计划还是很实用的，我确实心跳加速了。”

简灵愣住，程知栩手掌贴着她的后脑勺，把人按在自己怀里，她的耳朵贴着他的胸口，静静地聆听。

扑通扑通，是他心跳的声音。

（全文完）